U0465588

大汉使臣张骞

余耀华 【著】

中国书籍出版社
China Book Press

楔 子

西汉后元三年（公元前141年），大汉帝国创始人刘邦的重孙、汉景帝刘启的第十个儿子，年仅十六岁的刘彻继承皇位，做了皇帝，他就是汉武帝。

汉武帝登基之时，大汉帝国已运行了六十二个年头，帝国的最高统治者铲除了异姓王，平定了刘姓诸王叛乱，中央集权得到进一步加强。经济上采取休养生息的政策，国富民强，国家充满了活力。由于军事和外交上的羸弱，却让这个国家被北方的匈奴王朝袭扰和压制了几十年。年轻的刘彻自登基的那一天起，就踌躇满志地开始谋划如何经营自己的国家。

大汉帝国此时的疆域，东方濒临大海，西南方紧邻犹如天然屏障般的青藏高原，北方和西方，则是强大的匈奴势力。

匈奴始终是东亚大陆各国的噩梦，他们发祥于今内蒙古的河套地区和阴山一带，曾经是亚洲大陆幅员最辽阔的游牧部落之一，成为横亘在东西方之间的可怕力量。这是一个由众多游牧民族融合而成的部族。

从先秦时代起，匈奴人一批又一批地冲出蒙古高原，无所顾忌劫掠安定富裕的农耕地区。秦末汉初之时，趁中原形势混乱之际，匈奴杰出的军事统帅

冒顿单于杀父自立，他率军驱逐了东胡、月氏国，一统大漠，建立了庞大的匈奴王朝。在这个风云激荡的年代，匈奴王朝的统治者勾勒出自己的势力范围。他们可以控制的地域，东起辽东，横跨辽阔的蒙古草原，西与羌、氐相接，北达贝加尔湖，南抵河套，以及山西、陕西北部。这个王朝雄踞在高原大漠之上，俯瞰着东亚腹地，兵锋南指，成为汉帝国最强悍的敌人。

公元前201年，一支匈奴骑兵突然包围了马邑城（今山西省朔州市朔城区），随后又南扰太原。汉高祖刘邦亲率大军前往营救，不想被困在冰天雪地的白登山七天七夜，虽然军中猛将如云，但这位久经沙场的"马上天子"，却险些全军覆没。"白登之围"是汉匈之间第一次正面交锋，以汉军惨败而告终。这是刘邦始料不及的。一统天下的豪情，化成了英雄迟暮的伤感。为了休养生息，刘邦只能被迫采取屈辱的和亲政策，每年还要源源不断地送给匈奴大批生活物资。

冒顿单于死后，他的儿子老上单于继位，汉、匈继续和亲。

汉文帝时期，汉、匈的和亲，不仅没有使汉、匈和平相处，反而带来了意想不到的大麻烦。因为每次和亲，照例有一批宫女、宦官随公主远赴匈奴。有一个叫中行说的宦官认为，跟着公主去匈奴，就意味着此生不能再回中原。他向朝廷提出了不愿陪嫁的请求，遭到朝廷拒绝。中行说怀恨在心，临走的时候撂下一句狠话："你们强迫我去匈奴，我去了之后，一定会尽力帮助匈奴单于，给汉朝添麻烦。"

楔 子

中行说果然是一个出卖祖宗的人,他到匈奴后,立即投降于匈奴单于,将汉朝的军事机密和盘托出。老上单于在中行说的教唆下,带军入侵中原,一直逼近汉朝内地,连皇帝的行宫都给烧了。有一支侦探小队甚至深入到了汉朝的甘泉宫。长安城已闻到了匈奴人的气息。

和亲换太平的政策并不成功。文帝、景帝也知道"和亲"乃权宜之计,非长久之策。要彻底解除匈奴的威胁,最好的办法就是消灭之。由于受到政治、经济因素的限制,时机还不成熟,汉朝的皇帝虽然明知和亲政策很屈辱,还得忍气吞声地继续执行下去。

无奈的屈辱已经延续了五代皇帝,年轻的刘彻准备改变这一切。登基不久,汉军在交战中俘虏了一名匈奴军官,通过对这名匈奴军官的审讯,刘彻得到一条重要情报:当时河西走廊形势混乱,被大大小小的游牧部落所控制,其中比较大的是月氏和乌孙部落。月氏部落赶走了乌孙人。匈奴单于入侵河西走廊后,又杀死了月氏人的领袖,甚至把他的头颅砍下来做成酒器。新的月氏王渴望报杀父之仇,却又力不从心,于是月氏人只好向西迁徙。

刘彻觉得这是个绝好的机会,假如联合西域的月氏,形成东西方向联合夹击之势,必定可以打败匈奴。遗憾的是,在刘彻的麾下,几乎所有的谋臣都对遥远的西部世界一无所知。他们只知道,向西渡过黄河,有一条河西走廊向西延伸,一直通往西域。一个解除来自北方威胁的战略构想,被提上了汉帝国的议事日程表。刘彻决定出皇榜,公开招募愿意出使之人,穿过河西走廊,前往西域去寻找月氏部落,说服他们和汉帝国结盟,形成东西夹击之势,消灭匈奴。

皇榜张贴之后,产生了超强的轰动效应,朝野上下,街头巷尾,没有人

不在议论这件事，可惜都只是停留在口头上，一个月的时间过去了，皇榜仍然高挂在长安城的城墙上，守榜的士兵也是无精打采。

年轻气盛的刘彻在宫里气得暴跳如雷，大叫："偌大一个大汉王朝，竟然没有一个人出来替朕分忧，悲乎！悲乎！"

正在刘彻极度失望的时候，有一人站出来，揭走了皇榜，此人就是刘彻身边的宫廷侍卫张骞。

从这一刻起，中国历史上一次最具传奇色彩的探险行动、一部最悲壮的传奇大戏，正式上演了。

目 录

目录

楔　子 ··· 1

第一章　凿空之旅 / 1
　一、辞别 ··· 3
　二、残缺的羊皮地图 ··· 9
　三、柳市风情 ·· 12
　四、壮行酒 ··· 18
　五、长亭送别 ·· 25

第二章　河西走廊 / 31
　一、神秘大通道 ··· 33
　二、戈壁海市蜃楼 ·· 40
　三、大漠狂沙 ·· 46
　四、士可杀不可辱 ·· 54

第三章　囚禁楼兰 / 61
　一、阶下囚 ··· 63
　二、女人的心事 ··· 70
　三、谁是更聪明的人 ··· 79
　四、血腥的婚礼 ··· 87
　五、劫后重逢 ·· 96
　六、生离死别 ··· 103
　七、天蚕山庄 ··· 113
　八、织锦 ··· 121
　九、匈奴内乱 ··· 129
　十、逃亡 ··· 136

第四章 西域风情 / 147

- 一、北道都市国家 …………………………………… 149
- 二、大宛国风情 …………………………………… 155
- 三、神秘的大宛国王 …………………………………… 163
- 四、月氏国见闻 …………………………………… 170
- 五、月氏女王不结盟 …………………………………… 178
- 六、南道回国 …………………………………… 187
- 七、初雪笺 …………………………………… 195
- 八、出使归来 …………………………………… 203

第五章 建功封侯 / 213

- 一、眩人献艺 …………………………………… 215
- 二、中西文化的融合 …………………………………… 220
- 三、白岩村守庐 …………………………………… 226
- 四、引种 …………………………………… 232
- 五、博望侯 …………………………………… 239

第六章 再通西域 / 247

- 一、探寻去身毒的道路 …………………………………… 249
- 二、削职为民 …………………………………… 255
- 三、再通西域 …………………………………… 260
- 四、动荡的乌孙国 …………………………………… 267
- 五、痴情的匈奴公主 …………………………………… 276

第七章 功在千秋 / 283

- 一、西域使者来长安 …………………………………… 285
- 二、思域斋 …………………………………… 290
- 三、牵挂 …………………………………… 297
- 四、心愿已了悄然去 …………………………………… 304
- 五、活在人们心中 …………………………………… 312

第一章 凿空之旅

第一章 凿空之旅

一、辞别

西汉建元三年（公元前138年），在中国历史长河中只是一瞬，本不足为道，但当这一年与一个重要的人物、一个重大的事件连在一起且这个人物和这个事件对中国历史产生了重大影响，这个年份就跟着沾光，在中国历史上光灿耀眼。

这一天，一匹黑色骏马奔驰在汉中平原上，马蹄后掀起一串飞尘，马背上的骑士似乎还嫌马跑得不够快，不时在马屁股上抽几鞭……

汉水北岸城固县境内有一个白岩村，村东头山坡上，站着一位卷发异族青年，正在放喉高歌，他唱的是《骏马之歌》：

骏马，心爱的骏马，
奔驰在辽阔美丽的草原上。
犹如一只雄鹰，
翱翔在天空。

啊！我心爱骏马，
披星戴月，不畏艰险，
飞驰如电，一日千里，
你比雄鹰更勇敢。

歌声嘹亮，豪情奔放，伴随着山谷的回声，在原野上回荡。

原野上的马蹄声，惊动了正在山坡上低头吃草的一匹大宛马，它抬起头，眺望远方，突然发出一声长啸，展开四蹄，跑下山坡。

歌声戛然而止，唱歌的异族青年见大宛马跑下山坡，朝马跑去的方向远眺，见原野上一骑向白岩村方向飞奔而来，马背上的骑士清晰可见。唱歌的青年拔腿冲下山坡，边跑边叫："少主人！少主人！"

马背上的骑士闻声，勒紧马缰，大叫："甘父！"

"少主人！"被叫作甘父的异族青年迎了上去。

奔驰的马近了，停住了，马背上的骑士甩蹬下马。大宛马凑上去，亲昵地拱了拱刚停下来的黑色骏马。

"少主人！"甘父说，"你不是在长安城当差吗？怎么有时间回家来？"

"我早已把你当兄弟了，不要总是少主人、少主人地叫！"刚下马的骑士责怪说。

甘父诚恳地说："我原本是堂邑氏的奴隶，是你的父亲帮我赎身，使我成为自由人，你的父亲，永远是我的主人，你当然就是少主人了。"

骑士知道甘父性格倔强，不再勉强，上前拉着他的手，说："甘父，我问你，想回西域吗？"

"西域？"甘父不相信地说，"少主人，你不是开玩笑吧！"

骑士耸耸肩，微笑着说："你看我像开玩笑的样子吗？"

"不像！"甘父憨笑着问，"少主人在宫里当差当得好好的，怎么突然想到要去西域了？"

"先不说这个。"骑士说，"我只问你，想不想去西域？"

"想啊！"甘父说，"那里有我的阿爸、妹子乌姗，还有……"

骑士调戏地说："还有桑兰，你的情妹子。"

"是啊！"甘父脸上充满了眷恋之情，"也不知道他们现在怎么样了。"

"放心吧！"骑士安慰地说，"你阿爸人称昆仑侠，交游广泛，一定会找到你的妹子和桑兰。"

甘父回忆说："阿爸带着我随老主人来中原，本想卖掉这匹大宛马，换一些中原的丝绸回去。谁知刚进入玉门关，突然传来消息，说阿妹和桑兰被头人掳走了，我当时正在生病，阿爸那样豪爽的人，一夜之间就愁白了头。"

"你现在不是好好的吗？"骑士安慰他说。

"多亏老主人伸出援手，不但收留了我，还帮我治好了病。"甘父忧虑地说,"阿爸返回西域,一晃两年有余,不知他们现在怎么样了。"

"放心吧!吉人自有天相,伯父和妹子一定会没事的。我们去西域,一定有机会找到你阿爸、妹子和桑兰。"

"真的吗?"甘父天真地说,"少主人不会骗我吧!"

骑士再次耸耸肩,微笑着说:"你看我像骗你的样子吗?"

"不像!"甘父疑惑地问,"少主人!我跟你去西域,能做什么呀?"

"听说西域有很多民族,一个民族有一个民族的语言,前些时候在长安碰到一个异族人,听他说话就像鸟叫,叽叽喳喳,不知道说些什么。你是土生土长的匈奴人,一定能听懂他们的话。"

"对!"甘父说,"我不但会说匈奴语、汉语,还能说乌孙语、月氏语、婼羌语、楼兰语。"

"兄弟,你懂多国语言。"骑士高兴地说,"你跟着我当翻译,再合适不过了。"

"少主人!"甘父笑着说,"替你翻译西域那些国家的语言,这活我能干,其他的事情,只要少主人吩咐,我也会干好的。"

"兄弟,好样的,走吧!"骑士手一挥,"回家吧!"

"少主人!"甘父问,"你去西域干什么呀?"

"这个以后慢慢对你说。"骑士牵着马向村里走去。甘父牵着大宛马,二人并肩而行,边走边聊。

骑士名叫张骞,汉中郡城固县(今陕西城固县)白岩村人。他是汉武帝完备察举制度后,被推举出来的孝廉。不久前,张骞成了帝国的宫廷官,即汉武帝的宫廷侍卫,朝廷行政事务见习官。张骞今天回白岩村,有一件重大的事情要告诉父母。

张骞的父亲张仲亭,是一位行走天下跑单帮的行商,他行商的主要路线是西出玉门关,将中原的丝绸贩往西域,换回西域的葡萄干、胡麻等土特产品。虽然路途遥远,每次贩卖的商品也不多,由于贩运的商品多为西域与中原地区的稀缺物,物以稀为贵,故获利颇丰。因而张家在白岩村算是殷实人家。最明显的标志是,当地土著人居住的都是竹篱茅房,张家居住的却是一座独立的青砖黑瓦四合院,这样的四合院不仅是白岩村的唯一,方圆百里之

地也不多见。

张仲亭行走西域多年,结识了许多域外朋友,加之为人豪爽,急难的时候还能对朋友伸出援手,因而博得一个"中原大侠"的雅号。其实,他就是一个小生意人,并不是那种严格意义上的江湖侠客。

甘父是土生土长的匈奴人,他的父亲甘莫也是一位行商,常年往来于昆仑山、天山一带,为人仗义,有一股大侠风范,人称"昆仑侠"。在昆仑山、天山一带,只要提到"昆仑侠"这个名号,几乎无人不知。

张仲亭与甘莫两人在生意上多有往来,加之脾气相投,久而久之,两人便成为好朋友。张仲亭伸出援手,助甘莫为儿子赎身,使得甘父脱离奴隶身份,成为自由人,两人也由朋友发展为铁哥们。

两年前,张仲亭在草原上遇上了狼群,在与群狼搏斗中摔断了腿,跌伤了腰。幸亏当地牧民及时赶到,才保住一条命。从此以后,张仲亭再也不能长途奔波,行走西域了。就是在那个时候,甘莫父子同张仲亭结伴前往中原。抵达玉门关时,家里突然传来噩耗,说妻子被头人打死,女儿和未来儿媳被头人掳走。恰在此时,儿子甘父又身染重病。无奈之下,甘莫将甘父托付给张仲亭,嘱咐儿子要像侍奉主人一样对待张仲亭,并将大宛马留下来,只身返回西域。

走近家门,甘父把马缰交给张骞,冲进四合院,冲着屋内大喊:"主人,少主人回来了!少主人回来了!"

一位五十开外的农妇从屋里走出来,是张骞的母亲张王氏,她见儿子回来了,高兴地说,"骞儿回来了,快进屋,快进屋。"

张骞将马缰交给甘父,走到母亲身边,问:"母亲,最近身体好吧?"

"好!好!硬朗着呢!"

"父亲呢?"张骞关心地问,"还好吧?"

"还不是老样子。"张王氏有些担忧的说,"最近老毛病又犯了,每天晚上痛得不能安睡。"

"父亲!"张骞大步走进屋,问,"父亲,老病又犯了?"

张仲亭早就听到儿子回来了,只是腰腿疼痛,不能起身行走,见儿子进屋,强装若无其事地说:"没事,别听你母亲瞎说!"

张骞走到父亲身边，关切地说："父亲，别装了，如果你能起身，早就到院子里去了，会坐在屋里吗？"

张仲亭转换话题，问："突然回来，有什么事吗？"

张骞转身扶母亲坐下，随即跪在二老面前，磕了三个头，哭着说："父亲，母亲，恕孩儿不孝。"

两位老人大吃一惊。

"骞儿！"张王氏说，"出了什么事，快起来说话。"

"骞儿，到底发生了什么事？"张仲亭两眼盯住张骞的脸，关心之情溢于言表。

张骞说："朝廷发皇榜，招募贤良勇士出使西域，谋求与大月氏联盟，共同抗击匈奴。"

"这事与你有关系吗？"张仲亭问。

"皇榜贴出一个多月，没有人揭榜，朝野上下议论纷纷。"

"怎么说？"张仲亭欠身问道。

"泱泱大国，竟然没有一个人站出来为国分忧，可悲啊！"

"有点可悲！"张仲亭似乎猜到了什么，问道，"与你何干？"

张骞直起腰，抹掉眼泪说："孩儿揭榜了。"

"你揭皇榜了？"张仲亭追问一句。

"是！"张骞说，"百善孝为先，这样的大事，孩儿事先没有请示双亲，请恕孩儿不孝！"

"这就是你说的不能尽孝？"

"是！"张骞说，"请父亲、母亲成全孩儿！"

张仲亭说："你在京城皇宫里当侍卫，不是挺好的吗？"

"孩儿不愿过那种安逸的生活，想去搏一搏。"

"西域之路，地形地貌复杂，沿途有狼群出没的草原，有茫茫无际的沙漠，有终年积雪的冰峰雪谷。而且中间还隔着匈奴，一路上到处有凶险，处处是陷阱，不说与大月氏结盟，能否找到大月氏国，也很难说啊！"

张骞朗声说："北冥有鱼……"

"北冥有鱼，其名为鲲。鲲之大，不知几千里。"张仲亭问道，"是吧？"

"是！"张骞笑了。

"为父知道你从小就有远大的志向，可西域之路太难了。"张仲亭痛苦地说，"也许从你迈出第一步的那天起，就踏上了一条不归路啊！"

"请恕孩儿不孝！"张骞俯伏于地。

张仲亭看了妻子一眼，张王氏点点头，张仲亭接着说："自古忠孝难两全，骞儿，你是舍小孝而求大孝，为国尽忠，如果你认为自己的选择是对的，你就去做吧！家里还有你弟弟张奇呢！"

"主人！"站在一旁的甘父跪下说，"我也跟随少主人一同去西域。"

"对！"张骞说，"甘父从小生长在匈奴，精通沿途各民族语言，孩儿请他出任使团翻译兼向导。"

"嗯！"张仲亭点点头，说，"去西域还真少不了他！"

张骞与甘父对视一眼，两人脸上露出了笑容。

"问你母亲的意见吧！"张仲亭对张骞说。

"母亲！"张骞望着母亲，眼神里充满了期待。

"起来吧！"张王氏拉起张骞和甘父，说，"你父亲都同意了，我一个妇道人家，怎么会阻拦你们父子俩的决定呢？"

"甘父，"张仲亭说，"你就要当皇差了，不要再少主人、少主人地叫了，以后你们就兄弟相称吧！"

"不行！"甘父说，"主人就是主人，少主人就是少主人，这个变不了。"

"怎么？"张仲亭问，"连我的话也不听了？"

甘父见主人认真的样子，犹豫了一下，终于还是说："是，主人！"

张仲亭笑了："这样就好！"

"大哥！"甘父冲张骞甜甜地叫了一声。

"哎！"张骞答应一声，会心地笑了。

二、残缺的羊皮地图

张仲亭用小竹片拨亮了油灯，放下竹片后，指着屋角的木柜说："骞儿，把柜顶那个小木匣子拿过来。"

张骞从柜顶上取下木匣子，然后将木匣子放到父亲身边的桌子上，问道："父亲，匣子里装的是什么宝贝呀？"

"看看就知道了。"张仲亭向甘父招招手，"甘父，你也过来。"

甘父来到张仲亭身边。

张骞揭开匣盖一看，竟然是一张羊皮，惊叫："羊皮？不会是藏宝图吧？"

"藏宝图有什么稀罕？"张仲亭说，"这张羊皮，比藏宝图还金贵。"

"这么神秘呀！"张骞问，"到底是什么玩意儿？"

"为父行商一生，数次远赴西域，凡是到过或听说过的地方，都要在这张羊皮上画出来，久而久之，就绘成了这幅西域地图。"张仲亭将羊皮铺在桌子上，说，"虽然说这张地图残缺不全，也不规范，但你们这次西域之行，一定用得着。"

张骞和甘父两人围在桌子旁边。

张仲亭指着羊皮地图说："从中原通往西域，经过河西走廊后，有南北两个边陲关口，南路叫阳关隘，北路叫玉门关。走北路玉门关，沿途必须经过车师国（今新疆吐鲁番）、焉耆国（今新疆焉耆回族自治县）、龟兹国（今新疆库车县）、姑墨国（今新疆阿克苏）、疏勒国（今新疆伽师县），翻越葱岭后，再去寻找月氏国。南路则出阳关隘，经婼羌国、且末国、于阗国、皮山国、莎车国，越过葱岭，再去寻找月氏国。"

张骞问道："大月氏国在什么地方？"

张仲亭点点地图说："汉朝开国初年，月氏人原本居住在河西走廊，游

· 9 ·

牧于祁连山一带，后来，匈奴人攻占了河西走廊，大月氏王被杀，他的头颅被匈奴单于做成了尿壶。大月氏人被迫举族西迁到伊列水（今伊犁河），赶走居住在那里的塞人，建立大月氏国。"

"鱼吃虾，虾吃沙呀！"张骞惊叫地说。

张仲亭说："优胜劣汰，弱肉强食，就是这个道理。"

张骞在地图上寻找，然后点住一处说："这里吗？"

"嗯！"张仲亭点点头说，"不过，这已是多年前的事了。西域那个地方多为游牧民族，随着牧场的转移，还有其他一些不确定的因素，比如受外族侵扰，也会举族迁移，至于大月氏国是否还在那个地方，不能肯定。"

"有了这张图，孩儿此次去西域，就可以少走一些弯路了。"

"但愿这张地图能对你们出使西域有所帮助。"张仲亭说，"至于沿途的风土人情，甘父更清楚，我就不多说了。"

张仲亭看着儿子，突然一股酸楚之情涌上心头，儿子血气方刚，凭着一颗报国之心揭了皇榜，但他却不知前途凶险，想到自己往返西域经历的种种磨难，心里特别难受。此一去是否能找到月氏国，并与他们建立联盟，不得而知。甚至能否全身而退，安全归来，谁也说不清楚，说不定，此一别就是永别。想到这里，张仲亭的眼泪快要流出来了，他深深地吸了一口气，强忍住泪水，轻轻叫一声："骞儿，你们这一次去西域，一定会遇到很多想象不到的困难，你和甘父一定要同舟共济，相互扶持。"

"嗯！"张骞点点头，"孩儿知道！"

张仲亭继续说："遇事要坦然面对，从容无畏，不可逞匹夫之勇，要用智慧去化险为夷，先保住性命，再想办法克敌制胜，这才是最重要的。"

"嗯！"

"你们这次出使西域，代表的是大汉王朝，到那里与异族人打交道，一定要有骨气，小节可以不计较，但大节不可失，宁可丢性命，也不可丢骨气，不要让那些异族人瞧不起我们汉人。"

张骞抬起头，看着父亲，坚毅地说："头可断，血可流，汉人的志气不可丢，孩儿记住了，一定不会给您老人家丢脸。"

张仲亭满意地点点头，继续说："西域有一个游侠盟，相当于我们中原地区的江湖豪杰，他们大多以卖艺为生，行走于西域各国，暗中帮助弱势群体与匈奴人抗争。"

张骞惊异地问："西域也有江湖？"

"嗯！"张仲亭说，"有人就有江湖。他们的首领叫巴特尔，我与他有过一面之交，此人性格豪爽，为人仗义，如果遇见他，提'中原大侠'的名字，他一定会帮助你的。"

"啊！"张骞点点头说，"有机会，一定要见识一下这位西域英豪。"

张仲亭嘱咐说："同这些江湖侠士打交道，要以诚相待，否则，他们不会相信你的。"

"好！"张骞说，"孩儿记住了。"

"还有一件事，你可要记住。"

张骞抬起头："什么事？"

"去西域之后，只要有机会，就要想办法打听一下昆仑侠甘莫，也就是甘父的父亲的下落，还有甘父的妹妹和他未过门的媳妇。"

"多谢主人！"甘父说。

张仲亭眷恋地说："一晃两年过去了，我很想念他们啊！"

"父亲，"张骞说，"您放心，孩儿这次去西域，一定会想办法打听他们的下落，想办法找到他们。"

"谢主人！谢谢大哥！"甘父十分感激。

第二天，张骞要走了，他的弟弟张奇出门经商还没有回来。

张骞将一块腰牌交给父亲，说："父亲，这是我在宫中行走的腰牌，上面有我的名字，以后要打听我的消息，或者有什么困难，让弟弟拿着这块腰牌，去长安找石建石大人。"

"石建是什么人？"

"石建大人是郎中令，是孩儿在宫中当差的顶头上司。"张骞说，"石大人为人正派，也很讲义气。有事去找他，只要他能办到，他一定会帮忙。"

"好！"张仲亭说，"知道了！"

张骞和甘父跪在父母面前，磕了三个响头。然后起身出门，骑上马，离开了白岩村。

三、柳市风情

长安城是全国人口最多、城郭最大、商贸最繁荣的大都市。汉武帝建元初年（前140年），长安城居住人口已达五十余万。城内不仅有豪华气派的皇宫大院，成片的居民区，还有专供商品交易的市场。

长安城有东市、西市、柳市等九个商品交易市场。各个市场店铺林立，商贾云集，热闹非常。柳市在九市中虽然不是最大，但却是最繁荣、最热闹的市场之一。江南和域外来的商贾，多聚集在柳市进行商品交易，柳市的商品较其他市场更丰富，本地及外来游客逛市场，多选择到柳市。

甘父来中原虽然有一段时间了，只是待在白岩村，从未到过长安，随张骞来长安后，吵着要去看京城的市景。张骞带甘父去了柳市。

甘父进入柳市后，觉得什么都新鲜，兴奋地东张西望。忽然，甘父吸吸鼻子，说："好香！好香啊！什么东西？"

张骞环视一下四周，将甘父带到一家点心店前，指着案板上一种金黄色的饼子说："你闻到的香味，就是这个。"

"这是什么东西？能吃吗？"甘父不等张骞回答，从案板上拿了一块饼子，塞进嘴里就吃，边吃边说，"油润酥脆，内层绵软，好吃，真好吃！"

张骞向店伙计歉意一笑，说："这位兄弟第一次来长安，不周之处，多包涵，待会一起付钱。"

"真好吃！"甘父问，"店家，这是什么东西？"

"这叫太后饼。"店伙计微笑着说，"是孝文帝的母亲薄太后最喜欢吃的点心，后来人们就叫这种饼子为太后饼。"

"怪不得这样好吃！"甘父边吃边说，"原来是皇太后喜欢吃的东西。"

"来一斤吧！"张骞付钱后，嘱咐甘父，"拿上，走吧！"

第一章　凿空之旅

甘父拿着刚买的太后饼，抓一块塞进嘴里，大口大口地吃起来。

"别吃了！"张骞说，"柳市好吃的东西多得很，太后饼吃多了，等会儿就吃不下其他东西了。"

甘父冲店伙计挤了挤眼，跟在张骞后面走了。

"浆水汤，浆水面，正宗的关中浆水汤，浆水面喽！喝一碗清热解暑，吃一碗解饥解馋，快来喝，快来吃喽！"一个小伙子站在一个小吃摊前大声吆喝。

"浆水是什么东西？茶水吗？"甘父又来了兴趣。

张骞笑着说："茶水是茶水，浆水是浆水。"

"有什么不同吗？"

张骞解释说："茶水是用茶叶泡出来的，全国到处都有，浆水是用芹菜、莲花菜、莴苣等新鲜蔬菜沤制出来的，关中独有。"

"味道很特别吗？"

张骞来到摊子前，对叫卖的小伙子说："伙计，来一碗浆水汤。"

伙计连忙舀了一碗浆水汤递给甘父，甘父接过浆水汤，先品了一口，说："味道酸酸的，稍微有点咸，凉凉的，很解渴。有点像草原的奶茶，但又没奶味。"

"浆水汤是关中秦川人最爱喝的饮料。用浆水汤下的面条，叫浆水面，很好吃的。"张骞对吆喝的小伙子说，"伙计，来两碗浆水面吧！"

甘父拉过旁边的长条凳坐下，接过浆水面，呼噜呼噜地大吃起来。张骞见甘父三下五除二就把一碗浆水面吃完了，把自己的一碗也给了他，说，"饿了吧？把这碗也消灭掉吧！"

"真好吃！"甘父放下空碗，接过这一碗浆水面，又一扫而光。

"走吧！"张骞站起来，付钱后，转身向前走去。

甘父跟在后面，好奇心仍然不减，东张西望，时而到左边商铺看一看，时而到右边货摊摸一摸，一刻也没有闲着。

忽然，一阵悦耳的琴声随风飘来。甘父从小喜欢音乐，立即停住脚步，侧耳细听，过了一会儿，冲着张骞问："大哥，哪来的琴声，长安也有弹唱艺人吗？"

"古筝，古筝之声。"张骞指着左边一个小巷子说，"那边有一个乐器

店,古筝之声从那里传出来,过去看看。"

两人拐进左边的小巷子,走进一家乐器店,见一位顾客选好了古筝,付钱后抱着古筝离去。

货架上有很多乐器,甘父大部分都没有见过。

乐器店掌柜见两位客人中有一位穿着宫廷侍卫的衣服,另一位是异族青年,连忙来到甘父身边,热情地介绍货架上的乐器。

甘父充满了好奇,不时问上几句。忽然,他指着货架上的一根笛子说:"横着吹奏,西域也有。"

乐器店掌柜说:"这种乐器叫'箫',一般由竹子制成,有洞箫和琴箫之分,吹孔在上端,竖着吹。按音孔数量区分为六孔箫和八孔箫。六孔箫的音孔为前五后一,八孔箫则为前七后一。"

"横着吹,我会。"甘父问,"店里有吗?"

"有一支,是一位老朋友从西域龟兹国带回来送给我的。我拿来给你看看。"乐器店掌柜说罢,进内屋取来一支羌笛,还有笛膜,一并递给甘父。

甘父很高兴,贴上笛膜,试了试,即兴吹奏起来。

甘父吹奏的是一首牧羊曲,具有浓厚的西域风情,笛声悠扬,婉转而高亢,悦耳动听。乐器店掌柜和张骞听得心醉神驰。

店外的行人听到笛声,纷纷驻足。一会儿,乐器店挤满了人,还有一些人站在门外听。人群中来了两个气宇不凡之客,一个叫卫青,一个叫公孙敖。

甘父吹奏完牧羊曲,围观的人群中传出一片喝彩声。

"掌柜!"甘父说,"这支羌笛多少钱?"

"这支羌笛是友人赠予,不卖。"乐器店掌柜说,"既然客官如此喜爱,又是吹奏高手,红粉赠知己,宝刀送英雄,这支羌笛就送给你,就算交个朋友吧!"

"谢谢掌柜!"甘父推辞道,"无功不受禄,羌笛我不能要。"

张骞将一把制钱塞进乐器店掌柜手里,说:"这支笛子我买了,这些钱够不够?"

"使不得,使不得。"乐器店掌柜坚持不要,见张骞执意要给,从中拿起一枚制钱,将剩余的塞进张骞的手里,说,"钱我收了!"

第一章 凿空之旅

张骞接过钱,说:"多谢!"

"小主人!"甘父吃惊地问,"你也喜欢吹羌笛呀?"

"这是买给你的。"张骞说,"这次出使西域,路途遥远,你带上它,高兴时吹奏一曲,可以让人娱乐,劳累时吹奏一曲,可以让人解乏。"

甘父高兴地接过笛子:"谢谢小主人!"

围观的人渐渐散去,只剩下卫青和公孙敖。

"张大哥!"卫青上前叫一声。

张骞听到叫声,回头一看,高兴地说:"卫青兄弟,是你呀!近来好吗?"

"大哥,一言难尽。"卫青拉过张骞,指着公孙敖说,"我给你介绍一下,这位是骑郎公孙敖。"

"公孙兄!"张骞抱拳行礼,"失敬!"

"公孙兄!"卫青拉着张骞的手,说,"这位就是揭皇榜出使西域的郎官张骞大哥!"

"张大哥揭皇榜,轰动了长安城!"公孙敖抱拳施礼,说,"今日相见,真是三生有幸啊!"

张骞指着甘父,介绍说:"二位,他是我的好友,也是兄弟,匈奴人甘父,这次跟我一起出使西域。"

甘父高兴地说:"你们都是兄弟呀!他是我的小主人。"

"小主人?"卫青疑惑地问。

"别听他的。"张骞说,"是兄弟!"

"你就是揭皇榜出使西域的大英雄呀?"乐器店掌柜惊叫起来,将手中刚收的钱硬塞进张骞衣袋里,说,"这钱打死我也不能要,一支羌笛,就算我这一介草民给出塞大英雄送行吧!"

"那就多谢掌柜了!"张骞接过钱,不再推辞。

公孙敖说:"前面不远有个秦楼酒家,厨师的手艺不错,过去坐坐,就算是给张兄饯行吧!"

四人离开乐器店,一同去了秦楼酒家,进了一个雅座单间,四人各占一方,围桌而坐。

· 15 ·

公孙敖吩咐店小二来一坛秦酒,安排几样关中特色菜。

店小二很快端来一坛酒,不一会,下酒菜也上来了。甘父打开酒坛,给每人满斟了三碗。

尚未开饮,已是酒香四溢。

"好香啊!"甘父惊叫,"这是什么酒?"

"客官!"店小二介绍说,"这是秦酒,产自凤翔柳林镇,也叫柳林酒。老板是凤翔柳林镇人,酒楼专卖原汁原味的柳林大曲。客官请慢用,有什么需要,喊一声就行。"

公孙敖说:"柳林酒以高粱为原料,用大麦、豌豆制曲。酒色清亮透明,醇香芬芳,清而不淡,浓而不艳,集清香、浓香之优点于一体,诸味谐调,回味绵长,风格独特。酸、甜、苦、辣、香五味俱全。但酸而不涩,苦而不黏,香不刺鼻,辣不呛喉,饮后回味无穷。号称关中第一酒。"说到这里,公孙敖站起来,端起碗酒,说,"这碗酒先敬张大哥,恭喜张大哥出任大汉使臣,出使西域。"

张骞站起来,端起酒碗与公孙敖碰碗,说:"谢公孙兄弟,干!"

卫青端起酒碗,站起来说:"我也敬张大哥一碗酒,祝大哥出使西域,马到成功,早日凯旋!"

张骞举起酒碗相碰,说:"谢卫青贤弟!"

甘父站起来,举起酒碗说:"谢大哥能带我重返西域,这一辈子我跟定大哥了,西域路上,与大哥同甘苦,共患难,永不分离。"

"好兄弟!"张骞举起碗,说,"来,干!"

张骞分别与三人对饮之后,自斟一碗,端起来说:"这碗酒,我敬三位兄弟!今生有缘结友,终身不渝!"四人相互碰碗,一饮而尽。

公孙敖说:"这家店的菜肴虽然都是关中家常菜,但盘盘都是色香味俱全,做得很地道。卫青兄弟、甘父兄弟想必饿了,酒就不多喝了,多吃些饭吧!"

卫青、甘父二人也不客气,端起饭碗,大口大口地吃起来。

张骞见卫青放下了碗筷,关心地问:"卫青兄弟,听说你遇到了点麻烦,怎么回事呀!"

第一章　凿空之旅

"大哥，说来话长！"卫青叹了口气说，"我母亲姓卫，是平阳侯曹时的奴婢，生下大姐君孺、二姐少君、三姐子夫和我。我是私生子，随母亲姓，从来没有见过自己的父亲，只知道他姓郑。"

张骞点点头，没有打断他的话。

卫青接着说："三个姐姐和我从小就是侯府家奴。大姐二姐伺候平阳公主，三姐人长得漂亮，加之能歌善舞，是歌奴。我从小给人放羊牧马，虽然姐姐教我识字读书，但仍然是个贱卑的家奴。"

张骞安慰地说："出身不由人，贤弟不必悲叹！"

"这是上天的安排，悲叹也于事无补，不如面对。"卫青说，"后来，我们随平阳侯从河东平阳迁到长安，全家的命运从此也改变了。"

张骞等三人看着卫青，没有插话。

"那一天，皇上到平阳府，平阳公主命三姐子夫献歌，皇上看见三姐，一见钟情。临走时将三姐带进宫，第二天便封为美人。"卫青咽了口唾沫，接着说，"前些天，平阳公主带我进宫见三姐，皇上又将我留在宫中担任侍卫。"

"嗯！"张骞点点头，"这些我们都知道。"

"三姐进宫受宠，遭到陈皇后的嫉恨，她竟然派人绑架我，欲置我于死地。"卫青看了公孙敖一眼，说，"幸亏公孙兄带着平阳侯府的武士及时赶到，救了我，不然，我们已是阴阳相隔了。"

"兄弟，不必过于伤心。"张骞说，"雷雨过后，就是彩虹！"

"对！"公孙敖也安慰说，"大难不死，必有后福。贤弟劫难已过，应当自强奋起，何况皇上对你三姐宠爱有加，加之平阳公主也会帮你说话，贤弟前途无量！"

卫青说："即使将来有飞黄腾达的一天，也不过是沾三姐得宠之光，并非凭自己的德才功绩，算不得男子汉大丈夫。倒是张大哥，敢揭人人望而生畏的皇榜，闯无人敢去的西域，创前无古人的丰功伟绩，这才是顶天立地的英雄啊！"

卫青说着说着，不禁潸然泪下……

张骞与公孙敖对视一眼，却无言相劝。

甘父端起酒碗，说："喝酒，今天就高高兴兴地喝酒，明天一觉醒来，一切烦恼都烟消云散了。"

张骞、公孙敖和卫青同时端起酒碗,四个大碗碰在一起,四人不约而同地说:"好,干杯!"

四、壮行酒

雷雨之后,果然是彩虹。卫青遭劫之后,被提拔为建章营卫,这不能说汉武帝徇私,因为卫青确实是个人才。

汉武帝虽然君临天下,但朝政大权实际上由太皇太后掌控。汉武帝必须稳定阵脚,培植自己的班子,否则,皇位能否坐稳,还是一个未知数。卫青是一个不可多得的人才,而且又是自己的小舅子,这样的人不重用,还能用谁呢?

卫青遵照汉武帝的吩咐,带张骞到羽林郎挑选一批去西域的勇士。看着数百名威武雄壮的羽林郎,卫青对张骞说:"照我说呀!你根本用不着挑,这些羽林郎都是百里挑一的勇士,个个能骑善射,刀法精湛。"

张骞冲着羽林郎大声问:"愿意跟我出使西域的,举起手来。"

羽林郎们铁青着脸,两眼瞪着张骞,没有一人举手。

"怎么了?"张骞问,"在宫中还没有待够吗?随我出去散散心,横绝沙漠,纵马草原。据说西域的女人长得油光水嫩,个个漂亮得很哪!像你们这样的勇士,一个还不得配上四五个啊!"

羽林郎哄然大笑,议论纷纷。

"真的吗?"

"真的假的啊!"

议论过后,有人举手了,继而举手的多了起来。

张骞看了卫青一眼,大声说:"举手的都留下吧!没举手的统统跟我走。想得美,一个人得四五个女人,有这样的好事,还用得着皇上发榜招勇吗!"

卫青在张骞胸脯上擂了一拳,笑着说:"真有你的啊!"

第一章　凿空之旅

偏殿里，除了侍奉宦官，只有汉武帝与郎官张骞两个人。

汉武帝放下酒碗，对张骞说："张骞，记得吗，你陪朕在太子学舍读书的往事？"

"怎么不记得呀！"张骞说，"一段美好时光，少年意气，吞吐江山，志匡社稷，臣永生难忘啊！"

"你还记得，朕曾带着大家射匈奴标靶吗？"

"臣记得，那天陛下还发了很大的火呢！"

汉武帝说："朕这一辈子最为刻骨铭心的一件事，就是送姐姐南宫公主远嫁匈奴。从那时候开始，朕才知道什么叫痛苦，明明是匈奴人在边境烧杀掳掠我军民，先帝顾忌国内形势，为了避免战争，不但不起兵抗击，反而将女儿远嫁匈奴。姐姐在临走的前天晚上，边哭边编织风铃飘带。朕就问姐姐，为什么要这么做？姐姐说，若先帝还能长寿，我们一家人就还会有相见的一天。"说到这里，汉武帝已是热泪盈眶，停了一会，继续说："姐姐太单纯了，她还不能体会人生的艰难。"

张骞见皇上痛苦的样子，心潮起伏，两眼含泪，但没有掉下来。

"朕再也不能容忍，将社稷安危寄托在女人的胸脯上。"汉武帝恨恨地说，"再说，匈奴人就是喂不饱的狼，送了数位公主给匈奴单于，给了那么多的财物，他们不是照样杀我边民，掠我财物吗？早晚有一天，朕一定要改变这一切！"

张骞两眼紧盯着皇上。

汉武帝看着张骞，坚定地说："改变这一切，就从现在开始，除了军事准备之外，外交努力同样重要。"

"嗯！"张骞点点头。

"张骞！"汉武帝说，"朕寄希望于你，你这次出使西域，事关我大汉兴亡，社稷安危，朕本想在灵台秘库中找一幅西域的地图给你，竟然什么也找不到，看来，这破荒之路，只能靠你自己去探索了。"

张骞点点头。

汉武帝嘱咐道："你出使在外，要扬我大汉国威，无论做什么事情，要有大国气度，不要让胡人小看了。"

"臣谨记陛下重托，一定不负使命。"

"好！"汉武帝赞许地点点头，说，"明天，朕在未央宫设宴，为你壮行。"

"谢陛下！"张骞端起酒碗，君臣二人一饮而尽。

汉武帝在未央宫御花园菊花轩设宴，犒赏即将出使西域的张骞。丞相许昌、长安令义纵、郎中令石建、太中大夫东方朔等朝臣，早已在菊花轩左侧入座，静候出使西域的英雄张骞。

张骞在宫女的引导下，来到菊花轩，上前向汉武帝行叩拜大礼："臣张骞叩见皇上！吾皇万岁，万万岁！"

"平身！"汉武帝笑逐颜，说，"今天，朕为你赐宴壮行，除在场的各位大臣陪宴外，还请来了两位贵宾，其中一位你也认识。"

张骞再次叩谢，然后在右侧入座。

"你们出来吧！"汉武帝冲着里面喊。

御座后的竹帘慢慢拉开，从里面走出两个人，一个是卫子夫，一个是卫青。

张骞异常惊喜，眼前的卫青容光焕发，与几天前在柳市那个愁眉不展的样子相比，判若两人。另一位美艳绝伦、雍容华贵、身穿凤纹锦服的年轻女子，想必就是卫青的三姐卫子夫了。

"张兄！"卫青走到张骞身边，抱拳行礼，"我们又见面了。"

张骞站起来，笑着说："卫青兄弟神采奕奕，果然见到彩虹了。"

"张骞，从今天起，卫青便是太中大夫。"汉武帝指着随卫青一起进来的年轻女子，说，"这是卫青的三姐卫子夫，朕已册封她为夫人！"

"参见夫人！恭祝夫人万福！"张骞连忙向卫子夫施礼。

"使臣请起！"卫子夫微笑着说，"卫青在我面前常提到你，说你英俊潇洒，气度不凡，今日一见，果然是人中俊杰啊！请入座吧！"

卫子夫到汉武帝身边入座，卫青则在张骞身边坐下。

宫中御馔率领宫女鱼贯而入，宫女们将各自手中的酒坛、酒具、干果、点心及各种菜肴，分别献给皇上、夫人以及赴宴的各位大臣，摆好后，鱼贯而出。

几位盛装宫女分别来到皇上、夫人和朝臣身边，依次给各位斟酒。

事狗宦官李延年率宫廷乐队，早在菊花轩一隅摆好架式，开始演奏宴乐，管乐、弦音、钟鸣、磬击先后响起，轻柔悦耳。

"各位卿家！"汉武帝微笑着说，"今天为张骞出使西域壮行，大家能吃就吃，能喝就喝，能说就说，能笑就笑，不必拘束。"

卫子夫贴在汉武帝耳边说了几句悄悄话。汉武帝大笑，说："东方朔，夫人听说你是个故事篓，想听你说个故事，如何？"

东方朔站起来说："微臣遵命，不知夫人想听哪一类故事？"

"讲一个有哲理的吧！"卫子夫笑着说。

"好！"东方朔接着说。

"有一天，蚂蚁、苍蝇和蚊子聚在一起吹牛，蚂蚁炫耀说：'蚂蚁虽然个头小，但出入有群臣之仪，发现死了能吃的虫子，谁也不独享，大家一起分食。蚂蚁有忠孝之美德啊！'苍蝇不服气，争辩说：'你们蚂蚁不如我们苍蝇，不管公家、私人，只要开筵摆席，苍蝇都能登堂入室，光临主人的饭桌，品尝那里的佳肴，畅饮那里的美酒，何等风光啊！'蚊子不以为然地说：'你们都不行，没我们蚊子活得潇洒快活。那些美人居住的香阁兰房，每到夜深烛灭的时候，蚊子就可以飞进去，钻进她们的纱帐，停在美人玉体上，伏在美人酥胸上，选择香软美嫩之处狂吻。如此美艳之事，你们可有福消受？'蚂蚁和苍蝇听后自愧不及，酸溜溜地说：'看你嘴巴细细尖尖，却如此好色。'"

汉武帝和各位大臣听罢，大笑不止，卫子夫笑得更厉害。

"东方大人！"卫子夫开心地说，"再讲一个，今天皇上设宴为张特使壮行，你就讲一个有关酒的故事吧！"

"这回讲一个真实的故事。"东方朔说，"最近我在写一本名为《神异经》的书，书中专门记载一些奇闻趣事，这几天正在写《西北荒经篇》。"

卫子夫说："很有趣吗？说来听听！"

"在西域荒漠之中，有一个天然泉眼。这个泉眼流出来的不是泉水，而是令人心醉的美酒。酒味清香甜美，喝后让人飘然若仙。泉眼里的酒一年四季总是满满的，清澈如镜。酒上面总是浮着供行人饮用的玉樽，只要用玉樽舀饮泉眼里的酒，无论你喝多少，酒永远也喝不完，泉眼永远也不干涸。"东方朔冲着张骞说，"张大人，你去西域，不妨去寻找这孔酒泉，舀一些酒泉的美酒带回来，让皇上、夫人，还有我们这些人尝一尝，好吗？"

张骞笑道："东方大人，我会去找这个酒泉的。"

汉武帝也笑了，说："如此说来，西域不仅有天马，还有酒泉和天酒，真是奇妙绝伦了，张骞，你此去西域，要尽量多去一些地方啊！"

"陛下，"张骞说，"微臣一定会竭尽全力。"

"东方朔，"汉武帝问，"朕让你起草的诏书，拟好了吗？"

"臣早已拟好，交给许丞相了。"东方朔回答。

丞相许昌站起来说："御诏在此，请陛下过目。"

"加印吧！"汉武帝手一挥说，"颁诏书！"

许昌接过管印宦官递来的玉玺，蘸上大红印泥，加盖在两份诏书上。然后对张骞说："张骞接旨！"

张骞离座跪下，说："臣恭聆圣谕！"

许昌庄重宣旨："制诏丞担：封张骞为大汉使臣，率使团出使西域，寻找月氏国，缔结友好盟邦，同仇敌忾，共制匈奴！此乃凿空之旅，路途遥远，凶险难测，使臣遇事可便宜从事。望使臣克服艰难险阻，扬我大汉国威，早日凯旋。"

"臣受书！"张骞接过诏书。

汉武帝站起来郑重宣布："朕命张骞为大汉使臣，出使西域，赐汉节一柄为凭，以此象征朝廷权柄，表明使臣身份。"

御前侍卫捧出一柄顶为龙首、缀有红缨、刻有龙纹的汉节，赐予张骞。

张骞接过汉节，朗声说："臣持节出使，人在节在，赴汤蹈火，不辱使命！"

"张骞，"汉武帝说，"此次出使西域，任重道远，你有何要求，直说无妨。"

张骞鼓起勇气说："请陛下吩咐有司，多准备一些丝绸及便于携带的中原珍品，让臣带往西域，这些东西在西域很抢手，听家父说，在西域，一丈丝绸可换一颗夜明珠，一匹锦缎能换一匹大宛马。"

"这些朕就早让人准备了。待会你去查验，还有需要什么，尽管提出来，有司照办就是。"汉武帝说，"还有，你这次出使西域，搜集一些如桑树栽培、缫丝、打井术等有关资料，带往西域，传播出去，以弘扬大汉文化，增进与西域人民之间的友谊。"

"臣遵旨！"

"张大人！"东方朔问，"据说西域民族众多，一个民族有一个民族的语言，去西域后，在语言上怎么与他们沟通，你有准备吗？"

"我有个朋友叫甘父，他是胡人，不仅会说匈奴语、汉语，还能说乌孙语、月氏语、婼羌语、楼兰语等。此次出使西域，带上他担任通译。"张骞胸有成竹地说，"有甘父同行，语言沟通不是问题。揭皇榜后，我回了一趟城固老家，已将甘父带到长安来了。"

"好啊！"汉武帝赞赏地说，"张骞不仅胆大，而且还心细，有你出使西域，朕真的放心了。"

"陛下！"张骞说，"臣还有一件事要奏。"

"什么事？"汉武帝问。

"甘父的父亲甘莫是一位行商，常年行走于昆仑山、天山一带，为人行侠仗义，人称昆仑侠，本想来中原将一匹蒙古马送给皇上，刚进入阳关，家里突然发生惊变，只得半途而返。家父对臣说，昆仑侠分手时，留下了一匹大宛马，托家父在适当的时候献给皇上。"

"大宛马？"汉武帝惊问，"真的吗？在哪里？"

"甘父、大宛马都在长安城。"张骞说，"选个时间，我让甘父将大宛马献给皇上。"

"好！"汉武帝提议，"大家举杯，祝使臣一路平安，早日凯旋！"

张骞也举起酒杯，说："谢陛下，谢夫人，谢各位大人！"

君臣举杯，一饮而尽。

八名舞姬在宫廷乐队的伴奏下，登场表演舞蹈，长袖随音乐飘舞，宛若一群凌波仙子踏浪而来，美不胜收。

张骞与卫青比肩而坐，窃窃私语。

"兄弟！"张骞说，"恭喜你啊！"

"侥幸得很，我看还是沾三姐的光。"卫青说，"不能总是背靠三姐这棵大树碌碌无为，只要有机会，我一定要请求皇上，批准我到战场上去冲锋陷阵，建功立业。"

"好！"张骞赞许地说，"这才不愧男儿本色。"

一典终了，八名舞姬翩然退下。

"张大人！"卫子夫手持酒杯站起，说，"你同卫青是好朋友，如今，

卫青在皇上身边效力,你却要远离家乡,到遥远的地方去替朝廷寻找盟友,我作为你的朋友卫青的姐姐,敬你一杯酒,祝你一帆风顺,一路平安!"

"谢夫人!"张骞站起来,与卫子夫对饮。

"张大人!"卫子夫接着说,"听说西域无论男女老少,人人能歌善舞,不但音乐奇妙,而且舞蹈也非常优美,我有个不情之请,能应允吗?"

"夫人请讲!"张骞说,"只要我能办到的,一定尽力去办。"

"好!"卫子夫说,"去西域后,留意一下那里的音乐、舞蹈以及其他一些文化资料,搜集起来,回来后传给汉宫乐府,好吗?"

"臣一定尽力为之。"

"那就一言为定了!"卫子夫走到席前,微笑着说:"为了表示感谢,我献唱一首乐府《长歌行》,为使臣祝福!"

李延年向宫廷乐队一挥手,音乐立即响了起来。

卫子夫轻展歌喉,唱了起来:

青青园中葵,
朝露待日晞。
阳春布德泽,
万物生光辉。
常恐秋节至,
焜黄华叶衰。
百川东到海,
何时复西归。
少壮不努力,
老大徒伤悲。

五、长亭送别

长安城西城墙有三座城门，中门为直城门，由于门楼上有两条金光闪闪的鎏金铜龙盘绕而上，故又称为龙楼门。

这一天，龙楼门城门未开，城门边便有一队全副戎装的羽林郎列队守卫在那里。护城河外人声鼎沸，数百民众聚集在一起。

原来，这一天是黄道吉日，大汉使臣选在这一天启程，出使西域。汉武帝将亲自移驾城西十里长亭给使团送行。人们一大早聚集在这里，欲一睹大汉使臣启程的盛况。

吉时刚至，城门洞开。

张骞率百名使者，骑着高头大马，举着"汉"字大旗，后面跟着数十辆满载辎重的马车，缓缓出了城门。

护城河外的人群，爆发出一阵欢呼声。

张骞率使团走上吊桥，越过护城河，围观的人群自发地让开一条道，使团队伍从中穿过。

"大汉使臣，马到成功！"不知谁喊了一句。

"大汉使臣，马到成功！"

欢呼声此起彼伏，不绝于耳。

使团队伍继续前进，人群跟在队伍的后面，涌向十里长亭。

长安城西郊的十里长亭，早已是戒备森严，一队羽林郎持戈而立，守候在那里。长亭红柱碧檐，油漆一新，亭子里临时铺了红地毯，摆放了桌椅。长亭百步之外围满了人，还有人流不断涌来。

张骞知道这是皇上临时歇脚的地方，下令使团停止前进，列队静候圣驾。

卫青走出长亭，来到张骞面前，说："张骞兄，甘父兄，我们又见面了！"

"怎么是你？"张骞吃惊地问，"你不是在宫里当差吗？"

"羽林郎的职责是保卫皇上！"卫青说，"今天，皇上到十里长亭给使团送行，我就讨了这份差事，也好给张兄、甘兄送行。"

张骞一抱拳："多谢兄弟一番美意！"

"应该！应该！谁叫我们是兄弟呢？"卫青说，"皇上还没到，让大家休息一下吧！"

张骞吩咐大家可以放松一下，不要走远了。

围观的人群开始动了起来，有的提着篮子，有的捧着碗，纷纷上前慰问远行的使者。有的把大枣装进使者的口袋里，有的把茶叶蛋塞进使者的手里。

一个老婆婆手捧一碗浆水走过来，递给张骞，说："孩子，喝一碗家乡的浆水吧！离开长安，以后想喝也喝不上了，我以浆水代酒，祝你们一路平安！"

张骞接过碗，激动地说："多谢老人家，就是走到天边，我也不会忘记这碗浆水，也不会忘记家乡的父老乡亲。"张骞说罢，一饮而尽。

一个漂亮的年轻姑娘手捧一碗浆水，来到甘父身边递上，说："兄弟，喝一碗浆水吧！"

"谢谢！"甘父接过浆水，一饮而尽，"好喝！"

姑娘问："你也是出使西域的使者吗？"

"不像吗？"甘父反问。

姑娘说："你不是汉家人，怎么成了汉家使者呢？"

"我真是使者！"甘父有点急了，说，"不信，你问使臣张大人！"

"不用问！"姑娘笑了，"我信，祝你们一路平安！"

"谢了！"甘父央求说，"真好喝，再来一碗，行吗？"

"行啊！"姑娘又倒了一碗浆水，递给甘父。

甘父接过来，又是一饮而尽，抹了抹嘴，说："谢谢汉家妹子！"

姑娘嫣然一笑，转身给其他人送浆水去了。甘父紧盯着姑娘离去的身影，久久收不回来。

卫青上前，伸手在甘父眼前晃了晃，说："走远了，还在看，对这个汉家妹子有了感觉，是吧？"

"好啊！"张骞打趣地说，"出使西域归来后，我给甘兄弟找一个汉家妹子拜堂成亲！"

甘父叹了口气说："这位姑娘太像我的阿妹乌姗了，在家里时，阿妹每天都要煮奶茶给我喝，刚才喝浆水，想起了阿妹。不知她现在是死是活。"

"兄弟，"张骞安慰地说，"不要悲伤，我们这次去西域，一定会找到你阿爸和阿妹的。"

郎中令石建骑马来了，下马后对张骞说："皇上和夫人马上就到，准备迎接圣驾！"

"都过来！"张骞大喊，"站好了，皇上马上就到，准备恭迎圣驾！"

顷刻之间，全体人员整装列队，肃立于道旁，静候圣驾。闲杂人等自动退避到百步开外。

汉武帝的全副仪仗过来了，八名羽林郎骑马走在队伍前面开路，宫廷仪仗队紧随其后，后面是李延年带领的宫廷乐队。

汉武帝与夫人卫子夫共乘一车，走在宫廷乐队后面。最后是随行朝廷官员，其中有丞相许昌、长安令义纵、太中大夫东方朔等。队伍到达十里长亭后，坐车的下车，骑马的下马。

张骞、甘父、卫青及使团全体人员，跪伏在道路两旁，山呼万岁！

汉武帝下车后，过来扶起张骞，并对大家说："大家都平身吧！"

"谢主隆恩！"张骞顺势站起来，对使者们说，"全体起立，接受皇上检阅。"

百名使者站起来，分列道路两边，相对而立，端庄恭谨。

汉武帝走在队伍中间，边走巡视，脸上充满了笑容。折身返回之后，停下脚步，转身，再次将使团队伍扫视一遍。

卫青上前说："陛下，请入长亭小憩片刻。"

"不用！"汉武帝说，"朕就站在这里为出使西域的勇士送行！上酒！"

一队侍卫手捧托盘，托盘上放着一碗碗御酒，分别走向使者，给每人献上一碗酒。

卫青手里的托盘装了三碗酒，来到汉武帝面前。汉武帝、卫子夫和张骞各取一碗。

汉武帝举起酒碗，大声说："朕给远行的勇士们敬酒，祝大家一路平

· 27 ·

安,马到成功,大家干了这碗酒。"

张骞、使者及随行官员一同举起酒碗,同陛下、夫人举杯共饮。

李延年指挥宫廷乐队,奏起了威武雄壮的《壮士出征乐》。

"大汉使臣,马到成功!大汉使臣,马到成功!"围观人群发出欢呼声。

在张骞的示意下,甘父牵着大宛马,上前跪在汉武帝面前,磕头说:"臣叩见陛下,祝陛下万岁、万岁、万万岁!"

"起来吧!"汉武帝惊喜地问,"你是⋯⋯"

"陛下!"张骞说,"他就是臣举荐的随团翻译甘父,他的父亲就是昆仑侠甘莫!"

汉武帝打量一番,发现甘父虽然与汉人相貌有异,却英武矫健,对他顿生好感。问道:"你是匈奴人?"

"我是匈奴人。"甘父站起来回答。

"你去西域后,还回汉朝吗?"

"一定要回来!"甘父说,"我虽然是匈奴人,可我现在是汉朝使者。我跟随汉使张大哥,他到哪里,我就到哪里。他回长安,我也回长安,一辈子都不会离开他!"

汉武帝笑了,说:"你的汉话说很好。听说你还会说匈奴语、乌孙语、月氏语、婼羌语、楼兰语⋯⋯"

"是的!"甘父说,"我到过西域很多地方,每到一地,就学当地人说话!"

"听说你骑马、射箭的本事都很好?"

"陛下!"甘父说,"我是在马背上长大的,从小就在草原上骑马,在深山里打猎。生长在大草原上的人,不会骑马,不会射箭,那不是草原人。"

甘父拍拍身边的大宛马说,"这是家父从西域带来的一匹纯种大宛马,今天借这个机会,将这匹马献给陛下。"

"这就是纯种大宛马吗?好健壮的马啊!朕做梦也想得到这种马,今天,终于见到了大宛马。"汉武帝说罢,走近大宛马。

张骞紧紧跟在身边,担心马见生人,伤了陛下。

甘父知道张骞的用意,笑着说:"大哥,放心吧!这匹马训练有素,不会伤人。"

第一章　凿空之旅

汉武帝抓住马缰，欲上马试骑。

"陛下！"张骞说："今天人太多，让臣代骑吧！"

"好！"汉武帝说，"你来骑，让朕近距离看看这匹马的风姿。"

张骞抓住马缰，翻身上马，勒转马头，先是小跑几步离开人群，接着在马屁股上抽打几鞭，大宛马如离弦之箭，飞驰而去。

"好！好！"汉武帝高兴得手舞足蹈，忘情大叫，"快如闪电，快如闪电，果然是宝马啊！"

张骞策马跑了一圈，返回原地，跳下马，问道："陛下，怎么样？"

"宝马，宝马，真是无价的宝马啊！"汉武帝赞叹地说，"如果朕有一批这样的宝马，何愁匈奴不灭，何愁国家不太平？"

"大汉无敌，消灭匈奴！"使团成员振臂欢呼。

"大汉无敌，消灭匈奴！"四周民众与朝臣也随声附和。

"甘父！"

"臣在！"

汉武帝说："到了西域，见到你父亲昆仑侠甘莫，请替朕谢谢他！朕的第一匹天马，是昆仑侠赠送的。这可是世上的无价之宝啊！"

"臣一定转达陛下的意思。"

卫子夫一直站在汉武帝身边，走上前问道："甘父，听说你的羌笛吹得非常好，在柳市，很多人都被你的笛声迷住了！"

"啊！"甘父说，"谢夫人夸奖，出使归来，一定为夫人吹羌笛，请夫人指教！"

卫子夫说："我很想听，现在就吹奏一曲，行吗？"

汉武帝凑趣地说："朕也想听，你就为夫人吹一曲吧！"

张骞向甘父点头示意。

甘父从马鞍挂袋里抽出羌笛，贴上笛膜，倚在马儿身边吹奏起来。

甘父吹奏的是匈奴民间的一首牧歌，这首歌经过他的阿妹乌姗的修改，比原来更好听。甘父给这首歌取名叫《骏马之歌》，甘父吹起羌笛，仿佛置身辽阔的大草原，阿爸挥舞着套马杆，驱赶着马群；阿妹赶着羊群，在草原上行走；雄鹰在天空中展翅飞翔……笛声清脆嘹亮，曲调悠扬婉转，意境辽阔高

远，仿佛在蓝天中有一匹天马在凌空飞驰……

羌笛声居然盖过了宫廷乐队的《壮士出征乐》。

李延年惊呆了，急忙命乐队停止演奏，全神贯注地聆听笛声，心记曲调。甘父吹奏的异国曲调让他震惊，让他陶醉。

甘父绝对不会想到，这首《骏马之歌》给了李延年莫大启发，不久之后，这位音乐天才凭着记忆，复制了《骏马之歌》的曲谱，并在此基础上写出了乐府《横吹曲》，这是后话。

宫廷乐队的人都是行家，他们都在聆听甘父吹奏的羌笛，十里长亭仿佛只有羌笛的乐音在回荡，时间仿佛也停止了……

"天籁之音，天籁之音，太神奇了，太神奇了！"卫子夫连声称赞，从身上解下一条红缨带，送给甘父，说，"听了你的神曲，我也想随你们出使，领略一下西域的风光美景！这条红缨带送给你，系在这支羌笛上吧！"

甘父接过红缨带，非常激动，连声说："谢夫人，谢夫人！"

汉武帝解下腰间一块盘龙玉佩，递给张骞，说："张骞，这块玉佩你收下！祝你身佩此玉，逢凶化吉，遇难呈祥，早日凯旋。"

张骞接过玉佩系在腰间，朗声说："臣身系玉佩，心系家国，赴汤蹈火，报效朝廷。"

"吉时已过，启程了！"石建大声唱道。

宫廷乐队再次奏响了《壮士出征乐》。

张骞大呼："勇士们，上马启程！"

张骞和使者们翻身上马，在马上向皇上、夫人及各位朝臣拱手行礼，然后持缰纵马，出发了。

张骞骑着骏马，手持汉节，最后一次回首，眺望着越来越远、越来越低的龙楼门城楼，噙着热泪的双眼流露出无限深情，在心里呼唤："再见了，长安！再见了，亲人们！"

第二章 河西走廊

第二章　河西走廊

一、神秘大通道

甘肃地势呈西北向东南走向，在中国版图上，其形状犹如一只"如意"，它的中段是一条自然形成的地理大通道。通道东西长约一千二百公里，最窄处仅数公里，最宽处约三百公里，东起乌鞘岭，西至星星峡，南侧是祁连山脉，北侧是龙首山、合黎山、马鬃山。由于这条天然大通道地处黄河以西，形似走廊，于是人们将其称之为"河西走廊"。

在祁连山北麓自然形成的这条咽喉般的狭长走廊，南北勾连青藏高原和蒙古高原，东西连结着黄土高原和塔里木盆地。青藏高原的隆起，切断了印度洋北上的暖湿气流，使西北地区形成了大片的戈壁荒漠。幸运的是，在来自太平洋季风的吹拂下，丰沛的降雨使祁连山成为延伸至西北的一座湿岛。祁连山脉覆盖的积雪和史前冰川的融化，形成了中国第二大内陆河黑河。河水奔腾而下，源源不断流进了河西走廊。除了海洋之外，地球上所有的地形地貌，几乎在河西走廊上都能找到——戈壁、沙漠、溪壑、山地、草原……

扁都口是祁连山中段一条贯通南北、长近六十里的大峡谷，古人称之为"大斗拔谷"。峡谷两侧山势陡峭，奇峰耸立。发源于祁连山脉黑河水系的大大小小二十多条河流，沿着峡谷蜿蜒而下，呈现出一派雄浑的西部风光。

张骞率领使团离开长安后，溯渭河西行，越过秦岭，然后折向西北，从靖远渡过黄河，从祁连山中段的扁都口进入河西走廊。

对于长期生活在中原富庶地区的张骞和使团人使者们来说，尽管对穿越这条天然通道的艰苦和险恶都有充足的心理准备，但随着日渐深入河西走廊，他们还是感受到了险恶的自然环境的压力。戈壁坚硬，黄沙漫漫，阳光炽烈如火，走上很远才能看到一片绿洲和稀疏的人烟，然后又是荒漠和戈壁，劲吹的风沙铺天盖地，危险无处不在。要找到月氏部落，就只能冒险穿过这条由匈奴

· 33 ·

人控制的通道。而强大的匈奴王朝与中原王朝的对立，已经持续了几百年，如果不幸撞到了匈奴士兵，后果不堪设想。

张骞及其使团进入河西走廊后，由甘父率几个人在前面探路，小心翼翼地避开匈奴人稀稀落落的帐幕和畜群，如果探路的人发现匈奴骑兵的身影，立即通知后面使团队伍，使者们立即躲进密林或山沟里。

这一天，太阳快要落山，张骞选择一处背靠山崖、视野辽阔的山坡地宿营，大家支起帐蓬，埋锅造饭。由于一路奔波，大家都很疲劳，吃了晚饭后，都钻进帐蓬睡了。

张骞选择的宿营地是一片无人区，不担心出现匈奴骑马，正当大家进入梦乡的时候，一场灭顶之灾正在向这个群体悄悄逼近。

甘父出生于匈奴，知道附近常有野兽出没，放心不下，小睡了一会，便起床提刀走出帐蓬，在宿营地周围巡视。当巡视到马群时，突然发现远处有无数萤火虫向使团的宿营地漂移。甘父从小生长在草原，知道发光的不是萤火虫，而是狼的眼睛，不由大吃一惊，惊叫："狼来了！狼来了！"

张骞的警惕性本来就很高，平时总是和衣而睡，随时准备应付突发情况，听到甘父的叫声，一个鲤鱼打挺，翻身下床，提刀冲出帐蓬，惊问："在哪里？"

"你看！"甘父指着黑夜中移动的亮点，说，"那些移动的碧绿亮点，就是狼眼睛，它们正向我们的宿营地围过来。"

"狼来了！快起来！"张骞从来没有见过这么多狼，大呼，"大家操家伙！"

使者们从睡梦中惊醒，迅速穿上衣裳，提刀冲出帐蓬。

狼群已经逼近马队，使者们挥刀冲入狼群，一顿乱劈。群狼想必是饿疯了，不但没有杀退，反而越来越多。

甘父大叫："大家快回来，快回来，烧火，快烧火！"

使者们陆续退回来，有人抱来柴禾，堆成若干堆，迅速点上火。狼天性怕火，见燃烧起来的堆堆篝火，胆怯地向后退，却不肯离去。

甘父说："大家不要怕，只要保持火堆不灭，狼群就不敢靠近。"

张骞于是安排少数人守住火堆，其他人都回帐蓬休息，养好精神，明天还要继续赶路。

第二章　河西走廊

天亮了，狼群逐渐退去。

张骞吩咐大家吃早饭，吃完后继续赶路。

张骞一行有惊无险地穿越了扁都口大峡谷，进入匈奴休屠王地界的姑臧（今甘肃武威市）地界，他们选择一个远离匈奴帐蓬、靠近汉人、名叫落驾坪的地方宿营。

此地是河西走廊东端的重镇，史有"四凉古都，河西都会"之美称。

突然之间，一下子来了这么多汉朝官府中人，落驾坪的民众大有流落异乡的游子见到亲人的感觉，格外亲切。大家都拿出菜肴和美酒招待远道而来的客人。

张骞向土著人打听月氏人的去向。一位老者告诉他，姑臧本来就是月氏人游牧的地方，后来匈奴人来了，杀了月氏人的国王，并砍下月氏国王的头颅。月氏人忍辱偷生，被迫退出祁连山，向西迁徙。

"知道他们迁到哪里去了吗？"张骞迫不及待地问。

"不知道！"老者说，"只知道去了西方。"

张骞很失望，但并未失去信心，因为老者的回答本在意料之中，如果寻找月氏人那么容易，也就无需大汉皇帝劳师动众，派出一支庞大的使团队伍了。不知月氏人的下落没关系，至少老者的说法与匈奴俘虏的供词一致。既然知道去了西方，那就继续前行，哪怕踏遍西域，也要把月氏人找到。

老者见张骞有些失望，安慰说："客官，好事多磨，你一直向西走，一定会找到月氏人。"

张骞见老者善解人意，报之一笑，说："寻找月氏人是圣命，不找到月氏人，誓不回头。"

老者说："姑臧明天是大集，客官不妨在此逗留一天，去逛一逛姑臧关市。那里人多，或许可以打听到一些消息。"

"附近有匈奴兵吗？"张骞问。

"匈奴人只派人来征税，骑兵并不骚扰我们。"

"最近来征税吗？"

"征税的人才走几天，再来就是几个月之后的事情了。"老者说，"去吧！这里安全，只要有风吹草动，我一定会通知你。"

"好！"张骞说，"那就多谢老人家了！"

张骞吩咐大家，在落驾坪休整一天。并对大家说，附近有一条小溪，溪浅水清，大家可以去那里洗洗澡，再向前走，这样的机会就不多了。姑臧明天开市，大家可以结伴去逛逛，一定要注意安全，不要惹事。

姑臧关市规模不大，店铺却不少，一条长街，两边挂满了货栈旗帘，经营各有特色，丝绸栈、皮货行、茶叶铺、珠宝店、茶馆、客栈、马市、小吃摊、杂货店等等，一应生活用品应有尽有。摊主的衣饰五花八门，语言各不相同，有汉人、胡人（匈奴）、西域人等，叫卖声不绝于耳。

姑臧市场，平常多为当地人进市交易，突然间涌进数十名穿着汉朝官服的人，一下子热闹起来，商贩们争相向远方来的客人推销自己的商品。

甘父和副使梁斌在关市逛了一会，在一个估衣摊前蹲下来，拿起一件匈奴牧民穿的皮袍子看了看，然后把梁斌拉到一边，说："借给我点钱，把这件皮袍买下来，回去让大哥还给你。"

"一件旧袍子，有什么好？"梁斌不解地问。

"大哥不是说到西域后，要我独自先行，沿途侦探吗？"甘父说，"穿着这身汉服，出去就被人认出来了。"

"是这样呀！袍子我给你买"梁斌想了想说，"你这话提醒了我，不仅给你买一件，每个人都得买一件，穿上这袍子，一来可以御寒，二来可以掩人耳目。"

"这件事交给我办吧！"甘父笑着说，"你给钱就行!"

"不是我给钱，是朝廷给钱！"梁斌说，"把关市的皮袍都搜集起来，争取每人弄一件。"

"好嘞！"甘父乐呵呵地去了。

甘父在关市转了一圈，搜集到了百余件新旧皮袍，使团成员一人一件，差不多也就够了。

梁斌招呼大家帮忙，将刚买的皮袍打包带走。

"甘父！"突然有人叫一声，声音不大，但很清晰，是女人的声音。

甘父很吃惊，停下来四处张望，没有找到喊叫的人。

"真是甘父兄弟？"旁边杂货店出来一位漂亮的年轻女子，跑到甘父面前，说，"你怎么穿着汉家官服？我都不敢认了，叫一声试探一下，真是你呀！"

"阿瑞娜大姐！"甘父吃惊地问，"你怎么在这里？"

"一言难尽。"阿瑞娜拉了甘父一把，"走，到店里去喝杯茶，姐慢慢对你说。"

"梁副使！"甘父介绍说，"这是我的乡亲，阿瑞娜大姐。"

"他乡逢故知，真是巧遇啊！"梁斌说，"你们找个地方慢慢聊，我们先回去了。"

甘父说："那就谢了！"

梁斌临走时做了个鬼脸，坏笑一声："别忘了时辰啊！"

甘父举起拳头，做出要冲上去的架势："找打呀！"

使者们都笑了，大家背着刚买的皮袍，出了关市，回宿营地去了。

张骞站在山坡上，心里的些茫然，对身边的副使梁斌说："再向前走，我们就要进入大漠了，前途到底是什么样子，心里真没有底啊！"

"你今天不是又找了老者吗？"梁斌问，"了解到一些情况了吗？"

"还真不少！"张骞说，"老者说，最近两个月，觬得（今张掖）、禄福（今酒泉）、敦煌、玉门一带常有小股匈奴骑兵出现，很有可能是刺探情报的。再向前走，很可能会遇到匈奴骑兵。这是一件很麻烦的事情。"

"这倒真是个问题。"梁斌说，"今天到关市，甘父提出给他买一件匈奴牧民穿的旧皮袍。"

"买旧皮袍？"张骞问，"有何用场？"

"甘父说，你让他前行探路，如果穿着汉朝的官服，只要一出现，便被人认出来了，还探什么路？"

张骞惊喜地问："甘父是要化装成胡人？"

"对呀！"梁斌说，"我见甘父说得有理，便给使团全体人员每人买了一件，事先也没与你商量。"

"好啊！"张骞擂了梁斌一拳，兴奋地说，"这办法好，我们干脆装扮成匈奴商队。"

晚饭后，张骞提着一个小竹笼，甘父紧随其后，一起登上小山坡。张骞从笼子里抓出一只信鸽递给甘父，将另外一只抓在自己手里，说："兄弟，两

只信鸽,我们同时放飞。"

甘父拨弄着绑在信鸽足环上的一卷白丝帛,问:"这是大哥写给家里的书信吗?"

"你那只信鸽是家书,认识回白岩村的路。"张骞指着自己手中的鸽子说,"我这只鸽子认识长安石大人的家,鸽子会把这封信带给石大人,石大人再把信转交给皇上。"

"从这里到长安,有数千里之遥啊!"甘父说,"鸽子不会迷路吧!"

"鸽子恋家。"张骞说,"不论把它带到哪里,它都记得回家的路。"

"神了啊!"甘父惊叹一声。

"放吧!"张骞说,"让父亲和皇上知道,明天,我们将前往觚得。"

两人放飞了信鸽,漫步在山坡上。

张骞滔滔不绝地说,这次揭皇榜,就是想干一番事业,不想默默无闻地了此终身……说着说着,突然发现甘父竟然一声不吭,有点反常。往日甘父遇事总要问一个为什么,嘴巴总是闲不住,今天除放飞信鸽子说了几句话,什么话也没说。不对,一定发生了什么事情,才让这位年轻人突然闭住了嘴,忙问:"兄弟,怎么不说话,发生了什么事吗?"

"没事!"甘父淡淡地说。

张骞当然不会不相信,追问一句:"真的没事?"

甘父没有开口,眼泪哗啦哗啦地流出来了。

"还说没事?"张骞替甘父擦干眼泪,说,"告诉大哥,发生了什么事?"

"父亲没了,妹子被头人抓走了,不知是死是活。"

张骞问:"你是怎么知道的?"

"白天在集市遇到老乡阿瑞娜大姐!"

"她怎么说?"张骞紧张地问。

"匈奴单于派右贤王攻打祁连山一带,赶走了大月氏人,还抓紧了许多汉人和匈奴牧民。父亲在寻找妹子的路上,碰见一队被匈奴兵抓走的牧民,意外地发现妹子,还有葡萄奴一家人,都在被抓的队伍里。"

"后来呢?"

"父亲悄悄跟上去,一直跟到了匈奴人的兵营。晚上,他放火烧了军营

第二章　河西走廊

几个帐蓬。趁乱救出被匈奴人关押的人，但却没有见到妹子和葡萄奴。正当他到处寻找的时候，突然冲出许多匈奴兵，将父亲团团围住，乱箭齐发，父亲连反抗的机会都没有，便被射成了刺猬。"

说到这里，甘父痛哭流涕。

张骞扶着甘父坐在山坡上，也不劝阻，让他痛哭一场。

过了一会，张骞见甘父的情绪慢慢稳定了，才安慰地说："匈奴人太凶残，我们这次一定要找到月氏人，请他们与汉朝联手，消灭匈奴人。"

甘父站起来，拔出插在腰音的羌笛说："大哥，《骏马之歌》你也学会来，来，我吹，你唱！"

一会儿，阳关城楼上，响起了悦耳的羌笛声和嘹亮的歌声：

骏马，心爱的骏马，
奔驰在辽阔美丽的草原上。
犹如一只雄鹰
翱翔在天空。
啊！我心爱骏马，
披星戴月，不畏艰险，
飞驰如电，一日千里，
你比雄鹰更勇敢。

二、戈壁海市蜃楼

张骞率使团告别落驾坪的老者及民众，离开姑臧。经过几天行走，进入骊靬（今甘肃永昌县）地界，踏进了荒凉的戈壁滩。

刚进入戈壁滩，一阵西北风裹杂着沙尘扑面而来，刮得人睁不开眼睛，迈不开脚步，幸亏戈壁地域不大，狂风也只是一刮而过，没有给西行的队伍带来太多的困难，但也让大家见识了一下西部险恶的自然环境。

再向西行，进入禄福（酒泉）。

经过了觚得、禄福二城，河西走廊的风一下变得干燥起来，戈壁一望无际；河西走廊的绿也被为漫天的风沙吹得干干净净，天高地远，戈壁连天，望穿双眼，没有见到能饮之泉，收入眼底的只是戈壁重重，沙尘漫漫。

首先映入眼帘的是嘉峪山隘口。

嘉峪山隘口坐落于祁连山与合黎山的夹道之间，素有"中外钜防""河西第一隘口"之称，这里是河西走廊西端的咽喉要塞，通往西域的必经之地。越过嘉峪山隘口，便进入大漠戈壁，河西走廊的富庶与绿色一扫而光，茫茫戈壁滩展现在眼前。

张骞带领使团在茫茫戈壁滩行走了两天，黑色的小石头和灰色的沙砾铺满了戈壁，地面上除了蓬蓬簇生、矮小贴地的骆驼草之外，别无他物，一切都显得单调而荒凉。举目四望，渺无人烟，天空地旷。侧耳细听，除了胯下的马蹄声，寂静无声，戈壁滩似乎是一片死海。

烈日当空，没有一丝风，空气似乎凝固了，人人都感到胸口像是塞进了一个皮球，顶得胸口胀痛。空气里没有半点湿气，闷热难耐，很多人的嘴唇干裂得渗出了血。进入戈壁之前，每个人都带了三个灌满了水的牛皮水囊，此时大多数人都喝干了两个水囊，剩下那个水囊，谁都不敢轻意拔开塞子。前方的

第二章　河西走廊

沙丘如大海的波涛延伸向远方,一望无际,谁也不知道何时才能走出这片沙海。水囊无水,意味着生命的枯竭。大家肚子也很饿,行囊里也有干粮,但谁都懒得去动。干粮无水难下咽,现在还能挺,就先挺一挺再说吧!

饥饿、干渴,让生龙活虎般的小伙子们疲惫不堪,坐在马背上昏昏欲睡,没精打采。

甘父走在最前面引路,缓缓而行。突然,甘父调转马头,冲着大家喊:"大家快下马,快卧倒!狂风来了!"

大家一愣,不知发生了什么事。

"快下马!快!"甘父大声喊,"学我的样子做。"

甘父跳下马,让坐骑卧倒在地,自己背对着风,紧靠马腹,贴地而卧,给大家做示范。

"先把马背上的马褡子取下来。"张骞大喊,"照甘父的样子做,快!"

瞬间,狂风骤起,飞沙走石,天昏地暗。狂风夹杂着漫天沙尘,肆意横行,掩埋了使团的人和马,吞没了戈壁。

狂风足足刮了半个时辰,终于停止了怒吼,飞沙跌落尘埃,戈壁滩重归于寂静,仿佛又是一片死海。

张骞和甘父几乎同时站起来

"起来!"甘父大喊,"大家都起来,没事了!"

使者们纷纷站起来,扶起各自的坐骑,抖落身上的黄沙,抹去脸上的尘土。看到彼此狼狈的模样,大家都乐了。经过一番折腾,大家体内的水分几乎被挤干了,不得不取下挂在马鞍上的水囊。

"少喝一点,少喝一点。"张骞担心大家把水喝光了。

大家都知道,此时的水就是命,不到万不得已,水囊里一定得留一点水,有水,就有生命,无水,则生命枯竭。根本不需要张骞叮嘱,大家拔开水囊塞子,送到嘴边吻一吻,润一润干燥的喉咙和裂开血口的嘴唇,然后将塞子重新塞上。

大家相互帮忙,将马褡子重新搬到马背上。

张骞取出羊皮地图和木罗盘,抬头看看天上的太阳,仔细察看。

突然,不知谁大喊一声:"快看!北边有座城堡,宫殿,还有草地。"

张骞和使者闻声一起北眺，果然见前方出现一座城堡，城堡周围是一片葱绿的草地，水洼如镜，羊群如天上飘浮的白云。

"那是幻觉！"甘父大声说，"站在我们脚下，北面是一片戈壁滩，既没有城堡，更没有绿洲。"

"耍我们呀！"有人不服气地说，"城堡、绿洲就在那里，你这不是睁着眼睛说瞎话吗？"

"快去呀！那里有水。"有人发出喊声，拍马冲了出去。

"回来！快回来！"甘父大叫，"危险……"

"怎么回事？"张骞疑惑地问，"到底怎么回事呀？"

"假象！"甘父说，"这是夏季戈壁滩经常出现的一种情况，有时前方突然冒出一座城堡，或者一片绿洲，你就是跑死马，永远也找不到。"

"为什么呢？"张骞问。

"咱没读多少书，原因咱讲不清楚。"甘父说，"我只知道眼前的城堡、绿洲，都是幻觉。"

"你先去探探路。"张骞吩咐甘父，"找个有水的地方，宿营休息。"

"找到之后，我回头来接你们。"甘父话音刚落，人已拍马西去。

"汉使！"副使梁斌说，"我们也该走了吧！"

"等一会吧！"张骞说，"刚才不是有人跑往北方看绿洲去了吗？还没回来，不能丢下不管啊！"

不久，刚才跑出去寻找"海市蜃楼"的人狼狈不堪地回来了，人和马都跑虚脱了，有气无力地说："水！谁还有水，给我喝几口，我都快渴死了。"

张骞把自己的水囊递给他。

"怎么了！"梁斌打趣地说，"城堡里没有水吗？"

"见他娘的鬼了！"那人不敢多喝，仅喝三口水便塞上塞子，将水囊还给张骞，骂骂咧咧地说，"别说城堡，连鬼毛影子也没见一个，真他妈的邪乎！"

"不会吧！"有人打趣地说，"那么豪华的宫殿，一定是美女如云，你是被人赶出来的吧！"

众人一阵大笑，仿佛忘掉了眼前的饥渴与疲倦。

第二章　河西走廊

张骞命大家整理好行装，重新出发。

"炊烟！看呀！前面有炊烟！"有人高兴地大叫。

大家都看见了，前方不远处果然有人家，几间土屋，屋顶上飘着缕缕炊烟。零零星星的几棵树虽然不成林，但也让人看到了绿色的生命。大家很高兴，终于走出了戈壁滩，终于有水喝了！

张骞取出木罗盘，对着羊皮地图看了一会，说："路是走对了！前面不远应该就有绿洲了。"

梁斌对大家说："前面就是绿洲，大家再坚持一下，到绿洲宿营。"

大家一阵欢呼。

突然，甘父从一条岔道跑回来，人未到，声先到："停下，停下，不要再往前走了。"

"怎么回事？"张骞冲着刚下马的甘父问，"有情况吗？"

甘父气喘吁吁地说："前面出现了匈奴骑兵。"

"怎么办？"张骞焦急地问，"有路绕过去吗？"

"走南边这条岔道。"甘父指着南方一条岔道说，"沿着这条岔道向前走，不远有一块绿洲，可以在那里宿营。然后往西南走，前面便是敦煌。"

"走南边岔道。"张骞果断地下命令，"先去绿洲。"

甘父在前边带路，张骞率众紧跟，一路向北疾行。

张骞率领大家一路奔驰，抵达甘父发现的那片绿洲。大家跳下马，纷纷跑到湖边，以手当瓢，捧水一阵狂饮……

张骞、梁斌、甘父三人蹲在树荫下，围着铺在地上的羊皮地图比划商量，不一会，三人同时站起来。

梁斌拍拍手，大喊："过来！过来！大家都过来。"

大家纷纷聚拢过来，围在三人周围，七嘴八舌地问："汉使，什么事，我们还没有喝够呢！"

"静一静！"梁斌道，"汉使有话要说。"

张骞一挥手，高声说："弟兄们，我们已经进入匈奴人的腹地，随时可能遇到匈奴骑兵，此地不宜久留，大家把水囊灌满，随时准备走。"

"是！"大家异口同声地回答。

张骞说:"现在强调几件事。"

"汉使!"大家再次异口同声地说,"吩咐吧!上刀山,下火海,决不皱一下眉头。"

"如果与匈奴兵相遇,大家一定要冷静。"张骞说,"如果敌众我寡,咱们就避开走。一旦交上火,就要以死相搏。如果不幸被俘,宁死不屈。即使剩下最后一个人,也要持节而行,奔赴西域,找到月氏国,大家能做到吗?"

"能!"大家齐声说,"一定能!"

"这是一片绿洲,我们能来,匈奴兵也能来。"张骞吩咐,"解散后,大家抓紧时间洗一洗。脱掉身上的衣裳,换上在姑臧给大家买的那身皮袍。我们要装扮成商队。遇到匈奴兵,大家都别出声,让甘父应对。"

使者们解散后,纷纷跑到湖边,饮马的饮马,喂料的喂料,有的索性脱掉衣服,光着屁股跳进湖里戏水去了……

"鱼!抓到一条鱼了。"突然传出一声尖叫。

话音刚落,又有人惊叫,抓到一条大鱼,足有三四斤重。

大家的兴趣一下子都来了,刚刚还站在湖边的人,也纷纷脱光衣服,跳进湖里抓鱼去了。不一会,岸边丢满了鱼,水里、岸上,笑声一片。

老天仿佛总是要给人开玩笑,正当大家吃烤鱼野餐时,站岗的人突然慌慌张张地跑过来报告,说是听到了马蹄声。

"马蹄声?"张骞霍地站起来,凝神静听,果然有隐隐约约的马蹄声传来,而且越来越近。

"大约有四五十匹。"甘父急促地说,"从马蹄声判断,不会是商队,是冲着我们这边来的。"

马蹄声近了,停止了,一小队匈奴骑兵在十数步开外停住了。为首的十夫长挥着手里的鞭子,凶巴巴地问:"你们是什么人?"

甘父用匈奴语回答:"十夫长大人,我们是商队,结队前往楼兰国,路过绿洲,天快黑了,在这里宿营。"

十夫长铁青着脸,盯着甘父看,又盯住张骞看,然后将众人扫视一遍,用马鞭指着张骞及众人说:"你,还有你、你、你,不是胡人,是汉人。"

第二章　河西走廊

"十夫长大人!"甘父走到十夫长马前,递上一条刚烤熟的鱼说,"他们是汉家商队,我是他们请的向导。"

十夫长接过烤鱼,凑到鼻子边闻了闻说:"不错,很香。"

"刚烤的鱼。"甘父讨好地说,"让兄弟们下马,尝尝我们的烤鱼。"

"汉家商队?"十夫长不理会甘父,继续问,"马褡子里装的是什么,有汉家丝绸吗?"

"有一点!"甘父小心地说:"不是很多。"

"下马!下马!"十夫长喝令匈奴士兵,"下去查查他们的货物,如果有汉家丝绸,全部带走。"

二十多名匈奴兵跳下马,冲到驮货的马匹身边,解开捆扎的绳索,东翻西找,见到一匹匹丝绸,个个眼冒绿光,狂笑不止。一个匈奴兵跑到十夫长马前,大声说:"十夫长,咱们发了。"

"怎么样?"十夫长问。

"汉家丝绸多得不得了,好漂亮啊!"

"好!"十夫长问着张骞等人说,"我不杀你们,你们也可以去楼兰,但丝绸得给我留下。"

十夫长说罢,哈哈大笑,扔下咬了几口的烤鱼,拍马察看货物去了。

张骞扫视了一下全场,匈奴兵只有区区二十余人,使团有百人之多,以多打少,有十足的把握。他给大家使了一个眼神,当十夫长拍马去察看货物的时候,张骞大吼一声:"操家伙,干掉他们。"

甘父右手早已扣上一枚鹅卵石,左手也抓了一大把。听到张骞的命令,突然大叫一声:"十夫长大人!"

"嗯!"十夫长勒住马,回头问,"什么事?"

"请你吃这个!"甘父话音未落,一枚鹅卵石脱手而出,正好击中十夫长的额头。

十夫长惨叫一声,跌落马下,张骞箭步冲上去,挥刀砍下十夫长的头颅。匈奴兵大吃一惊,扔下丝绸,拔刀反抗。

张骞率使者将匈奴兵团团围住,乱砍乱杀。甘父的鹅卵石指东打西,石无虚发。以多打少,使团占绝对上风,片刻之间,匈奴兵全部毙命。

"汉使！"梁斌说，"此地不可久留，要赶快离开这里。"

张骞认为天快黑了，路又不熟，想了想说："还是明天拂晓出发吧！先清理现场。把匈奴人的衣服剥下来备用，埋掉尸体，不要留下任何痕迹。"

"我数了一下。"甘父高兴地说，"四十多匹马都是好马，我们带上，有机会可以换骆驼。走沙漠骑骆驼比马好。"

三、大漠狂沙

第二天拂晓，张骞和使团离开了绿洲，一路向西行进，除了风沙侵袭外，没有遇到匈奴骑兵。中午时分，一片看不到边的沙漠挡住了去路。沙漠边缘，有一条路向西南延伸，不知通往何处。

大家下马休息，张骞取出木罗盘和羊皮地图，仔细察看，地图上没有这条向西南方向的路，只有一片大沙漠，沙漠的西边是敦煌。

张骞和副使梁斌一边吃干粮，商量前行的路线，一边盼望先行探路的甘父快回来。

甘父终于回来了。他骑着一头骆驼，身后还跟着一群骆驼。

甘父跳下骆驼，向张骞、梁斌报告说："瓜州驻扎有一支匈奴骑兵，只能绕过瓜州，直接去敦煌。"

"去敦煌怎么走？"张骞问。

"去敦煌有两条路。"甘父说，"一条是穿过大沙漠，这条路上虽然没有匈奴兵，比较安全，但必须穿过沙漠腹地，非常艰难苦，如果遇到沙尘暴，更是凶险万分。"

"还有一条路呢？"梁斌问。

"另一条是向西南方向走，绕过大沙漠，越过党河，就到了敦煌。"

甘父说，"这条路相对于沙漠，要好走一些，据说沿途常有小股匈奴骑兵出没。"

张骞听了没有说话，一边看地图，一边思索。

梁斌问甘父："这些骆驼哪里来的？"

甘父说："这些骆驼是我用昨天缴获的战马，再加两匹丝绸，同一支车师国（今新疆吐鲁番）的商队交换的。他们商队只有三十五头骆驼，全都给我了。只是数量少了点，我们两个人骑一头也不够！"

"能换回三十五头骆驼，已经很不错了。"梁斌在甘父胸脯上擂了一拳，"这件事办得漂亮。"

使团大多数人没有见过骆驼，好奇地围上去，七嘴八舌，问长问短：

"好高！"

"好大啊！"

"骆驼凶吗？"

"骆驼脾气非常气温和，一点也不凶，对主人也很诚忠。"甘父摸着骆驼的头说，"骆驼力气很大，一匹骆驼能驮五六百斤重的货物，行走二三千里路。特别是在沙漠，没有哪种牲口比得上骆驼。"

"真有如此神奇吗？"有人问。

"假不了。骆驼的蹄掌又大又软又厚，行走时不会陷进沙子里，也不怕沙子烫，跑起来步子迈得很大。"甘父解释说，"你们看，骆驼的胃奇大，可以装很多食物和水，吃、喝进去后慢慢消化。据说骆驼一次吃饱喝足后，可以在沙漠行走三四十天不吃不喝。"

"真的吗？"有人赞叹，"好神奇啊！"

"骆驼是沙漠之舟，有了它，我们走沙漠就省力多了。"张骞停顿了一下，说出了他的想法，"梁副使，使团百来号人，骆驼也不够。我想将队伍分成两队！"

"什么？"梁斌说，"那怎么行？"

"你听我说！"张骞说，"你带三十人，换上匈奴兵的衣服，走前边这条路，先去敦煌探路，我带一拨人，骑骆驼，带上辎重，穿越沙漠……"

"不！"梁斌说，"穿越大沙漠太危险，也非常艰苦，让我带这一

队吧！"

"不用争了！"张骞说，"你那一队人也不是去旅行，随时可能会遇上匈奴骑兵，让甘父跟你走。"

"大哥！"甘父扑到张骞怀里，哭着说，"我绝不离开大哥。我在长安就发过誓，你到哪里，我就跟到哪里。"

"别哭！别哭！"张骞拍拍甘父说，"那一队更需要你，你刚才不是说沿途可能会遇到匈奴骑兵吗？他们不会说匈奴话，没有你陪同，他们寸步难行。"

甘父还是哭，不肯离开。

张骞也不禁热泪盈眶，安慰说："好兄弟，我们不是离开，是分头行动，只有你才能帮助梁副使他们这一队人，保证他们的安全，这是我交给你的任务，一定得完成，知道吗？"

"大哥！"甘父擦干眼泪说，"如果在敦煌不能会合，该怎么办？"

"不会的！"张骞说，"你们先行，我们总在你们后面，沿着我们商量好的路线，沿天山南麓走，去大宛国会合！"

"好！"甘父说，"如果不能按期会合，就是跑遍西域，我也要找到大哥！"

"使臣！"梁斌知道拗不过张骞，拉住张骞的手，噙泪说，"我听你的，穿越大沙漠，凶险万端，请多保重。"

"梁副使！"张骞说，"你也要多保重，上马吧！该出发了！"

甘父从怀里掏出一小串玉雕葡萄，交给张骞，说："大哥，这是桑兰给我的信物，如果有机会遇到桑兰和阿妹乌姗，把这个交给她们，她们见了玉葡萄，就会相信你说的话，也会认你为大哥的。"

张骞收下玉葡萄，说，"但愿有机会将信物交到她们手里。"

"还有，"甘父说，"桑兰还有一个名字，叫葡萄奴。"

"葡萄奴？"

甘父解释说："她家是种葡萄的奴隶，所以叫葡萄奴。"

张骞笑了："种葡萄的叫葡萄奴，放羊的那就叫牧羊奴了，是吧？"

"差不多吧！"甘父也笑了。

第二章　河西走廊

"好！"张骞说，"你们出发吧！"

梁斌和甘父带领三十名使者，骑上骏马，告别了张骞等人，向西南方向飞驰而去。

张骞带领其余七十余名使者，两人合乘一匹骆驼，带上驮着辎重的马队，向大沙漠挺进。叮叮当当、清脆悦耳的驼铃声，第一次伴随着张骞和使者们，在大漠中回荡。

张骞一行七十余人，骑着骆驼，在茫茫大沙漠艰难跋涉，当他们第三次目送太阳落下地平线的时候，已经深入到大沙漠腹地了。

大沙漠无边无垠，似乎永远没有尽头！沙丘如山，一山高过一山。沙丘似浪，一浪连着一浪。烈日高悬，沙丘向着太阳的一面金光闪闪，避开太阳的一面投影森森。没有一丝风，天空不见一只鸟，地上不见一根草，没有一丝生命的迹象。沙丘犹如沉寂的坟墓，大漠犹如一片死海。

张骞和他的驼马队，像甲壳虫一样在大漠中缓缓向前蠕动，只有那清脆的驼铃声，才打破了令人窒息的沉寂。

张骞和使者们形容憔悴，肤干唇裂，身上的汗几乎都流干了，那些逼出体内的汗水，水分瞬间蒸发，盐分却留在衣服上，使得衣服硬邦邦的犹如铁甲。好多人身上都磨破了皮，渗出了血，肉与衣服贴在一起，痛苦难当。太痛苦了，太疲惫了，好多使者竟然搂着驼峰睡着了。

梁斌、甘父这一队人马告别了张骞，一路向西南方奔驰，由于穿的是匈奴官兵的服装，并没有遇到麻烦，第三天便抵达敦煌城外。一打听才知道，敦煌城内也驻扎有匈奴兵。

梁斌当机立断，让队伍迅速退入南面的山谷，命大家下马休息，在河边饮马、喝水，吃干粮，并命甘父换上匈奴牧民的皮袍子，进城打探情况，想办法买一些干粮回来。

甘父换上匈奴牧民的羊皮袍子，策马进城去了。

守城的匈奴百夫长在城楼上巡视，见远处一队骑兵在城外探了一下头，便迅即离开，感到事情有些蹊跷，觉得这队人马不像匈奴兵。于是下了城墙，进城向千夫长报告了这件事。

张骞见大家疲惫不堪，选了一处背阴的低洼地，命令队伍停下休息。他

太不熟悉大漠瞬息万变的气候了，这一决定让这支队伍几乎全军覆没。

队伍停下了，马躺下了，骆驼也躺下了，疲惫不堪的使者背靠骆驼，很快进入了梦乡。

张骞也很累，但心里有事，睡不着，队伍在沙漠走了七八天，前方仍然还是望不到边的沙丘，虽然饮水备得足，加之有骆驼代步，不似上次穿越戈壁滩那么艰辛，但干燥闷热的气候，实在让人难熬。想着想着，不知不觉地也闭上了眼睛。

突然，狂风大作，瞬间将一座座沙丘搬走，一处处低洼地，瞬间被落沙堆积成新的沙丘。星移斗转，变化万千。

骆驼醒了，站起来，用鼻子拱了拱它的主人。张骞被拱醒了，发现自己半个身子埋在沙里，抱住骆驼的腿挣扎着站起来，举目四顾，狂风怒号，天昏地暗，背后的沙丘不见了，同伴们也不见了踪影。

张骞震惊了，疯一般地在身边沙堆里扒找……终于，摸到一颗头，他拼命地刨开黄沙，同伴的脸露出来了！是使者贾欣，伸手探一探鼻孔，还有气息。张骞迅即取下挂在腰间的水囊，拔掉塞子，给贾欣喝了一口水，贾欣慢慢地睁开了眼睛。

"快，起来救人！"张骞说罢，又往前爬，摸索、寻找，拼命刨黄沙，救出第二个同伴……

被救的人站起来，也投入到救人之中……

张骞的手指扒破了皮，鲜血淋淋，过度的疲劳，加之急火攻心，自己也昏倒了，飞来的沙尘，盖住了他的脸。

刚从沙堆里爬出来的人，又去抢救张骞，掐人中，灌水……

风终于停了！沙丘也不再移动了！

张骞终于也醒了！他挂着汉节，艰难地站起来，鲜血染红了汉节。他环视四周，默默地数了数，从沙堆里站起来的人，连同自己只有四十五人，每个人的脸上都沾满了黄沙，挂满了泪水，还有二十五人紧闭双眼，仰卧在沙尘上，永远闭上了眼睛。

张骞肃立无言，眼泪哗哗地往下流，艰难地走到逝者身边，伸手抹去他们脸上的黄沙……痛苦地说："挖坑，就地埋了吧！别让他们暴尸荒漠。"

第二章　河西走廊

还有数十匹从长安带出来的战马，也没有逃过浩劫，同逝去的使者一道，葬身于大漠黄沙之中。

张骞率活着的人，向永远留在沙漠中的同伴和战马行鞠躬礼。然后重新踏上西行的旅程。

甘父进入敦煌城，找一家匈奴人开的烧饼店，将店里的烧饼全买下来，装进了大皮口袋。

店主关心地问："兄弟，买这么多烧饼，准备逃难吗？"

"我们有一个商队。"甘父说，"在城外饮马，还要赶路，没有进城，我是买给大家吃的。。"

"你们要到哪里？"店主问，"出玉门关隘吗？"

"我们想去车师国！"甘父趁机打听，"走玉门这条路线，太平吗？"

"那条路走不通！"店主说，"匈奴大王的大军已经占领了玉门，他们就是一群强盗，商队经过那里，轻则货物全收，重则脑袋留下。"

"那该怎么办？"甘父显得很着急。

"这里也不安全。"店主说，"很多人都逃到莎车去了。你们还是赶快走吧！"

"多谢老人家！"甘父背起皮袋，离开了烧饼店。

张骞带领劫后余生的使者，继续在大漠中艰难地跋涉，当最后一匹骆驼走出沙漠，最后一座沙丘抛在身后的时候，已经是惨祸的第三天了。

前方出现了一条河流。

"大河！大河！"使者们欢呼起来，忘记了疲劳和悲伤。

张骞取出木罗盘，比划了半天，铺开羊皮地图看了看，确认眼前这条河就是党河，过了党河便是敦煌。他吩咐大家加紧赶路，抢在日落之前渡过党河。

甘父带着烧饼回到梁斌及使者们隐身的山谷，竟然不见一个人影，心里有些发慌，一种不祥的预感涌上心头，立即策马四处寻找，终于在五里之外的地方找到他们，却被眼前的情景惊呆了。

山坡下横七竖八地躺满了使者的尸体，遍地都是断肢残臂，更让人惨不忍睹的是，尸体全都无首，头颅被人割走了。

甘父下马察看，山谷里除了尸体和使者的衣裳、用品外，别无他物，所有财物都被洗劫一空。不久前还是生龙活虎的同伴，顷刻间便阴阳相隔，甘父悲从心来，一个人坐在山坡上痛哭了一场，然后忍泪含悲，拾起战刀，开始挖坑，一个，两个，三个……

从上午到傍晚，从傍晚到深夜，从深夜再到黎明，日落、月升、月落，旭日又东升。刀子断了，换一把、二把、三把……

坑！整整挖了二十九个坑。

甘父累了，饿了，渴了，跑到河边狂饮，狼吞虎咽地吃了几个烧饼，再返回山谷。小心翼翼将一个个同伴的无首尸体抱起来，轻轻地安放在土坑里，再把一件件汉使衣袍逐个盖在尸体上，给每个坑填满土，做成坟墩。

甘父在每一座坟前摆放两个烧饼。跪下，朝这些新坟墩磕了七七四十九个响头。起立，向刚入土的同伴看了最后一眼，翻身上马，疾驰而去。

漠北匈奴单于王庭，军臣单于与中行说等人正在讨论汉朝。说到这段历史，有必要对中行说这个人略作交待。

中行说本是汉朝的宦官，汉文帝送宗室女去匈奴和亲，让中行说作为陪同侍臣一起前往。中行说知道离乡别土去了匈奴，这一辈子就回不来了，表示不肯去，遭到汉文帝的拒绝。中行说心存怨恨，临走时撂下一句狠话："我如果到了匈奴，肯定会给汉朝添麻烦。"汉文帝只当他在说气话，不以为意。没想到中行说一到匈奴，立刻向匈奴投降，并深受老上单于欢喜、宠信。中行说竭力劝说匈奴不要太看中汉朝衣服食物的精美，增加匈奴对自己食物、器械、风俗的自信心，还教给匈奴人记数方法，从此这些蛮族才知道算数。在中行说的鼓动下，老上单于在给汉文帝回书中口气傲慢，对汉朝使臣也威逼利诱，动不动就索要钱物金银，不给就威胁秋熟后大发兵马入汉境中践踏。老上单于死后，军臣单于继位，中行说继续得宠，凡是涉及汉朝的问题，军臣单于都要与中行说讨论。中行说也是竭尽奴颜婢膝之能事，为匈奴人出谋划策，与自己的祖国为敌。

左谷蠡王向军臣单于报告说："汉朝突然收紧了通关制度，原先走私可以得到的铜、铁以至兵器，现在毫无例外地被挡在关内，许多汉裔走私商人，都被正法，好多活跃在边地的走私商人都被吓跑了，听说汉朝下一步，将会限制谷物、丝织品的自由流通，甚至还包括酒类。"

右贤王说："由云中、北地、雁门驻守汉军内部传出的消息，将会有新的军队调入，汉军将领似乎都在等待朝廷的命令，估计他们的皇帝将更换这些将领。"

"大单于，"左谷蠡王说，"在代郡，汉朝边境的屯戍，近来有内地汉民迁入，汉朝廷还免除了他们的税赋，新的移民还发了农具、种子，安家费用。值得警惕的是，汉军直接从国家兵器库中拨发了兵器、服装等物品，武装这些边民。"

军臣单于冷冷地说："桑格花开了，云雀叫了，毛毛虫长出了翅膀，那个汉朝的小皇帝，到底想干什么？"

中行说扯开鸭嗓子说："当今这个小皇帝，六年前就想搞改制，可惜他的老祖母只咳嗽了几声，他的那座大厦就倒塌了。现在，他的老祖母总算给了他一点权力，他就又想蹦蹦跳跳了。"

"是吗？"军臣单于仍然冷着脸。

"不过，有一句汉朝民言说得好！"中行说说，"新盖的茅厕三天香，如果大单于立刻给这个初出茅庐的年轻人一点教训的话，那么根本用不着大单于施力，汉朝内部的奏呈也能淹死他。汉朝实际上是由一种巨大的传统在统治，一个稚嫩的皇帝，必须成为它的附庸。在汉朝，不是狼吃羊，而是羊吃羊。"

军臣单于问："我用什么办法教训一下这个年轻的小皇帝呢？"

中行说献媚地说："匈奴对于汉朝，最大的优势在于地缘因素，汉、匈之间几千里漫长的边防线上，一方以农业定居，一方以游牧流动，匈奴的一个家当，用一匹马就可以搬走，而汉朝人的城镇、村庄、庄稼地，没有一样是可以肩挑人扛地搬走的。军事战略的优劣，一目了然。我匈奴到处无家，都处是家，相对于那些为坛坛罐罐所困锁的汉朝人，机动灵活得多，随时可以给他们一个教训呢？"

正在这时，一名侍从进来报告，说在嘉峪山以西，发现一支可疑的队伍，持有兵器，有百余人，带有三百匹驼马的物资。

"嘉峪山以西？"军臣单于问，"弄清是一些什么人了吗？"

侍从说:"这些人能讲匈奴语,沿途打听月氏国的具体方位,牧民觉得可疑,报告了驻军,驻军已紧急调骑兵尾随监视。"

"嗯!"军臣单于问,"能确定是什么人吗?"

"从他们的面容和用具来看,可能是汉朝人。"

"汉朝人?"军臣单于霍地一下站起来,说,"他们竟然敢深入到我匈奴腹地来?"

四、士可杀不可辱

张骞率领使团渡过党河,找一处山坡地宿营。辎重有序地堆放一边,骆驼、马匹散放在湖边吃草,使者们在树干之间挂起绳子晾晒衣裳,伙头军埋锅造饭。

西出嘉峪山,使团在戈壁、大漠上转悠,许多同伴为此付出了生命。至今还没有找到月氏国的具体方位,张骞心里不免又有些惶恐不安。

"汉使大人!"一位使者突然惊慌地叫道,"匈奴骑兵!"

"糟了!"张骞站起来,跑到高处一看,见前方有一队匈奴骑兵呼喊着冲过来,吃惊地说:"我们被匈奴兵盯上了。"

"汉使大人!"一位使者着急地问,"我们现在该怎么办?"

张骞紧张地向四周张望,没有回答。

"汉使大人!"一位使者说,"匈奴人就像蜂群,一旦被盯上,大群马蜂势必倾巢而出,到时想走也走不了。"

张骞环视四周,南边面临党河,其余三面环山,三面山梁上这时都出现了匈奴骑兵的身影。使团已经身陷重围,敌众我寡,除为人肉,还有其他办法吗?

匈奴骑兵从三面合围过来,他们挥舞着马刀,从山梁上呼啸而下,将张骞的驼马队包围在中间。

张骞自知反抗于事无补，双手高举汉节大叫："我乃汉朝使节，进入贵邦是借路，我乃汉朝使节，无意与邻邦交战，我乃汉朝使节，不是来跟你们打仗的。"

一名匈奴百骑长是个汉语通，骑在马上，挥舞马刀冲上来，围着张骞转了几圈，一阵狂笑，问："你真是汉使？"

"有汉节为凭。"张骞高举龙头汉节大叫，"我就是大汉使臣。"

"汉节是什么？"

"汉节是大汉皇帝赐给我的信物，是大汉使臣身份的标志，也是出使西域各国的凭证。"

百骑长相信张骞是汉使，当时匈、汉两国仍然是和亲态势，并没有发生战争，既然是汉使，就涉及外交问题，百骑长虽然是低级军官，但这些简单的道理还是懂的，故也没有胡来，冲着张骞说："既然你是汉使，我就不杀你。但也不会放你走。"

"你有什么权力不让我走？"张骞大喊，"我要见你们的军臣单于。"

"军臣单于远在数千里之外的漠北单于王庭，没有十天半月的时间，到不了那里，是你说见就能见的吗？"

"不跟你说。"张骞怒斥，"你不够资格和我说话。"

"别臭硬了！"匈奴百骑长凶狠地说，"你现在是我的俘虏，再不老实，我就宰了你。"

"我要见你们的单于。"张骞大声说。

"行啊！但我得例行公事。"匈奴百骑长冲着士兵说，"把汉使绑起来。"

"我是大汉使臣！"张骞大叫，"凭什么要绑我，难道这是你们匈奴人的待客之道吗？"

"汉使！"百骑长说，"这里是战场，没那么多规矩，你再不老实，不要怪我不客气了。"

"你混蛋！"张骞大骂。

百骑长用马刀指着张骞，怒喝："你敢再骂，我就割下你的舌头。"

张骞自知遇到这些野蛮的匈奴兵，反抗也是自取其辱，狠狠地瞪了百骑长一眼，没有再出声。

两个匈奴兵跳下马，欲夺下张骞手里的汉节，张骞死死抓住不放，大声说："要夺走汉节，你们就杀了我。"

匈奴兵目视百骑长，请求指示。

百骑长一挥刀，说："让他拿着吧！"

匈奴兵用绳索捆住张骞，然后抱起张骞，放在驼背上。

百骑长跳下马，跳上驼背，坐在张骞身后，押送张骞去见他们的大都尉。

张骞双手紧抓龙头汉节，贴着驼峰，回头看了看被绑的伙伴们，悲痛万分，泪水夺眶而出。

戈壁滩上，甘父骑着骏马，一路狂奔……

张骞被匈奴百骑长押送到匈奴大都尉阿的江的营帐。

"你们匈奴人就是这样待客的吗？"张骞进帐后，劈头盖脸地问。

"你是客人吗？"阿的江起身离座，走到张骞面前，眼露凶光，"怎么看都觉得你是一个奸细！"

"胡说！"张骞说，"我是大汉使臣，当然是你们的客人。"

"你真是汉使？"阿的江逼问。

"有汉节在此！"张骞将汉节重重地拄在地上，发出嗵的一声响。

"我相信你是汉使！"阿的江说，"但你现在是我的俘虏，战场上的事我可以说了算，外交上的事我无权处理，有什么事等到了漠北单于王庭，你自己说去吧！"

"既然相信我是汉使，还让我站着。"张骞质问。

"我再说一遍！"阿的江加重语气说，"你现在是我的俘虏。"

"野蛮！无知！"张骞狠狠地跺跺脚。

"我们早就注意到你们了！"阿的江说，"你们到处打听月氏国的方位，想干什么？"

张骞大叫："我不跟你说，我要见你们的单于。"

"不是你要见我们的单于！"阿的江说，"是我们的单于要见你，我亲

第二章 河西走廊

自押你去漠北单于王庭。"

经过一番长途跋涉，阿的江终于将张骞押送到漠北匈奴单于王庭。他先进帐向军臣单于禀报，说他的骑兵抓捕了一个汉朝使团，为首的是一个叫张骞的人，已押送到帐外。

"汉朝使团？"军臣单于问，"既然是汉使，为何没有向我大匈奴通报？而且又行踪诡秘？还深入到我匈奴腹地？"

"据那个张骞说，他们是要出使月氏国，借道我境，所以未曾禀报。"

军臣单于说："让他去节墨面，然后带进帐来见我。"

去节墨面，拿掉使臣的旌节，并在使臣脸上刺字，这是匈奴单于接见西域各国使臣的霸道规定。张骞现在是俘虏，更必须这样办。

阿的江出帐，大声命令："来人，将这个人去节墨面。"

张骞听了阿的江的命令，认为这是对汉使人格的侮辱，绝不能接受，大声抗议说："去节墨面，是对大汉朝的侮辱。本使誓死，绝不接受。"

阿的江用刀柄顶着张骞的下巴，说："汉使，你现在是俘虏，这样对你算是客气的，再叫，当心我宰了你。"

张骞紧握汉节，嘴角浮过一丝蔑视的微笑，说："吓得了谁？我生为汉臣，死为汉鬼，士可杀不可辱！"

"嘴巴还挺硬，去节墨面是大匈奴单于接见外国使臣的规矩。对西方几十国的使臣，都一概如此。"

"汉朝不同。"张骞争辩说，"汉匈双方是亲戚，大单于阏氏（单于的妻子）是汉朝皇帝的姐姐。"

阿的江气得双目怒睁，拔刀指着张骞："你……"

"传，汉使进见！"侍卫出来传话。

张骞怒视着阿的江，没有丝毫屈服之意。

阿的江重重地哼了一声，吼道："把他带进去。"

一名匈奴兵过来给张骞松绑，然后将他推进单于大帐。

甘父奔驰在草原上，遇到一群放羊的牧民，拍马靠过去，询问他们是否看到一支数十人的商队从这里经过。牧民告诉他，说匈奴兵好像抓捕了

一支商队。

"抓到哪里去？"甘父焦急地问。

"大都尉押着这些人去了漠北单于王庭。"牧民指着北方说。

"真的吗？"

"是不是你要找的那支商队！"牧民说，"那就说不准了。"

"好！谢了！"甘父拱手谢过，上马飞驰而去。

张骞被押进军臣单于的大帐，对军臣单于行了一个鞠躬礼。

军臣单于高坐在上，逼视着张骞，不温不火地问："你就是张骞？"

"对，我就是张骞！"张骞不卑不亢地说，"大汉朝使臣。"

"张骞！"军臣单于问，"你这是出使哪国呀？"

张骞虽然知道月氏国是匈奴的敌国，照直说肯定会对自己不利，甚至可能会暴露汉朝的意图。但是又没有办法瞎编哄骗这位军臣单于，于是回答："去月氏国？"

"去月氏国干什么？"

"朝廷派我去打通商路，使大汉的物资更远地流向远方，也使远方的珍奇流向大汉。"张骞说，"这对贵邦也是一件好事吗！"

"难道你不知道，月氏国和大匈奴结有世仇吗？"

"汉朝对周边邻邦一视同仁。"张骞说，"至于你们两家的关系，汉朝决不介入。"

中行说嘲笑地说："月氏国在大匈奴的西北，汉朝怎么能派人横跨大匈奴到月氏去呢？假如我们大单于也派一个使团去南方的南越国，跨过长城，横穿汉朝，你们的皇帝会答应吗？"

"你是谁？"听口音，张骞已经估计到这个人是谁，故意问了一句。

"我是中行说，也是汉人。"

"你就是中行说？"张骞嘲弄地问，"你也是汉人吗？汉朝派你来匈奴和亲，你到匈奴后都干了些什么？"

"这是汉朝皇帝逼的。当年离开长安时，我就对汉朝皇帝说过，我到匈奴后，一定会给汉朝添堵。"中行说恨恨地说，"你还没有回答我的话！"

第二章 河西走廊

"你是汉奸!"张骞嘴一撇,"我不跟你说。"

"回答中行说提出的问题!"军臣单于说,"你们的小皇帝同意吗?"

张骞见军臣单于没有追问出使月氏的目的,心头一阵轻松,装得十分憨直地说:"如果匈奴去南越国的目的纯正的话。汉朝皇帝为什么不答应呢?"

军臣单于问:"那你如何证明你的目的是纯正的?"

"大单于只需派人去看一看,被贵军扣留的驼马队的物资就知道了。这里面每一样礼品,都是寻求通商的证明。"

"好了!"军臣单于站起来,"别再跟我耍滑头了。本单于一看你就是个奸细,任凭你巧舌如簧,把河里的鱼说得蹦上岸来,把天上的鸟说到锅里去,本王也不会放你走。因为匈奴人最清楚,敌人的敌人,就是我们的朋友,而敌人的朋友,就是我们的敌人。"

张骞一脸愤怒之色,瞪着军臣单于。

军臣单于命令:"把所有的汉朝人全部拘押起来,听候发落。所携带的物资全部没收,收缴王库。"

两名匈奴武士上前,将张骞押出帐外。

张骞挣扎着说:"两国相争,不斩来使。汉、匈两家是友好亲戚,你们怎么能这样对待我们?"

军臣单于看着张骞的背影说:"看来汉朝皇帝乳臭未干,是在搞什么小动作了。我一定要好好教训他,让他一辈子都忘不掉我。"

"大单于真是明察秋毫,世间有谁能阻挡大漠之王、众王之王的伟大单于呢?"中行说献媚地说,"只是如果对汉朝动武,大单于还要讲究策略。"

"依你看,"军臣单于问,"我们怎么收拾这个汉朝的小皇帝?"

"汉朝地大物博,人口多过匈奴数十倍。"中行说说,"如果两国真的打起来,鹿死谁手,还真不好说。"

"那你是想说,大匈奴打不过汉朝?"

"奴才不是这个意思。"中行说说,"奴才虽然是汉人,但连做人的根都被他们弄断了,所以,我比匈奴人更恨汉人。"

"那你告诉我,怎么对付汉朝人。"

"汉人有句话,叫作四两拨千金。"中行说献计说,"我们应该用汉人

· 59 ·

来对付汉人。"

军臣单于逼问："只是用你来对付汉人？"

"当然不止靠奴才一个人。"中行说说，"汉朝内部，有很多反对小皇帝刘彻的人，其中很多是诸侯国王啊！"

军臣单于说："怎么跟汉朝斗，还是从长计议吧！"

"大单于！"阿的江说，"属下要回驻地去了，有什么吩咐吗？"

军臣单于想了想说："你把汉使张骞和随行的使者带走吧！"

"带到哪里去？怎么处置？"阿的江问，"请大单于明示。"

"把他们带到楼兰去。"军臣单于说，"让右谷蠡王把张骞软禁起来，如果他愿意，就给他一个官做，但绝对不能让他跑了。"

"这多麻烦啊！"阿的江，"干脆杀掉算了。"

军臣单于冷哼一声，狠狠地瞪了阿的江一眼。

阿的江胆怯退一步，躬身说："遵命！"

第三章 囚禁楼兰

第三章　囚禁楼兰

一、阶下囚

匈奴大军占领楼兰国后，将匈奴西王庭王府搬到了楼兰，奢侈绚丽的楼兰国王宫，成了匈奴右谷蠡王的王府。

王府后花园，亭台、楼阁、假山、小溪，曲径通幽的石子小路，参天的古树、如茵的绿草、怒放的鲜花，多姿多彩的盆景，处处显露出主人的高贵与奢侈。

花园西北角有一片用木条和小竹竿搭起的棚架，棚架下生长着一根根树藤，根生在地上，藤盘绕在棚顶上，藤壮叶茂，绿叶丛中挂满了一串串紫红如玉的小圆球，这是一种名叫葡萄的水果，西域特产。

一位妙龄少女坐在秋千上荡起荡落，旁边有侍女相伴，玩得很开心。少女是右谷蠡王的掌上明珠——居次（即汉族的公主）。侍奉的四个少女是居次的奴仆，其中一位名叫葡萄奴，也就是甘父托张骞寻找的桑兰。

一个中年女奴，手捧一匹汉家锦缎来到秋千旁，对荡秋千的少女说："居次，快下来！"

"什么事？"居次减慢了荡秋千的速度，停稳后下了秋千，问，"是母亲叫我吗？"

"这是汉家丝绸！"中年女奴说，"居次，你看，这是阏氏（匈奴大王的妻妾称呼阏氏）让奴仆送给你的。"

"汉家丝绸？"居次高兴得跳了起来，接过锦缎，抖开，观赏、抚摸、比试，抓到脸上擦一擦，欣喜地说，"太柔软、太美、太漂亮了！"

"好美啊！"四位女奴也发出惊叹，"居次穿上这身丝绸，就成了天上仙女了啊！"

"葡萄奴，"居次说，"你会做丝绸衣裙吗？"

"会做，但有一个人比我更会做。"

"谁有这么大的本事！"居次笑着说，"比我们的葡萄奴还心灵手巧？"

"我的阿妹啊！"

"你是说我母亲身边的女奴乌姗？"

"对！"葡萄奴说，"就是她，她的手特别巧，能做很多款式的衣裳。"

"把她叫来，你们两人一起做，好吗？"

"居次吩咐，奴仆能说不吗？"葡萄奴笑着说。

"哪里来的丝绸？"居次转身问中年女奴。

"大都尉从漠北带回一个汉人。"

"从漠北带回一个汉人？"居次惊问。

"听说是汉使！"中年女奴说，"汉家使团携带了许多丝绸、漆器、茶叶和财物，都成了大都尉的战利品。大都尉将汉使和战利品送到匈奴漠北单于王庭。回来的时候，单于将战利品分出一部分，让大都尉捎给大王。"

"是吗？"居次连珠炮似地问："大汉使臣在哪里？长得什么样子？你看见了吗？"

"没看见！"中年女奴见居次有些失望，补充说，"听说大都尉今天要带汉使来见大王。"

"真的吗？"居次又来了兴趣，"我一定要去看看，汉使长得什么样子。"

"我陪居次去！"葡萄奴兴冲冲地说。

"不！"居次说，"你去找乌姗，还要做丝绸衣裙呢！"

右谷蠡王接到阿的江从漠北单于庭带回来的单于令，听了阿的江的报告后，对这位汉使充满了好奇，决定见一见这位汉使。

张骞在河西走廊被匈奴人俘虏，又被匈奴人送往漠北单于庭，心里对出使西域已是绝望。因为即使在漠北单于庭逃跑，无论是向南逃还是向西逃，都必须穿越匈奴人居住的两千多里的地域，即使不被抓住，也要饿死在途中。谁知匈奴单于戏剧性地把他从漠北押送到靠近西域的楼兰，使去西域的距离一下子缩短了许多。张骞的心里又燃起了逃走的希望。

张骞接到右谷蠡王的传召，立即随阿的江来到王府。

"你是汉使？"右谷蠡王见到张骞，冷冷地问。

第三章　囚禁楼兰

"正是！"张骞不卑不亢地说，"我就是汉使！"

右谷蠡王逼视着张骞："见了本王，为何不跪？"

"我是汉使，在漠北见匈奴单于，也只是行鞠躬礼，难道你比匈奴单于的身份还尊贵吗？"

"好一张利嘴！"右谷蠡王说，"本王并不为难你。来人，给汉使更衣。"

张骞见匈奴侍者送来一套匈奴官服，问："这是什么？匈奴官服吗？"

"对！"右谷蠡王说，"你穿上这套匈奴官服，就可以拥有了与大都尉同等权力和地位！可以在匈奴西王庭乃至匈奴统治的任何地方自由行走。"

"不必了！"张骞说，"我身上这套汉服虽然有些破旧，而且还沾满了尘土，但这是大汉皇帝赐给我的官服，穿上这套官服，什么样的衣服我也不换。"

"你是汉使，这我知道。"右谷蠡王不高兴地说，"可是，你的使团呢？除了你身上又破又旧的汉服，还有你手里的这根棍子，你还有什么？"

"住口！"张骞大声反驳，"这不是棍子，是汉节！堂堂匈奴大王，连这个也不知道，不有失身份吗？"

"汉节？"右谷蠡王还真的不知道，"什么是汉节？"

阿的江插话说："汉使手里拿的就是汉节，是汉朝皇帝赐给他的。汉节是大汉使臣身份的标志，也是出使西域各国的凭证。"

"啊！"右谷蠡王终于听明白了，"汉节如同大王我的大印，官兵身上挂的腰牌，是吧？"

"是！"阿的江说，"持有汉节，可代表汉家王朝说话。"

"如果毁掉汉节，这种权力还存在吗？"右谷蠡王突然问。

"人在节在，节毁人亡。"张骞毫不示弱。

"真的吗？"

"不信你就试试！"张骞并不示弱。

"来人！"右谷蠡王命令，"夺下汉使手中那根棍子。"

八名武士挥刀上前，将张骞团团围住，其中两把刀已架在张骞脖子上。张骞双手紧握汉节，神态自若，毫无慌张之意。

"张骞！"右谷蠡王说，"临死之前，你还有何话说？"

"我要提醒大王！"张骞说，"杀死大汉使臣，就是公然向大汉王朝挑

战。我的身后有汉朝百万雄师为后盾，他们会为我报仇的。"

"不错！"右谷蠡王说，"汉朝在匈、汉边境确实陈兵百万，但我杀了你，他们怎么会知道呢？"

"你错了！"张骞说，"你以为我是一个人吗？我一路同行的有数百人，被你们抓、杀的只是一小部分，其余的散落在每一个角落，他们会把我被杀的消息传回汉朝。"

"武士退下！"右谷蠡王待武士退下之后，对张骞说，"你智勇双全，不愧为大汉使臣！"

突然，窗外响起一串银铃般的笑声。

"大胆！"右谷蠡王大喝，"谁在那里笑？"

居次从侧门跑进来，撒娇地说："父王，别那么凶吗！"

"你怎么来了？"右谷蠡王板着脸问。

"父王输了！"居次说，"女儿觉得很好玩，忍不住笑了。"

"乱弹琴！"右谷蠡王说，"快走，这里不是玩的地方。"

"不吗！"居次撒娇地说，"我来是想看看大汉使臣长什么样子。"

"他就是汉使！"右谷蠡王指着张骞说，"现在看到了，还不快走！"

"好帅啊！"居次赞叹地说，"原以为汉使是个老头子，原来是一个帅小伙子呀！一方水土养一方人，中原人物好帅啊！"

张骞心里想，到底还是匈奴人，不懂礼数，如此正规场合，居然有不相干的人进来捣乱。但这姑娘夸自己长得帅，心里还是蛮受用，脸上不由露出一丝笑容。

居次走到张骞面前问："你真是汉使？"

"如假包换！"张骞打趣地说。

居次对张骞一下子就产生了好感，看了张骞一眼，对右谷蠡王说："父王，有朋自远方来，不可失了礼数啊！"

"女儿的意思……"右谷蠡王见女儿鬼怪精灵的样子，笑了。

"朋友来了有好酒吗！"居次说，"还要我说吗？"

"你看我这女儿！"右谷蠡王对阿的江说，"就是人来疯。"

"居次不是人来疯！"阿的江笑着说，"她这是热情好客啊！"

第三章　囚禁楼兰

"父王！"居次撒娇地说，"连大都尉都懂得这个道理。"

张骞听了这番对话，不由朝居次多看了一眼，眼前这个女孩无拘无束，天真烂漫，倒有点可爱。

"好吧！"右谷蠡王或许是受了女儿的启示，或许是想起了单于的命令，于是吩咐，"摆酒，招待汉使。"

"好嘞！好嘞！"居次笑着说，"父亲变聪明了！"

"去去去！"右谷蠡王故意绷着脸，"哪里好玩哪里玩去。"

右谷蠡王与大都尉阿的江一边饮茶，一边商议汉使张骞的问题。他要求大都尉阿的江派兵搜捕漏网的大汉使者，务求一网打尽，找到之后，投降者留下，反抗者统统杀掉。

"大王放心！"阿的江说，"这件事我会尽快办好。"

"还有一件事！"右谷蠡王说，"给汉使张骞找一个住的地方，给他一个自由的空间，但绝不可让他逃走。"

"这件事也不难。"阿的江说，"我已派一个百骑长带领属下，专门负责监视汉使的一切活动。"

"嗯！"右谷蠡王说，"这样就好！"

"我打算在楼兰南郊找一个地方，搭几座穹庐，让汉使和监视他的官兵住在那里，这样便于控制他。"

"一定要看住他！"右谷蠡王说，"出了问题，对单于王庭不好交待。"

"我明白！"

"这个汉使张骞绝非等闲之辈。"右谷蠡王说，"明知去月氏国要穿过大匈奴腹地，他居然敢以身涉险，足见其有过人的胆识。"

"张骞是条硬汉子，宁死不屈！"阿的江说，"他不但有勇，而且还有谋，河西走廊长达千余里，居然能在匈奴人的眼皮底下行走自如，非有勇有谋者不可行。"

"张骞绝对不会屈服于匈奴！"右谷蠡王有些担心地说，"既不能杀他，又不能让他逃走，这件很有点难办啊！"

"你们男人啊！"阏氏在一旁插嘴说，"整天就知道打打杀杀，难道不能动动脑子吗？"

右谷蠡王问:"你有什么好办法?"

阏氏说:"办法倒是有一个,不知是否可行。"

"说说看!"右谷蠡王说,"只要能稳住汉使,什么办法都行。"

"能真正拴住骏马的不是缰绳,是碧绿的芳草。"

"什么意思啊!"右谷蠡王有些不解。

"能拴住男人的也不是官职。"

"是什么?"

"是女人!"阏氏说,"如果能让汉使在这里娶妻生子,让他在这里有了家,女人和孩子就能牢牢地拴住他。"

"高明!"阿的江赞同地说,"阏氏用的是美人计啊!"

右谷蠡王问:"能行吗?"

阿的江说:"在漠北单于庭时,大单于就曾说,只要能稳住汉使,无论用什么办法都行。"

"办法倒是可行!"右谷蠡王说,"让谁嫁给这个汉人呢?"

"大王!"阏氏笑着说:"难道你没看出来吗?"

"看出来什么?"

"你的掌上明珠啊!"阏氏说,"她看上这位汉使了。"

"啊!"右谷蠡王惊问,"有这回事吗?"

深夜,居次的寝室仍然亮着灯,里面不时传出笑声。

阏氏的女奴乌姗站在桌子边裁剪丝绸衣料,葡萄奴坐在桌子另一侧低头缝制已剪裁好的料子。

居次一会来到这边看乌姗裁剪,一会又到另一侧看葡萄奴缝制衣裙,跑来跑去,叽叽喳喳,一刻也闲不住。

"居次!"乌姗放下剪子,边折叠裁好的衣料边说,"我回去了,还要伺候阏氏呢!"

"不要啊!"居次一把拉住乌姗说,"我与母亲说好了,你今天就在这里过夜,不用回去了。"

"阿妹!"葡萄奴抬起头说,"今天不要走,姐有好多话想对你说呢!"

居次托着乌姗的手看了又看,赞叹地说:"好一又巧手,今年多大了?"

"十八岁了！"

"太好了，和我同年，比葡萄奴小一岁！"居次看了看两人说，"你们是姐妹，怎么长得一点也不像啊！"

"她不是我的亲阿姐！"乌姗指着葡萄奴说，"我应该叫她嫂子。"

居次走过去，抓住葡萄奴的双肩摇了摇，故作生气地说："好啊！你都有男人了，却从来没有告诉我。"

"哎哟！"葡萄奴一声惊叫。由于居次的摇曳，针刺到了手，立即渗出了血。

"对不起！"居次道歉说，"我不是故意的。不过你告诉我，你的男人对你好吗？长得帅吗？"

"没事！"葡萄奴将手伸进口里吮了吮，说，"是未婚夫，在战乱中失散了，他现在在哪里，我也不知道啊！"

"她的未婚夫是我哥！"乌姗说，"我哥长得高大威猛，骑马、射箭、摔跤、吹笛子、唱歌、跳舞，总之一个字，帅。我哥还最爱吃葡萄。"

"死丫头！你坏！"葡萄奴举起粉拳，在乌姗身上打了几下。

"居次！"乌姗问道，"你有心上人吗？"

"没有！"居次立即否认。

"还说没有！"葡萄奴说，"是谁见了那个汉使就眼放绿光，整天叽叽喳喳，三句话有两句说的是汉使。"

"别乱说嘛！"居次有些不好意思了。

"你真的见过汉使？"乌姗问，"长得的什么样子，快说说。"

"他身材又高又壮，黑头发，大眼睛，高鼻梁，英俊威武！"居次说，"勇敢，刀架在脖子上，面不改色，要多帅，有多帅！"

"我说得没错吧！"葡萄奴说，"你真的爱上汉使了！"

"汉使是真正的男子汉！"居次说，"这样的人不爱，那爱谁呢？"

"他爱你吗？"乌姗问。

"不知道！他好像没正眼看过我呢！"居次说着说着，竟然哭了起来。

"不要哭嘛！"葡萄奴说，"连死都不怕的男人，不会喜欢爱哭的女孩子。"

"好!"居次破涕为笑,"不哭,听你的。"

"居次,既然你爱他,就主动进攻,去找他!"葡萄奴鼓励地说,"我陪你去找汉使,好吗?"

"我也去!"乌姗跟着凑热闹。

"阿妹!"葡萄奴说,"你不能去!"

乌姗不服地问:"为什么呀?"

"如果你也爱上了汉使怎么办?"葡萄奴说,"到时居次会恨你的。"

"不会的!"居次大笑,"乌姗,我们比一比,看谁能把汉使抢到手!"

"羞不羞啊!"葡萄奴笑着说,"两个大姑娘抢一个男人!"

三人互相搂着,笑成一团。

二、女人的心事

阿的江是一个颇有心计的人,他把张骞安置在楼兰河畔一个偏僻的小村庄里。这是一个半农半牧的小村庄,有牧场,有农田,有山丘,有池塘,还有一片茂盛的树林。

牧场里有成群的牛羊,农田里有正黄的燕麦,山坡上有野生的苎麻,树林里还有细枝嫩叶的树。人们从张骞那里知道,这种细枝嫩叶的树叫桑树,漂亮柔软的丝绸,就是一种名叫"蚕"的虫,吃了桑树的叶子,吐出的丝织成的。

牧场的草地上,新搭建了两座穹庐,还有七八座营帐散落在小村庄四周。进出村庄的路口,都有匈奴士兵把守。乍一看,人们会以为小村庄是一座兵营。这就是阿的江给张骞安置的家。

小村庄初建,原本没有名字,阿的江给小村庄取了个名字,叫莫名村。

第三章　囚禁楼兰

阿的江带领居次和她的女仆葡萄奴来到莫名村。

"居次！"阿的江得意地问，"怎么样，这地方还可以吧？"

"好是好！"居次说，"就是离楼兰远了点。"

"那里有两座新穹庐，汉使住南边那座穹庐。"阿的江一拉马缰绳，说，"走，过去看看。"

三人来到穹庐前下马，一个汉人百骑长从另一座穹庐走出来，毕恭毕敬地说："百骑长贾欣，见过居次、大都尉！"

"汉使呢？"阿的江问，"他在哪里？"

贾欣手指对面的山坡，说："那里，汉使正在帮牧民收割燕麦！"

"快去！"阿的江说，"把他叫过来！"

贾欣翻身上马，向对面山坡奔去。

"大叔！"居次问，"这个百骑长怎么是个汉人呀？"

"他叫贾欣，原是汉使张骞属下一名使者，在漠北王庭投降了匈奴，并且还与大单于身边的红人中行说扯上关系。"阿的江说，"中行说推荐他当百骑长。"

"这种人就像一条狗！"居次鄙夷地说，"不，连狗都不如，狗是不会背叛主人的。"

"我也瞧不起这种人！"阿的江说，"但是，这种人最听话，可以为我所用。"

张骞随贾欣回来了，跳下马，拱手施礼："大都尉好！居次好！这位……"

居次笑着说："她是我的女奴，叫葡萄奴。"

张骞心头一惊，世上真有那么巧的事吗？甘父要找的葡萄奴，会不会是她？他突然发现自己有些失态，连忙收敛心神，对葡萄奴拱手施礼，说："你好！"

葡萄奴是一个奴隶，从来没有人对她这么客气过，有些受宠若惊，忙不迭地说："大汉使臣好！大汉使臣好！"

贾欣色眯眯地盯着葡萄奴。

居次发现了贾欣的丑态，怒喝道："滚开！你给我滚开！我不想看到你。"

贾欣有些莫明其妙，不知哪里得罪了居次，只得讪讪地退到一边去。

"请进！"张骞掀开穹庐的门帘，让三位客人进去。他在外面掸净身上的尘土，擦干脸上的汗水，整了整衣裳，然后走进穹庐。

居次走进穹庐后，四处张望，穹庐很大，地上铺有羊毛地毯，内壁贴满了兽皮，既保暖，又好看。一柄汉节挂在正中，下面是一张床，床上有棉被，还有折叠好了的几件衣服。地毯正中放着一张矮脚小圆桌，桌子上有碗、筷、勺子、茶杯。除此之外，别无他物。

居次、阿的江、张骞三人围着小圆桌，席地而坐。

葡萄奴一个人忙里忙外，往返了好几次，搬来了水果、食物、炊具、衣物等生活用品。放好后，对张骞说："这都是居次送给你的。"

"谢谢居次！"张骞由衷表示感谢。

"不用谢！"居次说，"这是父王的意思。汉使如果缺什么，尽管说，父王会派人送过来。"

张骞一拱手，说："请替我谢谢大王！"

阿的江解下挂在腰间的匈奴马刀，递给张骞说："这把刀送给你防身。"

张骞推辞道："这怎么好意思呢！"

"这是正宗的匈奴劲路刀。"阿的江说，"但愿你不要用这把刀杀匈奴人。"

"多谢大都尉！"张骞接过刀，说，"我发誓，我只用此刀防身，绝不用它杀匈奴人。"

居次笑着问："假如大匈奴骑兵与汉朝军队对阵厮杀，你加入哪一方？"

"我肯定会加入我的祖国战队。"张骞毫不犹豫地说。

"战场上刀剑无眼，到时你不是要杀匈奴人吗？"居次反问。

"战场上，我一定会奋勇杀敌。"张骞说，"但我会换一把汉朝的战刀，绝不会用这把刀。"

"说得好，你很诚实。"居次说，"我今天不是来劝你投降，只是来看看你，希望我们能成为朋友。"

"只要是朋友，我都欢迎！"张骞对葡萄奴说，"你也是朋友，请坐吧！这里只有朋友，没有奴隶。"

第三章　囚禁楼兰

葡萄奴有些不知所措，从来没有人对她这么客气，更没有人称她是朋友，这个汉人第一次见面，竟然称自己为朋友，而且还客气地请坐。她看着居次，不知如何是好。

"坐吧！"居次说，"汉使说得好，在这里，大家都是朋友。"

葡萄奴在居次身边席地而坐，挑一串葡萄递给张骞，说："汉使大人，请尝一尝。"

"这种水果是西域特产，很好吃！"居次问张骞，"知道这种水果叫什么名字吗？"

张骞接过葡萄，想起甘父交给他的紫玉葡萄，笑着说："我们汉家没有这种水果，我没有见过，更没有吃过，但是，我知道它的名字。"

居次惊问："叫什么？你怎么知道的？"

张骞看着葡萄奴说："水果和你的名字一样，很甜啊！"

"你怎么知道？"葡萄奴吃惊地睁大了眼睛。

"我有一位亲如兄弟的匈奴朋友，是他告诉我的。"张骞开玩笑地问，"我可以吃了吗？"

"吃吧！"居次说，"西域到处都是葡萄，管你吃个够。"

葡萄奴再递给张骞一串葡萄，问道："你那位匈奴朋友在哪里？"

"我们在长安相识，后来随我一起回了西域。"张骞说，"在敦煌我们分道行走，后来我成了俘虏，不知他在哪里，我很想念他啊！"

"好吃吗？"居次不知葡萄奴与张骞在相互试探，问了一句。

"好吃！"张骞说，"汁水多，嫩嫩的，很甜。"

"听说你在帮助牧民收割燕麦！"阿的江问，"是吗？"

"我家世代是农民，过着男耕女织的生活。"张骞说，"耕种、收割、沤麻、养蚕，这些活我都会。"

阿的江问："你还去挤奶？"

"我不会挤奶，是去跟牧民学挤奶。"张骞说，"一边学挤奶，一边学习匈奴语，很有意思。"

"割麦、挤奶、剪羊毛，这些都是奴隶干的活，又苦又累！"居次问，"你不怕这些吗？"

"一干活，我浑身都是劲，不累，也不觉得苦。"张骞说，"如果成天只是吃了睡，睡了吃，那多无聊啊！"

"不干活，不受苦受累，反而觉得无聊！"居次摇摇头说，"真搞不懂了！"

"你不会懂的！"张骞说，"因为你是高贵的居次，这些都不用你干。"

"大汉使臣！"居次说，"你也很高贵啊！"

"我是大汉使臣！"张骞说，"不过，我现在是俘虏，是囚徒，没有自由。"

"我们并没有把你当囚徒看待呀！"阿的江说，"你不用干那些又苦又累的活，吃的、穿的、用的，你都不用操心，大王会安排人给你送来。"

"这个我相信。"张骞说，"不过，我必须干活，自食其力。"

"真搞不懂！"居次说，"为什么要自找苦吃呢？"

"如果我贪图安逸，就不会揭皇榜出使西域了。"

居次问："难道你除了完成大汉使臣的使命，就没有别的要求吗？"

"除此之外，别无所求。"

居次又问："你有妻子儿女吗？"

"我虽然没有妻子儿女，但在老家已有婚约！"

居次听了暗暗吃惊。

阿的江说："据我所知，汉朝有一点与匈奴相似，男人当了官，发了财，可以娶几个女人，这是常有的事。你现在远离家乡，形单影只，也要有一个女人照料生活。你愿意娶一个匈奴女人吗？"

张骞明白了居次与阿的江的来意，于是说："谢谢大都尉的好意，我来西域的目的只有一个，就是完成使命，报效国家。"

"娶妻生子，并不妨碍你完成使命啊！"居次期待地说。

张骞看着居次，笑了笑，没有回答。

"如果有一个匈奴女人，年轻、美丽、高贵、富有，也愿意嫁给你！"阿的江问道，"你愿意娶她为妻吗？"

张骞明白阿的江说的是谁，从居次的眼神里，他也看出来了。他不愿伤害眼前这位少女的心，但又必须当面说清楚，否则会有更大的麻烦，于是说：

第三章　囚禁楼兰

"我由衷地感激这个女人不嫌弃我是一个囚犯，但我也绝不会为美色、权势、金钱所动，何况在我的家乡，还有一个女人等着我。"

居次知道张骞是说给自己听的，很伤心，也很难堪。放眼全匈奴，只要她愿意，没有哪一个男人不臣服在自己的石榴裙下，偏偏这位汉使视自己如草芥。气恼之下，居次突然站起来，说："大都尉，走，我要回家！"

居次说完，没有与谁打招呼，冲出了穹庐。

"汉使，告辞，改日再来拜访！"阿的江说罢，赶紧跟了出去。

葡萄奴站起来，正要跟出去。

"等一下！"张骞说，"有一件很珍贵的东西，请你看一看。"

"什么珍贵的东西？"葡萄奴有些莫明其妙。

张骞从怀里掏出甘父给他的紫玉葡萄，问："认识这个吗？

"紫玉葡萄？"葡萄奴惊问，"你从哪里得到的？你认识甘父，他在哪里？快告诉我。"

"你真是甘父要找的桑兰姑娘？"张骞说，"我和甘父在长安认识，我们不仅是朋友，而且是兄弟。他也是汉使，我们在敦煌分开，后来我被俘了，不知道甘父现在哪里。可以肯定的是，他没有被俘，还活着……"

"甘父还活着？甘父还活着！"葡萄奴高兴得跳了起来。

"甘父的阿妹乌姗在哪里？你知道吗？"张骞迫不及待地问。

"乌姗就在王府。"葡萄奴说，"她是阏氏的女奴。"

"好！"张骞吩咐道，"甘父的事不要让别人知道，否则对你和乌姗不利。"

"我知道！"葡萄奴问，"我和乌姗能来看你吗？"

"我也很想见乌姗，但你们要找一个借口，自己来，不要同居次一起来，也不要告诉居次。"

葡萄奴突然问："甘父怎么称呼你？"

"他叫我大哥！"

"大哥！"葡萄奴扑在张骞怀里，抽泣地说，"大哥！大哥！我也叫你大哥！"

"居次！"阿的江问，"还在生汉使张骞的气吗？"

· 75 ·

"没有生气。"居次的心情已经平静,放松缰绳,任由马儿自由行走,说,"汉使心怀大志,很有礼貌,但也是一个十分傲慢而冷酷的人。"

"那你还爱他吗?"

居次说:"我恨他!"

"不,你还是爱他!"阿的江说,"但是,你不可能与他结为夫妻。"

"阿的江叔叔!"居次问,"为什么?"

"张骞绝不会投降匈奴,也不接受你的爱。你是匈奴大王的居次,匈奴与汉家的和亲只是表象,骨子里都在互相算计对方,不知哪一天又要刀兵相向。"阿的江说,"这是一个无解之局!"

"匈奴与汉朝为敌,我管得了吗?"居次无奈地说。

"孩子,这不是你的错!"阿的江说,"匈奴士兵经常骚扰汉朝边境,杀人,抢掠,就连你现在穿的这一身丝绸,也是从汉使那里抢来的。他身为汉使,能爱你吗?"

"我已经爱上他了,阿的江叔叔!"居次哭着说,"我可怎么办啊!"

"唉!"阿的江说,"感情这事儿,是大底下最难办的事,叔叔想帮你,可也不知道从哪里下手啊!"

"居次!"葡萄奴骑马赶上来,问,"你哭了?"

"我想哭就哭!"居次说,"你管得着吗?"

"葡萄奴!"阿的江生气地问,"你怎么才来?"

"大汉使臣还有话要说,可是你们都走了。"葡萄奴说,"他只好让我转告大都尉了。"

"他要你转告什么?"

"他说居次心地善良、聪明漂亮……"

居次侧耳细听。

葡萄奴继续说:"他愿意永远与居次做朋友。"

"说得好听!既然这样,那为什么……"居次欲言又止,没有再说下去。

"汉使请大都尉帮他请一位会说汉语的匈奴人。"葡萄奴说,"他要学匈奴语。"

"那你留下来得了!"居次赌气地说,"看得出来,他喜欢你。"

第三章　囚禁楼兰

"好啊！"葡萄奴大笑，说："我现在就回去。"

"你敢！"居次真的怒了。

阿的江打量着葡萄奴，点点头，也笑了。

贾欣趁张骞不在，悄悄溜进张骞住的穹庐，想找出汉武帝给张骞出使西域的密诏，向右谷蠡王请功。他深信密诏就藏在穹庐里，可东翻西找，就是找不到，突然，他的视线落在挂壁上的汉节，走上前，欲摘下汉节看个究竟。

"住手！"突然传来一声暴喝。

贾欣吓了一跳，回头一看，见张骞站在身后，愤怒地看着自己，胆怯地说："我、我只是想看看……"

张骞上前，取下挂在壁上的匈奴劲路刀，指着贾欣说："你配吗？你如果碰一下汉节，我就剁下你的手指头。"

"张骞，何必动怒呢！"贾欣说，"我只是看看而已，别无他意。"

"汉节是圣洁之物，岂容让你的脏手玷污！"张骞怒喝，"滚出去！"

"张骞，你是谁呀！你还是我的上司吗？"贾欣朝地上吐了一口痰，说，"你现在是我看管的囚犯！有资格对我呼来喝去吗？"

"无耻！你是卑贱的汉奸，一条摇尾乞怜的狗。"张骞义正词严地说，"这座穹庐是我在匈奴的汉使官邸。从现在起，没有我的允许，不准你跨入半步，否则，我就杀了你。"

"你敢吗？"

张骞举起刀，冷冷地说："看来，我今天要试试劲路刀了。"

"这就是劲路刀？"贾欣惊恐地问。

"这把劲路刀，是大都尉送给我防身用的。"张骞说，"我对他发过誓，不用这把刀杀匈奴人。"

贾欣笑了，说："我是匈奴百骑长，你杀我，就是违背誓言。"

"你敢说你是匈奴人吗？"张骞骂道，"你是汉奸，我是大汉使臣，我可以代表朝廷，处死你这个汉奸卖国贼。"

贾欣再也不敢在穹庐待了，拔腿就跑。

"站住！"张骞大喝一声，追出穹庐。

"汉使，我错了！"贾欣跪下求饶，说，"从此以后，我绝不跨入穹庐

半步，行吗？"

"滚！"

贾欣从地上爬起来，狼狈地逃走了。

贾欣气急败坏地去找大都尉阿的江，将张骞要杀他的事情，添油加醋地说了一遍。

"你闯进了汉使的穹庐？"阿的江训斥道，"在我们匈奴，未经主人许可，外人也不可以随便进去，这是最起码的礼节。张骞虽然是俘虏，但他还是大汉使臣，连大王都要敬他三分。你也太无礼了。"

"小的知道错了！"

"你进汉使的穹庐干什么？"

贾欣说："找大汉皇帝颁给张骞的密诏。"

"密诏？"阿的江惊问，"密诏有什么秘密？"

"这份密诏可以证明，张骞出使西域，并不是通商，而是有军事目的。"

"什么军事目的？"

"联络西域各国与汉朝结成同盟，前后夹击匈奴。"

"有这回事？"阿的江问，"在漠北单于庭，你为何不说？"

"我是一个俘虏，没有证据的话，说出来谁信。"贾欣说，"中行说向大都尉推荐小人，就是让小人有机会接近张骞，找到密诏，揭露张骞出使西域的真正目的。"

"又是中行说！"阿的江问，"你是怎么与中行说扯上关系的？"

"中行说是我一个远房表叔！"

"原来是这样！"阿的江暗暗吃惊，如果贾欣所说属实，这是一件非常严重的事情，于是追问："你说的话是真的吗？"

"小人以性命担保。"

阿的江想了想说："这件事我知道了，你下去吧！"

居次回到王府，成天闷闷不乐，吃不香，睡不宁。张骞的身影总是在眼前晃动，张骞的声音总是在耳边回荡，赶也赶不走。可他是一个硬汉子，对匈奴充满了敌意。这能怪他吗？匈奴兵经常到别人家里杀人、抢劫，别人能不恨吗？她后悔不该穿着这身丝绸衣裙去见张骞，因为这是赃物，见到这些，能不勾起他痛苦的回忆吗？他怎么会爱上一个匈奴大王的居次呢？

居次不再恨张骞了，这不是他的错，她脱下身上的丝绸衣裙，叠好，放进箱子里，上锁。她要把对张骞的爱，随丝绸衣裙一同锁进箱子里。

三、谁是更聪明的人

葡萄奴见居次要一个人待着，便出来找到乌姗，将她拉到后花园，告诉她汉使对她说的话。

"阿哥还活着？"乌姗惊喜地叫起来，连珠炮似地问，"阿哥去了长安？他是怎么认识汉使的？怎么又当了汉使？他现在在哪里？"

"大汉使臣来不及说！"葡萄奴说，"他叫我带你去见他，他会把一切告诉我们的。"

"我们什么时候去？"

"大汉使臣叮嘱！"葡萄奴说，"我们去看他，不能让居次知道，更不能让别人知道甘父也是汉使，否则对我们不利。"

乌姗问："居次真的哭了吗？"

"我亲眼所见，还会有假？"

"大汉使臣真了不起！"乌姗说，"不贪美色，不惧杀头，而且还敢于拒绝居次，真了不起啊！阿哥一定很崇拜他，不然就不会跟随他一同出使西域，而且还叫他大哥。"

"你见到他，叫他什么？"

乌姗不假思索地说："当然也叫大哥了。"

"好啊！"葡萄奴坏笑地说，"你说不定你会爱上这位汉人大哥？"

"我不会爱一个不爱我的人。"

"要是汉家大哥爱上你呢！"葡萄奴问，"你怎么办？"

"怎么可能呢?"乌姗说,"不爱高贵的居次,却爱一个低贱的女奴,这怎么可能吗?"

"汉家大哥就是这种人!"葡萄奴说,"不信,我们打赌!"

"赌就赌!"乌姗笑着问,"赌什么?"

"你输了,你给我做嫁妆。我输了,我给你做嫁妆。"葡萄奴问,"怎么样?"

"你就想出嫁了,不害羞呀?"

两人抱在一起,笑得上气不接下气。

阿的江来到右谷蠡王府邸,向右谷蠡王和阏氏报告了他与居次到莫名村的情况,说居次爱上了汉使张骞,但却遭到张骞拒绝,以及贾欣告密的事情。

"这个汉使太可恨了!"阏氏说,"怪不得宝贝女儿连晚饭也不吃,我要教训这个不知好歹的汉人!"

"不要胡闹!"右谷蠡王说,"他是大汉使臣,怎么会娶匈奴大王的居次呢?作为大王,我也不会把居次嫁给敌国的使臣。"

"你也太霸道了!"阏氏不服气地说。

"阿的江!"右谷蠡王问,"你说贾欣私闯穹庐,是要找汉使的密诏,是怎么回事?"

"贾欣想报复张骞,所以要找到密诏,揭露张骞出使西域的真正目的。"阿的江说,"而且,他也得到中行说的指使。"

"中行说也知道这件事?"

"中行说是一条狗!"阿的江说,"他就是想把水搅浑,挑起匈、汉之间的战争。"

"我们不能轻信贾欣的一面之词!"右谷蠡王说,"只有见到密诏,才能确定下一步该怎么办。"

"捕获汉使张骞后,我派人搜过他的身,也搜过他的全部物品,除了他给我看的那道诏书外,没有发现什么诏书。"

"一个聪明人藏起来的东西,一百个笨蛋加上一千个傻瓜也找不到!"阏氏说,"除非能找一个比那个聪明人更聪明的人。"

右谷蠡王听了,哈哈大笑。

第三章　囚禁楼兰

阏氏问:"我说错了吗?"

"你说的没有错,我是笑你语出惊人!"右谷蠡王说,"可是,我们到哪里去找那个更聪明的人啊!"

"我倒有一个办法!"阿的江说。

"什么办法?"右谷蠡王问。

"不用去找一个比那个聪明人更聪明的人!"阿的江说,"我们可以找一个让那个聪明能干的人变糊涂的人。"

"找一个能让汉使变糊涂的人?"右谷蠡王问,"有这样的人吗?"

"我们可以挑一个年轻貌美、乖巧伶俐、会说汉语的女奴去侍候张骞,让她成为张骞的妻子或者女奴。"阿的江说,"实际上,她是大王安插在张骞身边的眼线。让她日日夜夜与张骞在一起,还愁找不到那份密诏?同时,还可以稳住汉使,有了女人,有了家,张骞也许就不会逃走了。"

"阿的江!"阏氏笑了起来,"你就是那个聪明人啊!"

"到哪里去找这个女奴呢?"右谷蠡王问。

阿的江说:"居次的女仆葡萄奴,就是一个合适的人选。"

"这不行!"阏氏说,"居次很喜欢葡萄奴,她不会答应。再说,居次一心想嫁给这个男人,遭到了拒绝,让她的女奴嫁给这个男人,居次会发疯的。"

乌姗这时正好送奶茶进来。

"你们女人懂什么?这是匈奴朝廷的大事,怎么能由着居次的性子来呢?"右谷蠡王冲着刚进来的乌姗说,"去,把葡萄奴找来。"

"乌姗!"阏氏吩咐,"去把葡萄奴叫来,大王有事要找她,居次不必同来。"

"知道了!"乌姗放下奶茶,退了出去。

阿的江问:"这是阏氏的女奴吗?"

"她叫乌姗,是我的女奴,对我很忠心!"阏氏补充说,"她还是葡萄奴的阿妹。"

"她比葡萄奴长得更漂亮。"阿的江问,"她会说汉语吗?"

"会的,葡萄奴的汉语还是跟她学的呢!"阏氏问,"你是不是想让她

· 81 ·

去侍奉大汉使臣啊！"

"我只是问问！"阿的江说，"看看再说吧！"

乌姗将葡萄奴引进大厅。

葡萄上前行礼，乌姗转身欲退下。

"乌姗！"阿的江说，"你也留下来！"

乌姗看了阏氏一眼，阏氏点点头，乌姗站到一边。

"大都尉！"右谷蠡王说，"你说吧！"

"葡萄奴！"阿的江说，"大汉使臣需要一个会说汉语的匈奴人，这事你也知道。我和大王、阏氏商量过了，想让你去，你愿意吗？"

葡萄奴大吃一惊："这……？"

"我看得出来，汉使喜欢你，由你去教他匈奴语，非常适合。"阿的江说，"如果他愿意娶你，你就是他的妻子。"

"大王的命令，奴才应该服从。可是，奴才已经有了丈夫。"葡萄奴说，"再说，居次会杀了我的。"

"居次的事不要说了，有大王做主。"阿的江问，"你真的有丈夫了吗？"

"我可以证明！"乌姗说，"她的丈夫就是我阿哥。"

"大王！"葡萄奴鼓起勇气说，"让乌姗去吧！她的汉语比我说得好，我的汉语还是向她学的。更重要的是，乌姗聪明伶俐，汉家使臣一定会喜欢她。居次对我很好，我愿侍奉居次。"

"这样的话，就让乌姗去吧！"右谷蠡王发表了意见。

"乌姗！"阿的江问，"你的意见呢？"

乌姗满脸娇羞，轻声说："我愿意侍候阏氏。"

"乌姗！"阏氏说，"我也舍不得你！可侍候好汉使是大事，让他在匈奴有家的感觉，才能稳住他的心，这是大单于的命令。"

"阿妹！"葡萄奴说，"为了大匈奴，也为了帮帮你阿姐和阿哥，你就答应了吧！"

乌姗满面含羞地说："我听大王、阏氏的吩咐！"

"这就好！"阏氏笑着说，"乌姗，今天晚上你来陪我，你娘不在身边，有些事，我要告诉你。明天让葡萄奴送你过去。"

第三章 囚禁楼兰

楼兰城里，一支特殊的婚庆队伍走出了右谷蠡王的王府，沿着大街，向楼兰城西门走去。

走在婚庆队伍最前头的人，竟然是骑着高头大马的大都尉阿的江

千骑长带领十八人组成的马队方阵紧随其后。王府乐队的艺人骑马跟在马队方阵后面，边走边奏乐。

几辆牛车跟在乐队后面。

最前面一辆牛车上，坐着葡萄奴和乌姗，她们手挽着手，乌姗身穿大红丝绸衣裙，头披红盖头，俨然就是新娘打扮；葡萄奴一身匈奴盛装，显然就是伴娘。后面几辆牛车上，装的是嫁妆，有粮食、衣物、农具和水果等等。

婚庆队伍穿街而过，吸引了无数围观的民众，原本冷冷静静的楼兰城，仿佛一下子就热闹起来。

婚庆队伍刚出城，一条新闻迅即传遍全城，并向外地扩散。内容是：大汉使臣张骞，娶了一名匈奴女人为妻，在匈奴成家了！

对于这样一个爆炸性的新闻，主角张骞竟然一无所知，他正在莫名村的后山上，挥汗如雨地收割苎麻。

张骞原本是务农的多面手，除熟知农作物耕种技术外，沤麻、纺麻的技术也颇有研究。一个偶然的机会，他在莫名村的后山坡发现了许多野生苎麻，拔起来折断一看，纤维质地不错，很适合纺织。于是动了沤麻纺麻的念头。

他说服几位匈奴牧民跟着他一起干，并制造了一架纺车。莫名村的牧民很乐意向这个汉人学习纺麻技艺。在共同的劳动中，他们已把这个实为囚犯的汉使当成了朋友。

张骞光着膀子，同一起干活的牧民有说有笑，可以看出来，他很高兴。他们把收割的苎麻装上牛车，拉到山坡下的小池塘边。卸车后，将苎麻抛进池塘里，然后将存放在旁边的一桶桶生石灰倒进池塘里。顿时，池塘里冒出一片白色的烟雾，呛得人睁不开眼。烟雾消失后，他们拿着长木棍，在水里不停地捣搅……

做完这些，大家都是满面白灰，面目全非，彼此相互看了一眼，笑得前仰后合。然后各自抓起衣裳，跑到河边去了……

大汉使臣 张骞

大都尉带领的婚庆队伍到达莫名村时,驻守的士兵和村里的牧民纷纷上前围观,大家纷纷投来好奇的眼光。

贾欣走出人群,来到阿的江的马头前,讨好地说:"大都尉,有什么需要小的效劳?"

"大王有令,让汉使与一个匈奴女人今天在这里成婚。婚礼就在草地露天举行。"阿的江命令,"你赶快召集手下,布置场地,越热闹越好!"

"这是真的吗?"贾欣吃惊地问。

"大汉使臣结婚的消息已经传遍了楼兰城,不久就会传到边关,传入汉朝。"阿的江说,"这是大王的意思!"

"大王和大都尉高明啊!"贾欣终于明白了,献媚地说,"即使张骞不肯投降,但消息传到汉朝,他们也会认为张骞已经归顺了大匈奴。张骞有口难辩了。"

"嗯!"阿的江说,"算你聪明!"

贾欣说:"可张骞本人还不知道啊!"

"他马上就会知道!"阿的江命令,"你赶快派人把他找来。"

"我知道汉使在哪里,我去叫他!"一个牧民跃上马,向河边跑去。

阿的江跳下马,小声对贾欣说:"婚礼结束后,你跟我回王府,另有委任。你马上回穹庐,把你的东西全部拿走,快去!"

贾欣一头雾水,但又不敢问,只得回穹庐收拾东西去了。

张骞骑马过来了,下马后,拱手施礼:"大都尉,你好!找我有事吗?"

阿的江说:"你要的人,我给你送来了。"

"我要的人?"张骞有些莫明其妙,问,"什么人?"

"教你学汉语的匈奴人呀!"

"啊!"张骞觉得有些不对劲,送一个会说汉语的匈奴人,用得着如此劳师动众的吗?他指着现场,问,"这又是怎么回事?"

"人就在你的穹庐里,你去看看是否满意。"阿的江说,"我在这里等你的答复。"

张骞心想,一定是居次了。前几天不是已经很明确地拒绝了吗?难道要霸王硬上弓吗?如果真是这样,该如何处理呢!张骞边走边想,穹庐已经到了，对策还没有想出来，他犹豫了一下，迈步跨进穹庐。

"大哥！"

张骞刚进穹庐，葡萄奴便迎上前，甜甜地叫了一声。

"是你？"张骞惊问，"你怎么来了？"

"大哥！"葡萄奴指着身边一位姑娘说，"我把乌姗阿妹给你带来了。"

"你就是乌姗妹妹？"张骞高兴地说，"终于见到你了！"

"大哥！你好！"乌姗羞涩地说。

"太好了！"张骞情不自禁地拉着乌姗的手，说，"我又多了一个妹妹，我和甘父发誓，一定要找到你们。今天终于找到了。"

"甘父真的要你找我们吗？"葡萄奴问。

"甘父日夜都在想念你们！"张骞说，"他在我家住了一年多，在来西域的路上，我们形影不离，经常唱乌姗写的那首歌。"

"哪首歌？"乌姗问，"你会唱吗？"

"《骏马之歌》！"张骞说罢，轻声唱起来：

骏马，心爱的骏马，
奔驰在辽阔美丽的草原上。
犹如一只雄鹰
翱翔在天空。
乌姗和葡萄奴也跟着唱：
啊！我心爱骏马，
披星戴月，不畏艰险，
飞驰如电，一日千里，
你比雄鹰更勇敢。

唱着唱着，乌姗和葡萄奴很自然地一左一右地靠在张骞肩上，张骞伸出双手，搂住了两人的腰。

葡萄奴趁机问道："大哥，你爱乌姗阿妹吗？"

"爱！"张骞说，"哪有大哥不爱阿妹的？"

"那太好了！"葡萄奴高兴地说，"从今天起，乌姗阿妹就是你的妻子了。"

"你说什么？乌姗是我的妻子？"张骞终于明白了，问，"这一切都是匈奴大王安排的吗？"

"是的！"葡萄奴说，"大都尉要给你找一个会说汉语的匈奴人，大王决定让乌姗来，命令她不仅要当你的女奴，而且还要成为你的妻子。"

"乌姗妹妹！"张骞说，"请你说实话，你来的时候，大王对你说了些什么？"

"大王让我来监督你！"乌姗说，"把你的一切活动向他报告。"

"我早就想到了！"张骞说，"但没有想到大王派的是你。"

"有一个姓贾的汉人向大王告密，说你身上藏有一份密诏，密诏上有你出使西域的真正目的。"

"什么目的？"张骞问。

"说你出使西域的真正目的，是要与月氏人结成军事同盟，攻打大匈奴。"乌姗说，"大王要我一定要找到这份诏书，并威胁说，如果违反他的命令，就要把我和葡萄奴，还有你，统统杀掉。"

"那你怎么办？"

"大哥！"乌姗说，"我宁可死，也不会同他们合伙坑你。"

张骞说："那就苦了你了！"

"他们从不把我们这些奴隶当人看。"乌姗撩起衣袖，臂上露出斑斑伤痕，愤怒地说，"大哥，你看，这些都是阏氏给我留下的，她就是一只母老虎，心肠比蛇蝎还毒，只要不高兴，便把气出在我们这些奴隶的身上，用鞭子抽、棍子打。"

"妹子，你说得对，他们就是蛇蝎心肠。"张骞说，"我找到你们，就是要尽一切力量保护你们，不让他们伤害你们了！"

"大哥！"乌姗哀求地说，"留下我吧！我愿意做你的女奴，发誓对你忠诚！"

"妹子，你就留下来吧！"张骞说，"和我一起生活，但你不是我的女奴，我也不需要女奴，我会像甘父一样，待你如亲妹妹，疼你，保护你！"

"大哥！"葡萄奴着急地问，"你难道不愿意娶乌姗为妻吗？"

"我在老家已有婚约啊！"

"再娶一个不可以吗？"葡萄奴说，"你被囚禁在这里，也许永远也回不了故乡，身边也要有一个真心爱你、疼你的女人照顾你啊！"

张骞不知如何回答才好，他不甘心长期被囚，一定会找机会逃走，如此一来，岂不是害了乌姗吗？

"阿姐！"乌姗说，"不要为难大哥了！只要能留在大哥身边，我就心满意足了！"

葡萄奴气得一跺脚，出了穹庐。

四、血腥的婚礼

张骞和乌姗、葡萄奴在穹庐里唱《骏马之歌》的时候，一位蒙着面纱的不速之客骑马到了莫名村。

蒙面客下马之后，大都尉阿的江立即迎了上去，将她引进百骑长贾欣刚刚退出的穹庐。蒙面客取下面纱，露出真容，原来是居次。

"阿的江叔叔！我要走了！"居次伤感地说，"临走之前，我想见见他，也许这是最后一次见面！"

"我知道你要去漠北见你的爷爷！"阿的江有点爱莫能助地说，"去吧！漠北单于庭猛士如云，或许能找到你中意的骑士，忘掉汉使张骞吧！"

"今天见过他之后，以后再也不会想他了。"居次言不由衷地说。

"好吧！"阿的江说，"你在这里等着，我去叫他。"

"不要叫他，也不要让他知道我来了！"居次说，"等婚礼结束后，我过去看他。让我在这里静静地坐一坐。"

"孩子！不要太难为自己了。"

阿的江说罢，走出穹庐，见葡萄奴从另一座穹庐里跑出来，似乎很生气。

阿的江迎上去，问道："怎么生气了？发生了什么事吗？"

葡萄奴说："汉使同意留下乌姗，但不愿娶她为妻！"

"不用生气！"阿的江说，"无论他愿也好，不愿也好，这事由不得他。你请他们出来吧！"

葡萄奴有些犹豫，但还是返回穹庐。

不一会，张骞出了穹庐，葡萄奴搀着身穿新娘盛装的乌姗也走出了穹庐

"大汉使臣！"阿的江看了一眼布置好的现场，指着摆在中间的座位，对张骞说，"请你们坐在那里。"

在葡萄奴的引领下，张骞和乌姗并排坐在座位上，葡萄奴站到他们身后。

"大汉使臣！"阿的江问，"这位乌姗姑娘，是大王送给你的，你满意吗？"

"乌姗姑娘说一口流利的汉语，我很满意！"

"还有呢？"阿的江继续问。

"她很聪明，也很漂亮，性格也很淳厚。"

"她可爱吗？"

"很可爱！"张骞说，"她是一位好姑娘！"

"大汉使臣！"阿的江说，"我很慎重地向你宣布一个大王的决定。"

张骞说："请讲！"

"大王决定，把乌姗送给你，同时把莫名村这个小村庄也送给你。"阿的江说，"从此以后，乌姗、在莫名村放牧的奴隶，还有莫名村的牧场、牛羊、树林、池塘，都属于你！"

"这是为什么？"张骞说，"难道大王变仁慈了？"

"大王不仅很仁慈，而且还很厚爱。"

"那我就搞不懂了！"张骞说，"大王为何要对一个拒不投降的大汉使臣表现得如此仁慈和厚爱？"

"大王想让你长期住在这里，快快乐乐地生活。"

"我知道了！"张骞说，"大王是要把我永远拘禁在这里，不让我走出这个小村庄，更不允许我去西域完成我的使命！"

"你果然聪明!"阿的江说,"大王就是这个意思。"

"你们认为我会接受吗?"

"你会接受的!你是一个善良的人!"阿的江说,"如果你知道拒绝所导致的后果,你一定会同意的,我可以肯定。"

"你在威胁我?"

"我绝不会威胁你?"

"你要杀掉我?"

"不会杀你,不仅现在不,以后也不会。"

"那你怎么能逼我就范?"

"不是逼!"阿的江说,"我是说你会心甘情愿地答应。"

"说说看!"

"按我们匈奴人的规矩,凡是大王送给贵宾的礼物,如果贵宾拒绝接受,就等于是对大王的污辱。为了消除污辱,大王必须毁掉送出去的礼物!"

"无耻!"张骞愤怒地说。

"你不相信?"阿的江大喝,"来人,把乌姗带过来!"

两名武士上前,掀掉乌姗的红盖头,把她推到阿的江面前。

"乌姗!"阿的江说,"你去给汉使敬酒!"

乌姗站在那里没有动。

阿的江冷冷地问:"你想违抗命令吗?"

乌姗什么话也没说,偷偷地看了张骞一眼,默默地斟满一杯酒,端起来,走到张骞的面前,双手献给张骞。

张骞接过酒,问道:"为什么要我喝这杯酒?是毒酒吗?"

"喜酒!"阿的江说,"只要你喝下这杯酒,就表示今天的婚礼正式开始。"

"如果我不喝呢?"

"以击鼓三声为限!"阿的江说,"三声过后,你如果还不喝下这杯酒的话,我就会下令,杀掉莫名村的所有牧民,一个一个地杀,牧民杀光了,再杀新娘。"

张骞冷冷地看着阿的江,没有喝酒,也没有说话。

乌姗站在张骞的面前，从容镇定，面不改色，他坚信大哥不会让她和这里的牧民死，他一定会答应的。

"武士准备！"阿的江大喊，"开始击鼓！"

武士凶狠地将一位牧民拉出来，举起马刀，做好了砍头的准备。

牧民开始骚动了；葡萄奴的双腿开始发抖了；乌姗不敢看张骞，眼泪快掉下来了。

蒙着面纱的居次悄悄地走出穹庐，看着眼前这触目惊心的场面，仿佛刀子架在自己的脖子上，浑身直冒冷汗，一股寒气从头顶穿透到脚板心，她的心开始颤抖。自己素来崇敬的阿的江叔叔，怎么突然变得不认识了？为何要把一场婚礼变得如此血腥呢？难道他的足智多谋，就是血腥、就是屠杀吗？大汉使臣张骞真的是一个冷血动物吗？难道因为乌姗是一个匈奴人，就不值得爱吗？难道忠诚于汉朝，就眼睁睁地看着无辜的牧民和乌姗被杀而无动于衷吗？如此冷漠无情，这样的人还值得自己去爱吗？他真的不喝这杯酒？

张骞依然是手端着酒，神色淡漠……丝毫看不出是喝、还是不喝。

居次的心被刺痛了，她在怀疑自己的判断，闭上了眼睛，任由眼泪从眼角流出来，也不去擦！

张骞持杯未饮，脑子在飞快地转动，刚见到乌姗时，他便怦然心动，在穹庐的一番表白，更让人体会到漂亮的姑娘还有一颗善良的心，于是从心底里产生了一种爱。但他又在想，自己不可能永远待在匈奴，一定会想办法逃出去，继续完成自己的使命，前途注定充满了磨难，难见彩虹，让这样一位姑娘与自己共同承担凶险的命运，对她不公平。

葡萄奴忍不住了，她想保护乌姗，冲开匈奴兵的阻挡，跑到张骞面前，扑通一声跪下，哭着说："大哥！救救乌姗！救救乌姗！"

千骑长大喊："三击鼓！"

嘭……嘭……嘭……

三通鼓响，张骞尚未开口。阿的江似乎要向众人显示他的决心，不待张骞开口，大喝一声："杀！"

匈奴武士似乎也在抢时间，阿的江话声刚落，举起大刀，就要劈下……

"慢！"张骞右手闪电般拔出挂在腰间的劲路刀，架住匈奴武士正要落

第三章　囚禁楼兰

下的刀，左手举起酒杯，一饮而尽，大声说，"乌姗阿妹，我愿意娶你为妻！天地为证！"

乌姗扑到张骞的怀里，又哭又笑。

张骞扔掉刀和酒杯，一把搂住了乌姗。

葡萄奴从地上爬起来，看到张骞与阿妹搂在一起，高兴地笑了，接着又哭了起来，这大概就是喜极而泣吧！

阿的江松了一口气，大叫："奏乐！"

居次那颗悬着的心，终于放下了。她长叹一声，眼泪如断线的珍珠，哗哗地朝下掉，她悄然转身，走进了穹庐。

牧民们和驻守在小村庄的士兵们闻乐起舞，跳舞的人圈越来越大，欢乐而喜悦的鼓乐声，在天空回荡。

葡萄奴脸上挂满了泪珠，紧紧地搂着乌姗说："好阿妹，恭喜你！来，姐姐给你擦干眼泪，新娘子要高兴，不要哭，要笑！"

张骞也不禁热泪盈眶，但他强忍着，不让眼泪掉下来。他脸上没有笑容，也笑不出来，他多了两个亲人，尤其是有了一位可爱的妻子，使他感到了有一种家的感觉。他心里明白：他和他的新娘仍然是囚徒，小村庄虽然喜气洋洋，但仍然是禁锢他的牢笼，等待他和乌姗的不是美酒，不是鲜花和自由，而是更多的苦难和凶险。

葡萄奴凑在乌姗耳边说了几句悄悄话，笑着走开了。

张骞拉着乌姗的手说："好妹子，让你受委屈了！"

"不！能嫁给你，就是我最大的幸福！"乌姗高兴地说，"大哥！我真是你的新娘子吗？"

"当然是真的！"张骞再次搂着乌姗说，"你是最漂亮的新娘！"

葡萄奴捧着一套崭新的汉服，走到张骞身边说："大哥，悄悄话留到晚上说吧！该换新衣裳了！"

"大哥！"乌姗说，"这套衣裳是阿姐连夜按汉家式样给你做的，快穿上吧！"

乌姗帮张骞脱下身上的破旧长袍，又和葡萄奴一起帮他穿好新衣。

"大哥！"葡萄奴指着穹庐说，"有位贵客在那里等你，你过去看看吧！"

"贵客？"张骞问，"是谁？"

"去吧！"葡萄奴轻轻地推了一把，"去吧！去了就知道了！"

张骞、乌姗和葡萄奴走进了居次所在的穹庐。

居次微笑着迎上前说："恭喜大汉使臣新婚！乌姗，也恭喜你！"

张骞和乌姗见到居次，惊谔地说："居次，怎么是你？"

"怎么？"居次说，"不欢迎我吗？"

张骞拱手说："你是贵客，当然欢迎！"

"奴仆欢迎居次！"乌姗有些害羞地说。

"乌姗！你真幸福啊！"居次有些酸楚地说，"我也想成为他的新娘，可是他弃我如敝履，却要了你，我好嫉妒你啊！"

乌姗看看居次，再看看张骞，不知怎么回答才好。

"放心吧！"居次自己打破尴尬，说，"我不会抢你的新郎！他是你的，谁也抢不走！我今天来，一是祝贺你们新婚幸福，二是送点贺礼。"

"谢谢你！"张骞说，"大王已经给了我许多礼物了！"

居次拿出礼物，把一对碧绿色的玉镯送给乌姗，把一套汉人用的文房四宝送给张骞。

"收下吧！"葡萄奴帮腔说，"居次费了很多心思，才挑选了这两件礼品。"

"谢谢！谢谢！"张骞由衷地说，"这件礼物真是雪中送炭啊！我正想写点东西，却苦于找不到应用之物，解决了大问题。"

居次见张骞这样喜欢自己送的礼物，脸上露出了灿烂的笑容。

葡萄奴帮乌姗戴上玉镯，赞叹地说："好漂亮的玉镯啊！"

"谢谢居次！"乌姗说，"可是……"

"可是什么？"居次问。

"这件礼物太贵重了，奴仆不配……"

"打住！"居次说，"乌姗，你现在不是奴仆，是大汉使臣的妻子，也是我的朋友，我比你大，以后我们就姐妹相称吧！"

"姐姐！"乌姗喜极而泣，"我又多了一个姐姐！"

"居次！"张骞问，"你刚到的吗？"

第三章 囚禁楼兰

"我早就来了!"居次说,"刚才的一幕,我都看到了。"

"我……"张骞不知说什么好。

"如果刀架在我的脖子上!"居次问,"你会喝下那杯酒吗?你会娶我为妻吗?"

张骞一时语塞,无言以对。

"你是匈奴大王的居次!"乌姗说,"武士不敢杀你,大王也不会用这种办法对付你啊!"

"不用你回答!"居次突然严厉起来,"我要张骞回答。"

"大王的规矩太残酷了!"张骞说,"我有什么办法啊?"

"如果是我站在刀下,你是不会喝下那杯酒的,我恨你!"居次说罢,跑出了穹庐。

"我去劝劝她!"葡萄奴欲跟着跑出去。

"站住!"乌姗一把拉住葡萄奴,"你不要去,大哥,你去!"

"好!我去!"张骞说罢,跟了出去。

张骞跟在居次身后跑出穹庐,在楼兰河边追上了居次,两人并肩而行,清澈的水面映出两人的倒影。

"居次!"张骞问,"还在生我的气吗?真的恨我吗?"

"我刚才不那样做,你会出来吗?"

"啊!"张骞说,"我上当了!"

"把你引出来,是想单独和你在一起,有话要对你说!"

"什么话?"

"我要走了!"

"走?"张骞问,"到哪里去?"

"明天我就要离开楼兰,到云中去看望我爷爷。"

"看望你爷爷?"张骞问,"你爷爷是谁?"

"匈奴国大单于呀!"居次问,"你不知道吗?"

"原来右谷蠡王是大单于的儿子!"张骞问,"你是匈奴大单于的孙女!"

"这还有假吗?"

"我不是这个意思!"

"每年秋天，匈奴大单于和各位大王都要召开蹛林大会（匈奴的一种祭祀活动）。今年蹛林大会设在云中。爷爷很疼我，每年蹛林大会都要把我带在身边。"

"你要去多久？"

"也许一两年，也许会更长！"居次问，"你会想我吗？"

"我们是朋友！"张骞说，"当然会想你啊！"

"如果你真想我，我在云中也能感觉得到。"居次问，"你相信吗？"

"我相信！"

"那我一定会回来看你。"居次说，"在我回来之前，你不要逃走，好吗？"

"好！我答应你。"张骞说，"我有很多事情要做，不会逃走的。"

"你有什么事情要做？"

"这里有许多野生苎麻，还有桑树。"张骞说，"我打算把汉朝的沤麻、纺麻、养蚕和纺丝的技艺，传授给这里的牧民和农奴。他们学到这些技术后，生活或许会过得好一些。"

"你真是个善良的人！"居次问，"这里真的能织出汉家的丝绸吗？"

"试试看。"张骞说，"如果成功了，我会把最好的织品留给你。"

"我还要告诉你一件事。"

"什么事？"

"大王给我自由了！"

"千万别这样认为！"居次说，"表面上看，莫名村没有了监视你的士兵，可父王在村庄外四周都安排有士兵把守，你如果想逃走，他们就会杀死你。"

"谢谢你告诉我这些。"张骞说，"我想请你做一件事，能行吗？"

"你说吧！什么事？"

"去云中后，多劝劝你爷爷！"张骞说，"匈奴与汉朝是邻邦，要友好相处，不要为敌，不要战争！不要让千千万万匈奴奴隶和汉人无辜流血，家破人亡。"

"我一定会把你的话转告给爷爷！"居次说，"我还要劝爷爷给你自由。"

居次说,"还有一件事,要告诉你。"

"什么事?"

"我要把贾欣带走!"居次说,"让他护送我去云中。"

"为什么?"张骞问,"难道你喜欢他了?"

"我怎么会喜欢一条狗?"居次问,"你知道吗?是他向父王告密,说你藏有密诏。"

"啊!"张骞说,"他是一个连狗都不如的汉奸!"

"据说他是受中行说的指使,当百骑长也是中行说向大都尉推荐的。"居次问,"中行说也是汉人啊!"

"我知道中行说这个人!"张骞说,"他原是汉朝的宦官,汉、匈和亲时随公主到了匈奴。"

"原来是这样!"居次问,"他为何要与自己的祖国作对呢?"

"他来匈奴不是自愿的,但君命难违,故对汉朝怀恨在心,临走时曾对汉朝的皇帝说,到匈奴后要给汉朝添麻烦,没想到他真这样做了。"

"我带走贾欣,就是不想让他再伤害你和葡萄奴。"

"大王同意吗?"

"我对父王说,我想学汉语,还想读汉人的书,要贾欣教我。父王也就同意了。"

"你的汉语说得很好啊!"张骞问,"跟谁学的?"

"是葡萄奴教我的!"

"你不带葡萄奴走吗?"

"我不带她走了!"居次问,"听你们的意思,她的丈夫快要回来了,是真的吗?"

"如果不出意外的话,他应该会回来。"

"贾欣每次见到葡萄奴,眼睛冒着邪光,对葡萄奴不怀好心。我不能让这条狗伤害葡萄奴。"居次说,"我对葡萄奴说,叫她不要回王府,就留在莫名村等她的丈夫。"

"怪不得葡萄奴和乌姗说你心地善良,对人宽厚!果然如此!"张骞说,"再次谢谢你!"

"你是真心谢我吗？"居次盯住张骞的眼睛，一眨不眨。

"你不相信我的真诚？"张骞避开居次火辣辣的眼光。

"那好！"居次说，"我要将女人最珍贵的东西送给你，不要任何回报，你能接受吗？"

张骞当然明白居次想说什么，头脑突然一片空白，不知如何回答是好。

居次有些凄婉地看着张骞，伸手解开衣扣，一颗、两颗、三颗……

"居次！"张骞语无伦次地说，"别、别……"

居次再也控制不住了，一把抱住张骞，压在他的身上，用疯狂的热吻堵住了张骞的嘴……

五、劫后重逢

"居次！"阿的江说，"时间不早了，该起程了！"

居次脸上挂满了泪珠，向张骞、葡萄奴和乌姗看了一眼，跨上骏马，猛地调转马头，向村外跑去。

贾欣带领百名骑士紧随其后，一起离开了莫名村。

"大汉使臣！"阿的江说，"从现在起，莫名村的牧场、山林、田野、牧民、牛羊，一切都属于你了。驻兵也撤走了，以后我不会再派兵来。你和你的新娘，就在这里安居乐业吧！"

"谢谢大都尉！"

"不过，我要提醒你！"阿的江说，"千万不要有逃走的念头，莫名村虽然没有士兵，村外各个出口却都有驻军把守，你是逃不出去的。"

"这里有我可爱的妻子，还有美丽的村庄！"张骞说，"我享受还来不及，为什么要逃走啊！"

"这样就好！大汉使臣，我告辞了！"阿的江说罢，带着随行人员离开了莫名村。

太阳快要落山了，贺喜的牧民也早已散去。莫名村一片寂静。

张骞住的穹庐里红烛高照，较之往日，少了些许寂寞，多了几分喜庆的气氛。张骞、乌姗和葡萄奴围坐在小圆桌边，共进晚餐。桌子上摆放有牛肉、羊肉、刚出锅的胡饼，还有西域葡萄酒和甜葡萄。张骞离开长安之后，第一次有了家的感觉。三人一边喝酒，一边说着白天发生的事。

"大哥！"葡萄奴说，"今天你差点把我吓死了！"

"不会吧！"张骞问，"你胆子就这么小吗？"

"再大的胆子，也经不住这么吓啊！"

张骞脸上露出一丝苦笑。

"大哥！"葡萄奴问，"你说你愿意娶乌姗阿妹为妻，是真心的吗？"

乌姗也想知道这个问题，只是不好开口，竖起耳朵，等候张骞回答。

"当然是真心，这还有假吗？"

"那在击鼓之前，你为何不肯喝那杯酒呢？"

"这也是乌姗的心病！"张骞问乌姗，"是吧？"

乌姗点点头，说："大哥！你到底是怎么想的？"

"我说实话吧！"张骞稍微停顿了一下，说，"我是大汉使臣，也是匈奴的俘虏。我不会在这里当一辈子囚徒，一定要想办法逃走。"

"你拒绝居次！"葡萄奴问，"也是为了这个？"

"阿妹聪明！"张骞说，"这就是说，无论是现在，还是将来，伴随着我的只有灾难和死亡，没有幸福。谁跟了我，灾难随之也会降临到她的头上。如果我接受了女人的爱，等于就是给她送去了苦难，这样做，我不是太自私吗？"

"大哥！"乌姗感动地说，"我错怪你了！"

"刚才，灾难和死神突然降临！"张骞说，"乌姗、牧民，还有那些牛羊，都是无辜的，却要受到牵连而被处死，一切都是因我而起，如果我再不站出来，那我还是人吗？"

"你还是被逼的！"乌姗哭了。

"乌姗！"张骞伸手搂住乌姗，说，"今天虽然是被逼上的，但我会真

心待你的，刚才不是已经说了吗？从今天起，你就是我的妻子了。"

"大哥！"乌姗说，"从今天起，你是囚徒，我也是囚徒，灾难和死亡，一切我们共同承担。"

张骞紧紧地搂住乌姗。

葡萄奴见状笑着出了穹庐，顺手带上门。

张骞与几个牧民站在池塘边，用带钩的长棍把浸在水中沤烂了的苎麻秆捞上岸，铺在地上。他告诉牧民，苎麻茎已经腐烂，在太阳底下晒干之后，再用木棍敲打，腐烂了的苎麻茎就会脱落，剩下的则是带有纤维的麻皮，晒干后，再用清水漂洗……

突然，河面上飘来一阵悠扬的羌笛声，张骞侧耳细听，旋律是那么熟悉，不由脸上露出惊喜之色，扔下手中的长棍，一口气跑到河边。

楼兰河上游，有一只羊皮筏子顺流而下，筏子载有两个匈奴人，一个在划船，一个在吹羌笛。吹羌笛的人一边吹笛，一边不断地东张西望。吹的曲子是张骞听过无数次的《骏马之歌》，除了甘父，还有谁能吹这样熟悉的曲子？

张骞站在河边，没有叫，没有喊，和着曲子，放声唱了起来：

骏马，心爱的骏马，
奔驰在辽阔美丽的草原上。
犹如一只雄鹰
翱翔在天空。
啊！我心爱骏马，
披星戴月，不畏艰险，
飞驰如电，一日千里，
你比雄鹰更勇敢。

羊皮筏子越来越近，想必是筏子上的人听到了张骞的歌声，已经在向岸边靠近。

甘父左手握笛，右手拎包袱，没等筏子靠岸，便从筏子上跳下来，飞奔

第三章　囚禁楼兰

上岸，大叫："大哥！大哥！"

"兄弟！"张骞飞奔着迎上去，两人紧紧地抱在一起。

"大哥！"甘父哭着说，"我总算找到你了！"

张骞面对河面，见筏子靠岸了，忙对甘父说："快，先去招呼一下筏子上的朋友！"

"大哥！"甘父指着筏子上的青年，说，"筏子上这位兄弟是西域游侠盟的兄弟，受首领巴特尔的指派，专程送我过来的。"

"多谢了，朋友！"张骞说，"请上岸，到家里做客！"

"谢谢！我还有事要办。甘兄弟，后会有期！"筏子上的匈奴青年说罢，将筏子撑离岸边，顺流而下。

甘父冲着渐行渐远的筏子大喊："谢谢了，兄弟，代向巴特尔大哥问好！"

"知道了！"筏子已经远去，回声在河面回荡。

"兄弟！"张骞问，"你是怎么找到这里来的？"

"大哥！"甘父说，"我一直跟在你的后面找，辗转追踪到漠北单于庭，经多方打听，得知匈奴人又将大哥押送到楼兰，又追踪到楼兰。"

"想不到你竟然跑了这么多的路。"张骞问，"你又怎么找到这里的呢？"

"我到楼兰后，找到了西域游侠盟的首领巴特尔，请他帮助寻找大哥的下落。"甘父说，"几天前，大汉使臣归顺了匈奴大王、娶匈奴大王的居次为妻的消息传遍了楼兰城。"

张骞惊问："有这回事？"

"巴特尔不知过中缘由，派手下兄弟四处打听，知道你住在莫名村。"甘父说，"于是，我们就装扮成小商贩，昨天半夜偷渡进来，闯过匈奴官兵的哨卡，才到了这里。"

"梁副使呢？"张骞连珠炮似地问，"你们那一拨人呢？他们在哪里？都好吗？"

"他们都死了！"甘父大哭，"他们都死了！"

张骞抱着甘父，泪如雨下，安慰说："好兄弟！别哭了，先回家吧！到家后再细说。"

"大哥！"甘父推开张骞，说，"我有一句话要问你，你要如实回答。"

"什么事？"张骞说，"你问吧。我一定会如实回答。"

"你是不是投降了匈奴大王？你是不是娶了大王的女儿为妻？"

"我还是大汉使臣，现在是匈奴的俘虏，我从来就没有投降匈奴人，也绝不会投降匈奴人。"

"那女人呢？怎么回事？究竟是谁？"

"我是娶了一位匈奴女人，但不是……"

"大哥！"乌姗从穹庐那边跑过来，边跑边叫，"大哥，快回去喝茶！"

"兄弟！你看！"张骞指着跑过来的乌姗说，"她来了！"

"阿妹！"甘父看着越来越近的乌姗，惊叫，"怎么会是你？"他把羌笛和包袱扔给张骞，迎着乌姗跑去，边跑边喊，"阿妹！阿妹！真的是你吗？阿哥来了！"

乌姗大吃一惊，不敢相信自己的耳朵，不敢相信自己的眼睛，停住脚步，站在原地愣住了，她擦了擦眼睛，来人已经冲到面前，仔细一看，真的是自己朝思暮想的阿哥，疯了似的冲上去，大叫："阿哥！阿哥！真的是你吗？"

兄妹二人紧紧地抱在一起，热泪盈眶。

张骞站在一边，看着兄妹二人喜极而泣的样子，脸上充满了笑容。

甘父推开乌姗，让她站在自己面前，仔细打量，问道："阿妹，你真的嫁给了汉家大哥？"

"是啊！"乌姗问，"难道你不相信？"

"太好了！"甘父说，"我太高兴了！"

"走吧！"张骞拍了拍甘父的肩膀，说："还有让你更高兴的事呢！"

"不要说！"乌姗冲着张骞眨眨眼，拉着甘父的手，说，"阿哥！走，我带你去见一个人？"

"谁？"

"去了就知道了！"乌姗拉着甘父来到另一个穹庐门前，说，"她就在里面，你自己进去吧！"

"谁在里面？"甘父问，"到底是谁？"

"你进去看看，不就知道了吗？"乌姗一把将甘父推进了穹庐。

张骞迈开脚步，正准备跟进去。

第三章　囚禁楼兰

"不要打扰他们！"乌姗拉住张骞，说，"走，我们回去喝奶茶！"

甘父一个踉跄，跌进了穹庐。

葡萄奴正在穹庐里梳头，突然听到身后扑通一声响，回头一看，见一个人跌进来，以为进来了坏人，随手抓起剪刀，举起来，惊喝："谁？"

甘父趴在地上，看着惊魂未定的葡萄奴，眼光都直了："你……你……你是我的葡萄奴？"

葡萄奴手中的剪刀掉落在地，泪珠不断线地流了下来："你……甘父？真的是你？"

"是我！"甘父从地上爬起来，一个箭步冲上前，一把搂住心爱的人，"你的甘父，我的紫葡萄！我的甜葡萄！我亲爱的葡萄奴！"

"这不是梦吧？"

甘父深深地吻了葡萄奴一下，问道："这是真的吗？"

葡萄奴这才相信，眼前的一切都是真的，甘父真的回来了！这个深深亲吻着自己的男人，就是自己朝思暮想、梦绕情牵的未婚夫。顿时浑身乏力，幸福地闭上了双眼……

乌姗拉着张骞回到自己的穹庐，正准备进门的时候，发现张骞手里拿着一个脏兮兮的包袱，问道："这是什么？"

"甘父的包袱！"

"这么脏？"乌姗说，"打开看看，是什么东西，我拿去洗洗！"

张骞以为包袱里装的是甘父换洗的衣服，打开一看，却是一堆赤巾官帻。

乌姗问："这是什么？"

"这是我们使者戴的赤巾官帻，每人一顶，上面写有各人的名字！"

乌姗数了数，一共二十九顶。

"阿哥为何要把这些官帻带来？"乌姗问，"人呢？他们的人呢？"

"死了！"张骞跪下哭着说，"他们肯定都死了，我再也见不到他们了！"

"大哥！"乌姗说，"不要太难过，在我们家乡，人死后如果尸体找不到，亲友们就把他的衣服或帽子埋葬。我们称之为逗落。"

"我们汉人也有这个风俗。"张骞说，"不同的是，我们不叫逗落，叫衣冠冢。在衣冠冢前，要为死者立墓碑，在衣冠冢四周栽植常青树，以此表达

· 101 ·

对死者的敬仰和怀念。"

乌姗问："我们现在怎么办？"

"先把官帻放在这里！"张骞说，"我去找一块好墓地，把兄弟们安葬了！"

甘父和葡萄奴来到张骞的穹庐，乌姗把做好的红烧牛脯、烤羊肉、烤牛排，刚出炉的胡饼，还有甜美的葡萄酒，都摆放在小圆桌上。

张骞找好墓地回来后，四个人各占一方，围着小圆桌坐下，大家心情都很沉重，满桌佳肴，谁也没有心思动筷子。

甘父喝了几口闷酒，问道："大哥，这里只有你一个人，其他的人呢？"

张骞悲痛万分地说："我们这一拨人中，有二十五人被沙尘暴夺去了生命，被俘时又死了一部分，没有准确数字。从漠北单于庭来楼兰城时，不足二十人，我被囚禁在这里，其他的人在哪里，是死是活，不知道。"

甘父喝了一口酒，开始述说那一段惨痛的经历。他从两拨人马分别时讲起，一直讲到敦煌城门前盗回二十九个头颅为止。说到这里，甘父已是泣不成声。

张骞听完甘父的追述，早已是泪流满面，紧紧搂住甘父，说："好兄弟，你已经做了你能做到的一切，梁副使和其他使者的在天之灵，会感谢你的！他们为国捐躯，死得其所，你没有让他们暴尸荒野，他们的灵魂也得到了安息！"

甘父说："按我们匈奴人的习俗，还要给梁副使他们建一个逗落，把这些赤巾官帻葬在里面。"

"按我们汉家的习俗，要给为国捐躯的英雄志士建造衣冠冢，也就是你说的逗落。墓地我已经选好了，走吧！我们现在就去。"

墓地选在莫名村后一处最高的山丘上，面朝东方。

张骞和甘父挖好坑，把二十九顶赤巾官帻放进坑里。张骞、甘父、乌姗和葡萄奴一齐动手，给土坑填满土，又从旁边取来一些土，做成坟墩。

衣冠冢做好后，张骞将做好并写有"英雄安息"四个字的木制墓碑，竖立在衣冠冢前。

乌姗和葡萄奴在冢前摆好食物和水果祭品。张骞和甘父同时洒酒祭奠。

最后，四个人一起跪在衣冠冢前，磕头祭拜。

六、生离死别

张骞、甘父、乌姗和葡萄奴一起为逝去的使者们修筑了衣冠冢,祭拜了那些在天之灵后,一起下了山丘。

一行人路过小池塘,葡萄奴见池塘边的地上晒满了野苎麻秆,好奇地问:"大哥!你和几个牧民每天在池塘边忙乎,捣鼓什么呀?"

张骞从地上捡起一根晒干了的苎麻秆说:"这是葛麻!是纺织葛布和麻布的原材料!"他拉了一下身上的葛布长袍说:"我身上的衣裳就是葛布做的。"

"汉朝不是有丝绸吗?"乌姗说,"为何不穿丝绸呢?"

"丝绸是高档布料,价格太贵,那是富人的专用品,平民百姓穿不起。"张骞说,"平民百姓能穿葛布或麻布做的衣裳就不错了。"

"葛布与麻布有什么区别呢?"葡萄奴问。

"粗一点的叫麻布,细一点叫葛布。"

乌姗问:"葛布、麻布是怎么织成的?"

张骞说:"先把苎麻秆割下来,放在水里加石灰浸泡,用木棍捣烂,让苎麻秆脱掉胶质,捞起来晒干后,一搓打,腐烂了的茎和外表皮就脱落了,剩下的全都是麻缕。再把麻缕放在清水里漂洗干净,捞起来晒干,就成了很细的麻缕。"

"哎哟!"乌姗说,"这太难了!"

"更难的还有后面呢!"张骞说,"再用专制的纺车,把这些麻缕纺成纱线,然后用织机把纱线织成布。"

"好难啊!"乌姗说,"我们能学会吗?"

"当然能!"张骞说,"在我们家乡,家家户户都纺纱织布,女孩子

八九岁就学会了！"

"大哥！"甘父问，"你又制麻，又织布，打算在这里过一辈子呀？"

"不是，这是为逃走做准备！"

"这和逃走有关系吗？"甘父不解地问。

"兄弟！"张骞问，"你认为我们现在逃得出去吗？"

"恐怕很难！"甘父说，"村庄外到处都是哨卡，从楼兰到焉耆、龟兹一带，至少有十万匈奴军队，我们四个人是逃不出去的。"

"逃出去又能怎样？"张骞说，"我们现在两手空空，没有丝绸，没有钱，即使到了大宛国、乌孙国、康居国，拿什么去做进见之礼？他们能把我们当大汉使臣看吗？"

"说不定人家会把我们当成逃犯、乞丐、流浪汉呢！"甘父如实地说。

"那我们该怎么办呀？"乌姗着急地问。

"现在不能逃，也逃不了！"张骞说，"但从现在起，我们要为逃走做准备。"

甘父问："怎么准备？"

"在这个村庄里，我们可以种燕麦，放牧，种植苎麻，纺线，织葛布、麻布，自食其力，靠自己的双手养活自己。同时也为了这里的牧民，他们都是奴隶，生活艰辛，如果他们学会了种植苎麻和纺织麻布的技术，我们逃走后，他们也不会挨冻受饿。"

"大哥！"甘父说，"我们从长安带来的丝绸与钱，都被匈奴人抢走了，逃出去后连路费都没有。即使织出了葛布、麻布，西域的商人和民众只稀罕丝绸，对葛布与麻布不感兴趣。"

"别担心！"张骞神秘地说，"丝绸会有的，钱也会有的！"

"大哥？"乌姗问，"你能变魔术呀？"

"走！"张骞说，"我带你们去一个地方看看。"

甘父、乌姗和葡萄奴将信将疑，随张骞来到楼兰河边一片低矮的树林旁。张骞指着一大片树林，问："你们知道这是什么树吗？"

甘父、乌姗和葡萄奴有些莫明其妙，不知张骞葫芦里卖的什么药。

"怎么了？"甘父问，"这树林有什么秘密吗？"

第三章 囚禁楼兰

"树林没有秘密,树有秘密!"

甘父问:"树有秘密?"

"这树叫桑树!"张骞伸手摘下一片树叶说,"这树叶叫桑叶,有一种叫蚕的虫吃了桑叶后,就会吐出丝;有了这种丝,我们就可以织绸缎了。"

甘父问:"你是说,在这里可以养蚕,纺织丝绸?"

"对!"张骞说,"今年只能纺麻织布了,养蚕得等到明年开春以后。"

"这里只有桑叶,没有蚕!"乌姗说,"没蚕就没有丝,怎么织丝绸呀?"

"我带有蚕籽!明年开春后,蚕籽会自动孵出如小蚂蚁般的小蚕,用这种新鲜的桑叶喂养,长成后就可以吐丝了。"

"大哥带有蚕籽?"乌姗吃惊说,"我怎么不知道呀!"

"回家吧!"张骞说,"回家你就知道了。"

张骞一行回到穹庐,乌姗和葡萄奴四处张望,寻找张骞藏蚕籽的地方。

"乌姗!"张骞问,"大王要你找御诏,你找到了吗?"

"大哥!你说什么呀?我是你的妻子!"乌姗生气地说,"从跨进穹庐的那一天起,我就没想过要找什么御诏!"

"对不起,你误会了!"张骞解释说,"我的意思是说,找到御诏,就等于找到了蚕籽,你们来看。"

张骞取下挂在墙上的汉节,抓住龙头旋转几下,龙头脱落,节杖是空心的,张骞从里面取出一卷丝帛说:"这就是御诏!"接着又抖了抖节杖,从中取出一卷发黄的丝帛,上面布满了密密麻麻的黑色小斑点。

张骞指着黑色小斑点说:"这就是蚕籽!"

"这就是蚕籽?"甘父、乌姗和葡萄奴不敢相信。

"对!这就是蚕籽!"张骞解释说,"气候一到,蚕籽就会自动孵出蚕虫,蚕虫吃了桑叶后,就会慢慢长大,吐丝结蚕茧。"

"就像鸡蛋一样!"乌姗说,"孵热了,就变成了小鸡?"

"鸡蛋要鸡孵才能变成小鸡,蚕籽不用孵,时间一到,蚕虫就会自动从蚕籽里爬出来。"

葡萄奴惊叹道:"好神奇啊!"

"明年春天,当新桑叶长出来的时候,蚕虫也就出壳了,到时,我们就

可以养蚕，缫丝，织丝绸了。"

"大哥！"甘父问，"你怎么想到把蚕籽带到西域来呢！"

"也许是天意吧！"张骞说，"我在上林苑当值时，曾帮助当地农民建造蚕房，制作纺织丝绸的织机。当时随手取了一版蚕籽塞进衣服夹层里，忘了拿出来，在敦煌过沙漠之前，我把御诏藏在汉节里，无意间触摸到衣服夹层里的蚕籽，便将蚕籽也塞进汉节里了。"

"真是天意啊！"甘父说，"我们要继续西行，真得要借助这些蚕籽了。"

张骞和乌姗在莫名村给甘父和葡萄奴办了一场婚礼，莫名村的牧民都参加了这场婚礼，牧民们捧着大碗酒，向这对新人表示衷心的祝福。

甘父吹起了羌笛，葡萄奴围着甘父，跳起了欢快的舞曲，乌姗和牧民也纷纷加入进来，将这对新人围在中央，踩着羌笛的曲子，跳起了欢快的舞步。

突然，无名村来了两位不速之客，他们是大都尉阿的江和千骑长。阿的江下马后问："大汉使臣，又办一次婚礼吗？"

张骞迎上去，说："是在办一场婚礼，但新郎不是我，新娘也不是乌姗！"

"那会是谁？"阿的江问。

"新娘你认识，她就是居次的葡萄奴！"

"葡萄奴？"阿的江问，"新郎呢！"

"新郎也不陌生！"张骞说，"他是乌姗的阿哥！"

"葡萄奴！你今天更漂亮了！祝你新婚快乐！"阿的江走到葡萄奴面前，说，"能请新娘跳个舞吗？"

"谢谢大都尉！"葡萄奴做了个请的姿势，"请！"

乌姗向千骑长敬酒，千骑长边饮酒边与乌姗闲聊。

甘父悄悄地问张骞："他们来干什么？"

"想必是来察看我的情况，可能还会问乌姗是否找到御诏！"

甘父问："会不会是来抓我的？"

"贾欣不在，谁也不认识你！"张骞说，"你不要说你是汉朝使者。"

"新郎很英俊啊！"阿的江边跳舞边问葡萄奴，"他叫什么名字？"

"他叫甘父！"葡萄奴说，"他是乌姗的哥哥，我们是青梅竹马。"

阿的江想起贾欣告密时，曾说过汉朝使团里有一个名叫甘父的匈奴人。

第三章　囚禁楼兰

在敦煌城外剿杀的数十名汉使中，并没有匈奴人的尸体，敦煌城外二十九颗头颅被盗，不是一般人能为之，他怀疑就是甘父干的。于是狡黠地一笑，说："甘父？这名字很好听啊！"

"是吗？"

"甘父以前认识张骞吗？"阿的江试探地问。

"认识！"葡萄奴如实地说，"他们两人是好朋友，亲如兄弟！"

"谢谢你陪我跳舞！"阿的江说，"我去看看大汉使臣和乌姗！"

"大哥！"葡萄奴冲着张骞说，"大都尉找你有事！"

"大都尉！"张骞说，"我们到里面去说吧！"

"我想先与乌姗说几句话！"阿的江说，"待会再找你，好吗？"

"请吧！"张骞说，"她就在里面。"

阿的江走进穹庐，张骞陪千骑长饮酒，闲聊。

"阿哥！"葡萄奴悄悄地对甘父说，"大都尉好像在打听你的情况。"

"是吗？"甘父预感到情况不妙。

"乌姗！"阿的江问，"你丈夫最近在忙些啥？"

"每天和牧民一起沤麻，晒麻秆，洗麻缕，还亲自动手做纺纱机。"

"做纺纱机？"阿的江问，"他想干什么？"

"他们汉人穿不惯羊皮袍子！"乌姗说，"他要纺线，织布，然后用这些布缝制衣衫。"

"啊！"阿的江再问，"大王要你找的东西，你找到了吗？"

"你是说汉家的御诏？"乌姗说，"我翻遍了穹庐的每一个角落，没有找到啊！"

"那就继续找，一直找到为止。"

"记住了！"

"你阿哥是怎么找到你们的？"

"那一天，大都尉大张旗鼓地将奴仆从楼兰城送来莫名村，阿哥当时正好在城里，一路跟踪到了这里。"

"大汉使臣很喜欢你阿哥，是吧？"

"我的丈夫很爱我，当然也就喜欢我阿哥了！"

"你阿哥去过长安吗？"

"这个我不知道！"乌姗说，"阿哥和我分别了好几年，这期间他到了哪些地方，做了些什么事，我不清楚。"

阿的江一边与乌姗说话，眼睛一直在穹庐里东张西望，突然，视线落在汉节上，神情专注，迈开脚步向汉节走去。

乌姗大吃一惊，汉节是张骞的命根子，里面藏有御诏和蚕籽，一旦被大都尉拿走，后果不堪设想。明知事态严重，却又不敢阻止，急中生智，在阿的江准备伸手取汉节的时候，突然哎哟一声，跌倒在地。

"怎么了？"阿的江转身问道。

"想必是帮阿哥办婚事，太累了！"乌姗装着非常难受的样子说，"头晕，想吐……"

"那你休息吧！"阿的江没有再去取汉节，转身出了穹庐。乌姗长长地舒了一口气。

"大汉使臣！"阿的江来到张骞面前，说，"阏氏很想念乌姗和葡萄奴，特地让我来看看她们。"

"谢谢大都尉！"

"阏氏身边的女奴，没有一个能及乌姗和葡萄奴！"阿的江说，"乌姗是你的妻子，不能再返回王宫，阏氏让我把葡萄奴带回去。"

张骞和甘父大吃一惊。

"不！"葡萄奴哭着说，"我不回去！我不回去！"

阿的江冷冷地说："你是大王和阏氏的奴隶，违抗阏氏的命令会是什么结果，你自己掂量一下吧！"

葡萄奴说："我已经嫁人了！"

"嫁人并不能改变你奴隶的身份，你还是奴隶，违抗阏氏的命令，会牵连到你的丈夫。"

"大都尉！"张骞问，"难道没有回旋的余地吗？"

"办法倒是有一个。"

张骞急着问："什么办法？"

"让新郎和新娘一起去王府！"阿的江说，"新郎侍奉大王，葡萄奴侍

· 108 ·

奉阏氏，夫妻俩仍然可以在一起。"

"谢谢大都尉的好意！"甘父说，"不过……"

"大都尉！"张骞打断甘父的话，说，"今天是他们的大喜日子，请允许他们在莫名村渡过新婚之夜，好吗？"

"既然大汉使臣求情，我也不为己甚，就让他们在这里过夜吧！"阿的江说，"不过，明天日落之前，他们必须到王府，否则，我让千骑长带人来请。"

"不用请！"甘父说，"我们自己去！"

"大汉使臣！"阿的江拱手说，"我们告辞了！"

阿的江与千骑长并驾齐驱。

"甘父和葡萄奴不会去王府！"阿的江说，"今天晚上，他们一定会逃走。"

"那怎么办？"千骑长问。

"你多派一些士兵防守，特别是楼兰河下游，要重点封锁。"阿的江说，"决不能让他们逃脱。"

"只要他敢逃出莫名村，我一定会抓住他们！"

一场美好的婚礼，让不速之客的冲撞而蒙上阴影。张骞、甘父、乌姗、葡萄奴坐在一起，心情都很糟。

"问题可能出在汉奸贾欣身上！"张骞说，"他一定出卖了你，向匈奴人说了使团里有一个叫甘父的匈奴人，当葡萄奴提到甘父这个名字的时候，立即引起了他的注意。"

"都怪我！"葡萄奴自责地说，"我不该说他叫甘父，更不该说他与大哥相识，而且亲如兄弟。"

"大都尉非常狡猾！"乌姗说，"他进入穹庐后，转弯抹角地在打听阿哥的情况，问阿哥是否去过长安。"

"这不怪你！"甘父说，"当他们发现敦煌城外汉使的头颅被盗后，可能会想到是我干的，发现我也是迟早的事情。"

"这里已没有你们的立足之地，你们逃吧！"张骞说，"逃得越远越好！"

"逃！"甘父坚定地说，"我去找巴特尔，投奔西域游侠盟，以后再想

办法接应你们逃走。"

"阿哥！"乌姗扑在甘父的怀里，哭着说，"才见面又要分手，我舍不得你和阿姐啊！"

"不要哭！"甘父安慰地说，"匈奴兵抓不到我们，我们还会见面，有大哥照顾你，我很放心，你要好好照顾大哥，知道吗？"

"你们先回穹庐休息！"张骞说，"我去准备船只，天黑后动身，顺流而下，天亮之前就可以逃出楼兰。"

乌姗从手上褪下玉镯，递给葡萄奴，说："阿姐，你戴上，路上缺钱的时候，可以卖掉它！"

"这是居次给你的啊！"葡萄奴说，"我怎么能要？"

"居次知道了，一定不会见怪！"乌姗说，"没有什么值钱的东西，你就留着路上急用吧！"

"兄弟！"张骞说，"投奔游侠盟是个不错的选择，但你一定要记住，不管你走到哪里，你仍然是大汉使臣，出使西域，莫忘初衷，要设法打听月氏国所在位置，为我们完成出使西域的任务做准备。"

"这个不用大哥吩咐，我自会去办。"

"你们先去休息吧！"张骞说，"我还要去做准备皮筏子。"

暮色渐浓，天上没有月亮，河边一片寂静。

几个牧民在河边张罗好羊皮筏子，乌姗把该带的东西都放在筏子上。甘父与张骞话别。

"上船吧！"张骞推了甘父一把，说，"夜深人静，正是逃走的好机会。"

"上船吧！"几个牧民说，"我们送你一程。"

"谢谢！"甘父拱手道，"我会划船，也会游水，就不劳各位了。"

牧民们不再坚持，扶葡萄奴上了筏子。甘父跟着也上了筏子。张骞亲自将筏子推离岸。

筏子顺流而下，经过一处湍急的弯道之后，河面变宽了，水流也缓慢了。葡萄奴气喘吁吁、筋疲力尽，建议休息一会。

"不行！"甘父说，"我们还没有逃出楼兰地界。"

"阿哥！"葡萄奴上气不接下气地说，"我……我实在划不动了啊！"

第三章 囚禁楼兰

"你休息吧！"甘父边划桨边说，"我一个人划船就行了！"

葡萄奴放下木桨，靠在甘父的大腿上，仰望着汗流满面的甘父，心里充满了爱意，把头枕在甘父的大腿上，安安静静地躺着，仰望着夜空，脸上露出幸福的微笑，慢慢合上了眼睛……

突然，甘父发现前方河面和两岸上有火把晃动，连忙推醒妻子。葡萄奴坐起来四周张望，紧张地说："火把？官兵？"

"对！"甘父说，"有埋伏！"

"怎么办？"葡萄奴紧张地问。

"不要慌，你来划船！"甘父放下木桨，顺手抓几颗备好的卵石，说，"我来对付他们！"

河水不是很深，十几名匈奴骑兵举着火把，横刀立刀挡在湖面上。岸上的火把也越来越多。

"甘父！"千骑长在岸上大喊，"我们等你多时，你跑不了，投降吧！"

"冲过去！"甘父大吼。

"抓住他，别让他跑了！"千骑长在岸上大喊。

河面上的骑兵蹚水冲向甘父的筏子。

甘父挥手扔出卵石，骑兵中石落马，跌入水中。小筏子顺势冲过骑兵的拦截线。

"放箭！放箭！"千骑长在岸上一边追，一边叫，"射死他们！"

甘父抓起木桨拨挡飞箭，葡萄奴奋力划船，手臂和背部各中了一箭，血流如注，但她仍然咬紧牙关，继续划桨。

"再忍一下，冲过前面的峡口，官兵就追不上了！"甘父一边喊，一边挥桨挡飞箭。

河面越来越窄，水越流越急，峡口越来越近，岸上的追兵也越来越近，射到船上的箭也越来越多了。

突然，一支箭射中葡萄奴的后背，葡萄奴惨叫一声，跌倒在筏子上。

"阿妹，我来划船！"甘父说，"你再忍一忍，冲过峡口，我们就安全了。"

葡萄奴心里明白，这样下去，两个人谁也逃不了，她不想连累心爱的

· 111 ·

人，于是大叫："阿哥，你快逃！别管我！"说罢，拼尽最后一点力气，翻身跌进河中。

"阿妹，葡萄奴！"甘父毫不迟疑，纵身跳进水里，寻找葡萄奴。

筏子失去控制，被激流卷走，撞在礁石上……

甘父在激流中挣扎，四处寻找葡萄奴，始终不见踪影，自己也筋疲力尽，一个浪头扑过来，将甘父卷入水底，失控了的甘父撞在礁石上，昏死过去……

甘父醒来时，发现自己躺在河滩上，下半身仍在水里，仰望天空，红日当空，知道已是中午时分。他艰难地站起来，四处张望，岸上没有匈奴兵，河面上也没有筏子，四周静悄悄，偶尔还听到山谷里传出几声狼嚎声。

甘父在峡口上下四处寻找，没有找到葡萄奴，他绝望了，趴在河边痛哭，洞房花烛夜，本是人生最美好的时刻，可他们夫妻却要亡命天涯，一场横祸，让新婚尚未圆房的一双新人，瞬间阴阳相隔。甘父悲痛万分，脑海里闪出了死的念头。

突然，河滩上的一条红缨带映入眼帘，缨带的末梢，系着他从不离身的羌笛。甘父的脑海里又出现了卫子夫、皇上、张骞的身影，想死的念头顿时转化为仇恨。

甘父捡起河滩上的羌笛，插在腰间，回头莫名村望了一眼，毅然迈开脚步，向对面山口走去……

张骞送走甘父和葡萄奴，心神一直恍惚不定，总感觉有什么事情要发生。两天之后，突然有一个牧民慌慌张张地跑来报告，在楼兰河下游十里之外发现一具女尸，有人怀疑是从莫名村漂下去的，请我们派人去辨认，是否认识死者。

张骞预感到担心的事情发生了，立即和乌姗骑马赶到出事地点。

远望去，死者穿的衣服是那么熟悉，跑近一看，果然是葡萄奴。乌姗伏在葡萄奴的尸体上，哭得死去活来。

张骞强忍住悲痛，把葡萄奴的尸体运回莫名村……

第三章　囚禁楼兰

七、天蚕山庄

张骞的囚禁地原本是一处荒山野岭，即使是楼兰当地人，也不知道有这么一个地方。为了便于称呼，大都尉阿的江才随意起了个"莫名村"的名字。

三年之后，莫名村竟然名声大噪，不仅楼兰人尽皆知，甚至在西域也颇有名气。只是人们不再称其为"莫名村"，而是称之为"天蚕山庄"。

张骞囚禁到莫名村后，匈奴人除了画地为牢，不让张骞越过雷池一步外，在小山村内倒是给了他充分的自由。在自由的小村庄里，张骞把中华民族那种吃苦耐劳而又不断创新的精神发挥得淋漓尽致。囚禁莫名村的第二年，他将当地的野生苎麻收割起来，沤麻，纺纱，织出了麻布和葛布。第三年，更是采桑养蚕，奇迹般地织出了丝绸。麻布和葛布能满足普通民众的需求，丝绸则是贵族与商人追逐的奢侈物。莫名村尽管是一个世外桃源，主人的自由也受到限制，但却织出了麻布、葛布和珍贵的丝绸。这个消息不胫而走，传遍了楼兰，甚至传到了西域各国。只是这时候，人们不再称其为莫名村，而是称之为"天蚕山庄"。

天蚕山庄四周有匈奴兵把守，村里的人出不去，外面的人进不来，但麻布、葛布和丝绸太有吸引力了，让许多人铤而走险，偷偷地潜入天蚕山庄，以他们的土特产换取天蚕山庄的麻布、葛布。

匈奴人的哨卡不是摆设，匈奴官兵也不是吃干饭的，他们只要发现偷渡客，一律抓捕关押，尽管如此，仍然还有人潜入天蚕山庄。

白岩村的张仲亭非常思念远行的儿子，自从三年前接到张骞从姑臧送回的飞鸽传书后，儿子如同断了线的风筝，杳无音信。张仲亭多次叫小儿子张奇去西安找郎中令石建大人打探消息，没有任何结果。有一次，张奇从一位西域商人那里听到一个流言，说大汉使臣张骞归顺了匈奴，娶了匈奴大王的女儿为

妻。张奇不相信，但也不敢隐瞒，如实将流言告诉了父亲。

知子莫若父，张仲亭不相信儿子会变节投敌，他断定这是匈奴人故意放出的烟幕弹。但他从这个谣言中推断出一个结果——儿子没死，他还活着，他更加思念儿子了。开春以来，张仲亭的病情更糟糕，虽经多方求医，不但未见好转，反而越来越严重。

张骞的母亲张王氏日夜守候在丈夫床前，经常听到丈夫在昏迷之中呼唤儿子的名字，知道丈夫沉疴难愈，生命已到了弥留之际。

这一天，张仲亭从昏迷中醒过来，见二儿子张奇站在床，产生幻觉，突然翻身坐起来，拉住张奇的手说："骞儿，真的是你回来了？"

"父亲！"张奇蹲在床边，模棱两可地说，"孩儿在这里！"

"我知道骞儿没事，一定没事的！"张仲亭说罢大笑，突然一口气接不上来，仰倒在床上。

"孩子他爹！"张王氏哭着说，"你不能走啊！"

"父亲！"张奇紧紧抓住父亲的手。

"你……你……你是奇儿……"张仲亭断断续续地说，"骞儿去西域了，……那里很危险，我……我……我要去……去西域，找……找骞儿，帮他早日打通天路，回朝……回朝……"

话未说完，双目一闭，撒手人寰，驾临西天了！

远在西域的张骞，他的儿子已经两岁了，他给儿子取名张岩，白岩村的岩，以此表达他对家乡的思念。

这一天，张骞正在逗儿子玩耍，突然一阵心绞痛，仿佛针刺一般，同时仿佛听到从遥远的地方传来殷切的呼叫声——骞儿！骞儿！

张骞大吃一惊，以前从来没有这种感觉，自言自语地说，难道家里发生了什么事，产生心灵感应？

"大哥！"乌姗发现丈夫神色有异，关切地问，"怎么了？哪里不舒服？"

"心里突然感到难受！"张骞说，"仿佛听到父亲在叫呼唤，声音很弱，很遥远，难道父亲他老人家有什么不测？"

"不会吧！"乌姗说，"念由心生，或许是你想念岩儿的爷爷，所以就产生了这种感觉。"

第三章　囚禁楼兰

"父母在，不远游！"张骞叹息地说，"我是一个不孝之子啊！"

"你们汉人不是还有一句话，叫忠孝不……不……什么来着？"

"忠孝不能两全！"

"对！"乌姗说，"忠孝不能两全！你远离家乡，远离亲人，到西域来受苦受难，不是在为国尽忠吗？"

"你懂的还不少呢！"张骞脸上露出一丝苦笑。

"今天是岩儿的生日，说点高兴的事，好吗？"

"好！"张骞一扫脸上阴云，蹲下身子，伸出双手对儿子说，"岩儿，过来，让妈妈给你做一碗长寿面吃，好吗？"

"不吃面！"张岩搂住张骞的脖子说，"吃饺子，吃饺子，我要吃饺子！"

"好！"乌姗说，"妈妈给你包饺子，羊肉馅的饺子，让岩儿吃个够！"

千骑长走进楼兰王府议事厅，对右谷蠡王和阏氏说："大王，偷渡的人太多了，牢房人满为患，还抓不抓？"

"抓的都是一些什么人？"右谷蠡王问。

"都是一些偷渡楼兰河，前往天蚕山庄的人！"

"天蚕山庄？"右谷蠡王问，"天蚕山庄在哪里？"

"就是大汉使臣张骞住的那个小村庄。"千骑长说，"去年，张骞纺织出了麻布和葛布，今年，他们的天蚕吐了丝，又织出了丝绸，周围的人把那个小村庄称做天蚕山庄了。"

"天蚕？"阏氏问，"就是天神赏赐的那种会吐丝的虫儿吧？"

"汉人叫蚕！"阿的江说，"蚕吃了桑叶会吐丝，这种丝可以织成各式样的丝绸。"

"偷渡过河去的都是一些什么人？"右谷蠡王问，"他们为何要去天蚕山庄？"

"大多都是楼兰一带的普通百姓，也有从西域来的商人！"千骑长说，"他们去天蚕山庄，是用皮货、玉器等物品换取张骞纺织出的葛布与丝绸。"

"就是这个目的？"

"仅此而已！"

"既然是去做生意的，为何要抓他们？"右谷蠡王说，"关起来还要管

饭，值吗？"

千骑长看了大都尉阿的江一眼，嘀咕道："那我该怎么办？"

"大王！"阿的江说，"依我看，就不抓了，都是一些普通百姓，没有什么危害。干脆把哨卡也撤了，让他们自由出入。"

右谷蠡王反问："大汉使臣逃走了怎么办？"

"张骞在楼兰已娶妻生子，在天蚕山庄种植桑麻，纺纱织布，学匈奴语，中规中矩，没有丝毫逃走的迹象。"阿的江说，"撤掉哨卡，也不是完全不管，我们可以安排人在暗中监视。"

"好！"阏氏说，"这办法比用官兵将天蚕山庄围起来要好。"

"那好吧！"右谷蠡王说，"就按大都尉的意见办，撤掉路卡和防守的官兵，多派一些人暗中监视。"

"是！"千骑长说，"我这就去安排。"

"大汉使臣真是个神人啊！"阏氏赞叹地说，"被囚禁时两手空空，才过了三年，像变戏法似的，麻布、葛布、丝绸都有了。一个连名字都没有的小村庄，居然成了声名远播的天蚕山庄。"

"是的！"右谷蠡王赞同地说，"汉使是一个奇人。"

"汉家出能人！"阿的江说，"以后，我们要多抓一些汉家的能工巧匠，利用他们的技能，为我们大匈奴服务。"

"嗯！"右谷蠡王说，"这主意不错！"

"大王！阏氏！"一个女奴进来报告，"居次回来了！"

"什么？"阏氏站起来说，"我的心肝宝贝回来了？"

"是的！"女奴说，"车驾快到王府门口了。"

右谷蠡王和阏氏刚出府门，居次的车马队已经停在门口。

居次由一名女奴搀扶着，从车上下来，见父王和母后迎出府门，一时悲从心来，眼泪夺眶而出，上前施礼问候

右谷蠡王与阏氏一左一右地抱住居次。

"我的心肝宝贝！"阏氏吃惊地问，"怎么如此憔悴？长途跋涉，太劳累了吧？"

居次只是哭泣，没有回答。

第三章 囚禁楼兰

搀扶居次的女奴上前施礼，说："奴仆牡丹拜见大王、阏氏！"

阏氏一把拉起牡丹，打量了一会，说："你就是牡丹？长得真漂亮啊！"

"谢阏氏夸奖！"

"牡丹是爷爷的贴身女奴，爷爷很喜欢她！"居次说，"我去了之后，爷爷就把牡丹送给我了！"

贾欣从第二乘车上下来了，身后还跟着两个花枝招展的年轻匈奴女奴。贾欣上前参拜道："都尉贾欣参见大王！参见阏氏！"

"你几时变成都尉了？"右谷蠡王吃惊地问。

"回禀大王！"贾欣说，"去年，骨都侯提拔的。"

"骨都侯为何提拔你？"

"我在汉朝是羽林郎，负责管理皇家车马，对战车的打造颇有研究。前年在云中蹛林大会前，我对匈奴战车进行改进，造出了新式战车。大单于很高兴，骨都侯就给我加了官职。"

居次冷笑一声说："改进战车有功不假，升官靠的是马屁功吧！"

贾欣很难堪，不敢再炫耀了。

"这两个女人又是怎么回事？"阏氏问。

"是骨都侯赏赐给我的女奴！"贾欣又有点得意了。

"都是骨都侯玩厌了的烂货！"居次讽刺地说，"还当是宝贝。"

贾欣有些胆怯，退到一边去了。

"宝贝，从云中到楼兰，一路颠簸，一定很累了，先回家休息一会吧！"

居次在牡丹的搀扶下，随母亲回房休息去了。

居次一觉醒来，见母亲还守候在床边，翻身扑到母亲的怀里，又哭了。

"孩子！"阏氏拍拍怀里的女儿，说，"到底发生了什么事，为何哭得如此伤心啊？"

"母亲！"居次哭道，"女儿的命好苦啊！"

"爷爷把你嫁给骨都侯的儿子，也算是门当户对，苦从何来？"

居次只是哭，不说话。

骨都侯是匈奴的官称，由异姓贵族担任，位在谷蠡王之下，但却是匈奴单于的辅政近臣，相当于汉朝的丞相，实权仅次于大单于。当时匈奴有三大姓

氏，分别是呼衍氏、兰氏和须卜氏。骨都侯由这三姓中的贵族担任。三姓中又以呼衍氏的地位最高，故而阏氏说居次嫁给骨都侯的儿子小呼衍氏是门当户对。

"乖女儿，别哭！"阏氏安慰地说，"有什么事，对母亲说！"

"小呼衍氏是畜生，骨都侯也是畜生！"居次说不下去了，只是哭。

"阏氏，还是让我来说吧！"牡丹接着说，"小呼衍氏流氓成性，在娶居次之前，就已经有了七八个女人，娶居次之后，仍然在外面乱玩女人。骨都侯也是一个老淫棍，居然多次调戏居次，小呼衍氏索性就把居次送给了父亲。"

阏氏吃惊地问："有这种事？"

"更有甚者！"牡丹说，"我本是大单于的贴身女奴，骨都侯见我长得漂亮，便以居次需要照料为由，把我要了过去。谁知一去就如同进了狼窝，他们父子两轮番折磨我。我是奴隶，命贱，可居次是贵人，大单于的孙女，大王和阏氏的宝贝，不该也遭这种罪啊！"

"大单于定下的亲事，谁敢违抗啊！"阏氏说，"女人是男人的附属，这就是命啊！"

"乌姗的命就好！"居次说，"她就嫁了一个好男人！"

"都三年了！"阏氏说，"你还在想那个人？"

"原来想，现在更想了！"居次说，"明天，我去看他。"

"张骞死活都不投降！"阏氏说，"你去看他，又能怎么样？再说，他和乌姗生的儿子，也都有两岁了！"

"我也不是去抢男人！"居次噘着嘴说，"我想乌姗、想葡萄奴吗！"

"去吧！去看看！"阏氏说，"天蚕山庄现在大变样了！"

"怎么大变样了？"

"据说那个汉使张骞是个大能人，三年来，他像变戏法似的，不但织成了麻布、葛布，而且还把汉家的丝绸也弄出来了。"阏氏说，"如今的莫名村，已经成为名闻遐迩的天蚕山庄了。"

"那就更要去看看了！"

"先休息几天！"阏氏说，"我也陪你去看看。"

这一天，天蚕山庄来了一位神秘的客人，他边走边将整个村庄打量一遍，自言自语地说：崭新的青砖黑瓦四合院，在西域看到这种汉家风格的建筑，真是让人耳目一新啊！

原来，为了适应养蚕、纺织的需要，张骞对天蚕山庄进行了改造，在原来两座穹庐的旧址上，仿照白岩村老家四合院的基本格局，除建造了堂屋、卧室、厢房、书房、厨房、杂物间外，还建造了蚕房、纺坊、织坊、马厩等。

神秘的客人下马，站在四合院外面，没有进去，居然放声唱起了甘父的《骏马之歌》。

熟悉的歌词，熟悉的曲调，惊动了四合院的主人。张骞、乌姗几乎同时从院子里跑出来。

"兄弟！"张骞忘情地大叫。

"阿哥！"乌姗激动得连话也说不清。

两人都愣住了，唱歌的人不是他们朝思暮想的甘父，而是一位年近五旬的中年汉子。

"二位想必就是张骞兄弟、乌姗妹子吧？"中年汉子率先打破僵局。

"我就是张骞！"张骞迟疑地问，"大哥是谁？你怎么会唱《骏马之歌》？"

"我受人之托，前来见你！"中年汉子说，"唱了这首《骏马之歌》，你们应该知道谁让我来的吧？"

"甘父，我的兄弟，他在哪里？"张骞问，"你又是谁？"

"我叫巴特尔！"中年汉子说，"甘父兄弟现在很好！"

"巴特尔？西域游侠同盟首领巴特尔？"张骞激动地说，"神交已久，神交已久，快进屋。"

乌姗接过巴特尔手中的缰绳，把马牵进四合院，拴在马厩里。张骞则带巴特尔到院子里的石桌旁坐下。

使女菊花端来奶茶，张骞与巴特尔边喝边聊了起来。

"大哥！"巴特尔刚坐下，张骞迫不及待地问，"甘父在哪里，他还好吗？"

"两年前，甘父到楼兰城找过我，没有遇上，后来他留下话，说他去了大宛国！"巴特尔说，"如果他知道天蚕山庄可以自由出入，也不必躲

· 119 ·

躲藏藏了。"

"阿哥还活着！阿哥还活着！"乌姗非常高兴。

"天蚕山庄可以自由出入了？"张骞吃惊地问，"谁说的？"

"昨天，大都尉下令把守哨卡的匈奴官兵都撤走了，原先关押的生意人也全都放了。宣布天蚕山庄可以自由进出，不受限制了。"巴特尔问，"你还不知道？"

"我是囚犯！没人通知我的。"张骞转换话题，问，"巴特尔大哥，中原大侠你认识吗？"

"中原大侠？"巴特尔说，"此人性格豪爽，为人仗义，乐善好施，是一个人物，他常对我讲一些中原的故事，让我受益匪浅，我以长者尊之。好几年没见他了。张兄弟，你认识此人？"

"他是家父！"

"真的吗？"巴特尔说，"那我们就更不用生分了。"

"来西域之前，家父特地提到过你。上次甘父来天蚕山庄，也是得到了你的帮助。"张骞说，"我与巴兄神交已久啊！"

"既然这样？"巴特尔大笑，"我们就是志气相投了。"

"那是！"张骞说，"我可以进行下一步行动了。"

"说吧！"巴特尔说，"我想知道你的计划，这也是甘父的意思。"

"我用了三年时间来麻痹匈奴人，让他们相信我没有逃走的念头。"张骞说，"如今，天蚕山庄周围哨卡的匈奴官兵都撤了，第一步棋算是走完了。"

"第二步，你要把天蚕山庄的贸易搞起来，搞得越大越好！"巴特尔问，"是吗？"

"对！"张骞说，"如此一来，货进货出，人来人往就合法了。"

"然后呢？"

"麻布、葛布，只要价格合理，卖。丝绸最多只能卖十之一二。其余的由你们秘密运往大宛国。"

"运往大宛国？"巴特尔问，"派何用场？"

"一部分作为出使费用，一部分可以交换马匹，带回长安，献给皇上。"

"好！"巴特尔说，"你的事，我一定办好。"

"一旦有了机会，我就会逃出去！"张骞说，"先到大宛国与甘父会合。"

"下个月我去大宛国贵山城，第一批丝绸我亲自带过去。"

"说完了吗？"乌姗端上葡萄酒，说，"说完了就吃饭，巴特尔大哥一路劳顿，肚子肯定在叫！"

菊花端上几样下酒菜，还有饺子和长寿面。

"饺子？面条？"巴特尔说，"这好吃的东西，怎么被我碰上了啊！"

"今天是岩儿的生日，正好被你赶上了！"张骞笑着说，"口福不浅啊！"

"岩儿的生日？"巴特尔在身上摸了摸，摸出一块和田玉佩，起身戴在小张岩的脖子上，说，"岩岩今天生日，这块玉雪莲送给岩岩！"

"怎么要你破费呢！"乌姗客气地说。

"碰上了，讨个吉利吗！"

"好嘞！"张骞说，"岩儿，快谢谢伯伯！"

"谢谢……谢谢！"岩儿的童音，引来一阵笑声。

八、织锦

大都尉阿的江、阏氏、居次、牡丹，还有几个随从女奴，分别骑马到了天蚕山庄。

村口一位女奴发现了大都尉一行，对身边一个小男孩说了几句话，小男孩飞身上马，向张骞的四合院跑去。

小男孩进了四合院，气喘吁吁地说："大叔！大叔！大都尉、阏氏，还有居次来了，阿妈让我告诉你。"

"别急！"张骞放下筷子说，"孩子，慢慢说！"

"说完了！"小男孩笑了。

张骞问："带了多少官兵？"

"没有官兵，只有几个女人。"

"谢谢你和你阿妈！"乌姗添一碗饺子给小男孩，"来，吃饺子。"

小男孩接过饺子，说："阿妈说大都尉是坏人！叫大叔防着点。"

"阏氏平时很少出门，她来干什么？"乌姗有些担心地说。

"不用怕！"张骞安慰地说，"你现在是我的妻子，不是她的女奴。"

"来者不善啊！兄弟，要多加提防。"巴特尔站起来说，"我要走了，不想见他们。"

"也好！"张骞站起来说，"你从边门走，下个月，你过来取丝绸。"

乌姗把坐骑牵过来交给巴特尔，说："以后到楼兰，过来坐坐，岩儿很喜欢你这位大伯！"

"我会来的，你们去接待阏氏她们吧！"巴特尔说，"不用送，我走了。"

"三年的变化真大啊！"居次骑在马上，边走边说，"穹庐和帐蓬没了。一下子建起了这么多新房子。"

阿的江指着山庄的房子说："河边的小平房，是牧民的住房；西边山脚下一排房子，是织纺麻布、葛布的作坊；东边那座最大的院子，是养蚕、缫丝、纺丝织绸的地方；那座四合院，是大汉使臣的新居。"

居次下马，迈步跨进四合院，见院子里有一座凉亭，不见人影，大喊："乌姗！乌姗！"

乌姗和张骞从屋里跑出来。

"居次！你回来了？"乌姗高兴地迎上前，正要施礼。

居次伸手拦住，扶住乌姗的双肩说："乌姗阿妹，结婚后变得更漂亮了啊！"

"居次！"乌姗关切地问，"你瘦了，怎么如此憔悴，生病了吗？"

"生过一场大病，现在好了。"居次不想深说，望着张骞说，"大汉使臣，你好！阏氏和大都尉也来了！"

张骞连忙走到大院门口迎接。阏氏、阿的江相继走进院子。

"大汉使臣！"阏氏说，"我很想念乌姗，来看看她。"

"谢谢阏氏！谢谢居次！谢谢大都尉！"乌姗上前施礼。

"你儿子呢？"阏氏问，"多大了？"

第三章　囚禁楼兰

"两岁了！"乌姗说，"被两个女娃带着玩去了，大概在织锦房那边。"

"你带我们去看看你的儿子，也看看织房！"居次问，"行吗？"

"等一会再去看吧！"张骞说，"你们先在凉亭休息。今天儿子过生日，我们包了很多饺子。阏氏、居次、大都尉，你们就尝尝我们汉家风味的饺子吧！"

"好啊！"居次说，"那我们就尝尝汉家的饺子。"

一行人在凉亭石桌旁坐下，使女拿来碟子、筷子、匙子和调料，分别摆在各人面前。不一会，乌姗将煮熟的饺子端上来。

阏氏、居次、大都尉津津有味地吃了起来。

乌姗对阏氏、居次身后的几个女奴说："你们也坐下吃吧！"

"不！我们是女奴！"牡丹说，"是侍候阏氏、居次的。"

"牡丹，你们也坐下吃吧！"居次说，"汉家的饺子很好吃，你们也尝尝！"

"女主人请你们吃，你们就尝尝吧！"阏氏也开口了。

牡丹和几位女奴在另一张石桌边坐下，接过乌姗端上的饺子，津津有味地吃起来。

"乌姗！"居次突然问，"葡萄奴呢？怎么没有看见葡萄奴！"

乌姗突然低下头，泪如雨下。

"葡萄奴死了！"张骞回答，"死了三年了！"

"死了？"居次大吃一惊，"怎么死的？"

"我怎么没听说？"阏氏也很吃惊，"葡萄奴到底是怎么死的？"

"是谁杀了葡萄奴，我们也不知道。"张骞说，"那一天，有人在山庄十里外的河面上发现一具漂浮的女尸，捞上来后发现尸体插了十几支箭。他们认为尸体是从上游漂下去的，通知我们去看看，死者竟然是葡萄奴。"

"究竟是谁杀害了葡萄奴？"居次大怒，"大都尉，这是你的地盘，你知道吗？"

"我……我……也不知道！"阿的江支支吾吾。

"大都尉，你真的不知道吗？"张骞说，"我仔细看了一下，葡萄奴身上的箭，是你手下官兵专用的箭。"

"三年前的一天,我哥哥到天蚕山庄找到了葡萄奴、我和大哥。大家都很高兴。当天,我们为哥哥和葡萄奴举行了婚礼。"乌姗说,"婚礼刚举行,大都尉和千骑长来了。大都尉说阏氏下令,要把葡萄奴带回王府……"

"大都尉!"阏氏冷冷地问,"我下过这样的命令吗?"

"这……这……"阿的江仍然还是支支吾吾。

"大都尉!"居次斥责道,"是你假传阏氏的命令吧?你究竟要干什么?"

"不错!"阿的江终于承认了,"我是假传了阏氏的名义。不过,我是为了捉拿一下犯了滔天大罪的匈奴人。"

"我和阏氏很了解葡萄奴!"居次说,"葡萄奴不会犯什么事的。"

"这个罪犯不是葡萄奴!"阿的江说,"是她的丈夫,乌姗的阿哥!他叫甘父,是大汉使臣的部下。大汉使臣,我没说错吧?"

"不错,甘父是我的部下,但他只是使团的一名通译,他来找我,找他的阿妹,找他的未婚妻!"张骞反问,"难道这也有罪吗?"

"他是匈奴人,为汉使团做事!"阿的江说,"这是背叛,就是滔天大罪。"

"我率领的是一个和平使团,不是一支汉朝的军队,即使是两国交战,也不斩来使。何况汉朝与匈奴并没有交战,而是和亲,匈奴单于在漠北单于庭也没有杀我。"张骞质问,"甘父杀害过匈奴人吗?抢夺过一件匈奴人的财物吗?倒是你和你的部下,杀了我们使团的人,抢走了我们的财物。"

阿的江理屈词穷。

"是你在敦煌城外杀了我使团二十九人。甘父进城买烧饼,才逃过一劫。在党河附近,除了我和少数使者活着外,我的人都被你们杀了。"张骞越说越激动,"甘父是你的匈奴同胞,仅仅由于他给我们当通译,你就不放过他,非要赶尽杀绝吗?当天,你还不敢公然抓捕甘父,假借阏氏的名义,想把甘父和葡萄奴骗到王府再加杀害。大都尉,你认为这样做很光彩吗?"

"大汉使臣,你很有口才!"阿的江蛮横地说,"你声称是和平使者,你出使西域的真正目的,就是要联络西域各国对抗大匈奴,仅凭这一点,我就可以杀了你!"

"你敢吗?"张骞说,"在漠北单于庭的时候,军臣单于都没有杀我,

第三章 囚禁楼兰

否则，我也活不到今天。"

"说得对！"居次说，"爷爷说，大汉使臣是汉朝皇帝的代表，绝不许杀他。他愿意投降，就给他官做，不肯投降，也不要为难他。"

"大单于真的是这样说的吗？"阏氏问。

"爷爷的话，我敢瞎编吗？"

阿的江知道居次没有说假话，因为在漠北单于庭时，他就曾建议杀掉大汉使臣，遭到军臣单于的瞪眼。

"大都尉！"居次问，"你怎么知道甘父是大汉使者？"

"贾欣说的！"阿的江说，"不过，贾欣也不知道甘父是乌姗的阿哥、葡萄奴的未婚夫。那天我去看望乌姗，正好碰上甘父与葡萄奴在举行婚礼，我请葡萄奴跳舞，才知道新郎叫甘父。我断定，这个新郎就是我要捉拿的人。于是假借阏氏的名义，想把他骗到王府去。"

"大都尉！"乌姗着急地问，"三年来，阿哥杳无音信，请你告诉我，你是不是把他也杀了？"

"甘父逃走了！"阿的江说，"没有抓到他，他还打伤了几位匈奴兵！"

"葡萄奴呢？"居次质问，"谁是凶手？"

"那一天，甘父和葡萄奴不肯跟我回王府，答应第二天再去，我就预料他们要逃走。"阿的江说，"当天晚上，我命令千骑长在天蚕山庄外布下天罗地网，四处拦截。果然，当天晚上，甘父和葡萄奴乘船从河上逃走，被官兵发现了，一场混战，葡萄奴中箭落水，甘父逃走了。"

"大都尉！"阏氏说，"你太过分了，为什么不先告诉我，你明知道我很喜欢葡萄奴，却要派兵追杀她？"

"阏氏息怒！"阿的江说，"我替你找一个比葡萄奴更好的女奴就是了！"

"用不着你献殷勤，不要再做恶心的事了。"阏氏站起来，说，"我不想在这里，回去了！"

居次跟着阏氏走到院子里，说："母亲，我想去看看葡萄奴，你先回去吧！"

"牡丹，"阏氏说，"你留下来，陪居次在天蚕山庄散散心！"

"奴仆遵命！"

阏氏和几个女奴骑马走了,阿的江连忙上马,追随而去。

居次和牡丹随张骞夫妻来到葡萄奴的墓地。

张骞和乌姗在葡萄奴的墓前摆上祭品,点上香火,斟上水酒。夫妻二人在坟前祭拜,祈祷。

居次和牡丹也在坟前洒酒祭拜。居次突然悲从心来,伏在坟前痛哭起来。张骞和乌姗怎么劝也劝不住。

牡丹知道,居次来天蚕山庄,是想向张骞倾吐衷肠,突然又得知昔日的女奴惨死,想起自己的悲惨经历,悲从心来,故而哭得惊天动地。她把张骞夫妻拉到一边,席地而坐,一边守候居次,一边向张骞夫妻叙说了居次三年来的不幸遭遇。

张骞夫妻这才知道居次为何如此消瘦,为何如此忧伤。

过了一会,居次止住了哭声。牡丹站起来,把随身带的披风给居次披上。

"居次,刮风了,把披风披上!"牡丹说,"我们该回家了!"

"我不回去!"居次说,"大哥,乌姗,我就住在天蚕山庄,行吗?"

"我让乌姗给你专门收拾一个房间,你想住多久就住多久!"张骞笑着说,"行吧?"

"只要居次不嫌弃,天蚕山庄就是你的家!"乌姗说,"我们一起养蚕、织锦,一起唱歌,一起跳舞,那多好啊!"

"听牡丹说,居次爱读汉家的竹简书,这次回楼兰,还带回了不少汉简!"张骞问,"是吗?"

"匈奴兵在汉朝抢回很多财物,其中有不少汉简,我取了一些带回来。"居次说,"我知道大哥爱看书,整个楼兰却找不到一部。我把这些竹简送给大哥,你要教我读书哟!"

"没问题!"张骞非常高兴。

"汉家文化博大精深!"居次说,"所谓的大匈奴,只知打打杀杀,竟然连文字都没有,这个民族迟早要灭亡。"

张骞非常吃惊,这样的见识竟然出自一个女孩之口,感慨说:"一个民族文化的积淀,不是一朝一夕的事情,也不是一句两句就说得清楚。"

"好了!"牡丹说,"不说这些大道理了,居次,回去吃药吧!"

第三章　囚禁楼兰

第二天，乌姗带着居次和牡丹，走进蚕纺作坊，参观了蚕房、缫丝坊、纺织作坊。居次与牡丹见识了养蚕、缫丝到纺织绸缎的全过程。眼花缭乱，赞叹不已。

张家大院内，东厢房的第一间成了居次的寝室，虽然比她在大王府的居室简陋许多，但她觉得住在这里特别舒心、温馨。

早晨，居次坐在梳妆台前，牡丹给她梳头。牡丹有意无意地问："居次，你打算在天蚕山庄住多长时间？"

"我愿意住一辈子！可这毕竟不是我的家啊！"居次问，"牡丹，你喜欢这里吗？"

"喜欢！"牡丹说，"这里的主人好，待人友善，既有本事，又有教养。这里环境也好，有河流，山丘，牧场，农田，还有桑树。特别是养蚕大院，简直就是一个神奇的魔宫，变出那么多美丽珍贵的丝绸。要是我也能学会养蚕、纺丝、织锦，那该多好啊！"

"我和你，向乌姗学！"居次问，"好吗？"

"好是好！"牡丹说，"我看那挺辛苦的，你身体不好，吃得消吗？"

"这里没有让我讨厌的人，也没有让我烦心的事！"居次说，"心情好，身体自然会好，累了，我就休息，你不用担心。"

"那你就去找大汉使臣与乌姗说一说吧！"牡丹给居次盘好头发。

"好！"居次站起来。

"不用找！"张骞和乌姗声到人到，进来了，乌姗抱着儿子，张骞手捧一匹绸缎。

居次非常高兴，伸手接过小张岩，亲了又亲。

"居次！"张骞说，"这是乌姗织的第一匹锦缎，是留给你的，请收下！"

居次接过锦缎，贴在脸上揉了揉，说："这是世界上最珍贵的礼物，太美了！"

"居次！"乌姗问，"找我们有事吗？"

"我和牡丹要拜你们为师，学养蚕、纺织。"居次问，"你们愿意收我们为徒吗？"

"居次！"乌姗说，"怎么说拜师呢？"

"其实不必拜师！"张骞说，"我们是朋友，只要你们想学，我就把全身的技艺传授给你们。"

"谢谢！"居次说，"从现在开始吗？"

"明天吧！"张骞说，"明天早上，日出之时。"

第二天一大早，张骞带着居次、牡丹，每人手挎一只筐篮，踩着晨露，来到桑树林。

"知道为什么要带你们来桑林吗？"张骞问。

"让我们从头学起！"居次迟疑地问，"是吗？"

"居次果然聪明过人！"张骞说，"我想让你们从植桑开始，然后是养蚕、缫丝、纺丝、织锦，学会全部技艺。"

"有什么要求？"居次说，"我和牡丹一定努力去做。"

"你们不但要学会从植桑到织锦的全部技艺，而且还要学会管理桑林和各个作坊，甚至整个天蚕山庄。"张骞问，"有信心吗？"

居次大吃一惊："你这是要把天蚕山庄的一切交给我呀？你的那个计划一直没有放弃？"

"对！"张骞说，"我不会放弃那个计划，而且越来越坚定，越来越有信心。不过，在你们没有学会全部技艺，不能掌管天蚕山庄之前，我的计划暂时不会付诸实行。"

"不行啊！"居次说，"我是一个什么也不会做的人，你把这里的一切都交给我，我会把事情弄得很糟的。"

"居次！"张骞说，"你是我和乌姗最信任、最知心的朋友，我不把天蚕山庄交给你，又能交给谁？"

从小到大，居次听到太多的赞扬和恭维，但那些都是对她贵族身份的认定，没有一句发自内心。听到张骞的一番话，犹如有一股暖流迅流遍全身，此时她才真正体会到，真正信任、关心并了解她的人，只有张骞夫妻二人。

"好吧！"居次激动不已，兴奋地说，"既然大哥如此信得过我，我答应你，尽力去办。"

张骞随手摘下一片桑叶，说："这就是桑叶，蚕吃了这种叶子，就会吐丝，……"

第三章　囚禁楼兰

九、匈奴内乱

元光六年（前129年），张骞囚禁楼兰已有十年之久，囚禁地也从一个没有名字的小村变为闻名遐迩的天蚕山庄。解禁之后，天蚕山庄从当初偷偷摸摸的地下交易，发展成为一个闻名西域的商贸市场。

两年前，由天蚕山庄出资，在楼兰河上架设了一座石墩木桥，在楼兰河边设立交易市场。进场设店的有珠宝商、皮货商、玉器商、珠宝商、杂货商等，以及招待行人吃饭、住宿的饮食店、客栈等，其中门面最大、装潢最漂亮的当然是天蚕山庄的绸缎店了。进场交易的除四周的平民百姓外，还有慕名而来的莎车人（今新疆莎车县）、疏勒人（今新疆伽师县）、姑墨人（今新疆阿克苏）、大宛人（今乌兹别克斯坦之费尔干纳）、康居人（今乌兹别克斯坦之撒马尔罕）、大夏人（今阿富汗）、安息人（今伊朗）。

这一天，巴特尔与阿瑞娜各自牵着一匹马，从楼兰河的桥上走下来，来到天蚕山庄市场边的空地上，把缰绳拴在马桩上，然后步入市场。

阿瑞娜东张西望，连声赞叹说："真没有想到，这里比姑臧关市还要热闹！"

"天蚕山庄市场在西域已名声大噪，各国商人都知道这里的丝绸和葛布、麻布货好，价格公道。"巴特尔说，"物别是前年河上架了桥，水路、陆路进出都很方便，来这里做买卖的人多得不得了，天天就像赶集似的。"

"张大哥真了不起！"阿瑞娜说，"白手起家，居然创造出这样一番大事业。"

"这一带的百姓都说汉使张骞是天神派来的！"巴特尔笑着说，"甚至有人把他当成神，磕头礼拜，害得张兄弟连门都不敢出。"

"绸缎店的生意谁在打理？"

"你自己去看看就知道了！"巴特尔着说。

巴特尔和阿瑞娜走进天蚕山庄绸缎店，刚进门，阿瑞娜就说："老板，恭喜发财！"

乌姗站在柜台内，闻声抬头一看，见是多年未见的阿瑞娜，立即跑出柜台，扑上前叫道："阿瑞娜大姐！"

阿瑞娜搂住乌姗，说，"乌姗，一眨眼，小姑娘变成大老板了！多年不见，好想你啊！"

"我哪里会做生意！"乌姗说，"赶鸭子上架啊！"

"张大哥呢？"阿瑞娜说，"我和他还没有见过面呢！"

"家里来了客人，他在陪客人。"乌姗把菊花、蔷薇叫过来，介绍说，"她叫菊花，她叫蔷薇，是我的小姐妹，也是好帮手。"

菊花、蔷薇上前施礼，说："阿瑞娜大姐，巴特尔大哥，你们好！"

"怪不得天蚕山庄的名气这么大，生意这样好！"阿瑞娜笑着说，"我终于明白了。"

"明白了什么？"乌姗不解地问。

"原来是有漂亮的老板、漂亮的女伙计站台啊！"阿瑞娜大笑起来。

"大姐就会取笑人！"乌姗说，"巴特尔大哥，你不是说替天蚕山庄推荐一个人吗？找到没有？"

"远在天边，近在眼前啊！"

"阿瑞娜大姐？"乌姗问，"你不是在姑臧开店吗？"

"大哥！"阿瑞娜问巴特尔，"让我来这里当老板？你从来没对我说呀？"

"姑臧的店子烧光了，回得去吗？"巴特尔说，"正好这里需要人打理，我看你很合适。张骞和乌姗不会在这里久呆，要做的事情很多，你可以帮助他们。你在这里，各地游侠联络也方便。"

"那好吧！"阿瑞娜说，"不过，张大哥和乌姗走时，我也要跟着一起走。"

"那当然！"乌姗说，"我们一起去大宛国，去月氏国。"

"阿妈！"张岩从里面出来，见到巴特尔，高兴地说，"巴特尔大伯，你来了？我好想你啊！"

第三章 囚禁楼兰

"岩岩!"巴特尔说,"长得这么高了?"

"巴特尔大伯,我九岁了!"

"岩岩!"乌姗指着阿瑞娜说,"这是阿瑞娜阿姨!"

"你好!阿瑞娜阿姨!"

"好可爱啊!"阿瑞娜摸着张岩的头,问题道,"甘父见过岩岩吗?"

"没有!阿哥和葡萄奴从这里逃走的时候,还没有岩儿。岩儿都九岁了,还没有见过舅舅!"乌姗担忧地说,"不知他舅舅是死是活啊!"

"甘父还活着,他在大宛国的贵山城。"巴特尔说,"我的朋友已经与他联系上了。"

"谢谢巴特尔大哥!"乌姗对儿子说,"快去告诉你阿爸,巴特尔大伯和阿瑞娜阿姨来了!"

"不用报,我和岩岩一起去!"巴特尔说,"阿瑞娜,你在这里陪乌姗聊天吧!"

大宛商人阿基若和大夏商人杜卡特各抱着一匹锦缎,在四合院门前向张骞告别。

"汉使张,欢迎你到大宛国贵山城来!"阿基若说,"王子是我的朋友,我可以引见你去见国王。"

"一言为定!"张骞说,"如果我到了贵山城,一定先去拜望你,再拜访你们的国王!"

"汉使张,谢谢你的热情款待,还有这漂亮的丝绸!"杜卡特说,"欢迎你到大夏国蓝氏城,我们那里有很多你们汉朝没有的东西。"

"大夏国一定会去的!"张骞说,"汉朝有丝绸、瓷器,到时你可以把你们的商人朋友召集拢来,我们可以谈贸易,互通有无!"

张骞送走了两位客人,见儿子与巴特尔同骑马回来了,上前招呼:"巴特尔大哥,你好!"

巴特尔跳下马,说:"你好,老弟,我把阿瑞娜带来了,她在绸缎店,等会和乌姗一起回来。"

张岩下马,接过巴特尔手中的缰绳,牵着两匹马进了院子,向马厩走去。

"巴特尔大哥!"张骞说,"进屋去说话。"

在楼兰王府，居次躺在床上，面容憔悴，神色萎靡。

牡丹端了一碗中药汤，走到榻前说，"居次！趁热把药汤喝了吧！"

"不想喝！"居次有气无力地说，"我的病已无药可救了。"

"喝吧！"牡丹说，"这药是汉使亲自给你配的，汉家的中药很神奇，喝了就会好。等你病好了，我陪你去天蚕山庄。"

"好吧，我喝！"居次坐起来，接过药碗喝了。

"孩子！"阏氏走进来，问道，"好些了吗？"

"好多了，母亲，有什么事吗？"

"爷爷军臣单于病得不轻，我和你父王明天要去漠北单于庭。"阏氏坐在床边，说，"去晚了，怕见不到爷爷了！"

"我也去！"居次说，"爷爷最疼我，我要去见他最后一面。"

"你有病，不能去！"阏氏说，"再说，这次去漠北王庭，是福是祸，还很难说，或许刀兵相见也说不定。"

居次不解地问："你们去看望爷爷，为什么会有战争？"

"你爷爷如果去世了，左贤王、右贤王、左谷蠡王，还有骨都侯，都想得到大单于的王位！"阏氏说，"他们谁也不会退让，一定会打起来。"

"父王也要去争夺单于王位吗？"

"抢不到单于王位的人，就有可能被抢到王位的人杀掉！"阏氏说，"谁叫你父王是单于的儿子呢？"

"父王带兵去吗？"

"当然要带，能带的兵都要带去，害人之心不可有，防人之心不可无啊！"

"阿的江叔叔去吗？"

"当然要去，带兵打仗，不能没有他。"

"贾欣呢？"居次问，"他也去？"

"这个人心术不正，与骨都侯暗中有勾结，不能带他去，让他留守楼兰。"

"如果他乘父王不在，造反作乱，怎么办？"

"他不敢！"阏氏说，"父王与阿的江也安排好了，只要你不出去，就不会有事的。"

"你们走了，我到天蚕山庄去！"居次问，"可以吗？"

第三章 囚禁楼兰

"不行！"阏氏说，"你父王特别交待了。"

"为什么呀？"

"为了你的安全！"阏氏说，"牡丹，你要好好伺候居次，不许她离开王府，出了事，我回来找你算账！"

"是！"牡丹说，"奴仆一定伺候好居次。"

"孩子，早点睡，我走了！"阏氏说罢，出了居次的寝室。

"牡丹！"居次急促地说，"你立即骑快马，赶快去天蚕山庄，把阏氏刚才说的话，告诉大汉使臣。"

牡丹问："居次是担心大王走了之后，贾欣会对大汉使臣下毒手吗？"

"是的！"居次说，"你快去，不要让别人看见了。"

"好，我马上就走！"牡丹说罢，快步走出去了。

居次看着牡丹离去的背影，无力地倒在床上，闭上眼睛，泪水从眼角流了出来。

牡丹骑快马赶到天蚕山庄，在四合院门前下马，牵马走进四合院，对坐在凉亭正与巴特尔等人说事的张骞、气喘吁吁地说："张大哥，居次让我来找你！"

"什么事？这样急！"张骞站起来，说，"先喝口奶茶，慢慢说。"

牡丹在石桌边的凳子上坐下，接过乌姗递过来的奶茶，一饮而尽，接着说："大王、阏氏和大都尉，明天将带上楼兰大军前往漠北单于庭争夺王位，贾欣留守楼兰。居次担心贾欣会乘机对大哥下毒手，特地派我赶来告诉你。"

"啊！"张骞说，"有这回事？"

牡丹说："居次知道张大哥久有逃走之心，她叫你乘机赶快逃走！"

"居次真的是这样说的？"张骞万分感动。

"居次还说，贾欣是一个小人，什么坏事都干得出来，张大哥一定要小心。"

"牡丹，替我们谢谢居次，就说我张骞永远会记住她这位朋友！"张骞说，"你快回王府，好好保护居次。"

"好！"牡丹说，"张大哥保重，我走了！"

张骞等人送走牡丹后，立即着手准备逃走的事情。

133

这天夜里，张骞、乌姗、阿瑞娜和菊花、蔷薇一齐动手，把库房和绸缎庄的丝帛绸缎打包，在牧民的帮助下，装上几辆牛车，运到楼兰河边。

巴特尔找来的三艘皮革筏子，早就停在河边，还有几位划船并担当押运的几个游侠盟的朋友。夜半时分，所有绸缎及物品都装上筏子，捆扎好了。

乌姗在店外挂出"暂停营业"的牌子，关上最后一扇门板，从后门出了绸缎庄，来到楼兰河边。

张骞、巴特尔来了，菊花、蔷薇和小张岩各自挎着包袱，也来到了河边。

巴特尔说："外面的匈奴官兵都撤走了，河面上也没有哨卡。"

"巴特尔大哥！"张骞说，"货都装好了，你带着他们先动身，天亮后走，恐怕有麻烦。"

"岩儿！"乌姗把张岩拉到一边说，"你和巴特尔大伯、阿瑞娜阿姨先走！去大宛国找你舅舅。过几天，我和你阿爸会赶上你们的。"

"你不是要当小游侠吗？"张骞也说，"跟着巴特尔大伯，做真正的男子汉！"

"张大哥，乌姗阿妹，我们一起走吧！"阿瑞娜说，"现在是逃走的最好机会，留下来有危险。"

"你们先走吧！"张骞说，"天蚕山庄还有几十家牧民，我要把他们安顿一下再走！"

"我还想等居次来，把这里养蚕、纺纱和织锦作坊交给她。"乌姗说，"这些产业建起来不容易，毁了可惜！"

"张老弟做任何事情，总是善始善终，这样很好！"巴特尔说，"我还要告诉你一个好消息。"

"什么好消息？"张骞问。

"西域有几位游侠高手快到了，他们会来找你的！"

"他们以什么身份出现？"乌姗问。

"这个不能肯定！"巴特尔说，"到时自然就知道了。我们该上船了。老弟、乌姗，我们大宛贵山城见！"

巴特尔、阿瑞娜、张岩、菊花和蔷薇乘上皮革筏子，离开天蚕山庄，顺流而去。

第三章　囚禁楼兰

张骞和乌姗回到天蚕山庄，在四合院度过了最后一个晚上。

次日清晨，右谷蠡王、阏氏和大都尉阿的江，率领十万匈奴骑兵，浩浩荡荡地出了楼兰城，前往漠北单于庭……

留守楼兰的千骑长和贾欣站在城楼上，目送十万大军消失在滚滚的尘烟中，才走下城楼。

贾欣是都尉，官职高于千骑长，右谷蠡王离开楼兰时，并没有把留守楼兰的兵权交给他，而是交给了千骑长，位高的贾欣只有区区百骑人马的调兵权。贾欣知道大王和大都尉不信任自己，且还存有戒心，说不定有一天，他们会像杀一条狗一样除掉自己，于是暗下决心，在右谷蠡王远赴漠北之时，要办两件事，一是杀掉张骞，二是掠走王府的财宝，带上这些财宝，投奔漠北的骨都侯。要办成这两件事，千骑长显然就成了绊脚石。

贾欣走下城楼后，笑着说，"千骑长！听说你是海量，从来没有醉过，这是真的吗？"

"难道你有怀疑吗？"千骑长哈哈大笑。

"怀疑倒不是！"贾欣说，"我只是想见识一下你的海量。"

"好吧！"千骑长哈哈大笑，"今天就给你一个机会。"

贾欣有备而来，先在酒里放了蒙汗药。

千骑长做梦也没有想到贾欣要算计他，入席后，对满桌菜肴视而不见，端起酒杯就饮，号称千杯不醉的千骑长，一杯酒下肚，眼睛就有些迷糊了。

"怎么样？"贾欣问道，"酒还不错吧？"

"还行！"千骑长揉揉眼睛，"怎……怎么了，你……你坐……坐稳，怎……怎么转……转起来了？"

"我不是坐得好好的吗？"贾欣故意转了转身子，"没有转呀！"

"你……你骗人……"，千骑长话没有说完，人便倒下了。

十、逃亡

贾欣用药酒醉倒千骑长之后，立即带领百骑人马赶往天蚕山庄。

贾欣与百骑匈奴骑马冲进天蚕山庄市场，横冲直撞。人们像见到鬼一样急忙躲避，摊贩收摊逃走，店家纷纷关门躲避。

贾欣率兵直奔张骞的绸缎店。下马后见绸缎店挂出"暂停营业"的木牌，气得一把摘下来，扔到地上摔得粉碎。大声命令："砸开门，进去搜！"

绸缎店的门砸开了，进去一看，里面空无一人，货架也是空的。贾欣预感到张骞要逃，命匈奴兵砸烂店内的柜台货架，然后带上人马直奔张骞的住处。

匈奴兵包围了张骞的四合院，两名匈奴兵上前敲门。

院门敞开了，张骞腰佩劲路刀站在门口，冷眼盯着贾欣，乌姗站在张骞的身边，一言不发。

"张大人！"贾欣不冷不热地说，"别来无恙？"

"我们没什么可说！"张骞手一挥，"请回吧！"

"今天，我是特意为你而来！"贾欣说，"怎么能走呢？

"你想怎么样？"张骞冷冷地问。

贾欣问："绸缎店为何关门停业了？"

"关门开门，是我自己的事，你管不着！"

"门关了，货也下架了！"贾欣说，"想逃吧！"

"逃也好，住也好！"张骞说，"同样不关你的事！"

"你是囚犯，我是都尉！"贾欣说，"你如果敢逃，我就杀了你！"

"你是汉奸，我是大汉使臣！"张骞说，"今天是你自己送上门来，这把劲路刀今天恐怕要见血了！"

"张骞！"贾欣恶狠狠地说，"你也太不自量力了，你要杀我，来呀！"

第三章　囚禁楼兰

张骞不再说话，挥刀扑上，贾欣惊恐地退后，匈奴兵挥刀一拥而上，挡住张骞。

"张骞！"贾欣躺在匈奴兵的后面，跳着喊，"你是小人，说话不算数！"

"我怎么又成小人了？"

"这把刀是大都尉给你的！"贾欣说，"你当时初怎么说？"

"我曾发誓，不用这把杀匈奴人！"张骞反问，"你是匈奴人吗？你是汉奸！"

"挡在你面前的这些人呢？他们是什么人？"

张骞冲着匈奴兵说："朋友们，这把劲路刀是你们大都尉送给我防身杀兽用的。我发过誓，不用这把刀杀匈奴人。我不想与你们为敌，请你们退后，我要杀的只是一个汉朝的叛徒！"

匈奴兵闻声，纷纷后退。

"后退者斩！"贾欣大叫，"给我上，杀了他！"

匈奴兵再次一拥而上。

张骞把刀递给乌姗，低声说："快，从后门走！"

乌姗接过刀，见张骞眼神坚定，只得向后门退去。

"来吧！今天让你们见识一下汉人的武功！"张骞说罢，赤手空拳与匈奴兵展开了搏斗，左腾右跃，打倒了几名匈奴兵，乘势夺下一名匈奴兵的战刀，挥刀搏杀，一连砍伤了七八个匈奴兵。

贾欣见乌姗站在门后没有逃走，悄悄从旁边绕过去。

乌姗关心丈夫的安危，没有注意到危险已经逼近。贾欣冲过去，把刀架在乌姗的脖子上，大喝："张骞，住手！你再不放下刀，我就杀了你老婆！"

匈奴兵停止了攻击，将张骞团团围住。

张骞见贾欣控制了乌姗，心里虽然震惊，表面上仍然很镇定。

"大哥！"乌姗大喊，"不要管我，你快走！"

"贾欣！"张骞怒斥，"你这个卑鄙小人！"

"不错，我就是一个小人！"贾欣说，"你如果是一个男子汉，就放下手里的刀，一人做事一人当，不要让一个女人陪你送死！"

"好！我放下刀，你放她走！"张骞说罢，弃刀于地。

"把张骞拿下！"贾欣大喝，"把这个女人也捆了！"

匈奴兵一拥而上，把两人都捆了。

"言而无信，无耻小人！"张骞大骂。

"我没有说自己是正人君子啊！"贾欣调戏地说，"你是正人君子，现在成了我这个小人的阶下囚。"

张骞大骂："汉奸、无耻！"

"等你脱身后再骂吧！"贾欣走到乌姗面前，伸手摸了一下乌姗的脸，淫笑地说，"美人，你好美啊！做我的小老婆吧！何必跟着一个囚犯受罪？"

"呸！"乌姗一口唾沫吐在贾欣的脸上，大骂，"你不得好死！"

贾欣不但没有生气，反而抬手抹了一把脸，伸舌头舔了舔手，涎着脸说，"美人的唾沫也是香的，真的好香啊！"

"贾欣！"张骞挣扎着大骂，"我一定要杀了你！"

"打！"贾欣手指张骞，命令匈奴兵，"给我狠狠地打！"

两个匈奴兵将张骞按倒在地，一名匈奴兵抡起棍子，朝张骞的屁股狠狠地打了下去……

匈奴百骑长匆匆跑进来，冲着贾欣说："都尉，来了几个外国人，他们要见大汉使臣。"

贾欣不耐烦地说："撵他们走！"

"不行啊！"百骑长说，"这些人手里有单于发的路牌！持有路牌的人，可以在匈奴境内畅通无阻。"

"都是些什么人？"

百骑长说："眩人团（即杂技团），这里面有很多能人！"

"走江湖的？"贾欣说，"好吧！让他们进来！"

贾欣命士兵把张骞夫妻拉到东厢房关起来，在门口留几个士兵把守。然后把匈奴兵集中到院子里，自己坐在凉亭的石凳上。

一会儿，百骑长带着眩人团的人进来了。

贾欣冷冷地问："你们是什么人？"

一位领班站出来，说："我们是眩人艺团，我叫沙乌，大夏人，眩人团领班！"

第三章 囚禁楼兰

贾欣看了沙乌一眼，问道："你们这是一个多国集团吧？"

"长官好眼力！"沙乌指着同行人员介绍说，"她叫黛莉娅，表演歌舞，身毒人（今印度）；他叫杜拉，人称魔笛，大宛人（今乌兹别克斯坦的费尔干纳）；他叫波比，能吞刀吐火，康居人（今乌兹别克斯坦的撒马尔罕）；他叫桑吉，表演魔术，于阗人（今新疆和田县）；他叫伊索，能医善意卜，条支人（今中东地区）。长官，怎么称呼？"

"都尉贾！"贾欣问，"你们到此，有何贵干？"

"都尉大人！"沙乌从怀里掏出一枚兽骨腰牌，说，"我们是眩人团，以四海为家，不久前，我们在漠北曾给匈奴单于表演，得到军臣单于的赞赏，赐给我们这块匈奴国路牌，请都尉大人过目！"

百骑长接过路牌，递给贾欣。

贾欣看了看，问道："真的吗？"

百骑长说："这是漠北单于庭特制的路牌！持有路牌者，可以在匈奴全境畅通无阻！"

贾欣把路牌还给百骑长，百骑长把路牌还给沙乌。

沙乌说："我们去过楼兰王府，本想向大王献艺请赏，恰逢大王不在，听说天蚕山庄很兴旺，我们打算向大汉使臣献艺讨赏。"

"张骞被我们抓起来了，谁也不准见！"贾欣说，"你们走吧！"

"长官！"沙乌可怜巴巴地说，"我们到楼兰后还没有开张，请允许我们表演一场，赏我们一顿饭就够了。"

贾欣正要发作，百骑长凑到他的耳边小声说："不过是一顿饭而已，不要得罪这些眩人。"

贾欣点头同意了百骑长的意见。百骑长立即指派一名士兵去天蚕山庄酒家办两桌酒菜。

"沙乌领班！"贾欣说，"既然你们远道而来，那就表演一场吧！"

"谢谢都尉大人！"

沙乌与眩人团其他人小声商量了一下，演出便开始了。

第一个上场的是魔术大师波比，他表演的是吞刀喷火绝技。波比手握一柄尺余长的短剑上场，行礼之后，脚踩弓步舞起了短剑，越舞越快，舞到最

后，一团光练裹住全身，只见剑影，不见人踪，博得阵阵喝彩。

突然，波比停止了脚步，头后仰，脸朝天，张开大嘴，将手中短剑慢慢插进嘴里，最后只剩下剑柄露在嘴外面。

大家看得目瞪口呆。

突然，只见波比的腹部猛然膨胀，一股真气从腹腔喷射而出，将口中的剑冲上天空，随后一声大吼，口里吐出一团火球，直追刚才离口之剑，当火球刚刚追上先行的剑时，第二团火球后发先至，追上第一个火球，两火球相撞，火花飞溅，而飞出的短剑，却又回到了波比的手里。

贾欣和匈奴兵看得如醉如痴，齐声喝彩。

第二个上场的是魔术师桑吉。桑吉身穿一件黑色葛布圆领大袖长袍，上场后拍衣捋袖，表示衣服内没有藏东西。来回走几步，身体突然转一圈后，双手竟然捧着一束鲜花。他把鲜花抛给围观的匈奴士兵。身体原地又转了一圈，双手竟然又捧着一只白鸽，双手向上一抛，鸽子冲天而去。

围观的人掌声雷动，一片喝彩声。

桑吉左袖一甩，空无一物，当他将左袖卷起的时候，从紧握的左手中拽出了赤、黄、绿、黑、蓝五根不同颜色的丝绸带，让人看得眼花缭乱。五彩丝绸抽完之后，依然是两手空空。

桑吉又做了几个动作，左手突然凌空一抓，手里多了一把酒壶，右手再凌空一抓，手里多了两只酒杯。他转身把酒壶、酒杯交给身后的黛莉娅，随之退场。

黛莉娅从酒壶里倒出酒，斟满了两只酒杯，笑容可掬地走到贾欣面前，甜蜜地说："都尉大人，请喝酒！"

贾欣色眯眯地盯着黛莉娅，不敢接酒杯。

黛莉娅走到百骑长面前，自己先喝了一杯，请百骑长喝另外一杯。百骑长接过酒杯一饮而尽，吧嗒着嘴说："好酒！好香的美酒啊！"

黛莉娅又斟了两杯，献给贾欣。贾欣无法拒绝黛莉娅那双勾魂的眼神，伸手接过酒杯，连喝了两杯。

这时，两桌佳肴送来了。一桌摆放在贾欣面前，一桌摆放在眩人团面前。

沙乌宣布，接下来是舞神黛莉娅表演蛇舞。原来刚才黛莉娅献酒，只是上一个节目的继续，下面的蛇舞，才是她的绝活。

黛莉娅走到凉亭中央，在魔笛杜拉的伴奏下，开始表演蛇舞。

"笛声！"关押在厢房的乌姗听到笛声，吃惊地说，"大哥！笛声！"

"甘父！"张骞惊喜地说，"甘父到了，巴特尔大哥说的游侠高手，原来就是甘父！"

黛莉娅身段苗条，舞姿动人，随着轻盈的舞步，身上的艳服一件一件地散落在地，最后只剩下胸衣和一条超短裙，美丽诱人的胴体展露在人们眼前。最让人意外的是，她的双臂上居然缠着一条手腕粗细的金花蟒蛇。

贾欣和匈奴士兵大为惊恐，眼睛死死地盯着这位绝色美人。

突然，黛莉娅双手轻轻一抖，蟒蛇掉落在地。

贾欣和匈奴士兵一阵惊呼。

黛莉娅嫣然一笑，这时，掉落在地的蟒蛇尾部盘起，蛇头和上半部蛇身却竖立起来，随着魔笛的调子，和黛莉娅一起舞了起来，人蛇步调一致，让人看得如醉如痴……

匈奴士兵塔斯本和塔斯木悄悄离开凉亭，走到关押张骞夫妻的东厢房门前。

塔斯木对看守的两名匈奴兵说："兄弟，外面的眩人艺团表演非常精彩，你们也去看看吧！"

两名匈奴兵很高兴，谢过之后，离开东厢房，去前院看眩人艺团表演去了。

塔斯本和塔斯木打开房门，用刀子割断张骞夫妻身上的绳索，说："汉使张，你是好人，在天蚕山庄做了很多好事，贾都尉与你同属汉人，为何他那么阴险狠毒呢？"

"等一等！"张骞问，"前面是什么人吹笛子？"

"眩人艺团的一个大宛小伙子！"塔斯本说，"他们正在前院表演。"

张骞说："他们是西域游侠盟的人！一定是来救我们的！"

"汉使张，我们该怎么办？"

张骞说："你把绳子绕在我们身上，见机行事，你和我们一起逃走，好吗？"

"好！"塔斯木说，"我们就守在这里，谁也伤不了你们。"

蛇舞结束了，黛莉娅一声口哨，蟒蛇纵身飞起，重新缠在黛莉娅的手臂

上。黛莉娅轻移蛇步走到贾欣面前。

贾欣吓得面如土色，惊恐地说："别过来！别过来！"

黛莉娅手臂微动，蟒蛇从身上慢慢滑落下地，一闪钻进魔笛杜拉身边的一只竹篓里。杜拉把竹篓盖好，扣紧。

沙乌宣布，最后一个节目，魔术大师波比的魔笛演奏。

"魔笛？"贾欣好奇地问，"有什么魔力？"

"笛声有一种魔力！"沙乌说，"可以控制一个人的意志。"

"你说的是真的吗？"

"当然！"沙乌说，"不然怎么会称魔笛？"

"假如我看上一个女人，她却不服从我！"贾欣问，"魔笛能让她改变主意，拜倒在我的脚下吗？"

"当然可以！"杜拉问："那个女人在哪里？"

贾欣手一挥，说："把乌姗带上来！"

"不要怕！"塔斯木对乌姗小声说，"我会保护你。"

"没事！"乌姗说，"外面是游侠盟的人，他们是来救我的！"

塔斯木把乌姗带回前院。

"把绳索解开才行啊！"沙乌说。

贾欣信以为真，大叫："给她松绑！"

塔斯木扯下乌姗身上的绳索。

沙乌走近乌姗，用匈奴语轻声说："笛声响起，去给贾欣敬酒，不要慌。"

乌姗微微点头，轻声说："不要让贾欣跑了！"

沙乌向乌姗眨眨眼，算是回答。

波比吹响了羌笛，乌姗满面春风，接过黛莉娅递来的酒壶，斟满酒杯，上前恭恭敬敬地呈给贾欣："都尉大人，请喝酒！

贾欣又惊又喜，接过酒，一饮而尽，大笑道："魔笛，连乌姗这样倔强的女人也能改变了主意，真的有魔力啊！"

波比顺手掀开竹篓，金花蟒蛇从竹篓里飞窜而出，缠在黛莉娅的右臂上，昂着头，嘴里吐信子。

贾欣眼露惊诧之色，不知黛莉娅又要做什么。

第三章 囚禁楼兰

这时，波比扯下贴在脸上的胡须，摘掉帽子，走到贾欣面前，问："贾欣，还认识我吗？"

"甘父？"贾欣大惊，"怎么会是你？"

"没想到吧？"甘父说，"我今天是来找你算帐，取你狗命的！"

"来人……"贾欣话未说完，人却倒在地上，口吐白沫。

"都不要动！"黛莉娅大声说，"谁动，我手上的毒蛇就要谁的命！"

沙乌大声说："贾欣喝了毒酒，他是个恶人，该死！"

甘父捡起劲路刀，对匈奴兵说："我们只杀贾欣一个人，只要你们不乱动，就没有你们的事。"

在场的匈奴兵见状，果然都站在原地，没有作出反抗动作。

"塔斯本！"塔斯木大叫："把汉使张扶出来！"

塔斯本搀扶张骞来到凉亭，甘父和乌姗上前，一左一右扶着张骞。

"兄弟们，放下刀吧！"塔斯木大声说，"都尉贾是一条披着人皮的狼，干尽了坏事，早就该死。汉使张是一个真正的英雄，这么多年在天蚕山庄的所作所为，大家都有目共睹，他是我们的朋友。"

匈奴士兵都放下了手中的战刀。

塔斯木见百骑长还在犹豫，喝问："百骑长，你想干什么？"

百骑长犹豫了一下，将手中刀扔在地上，大喊："大家放下刀，放下刀！"

"各位士兵朋友！"张骞说，"你们之中的很多人我都认识，我们是朋友，不是敌人。贾欣是汉朝的叛徒，作恶多端，死有余辜。与各位朋友没有关系，刚才为了自卫，伤了几位朋友，很对不起……"

"汉使张！"一位负伤的匈奴兵说，"我们不怪你，都尉贾强迫我们来抓你，我也向你道歉！"

沙乌说："请负伤的朋友过来，眩人艺团的伊索，是大食国的名医，他有金疮药，可以治你们的伤。"

"都过来吧！"伊索说，"我这里有专治刀伤的灵药。"

几位受伤的匈奴士兵走过来，围在伊索身边，接受治疗。

张骞见场面得到控制，便向沙乌等人表示感谢，问他们为何能及时赶到天蚕山庄。

"巴特尔盟主让我们来的!"沙乌说,"甘父向我们说了你很多的事,我们大家都很佩服你。"

正在这时,一群匈奴武士持刀涌进四合院,甘父、沙乌等人迅即拔刀在手,准备应战。

居次和牡丹进来了。

居次大声喊:"大家不要动手,这些人是我带来的。

张骞和甘父这才松了一口气。沙乌见状,知道没有危险,将刀插入刀鞘,眩人艺团的人跟着也都刀入鞘。

"大哥!"居次歉意地说,"我来晚了,让你和乌姗受苦了!"

"居次,谢谢你!"张骞说,"他们是西域游侠盟的朋友,专程来搭救我,塔斯木、塔斯本兄弟,也是我的救命恩人!"

"谢谢各位出手相救,大汉使臣是我的朋友,也是我最敬佩的英雄!"居次对百骑长和匈奴士兵说,"你们都被贾欣欺骗了。他在楼兰城用下三烂的手法麻醉了千骑长,然后假传命令,叫你们来天蚕山庄杀害汉使。"

匈奴士兵这才如梦初醒。

"百骑长!"居次问,"大王临走时,让千骑长统领留守官兵,你随贾欣来天蚕山庄胡作非为,千骑长知道吗?"

百骑长跪下了:"千骑长不知道,都是贾欣……"

"你可知罪?"居次喝问。

"小人知罪,请居次处罚!"

"起来吧!"居次说,"从现在起,你就留守天蚕山庄,保护好这里的一切,不许任何人破坏。还要保护这里的牧民和商人,不许你们欺压他们!"

"小人一定照办,将功赎罪!"

"你们下去吧!"

百骑长带着匈奴士兵,走出四合院。

居次看了躺在地上的贾欣,问道:"他死了吗?"

沙乌说:"没有,只是昏过去了,离死也不远了。"

张骞恨声说:"我要用他的人头,祭祀葡萄奴和大汉使臣的亡灵!"

"好!"居次说,"贾欣就交给你处置吧!"

甘父亲手把"爱妻葡萄奴之墓"的木牌插在葡萄奴墓前。甘父、张骞、乌姗、居次、牡丹以及眩人艺团的朋友们，在墓碑前献花。

塔斯木、塔斯本将五花大绑的贾欣押到葡萄奴墓。

甘父左手抓住贾欣的头发，右手举刀，骂道："贾欣！你这个叛徒，你不仅出卖了我，还害死了葡萄奴，今天要你偿命！"说罢，一刀扎进贾欣的胸膛。

贾欣惨叫一声，倒在葡萄奴的坟前。

甘父抽出滴血的刀，站在葡萄奴的坟前，说："葡萄奴，我为你报仇了，你安息吧！"

"张大哥！"居次说，"趁父王还没有回来，你们快走吧！"

"居次！"乌姗上前拥抱着居次说，"我舍不得你，一辈子会记住你的！"

"乌姗的话，也是我的话！"张骞说，"居次，你多保重！"

"我也舍不得你们！"居次说，"按你们汉人的话说，天下没有不散的筵席，你们快走吧！"

张骞、乌姗、甘父、眩人艺团的成员，还有塔斯木、塔斯本兄弟，一一向居次告别，然后走下山丘，骑上马，回头向居次挥挥手，飞驰而去。

居次站在山坡上，向远去的人们挥手致意，一直到张骞等人没入远处的山谷，不见踪影之后，突然扑在牡丹的肩上，大哭起来！

牡丹搂着居次，陪着她流泪，只有她最清楚，居次心里仍然深爱着大汉使臣张骞，也正是这种深深的爱，让她毅然决然地助张骞逃出囚禁了十年之久的楼兰，让张骞重新踏上出使西域的征程。

第四章 西域风情

第四章　西域风情

一、北道都市国家

　　盐泽（今新疆罗布泊）湖是一个神秘的地方，同时也是一个开放的地方。说其神秘，是因为盐泽湖地理环境复杂，里面既有湖泊、沼泽，还有沙漠。盐泽湖虽然有水，因其含盐量太高，水太咸，人畜根本不能喝。说其开放，是因为不论什么人，只要你愿意，随时都可以进入盐泽湖。即便如此，进去的人还是不多。因此人们称盐泽湖为死亡之湖。

　　张骞、甘父和乌姗一行逃出天蚕山庄后，一路向西狂奔，登上一个较高的沙丘上，极目远望，见远处闪动着万缕金光。

　　张骞被俘后，父亲交给他的羊皮地图被匈奴官兵搜走了，他隐约记得，楼兰国之西是一片不毛之地。凭他的感觉，远处那万缕金光，是落日的余晖反射在水面上的结果，于是对大家说："前面有一个大湖泊！"

　　乌姗说："前面是盐泽湖，过了盐泽湖，就出了匈奴最西边的边境。"

　　大家立即欢呼起来。在沙漠里旅行的人都知道，水就是生命，他们认为，有湖就有水，连续的长途奔走，大家早已口干舌燥了。

　　再向前走，前方出现了小块小块芦苇丛，地上积满了层层白霜。甘父刮一点地上的白霜舔了舔，又咸又苦，才知道是盐碱。

　　芦苇旁的水凼里汪着水。沙乌捧一口尝了尝，立即又吐出来。

　　"怎么了？"张骞问。

　　"又咸又苦！"沙乌说，"这水根本就不能喝啊！"

　　大家见沙乌咧嘴皱眉的怪样子，大笑起来。笑声惊动了潜伏在芦苇深处的大雁，纷纷飞向天空。

　　甘父和沙乌眼明手快，张弓搭箭，飕飕几声，几只大雁应声地跌落尘埃。

　　大家一阵欢呼，纷纷跳下马，前去捡拾射落的大雁。

忽然，芦苇深处传来塔斯木的叫声："你们快来呀！快来呀！"

张骞以为塔斯木遇上了危险，忙叫桑吉、波比过去看看。

不一会，塔斯木随桑吉、波比回来了，三人眉开眼笑，看情形像捡到了什么宝贝。

"乐什么？"张骞问，"捡到金蛋了吗？"

"不是金蛋！"塔斯木笑着说，"是银蛋！"

塔斯木将手中的马料袋子放在地上，打开袋口，从里面拿出几枚鸟蛋，说："你们看，银蛋，好大的银蛋！"

张骞说："好大的蛋，比鹅蛋还大，这应该是雁蛋吧！"

乌姗好奇地数了数，高兴地说："六十多个啊！"

"这些蛋在草丛中一堆一堆的！"塔斯木说，"其他草丛可能还有。"

大家又分头钻进草丛去寻找雁蛋，不一会都回来了，人人都有斩获，大家乐滋滋的，忘记了旅途的疲劳。

天将晚，张骞决定就地宿营过夜。大家选了一处平坦的地方，搭起帐蓬，生起一堆篝火，架起小吊锅，烤雁肉，煮雁蛋。

乌姗和黛莉娅取出葡萄酒坛，分发给大家，大家围在篝火旁，吃了一顿别具风味的野餐。

直到这时，张骞才有机会询问甘父在十年前逃离天蚕山庄后的情况。

"往事不堪回首啊！"甘父痛苦地回忆说，"逃离天蚕山庄的那天晚上，我和葡萄奴乘羊皮筏子沿楼兰河顺流而下，走到下游峡口，遇到匈奴兵拦截追杀，葡萄奴中箭落水，我跟着跳下水去施救，还是迟了一步，后来我被激流卷进旋涡，撞在礁石上昏死过去，醒来时已是第二天中午。我在峡口找了三天，葡萄奴是生不见人，死不见尸。"

甘父说到这里，痛哭失声。

张骞给甘父的碗里斟满酒。

甘父接着说："当时我很绝望，死的念头都有了。当看见落在河滩上的羌笛和绑在羌笛上的红缨带时，我想起了卫夫人、皇上，还有大哥，才从痛苦中清醒过来。"

"后来呢？"张骞问。

第四章　西域风情

"我忍着悲痛和饥饿，偷偷去了楼兰，希望能找到游侠盟的巴特尔，可是没有找到他。听说他去了大宛国贵山城。我历经千辛万苦，沿途给人打工，有时还吹羌笛卖艺，到大宛国贵山城后，仍然没有找到巴特尔大哥。"

张骞问："大宛国人生地不熟，这多年你是怎么过来的？"

"为了生存，我在郊外一个牧马场找到一份牧马的工作。给自己取了一个大宛人常用的名字——杜拉。"

沙乌扯一大块烤熟的雁肉递给甘父，说："杜拉，不，现在该叫你甘父，葡萄奴已经安息了。她的在天之灵肯定不愿意你总是处在悲痛之中。这几年，你和我们朝夕相处，亲如兄弟。现在又救出了张大哥和阿妹，你应该振作起来，跟着张大哥，开辟一条通往西域的道路，做前人没有做过的大事情。"

"谢谢你，沙乌大哥！"甘父感激地说，"大哥现在脱险了，我要协助大哥继续前往西域寻找月氏国，完成皇上交给的使命。"

"好兄弟！你是一个有情有义的男子汉！"张骞说，"我们和你一样，永远不会忘记葡萄奴。葡萄奴虽然不在了，还有你、我和乌姗，现在又多了塔斯木、塔斯本兄弟，还有沙乌、黛莉娅、波比、桑吉、伊索以及许多游侠盟的朋友帮助，无论有什么困难，我们都能克服。"

"沙乌大哥！"乌姗问，"你是怎么找到我阿哥的？又怎么知道我们在天蚕山庄遇到了危险、及时赶来相救？"

沙乌说："西域游侠盟是一个志在联络西域各国反抗匈奴暴政的组织，在一次会议上，盟主巴特尔告诉大家一个消息，说大汉使臣出使西域，被匈奴人囚禁在楼兰。他发出了支持大汉使臣的倡议，得到大家的响应。为此成立了一个眩人艺团，负责营救大汉使臣和寻找甘父的下落。"

"谢谢巴特尔大哥，谢谢各位。"张骞感激地说。

"眩人艺团曾想潜入天蚕山庄营救张大哥，无奈匈奴兵戒备森严，一直找不到下手的机会。"

张骞感慨地说："想不到我囚禁在天蚕山庄，有这多朋友为我奔波。"

"五年前，眩人艺团去了大宛如国的贵山城，依巴特尔提供的线索，寻找大汉使臣甘父。"沙乌叹了口气说，"贵山城那么大，找一个人如同大海捞针，实在是太难了。"

乌姗问："那你们又是怎么找到阿哥的呢？"

"有一次，我们应大宛国王子的邀请，进王宫给大宛国王和王后表演。国王很高兴，设宴款待我们。大宛国王是一个多才多艺的人，绘画、雕塑和音乐造诣颇深。他告诉我们，贵山城郊外牧马场，有一个名叫杜拉的牧马人，吹羌笛的技艺出神入化。"

"羌笛？"张骞说，"如果我估计不错的话，这应该是巴特尔大哥给你们提供的寻找甘父的一个线索。"

"对！"沙鸟说，"国王的话引起了我的注意，我立即追问：'尊敬的国王，您是怎么认识这个名叫杜拉的人的呢？'"

黛莉娅接着说："国王是一位画家，经常便服出宫到大自然去写生。一次，他到贵山城郊外的一个牧马场写生，无意间听到一阵悦耳动听的笛声，于是向场主阿基若打听这个吹笛子的人。阿基若说吹笛子的人叫杜拉，是牧场的牧马人，并立即将杜拉叫过来，说国王是他的尊贵客人，很欣赏他的笛声，请他吹奏一曲。杜拉取出随身带的羌笛，给客人吹奏了一曲《奔马之歌》，笛声悠扬婉转，清亮动人，国王听了赞不绝口。国王说他喜欢上了这个年轻人，两人很快成了朋友。国王经常去牧马场写生。经过一段时间的交流，国王发现杜拉到过汉朝和西域很多地方，会说汉语、匈奴语、楼兰语、于阗语、龟兹语等多国语言，不但是一个语言天才，而且还是一个出色的骑士和射手。但杜拉始终不知道这个画画的人就是大宛国王。"

黛莉娅喝一口酒，接着说："听了国王的介绍，我们几乎可以认定，这个吹羌笛的年轻人十有八九就是我们要找的人。"

"对！"沙鸟说，"我向王子说，想见识一下这个吹羌笛的人。王子是个热心人，亲自带我们去郊外牧场拜访这个神秘的吹笛之人。"

沙鸟接着说："我们眩人艺团离开王宫后，在王子的带领下，直奔郊外牧场。远远望去，牧场绿草如茵，骏马成群，还有成片成片的白桦林，一条溪流绕着白桦林蜿蜒流淌，几间森林高架木屋架在溪流上，颇有一种屋在水上，人有仙境的感觉。一个年轻人倚在木屋的栅栏上，一阵优美的笛声从那里传过来……"

"羌笛！羌笛！"黛莉娅接着说："我从来没有听到如此悦耳的笛声，

第四章　西域风情

当时就发出了惊叫！"

"大宛国王子说，他就是杜拉，你们要找的那个吹羌笛的人。"沙乌说，"大宛国王子说罢，纵马向木屋跑去，边跑边喊着杜拉的名字。"

"我们也策马跟了上去。"沙乌说，"笛声停止了，杜拉快步走下木架屋，向我们迎上来。王子跳下马，迎上去就是一个熊抱，大声说：'杜拉，这些朋友都是眩人艺团的眩人，他们都是魔术、歌舞、音乐方面的高手，听说你的羌笛吹得好，慕名前来拜访！'"

"沙乌大哥！"乌姗说，"你很会讲故事啊！"

"这时候！"沙乌说，"一件意外的事情发生了！"

"什么事？"乌姗紧张地问。

"有一个人见了甘父，像掉了魂似的，傻了！"

"谁呀？"乌姗好奇地问。

沙乌问："什么人见了帅哥会傻眼？"

"傻眼了怎么样，我喜欢，你管得着吗？"黛莉娅并不害羞。

乌姗明白，黛莉娅爱上阿哥了。

沙乌接着说："我将眩人艺团成员逐一向杜拉作了介绍，当介绍到黛莉娅时，黛莉娅像没听见一样，两眼仍然盯着杜拉发愣。"沙乌问，"黛莉娅，没有冤枉你吧！"

黛莉娅瞥了甘父一眼，反唇相讥道："你是好人，怎么会冤枉人呢！"

沙乌接着说："黛莉娅用匈奴语说杜拉的笛子吹得好听，请他再吹一曲。杜拉没有拒绝，立即吹了一曲《骏马之歌》。从杜拉听得懂匈奴语，能吹羌笛的特点，我判断杜拉就是甘父，突然用匈奴语对他说：'兄弟，巴特尔让我向你问好！'"

甘父说："听到这一声问候，我知道他们是游侠盟的人，当即承认我是甘父！于是走到王子面前，用大宛语对王子表示感谢，并说眩人艺团的朋友要拜见我的主人阿基若，问他是否同去。"

沙乌说："王子知道没自己的事了，告别众人，纵马而去。"

黛莉娅说："后来的事就不用说了，甘大哥加入了眩人艺团，我们给他取了个艺名，叫魔笛杜拉。"

153

"听起来像神话一样，好神奇啊！"乌姗问，"你们怎么知道我们在天蚕山庄有难？"

沙乌说："几年之后，眩人艺团又回到了楼兰，我们接到盟主的指令，说右谷蠡王即将带兵前往漠北单于庭争夺单于王位，楼兰城留守的匈奴官兵不多，眩人艺团要乘机营救大汉使臣张骞。"

"来得早不如来得巧！"甘父笑着说，"天蚕山庄的那场好戏，正好被我们碰上了。"

张骞端起酒碗，说："多谢游侠盟的朋友伸出援手，让我和乌姗能逃离虎口，继续未竟的事业。我和乌姗给各位敬酒！"

第二天，张骞、甘父、乌姗、沙乌、黛莉娅、波比、桑吉、伊索、塔斯木、塔斯本一行十人，打点行装，越过盐泽湖，继续西行六百余里，到达尉犁国（今新疆尉犁县附近）。

尉犁是一个小国，人口不足一万，这里的人民过着半农半牧的生活，既放牧牛羊，也种植庄稼。张骞一行在尉犁补充了粮食和水，取道天山南麓，继续向西行，进入焉耆国（今新疆焉耆县）。

张骞一行在焉耆国作了短暂停留，然后从焉耆溯塔里木河西行，经过龟兹国（今新疆库车东）、姑墨国（今新疆阿克苏一带）到达温宿国（今新疆乌什附近）。在温宿国补充了粮食和水，继续西行，到达疏勒国（今新疆喀什市一带）。

疏勒国西、北、南三面环山，背靠葱岭（今帕米尔高原），葱岭高大险峻，山上有千年不化的积雪，万年封冻的冰川，雪水长年不断向山下流淌，浇灌着疏勒国辽阔的原野。得天独厚的水资源，使得疏勒国的农业比较发达。疏勒国还是一个商品集散地，西域南道、北道以及葱岭以西各国的商人，都来疏勒进行商品贸易。

张骞的父亲交给他的羊皮地图，最西边只画到葱岭之东的疏勒国。过了疏勒国，是什么地方，张骞和甘父都不知道。张骞向当地人打听去月氏国怎么走。当地人告诉他，月氏国在葱岭之西，翻过葱岭，便是月氏国。

葱岭是一个神秘的地方。

张骞决定在疏勒休息几天，做好翻越葱岭的准备。

第四章　西域风情

　　一个晴朗的早晨，张骞一行从疏勒出发，沿着河谷向上游攀登，上山的路又陡又窄又滑，在崇山峻岭中盘旋，一边是白雪皑皑的万丈雪峰，一边是幽深莫测的无底深谷，稍不留神，就会跌下无底深谷，粉身碎骨。在这里行走，时刻让人胆战心惊。

　　登上山巅，难寻瑶池仙境，却见高峰对立，巨大的冰柱在阳光的照射下闪耀着银白、碧蓝、黑黛色，绚丽多彩。

　　葱岭东望，是一个巨大的黄色盆地，绿洲像珍珠般散布在沙漠中。

　　葱岭西望，近处群山如海，白云弥漫；远处山地、丘陵、草原和蓝天相接，融为一体。

　　张骞一行虽然没有看见瑶池仙境，却到了一个新的天地。

　　葱岭上有三个重要山口，沟通岭内外各国：北面的山口通大宛，西边的山口达月氏国，南面的通身毒（在今印度、巴基斯坦一带）。

　　张骞一行只要进入葱岭西边的那个山口，再西行二千多里，便可直达月氏国的首都。可他们选择了一个错误的路线，进了葱岭北面那个山口，去了大宛国。

二、大宛国风情

　　张骞一行惊奇地发现，大宛的风光不仅与汉朝大不相同，而且与西域的都市国家也不一样。

　　这里田野里长着大片大片的紫花苜蓿，山沟、路旁、院子，到处都立着木架，上面爬满了葡萄藤。

　　大宛人居住的房子和中原也明显不同，全是砖木结构，没有屋檐，屋顶都建成尖尖的圆锥形。

　　大宛人的外貌也使张骞觉得新鲜：鼻子高耸，眼睛深陷，胡须长而整齐。

大汉使臣张骞

大宛人看到张骞一行,同样也感到新奇,一大群人跟在张骞一行的后面,叽叽喳喳地议论不休。

张骞用汉语和他们打招呼,他们都听不懂,张骞改说匈奴话,他们中立刻就有人听懂了,就和张骞交谈起来。

有一个老汉当知道张骞是从汉朝来的,脸上显出敬佩的神情,说:"汉朝可是个富饶美丽的大国啊!不光人口多得无法计算,而且物产也十分丰富。听说那里有一种天虫,能吐一种丝,织成锦帛,做成衣裳,既柔软又暖和,既轻巧又光滑,还可以绣上各种各样的花,真是一种宝物啊!"

张骞笑着解释说:"这种虫叫蚕,我们汉人很久很久以前就开始饲养了。喂它吃一种树叶,它就会吐出一种丝,把丝缫了,织成帛,称丝绸,就可以做衣裳、被褥了。"

"你们汉人真神啊!"老汉赞叹地说,"连虫子也被你们变成宝了。"

张骞指着原野成片成片的紫色花草问:"那是什么花?"

"那叫紫花苜蓿!"甘父回答说,"是一种牧草,有'牧草之王'之称,不仅产量高,而且草质优良,各种畜禽都喜欢吃这种草。大宛国的畜牧业发达,就是因为到处长满了紫花苜蓿。我的牧场的紫花苜蓿,比这里长得更茂盛。"

大家来到一个集市。

张骞走到一个菜摊前,拿起一个红色的果子问:"这是什么?"

"萝卜!"卖菜的老汉回答。

"萝卜?"张骞问甘父,"你见过吗?"

"见过,这叫红萝卜!"甘父说,"汉朝的萝卜是白色的,是吧?"

"嗯!我们的萝卜是白皮白肉,这里的萝卜是红色的。"张骞掰了一点萝卜说,"肉也是红的!"咬一口尝了尝,说,"甜的,比白萝卜甜!"

张骞转头又看见另一个摊位上有一种表皮很粗糙的瓜,前去问道:"这是什么瓜?"

"哈密瓜!"卖瓜人随手拿一个瓜,拍破后递给张骞,"尝尝!"

张骞不知道怎么吃,抓了一把瓜籽塞进嘴里。

"外面!"卖瓜者说,"吃外面,那是瓜籽,不能吃!"

第四章 西域风情

张骞咬了一口瓜肉，说："好吃，真好吃！"

"拿去吃吧！"卖瓜者说，"不要钱！送给你了！"

"那就谢谢了！"

一会儿，大家转到了马市，看到膘肥体壮的骏马，张骞上前问卖马人："这是什么马，这么漂亮？"

"汗血马！"卖马人回答。

"汗血马？"张骞冲着甘父说，"甘父，这就是汗血宝马？"

"对，这就是汗血宝马！"甘父笑着说，"我在马场放牧的就是这种马，这是大宛国的特产。"

"跟你在长安送给皇上的那匹马相比，哪个好？"

"当然是汗血马好了！"甘父肯定地说。

卖马人说："汗血马是天马之子。"

"天马之子？"张骞惊问。

"对！"卖马人说，"传说在大宛的高山上，有一种马在云中奔驰，看得见，摸不着。牧民们便把各种颜色的母马放到山下，让它们和天马交配，生下来的小马就是这种汗血马。汗血马一日一夜能行千里，全力奔跑时，身上流出的汗像血一样红，这是我们大宛国的国宝。"

"如果汉朝有了这种马，就不怕匈奴骑兵了。"

"走吧！"甘父说，"到我放牧的马场去，那里有大宛马、汗血马，让你看个够。"

当天傍晚，张骞一行到了贵山城郊外阿基若的牧场，走近森林高架木屋，下了马，准备进屋。

突然，张岩从森林高架木屋里跑出来，老远就喊："阿爸！阿妈！"

张骞和乌姗喜出望外，上前搂住儿子。

"岩儿！"乌姗问，"巴特尔大伯和阿瑞娜阿姨呢？"

张岩回头看了看森林高架木屋。

巴特尔和阿瑞娜从木屋里出来，菊花、蔷薇跟在后面也出来了。

"盟主！你好！"张骞迎上去说，"谢谢你们，要不是游侠盟的朋友及时赶到，我和乌姗恐怕就见不到你们了。"

"老弟！"巴特尔说，"不要叫我盟主，我们是朋友，也不要说谢谢！"

"这两位是塔斯木、塔斯本！"张骞介绍说，"他们原本是匈奴武士，关键时刻挺身而出，从贾欣的屠刀下救了我和乌姗。他们不愿做匈奴武士，和我们一起逃了出来。"

"两位兄弟！欢迎你们！"巴特尔热情地说。

"阿瑞娜大姐！"甘父高兴地说，"没想到我们在这里见面了。"

"岩儿！"乌姗突然想起来了，对儿子说，"快过来，叫舅舅！"

甘父快步上前，一把抱起小张岩说："岩岩，都长成小伙子了！"

"你是我舅舅？"张岩天真地问，"舅舅是什么东西？"

"舅舅就是你阿妈的阿哥！"

"知道了！"张岩天真地说，"你就是阿爸、阿妈说的那个会吹笛子、会飞石打鸟的甘父，是吧？"

"没错，我就是甘父！"甘父笑着说，"不过，你不许叫我甘父，要叫舅舅。"

"大家快进屋吧！从楼兰长途跋涉到这里，你们不累呀？"阿瑞娜说，"菊花、蔷薇和岩岩，帮我拿酒，准备饭菜，招待客人。"

张骞和乌姗等人走进森林高架木屋，惊奇地打量里面的一切：地板、屋顶、门窗、阁楼、家具，全都是原木做成，既通风透气又坚固实用。木屋下有潺潺溪水流淌，窗外是白桦林、大牧场，视野开阔，环境优美。

"这木屋太好了！"乌姗问道，"巴特尔大哥，这是谁的房子，你们到大宛就住在这里吗？"

巴特尔还没有回答，甘父就说："木屋的主人是牧场的主人，他叫阿基若，是一位大宛富商。我在这里住了五年，和沙乌大哥也是在这里认识的。"

"木屋原来的主人是阿基若！"巴特尔笑着说，"现在已经易主，新的主人是张骞和乌姗。"

"别开玩笑！"张骞说，"我们刚到这里，怎么会是我的呢？"

"我像开玩笑吗？"巴特尔说，"我到贵山城一打听，知道拥有汗血宝马最多的人是富商阿基若。我去拜访他，想用丝绸换他的汗血宝马。阿基若很高兴，带我们来牧场看马。我们发现了这一排木屋，打算买下来，作为你们来

第四章 西域风情

大宛后的落脚地。便向阿基若提出购买木屋的要求,阿基若爽快地答应了。他看到我们带来的丝绸后,追问丝绸从哪里来的。当得知丝绸来自楼兰天蚕山庄,购买木屋是给即将来贵山城的大汉使臣张骞夫妻居住时,特别高兴,当即决定把房子送给张骞夫妻,分文不收。"

"巴特尔大哥!"张骞问,"你可记得有一次你去天蚕山庄,我正好送走两位外国商人的事吗?"

"记得!"巴特尔问,"有关系吗?"

"其中一位就是大宛商人阿基若!"张骞说,"可惜当时没有向你介绍。"

巴特尔说,"我通过大宛的游侠朋友了解到,大宛国面积不大,除了首府贵山城外,还有七十多座城邑,全国有四十余万人口。大宛国很富裕,农业、畜牧业和商业都很发达。最重要的物产,一是汗血天马,二是苜蓿草,而苜蓿草又正是汗血天马的最好饲料。在这个国家,拥有好牧场和汗血天马,就是最大的财富。这片牧场是大宛国最好的牧场,牧场主人就是阿基若,牧场驯养的汗血天马,就是他的资产。"

"原来是这样!"张骞感叹地说。

"大宛国商业比较发达,商人也很讲信用,做生意很少有欺诈行为。"巴特尔说,"阿基若是大宛国商会会长,是一位很讲信用的商人,在大宛国有很高的声誉。"

"我和他打过交道,确实是一个讲诚信的人。"张骞说。

"阿基若与王室也有交往,是王宫的座上客。"巴特尔说,"张骞老弟,你要汗血宝马,他可以帮助你,你要见国王,他也可以帮助你。"

巴特尔提着马灯,带领张骞夫妻和沙乌走出木屋,跨过溪流,走到另一幢森林高架木屋旁,打开门锁,走进木屋。

"你们夫妻和岩岩住在这里!"巴特尔指着阁楼说,"上面的阁楼是仓库,从楼兰带过来的丝绸都放在上面,上去看看。"

四人上了阁楼,沙乌提马灯照亮,巴特尔、张骞和乌姗翻动存放在里面的丝绸,数了数,一共有二十匹。

张骞发现,丝绸上面盖着遮雨布,遮雨布下面是兽皮,中间是丝绸,丝绸下面垫着羊皮,羊皮下面垫一层干草,干草下是楼板。丝绸既没有被虫蛀,

· 159 ·

也没有受潮，保存得非常好。张骞深受感动，巴特尔身为盟主，办事竟如此细心周到。

"巴特尔大哥！"张骞感激地说，"丝绸保存得非常好，辛苦你和阿瑞娜了，谢谢！"

"我们只是帮你把丝绸运到大宛，有什么辛苦？"巴特尔说，"为了这些丝绸，你们花了十年心血。且不说养蚕有多辛苦，单在织机上的功夫，不知要流多少汗啊！"

"巴特尔大哥！"乌姗说，"感谢的话我们就不说了。你是盟主，要主大事，很多事情要你去办。这里的事就不用你再分神操心了。"

四个人下了阁楼，将马灯放在木桌上，然后围坐在四周。

巴特尔说："明天我就要走了！"

"到哪里去？"张骞问。

"楼兰、于阗、皮山。"巴特尔说，"我们将在那一带举行起义，趁右谷蠡王不在的时候，端掉他们的老巢，消灭留守的匈奴兵。帮助那里的民众摆脱匈奴大王的统治。"

"这是大事！"张骞说，"在西域，只有游侠盟才有此壮举，你去吧！祝你马到成功！"

"盟主！"沙乌问，"我们眩人艺团也跟你一起走吗？"

"桑吉是于阗人，他跟我走，其他人留下！"巴特尔说，"你们跟随汉使，一路协助他，保护他，并联络康居、大月氏和条支（今中东地区）等地的朋友，帮助汉使完成他的使命。汉朝在西域的朋友越多，就越能孤立匈奴势力，这对我们游侠盟也很重要。"

"这个请盟主放心！"沙乌说，"我们会尽力协助、保护张大哥、乌姗和甘父他们！"

巴特尔说，"我估计，汉使去大宛国、康居、条支国，不会有危险。唯独大月氏国，让我放心不下。"

"为什么？"张骞问。

"大月氏国内政比较复杂。"巴特尔说，"月氏女王为人狡诈，而且有些事她还做不了主。到了月氏国，你们一定要见机行事。但无论如何，她还不

第四章 西域风情

至于把你们怎么样。"

"巴特尔大哥!"乌姗说,"阿瑞娜跟你走吗?你们也该把婚事办了吧!"

"她留下来!"巴特尔说,"等你们出使大月氏国之后,我们会合时,再考虑我们的婚事。"

第二天,张骞、甘父、乌姗和沙乌送走巴特尔、桑吉后,便前往贵山城拜访阿基若。

阿基若得到仆人的报告,立即迎出门,伸展双臂拥抱张骞,说,"大汉使臣!你是我最尊贵的客人,欢迎你!"

"阿基若!"张骞说,"你是我认识的第一位大宛朋友,今天登门拜访,打扰你了。"

"你是第一位来我家做客的汉朝朋友,贵客临门,蓬荜生辉,我高兴都来不及,怎么说打扰呢?"

"你好,阿基若!"乌姗说,"又见到你了,我很高兴。"

"阿基若!"张骞介绍说,"这位是我的朋友沙乌,大夏人(今阿富汗)。"

"你好!"沙乌施礼说,"久闻阿基若先生大名,今日相见,三生有幸啊!"

"欢迎你,沙乌!"阿基若说,"大汉使臣的朋友,就是我的朋友。"

"阿基若!"张骞又介绍说,"这位是……"

"杜拉!"阿基若吃惊地说,"是你呀?这几年你跑到哪里去了?你也认识大汉使臣呀?"

"你好,主人!"甘父说,"我……"

"还是我来说吧!"张骞说,"阿基若,他是乌姗的阿哥,我的兄弟,也是大汉使团的一名使者,他的真名叫甘父,以前他到大宛国来,是为了在这里等着我会合。"

"甘父兄弟,太对不住了!"阿基若说,"如果知道你是大汉使臣,说什么我也不会让你给我牧马。"

"要不是你收留我,让我有一份工作,我早就饿死荒野了。"甘父说,"你是我命运中的救星,我永远记住你这份情。"

· 161 ·

"怎么可能饿死呢！"阿基若说，"你多才多艺，智慧非凡，连我的朋友乌拉汗都很器重你，愿用重金聘用你，你都不去，愿在牧场当一名牧马人。我当时还很不理解，现在明白了，你原来要在这里等大汉使臣。"

"乌拉汗还好吗？"甘父说，"他是一位杰出的艺术家，待人和善，我很敬重他。"

"乌拉汗也很想念你！"阿基若说，"你失踪以后，他还责怪我呢！"

"情况特殊，不告而别，有失礼数！"甘父说，"实在对不起！"

"西蒙斯！"阿基若对仆人说，"去准备酒宴，招待贵客！"

"是！"西蒙斯应声而去。

张骞打开带来的包袱，取出两匹锦缎说："这里有两匹锦缎，一匹是送给你的。"

"这太珍贵了，我不能收！"阿基若说，"大汉使臣，我们是朋友，你有什么事，只要我力所能及，我一定会帮忙。"

"还有一匹，请你送给大宛国王子。"张骞说，"请王子转告国王，就说大汉使臣张骞要拜见大宛国国王，请他安排一下，好吗？"

"这个好办，我这就派人将锦缎给王子送去。"阿基若说，"不过，我还是先陪你们先去见见乌拉汗，他的画室又添了不少新作。"

"还是先见国王吧！"甘父说，"见乌拉汗的事，以后再安排吧！"

"你们不知道啊！"阿基若笑着说，"乌拉汗不简单，他是国王最好的朋友，无论什么事，只要他同意了，国王那里也就算通过了。"

"真的吗？"甘父问，"乌拉汗有如此神奇的魅力吗？"

"当然！"阿基若神秘地说，"到时你就知道了。"

三、神秘的大宛国王

一大早,阿基若就来到牧场,冲着高架木屋喊:"张,准备好了吗?"

张骞走到窗前,问:"好了,怎么安排?"

"乌拉汗不在家!"阿基若说,"走吧!我带你们进宫。"

"你稍等一会,我马上下来!"

不一会,张骞和甘父换上大汉使者的衣服,张骞带上御诏,手持汉节,二人登上阿基若的马车,前往大宛国王宫。

大宛国王宫坐落于贵山山顶,这是一座巍峨壮观、高耸入云的石砌城堡。马车在贵山脚下王宫门前停下,阿基若、张骞和甘父下车。

阿基若指着宫门说:"王子在门口等你们,祝你们一切顺利。甘父,你有一位朋友在里面等着你。"

"谁呀?"甘父问,"怎么会有朋友在大宛国王宫里等我呢?"

阿基若神秘地说:"你进去就知道了。"

"你不去吗?"张骞问。

"我不进去了!"阿基若说,"你们谈国事,我就不掺和了,有需要我的地方,尽管说,我替你们安排,祝你们顺利!"

张骞和甘父走到王宫门前,向站在那里的大宛国王子施礼致意。

王子说:"你就是大汉使臣张骞吗?"

"是的!"甘父翻译说,"他就是大汉使臣张骞。我是……"

"杜拉!"王子惊喜地说,"是你吗?我以为你失踪了,原来你是去给大汉使臣当翻译去了呀?"

"王子,请原谅,我以前没有告诉你!"甘父说,"我本来就是大汉使团的一名使者,担任大汉使臣的翻译,我的真名叫甘父!"

"无论是甘父，还是杜拉，都是我的朋友！"王子说，"请上马车，我带你们进王宫。"

甘父将包有十匹丝绸的包袱放在马车上，跟着张骞坐上马车。

王子亲自驾着华丽的敞篷马车，盘山而上。山路弯弯曲曲，路面较宽阔，可以并排走三辆马车，沿途十步一岗，全身戎装的大宛卫士肃立两旁，向王子和贵宾行礼。

驶近王宫，张骞看见城堡的石墙一色淡红，墙上长满了碧绿的常青藤，红翠相映，鲜艳悦目；宫门上、石柱上、门檐上、飞檐上，雕刻着各种花卉、飞禽、走兽和仙女，浮雕栩栩如生，精美别致。

马车在王宫正门前停下，张骞和甘父下车，跟在王子后面进入王宫，几名侍卫捧着张骞带来的锦缎跟在后面。

大宛国王久闻汉朝是一个富饶之邦，物产丰富，文化发达早就有跟汉朝交往的意思，只因路途遥远，未能如愿。得知汉朝使者到了贵山城，喜出望外，决定在王宫接见大汉使者。大臣们知道这件事后，纷纷要求一睹东方大国人物之风采，国王爽快地同意了。

大殿前，国王和王后站在前面，身后不远，群臣恭谨站立。

张骞手持汉节，上前躬身施礼，并致问候。

甘父翻译说："大汉使臣张骞，拜见尊敬的大宛国国王和王后陛下！"

"杜拉！"国王惊呼。

甘父一愣，惊叫："乌拉汗？"

国王和甘父同时放声大笑，然后紧紧拥抱在一起。

"请国王殿下原谅！"甘父说，"以前，我只告诉你，我是牧马人杜拉！没有说我是大汉使臣甘父的真实身份。"

"请大汉使臣原谅！"国王模仿甘父的口吻说，"以前，我只告诉你，我是画家乌拉汗，没有说我是大宛国国王！"

张骞、王子、王后和各位大臣都笑了。

国王上前拥抱张骞，互吻两颊，致辞问候。

甘父翻译说："你好，大汉使臣，大宛国国王欢迎你！"

甘父上前向国王行礼，说："尊敬的国王陛下，大汉使臣甘父向你致敬！"

第四章 西域风情

国王和甘父同时大笑,再次拥抱在一起。

国王指着群臣对张骞说:"他们都是我的臣子,都想一睹大汉使者之风采。"

张骞和甘父向各位大臣躬身施礼致意。

"父王、母后!"王子指着卫士手捧的锦缎说,"这是大汉使臣送给父王、母后的十匹丝绸。"

几名卫士呈上丝绸。

国王和王后各捧起一匹丝绸,轻轻地抚摸,爱不释手。

"太美了!"国王赞叹地说,"这是世上最珍贵的礼物,谢谢,大汉使者!"

"汉家的丝绸太美,就像天上掉下来的彩霞!"王后说,"大汉使臣,听王子说,这些丝绸是你和你的妻子亲手织造的,是吗?"

"是我妻子织造的!"张骞说,"我只负责养蚕和纺丝。"

"你为何不把你的妻子带来呢?"

"她只是我的妻子,不是汉朝使者。"

"这不好嘛!"王后说,"明天,国王要举办一场宴会和舞会,欢迎你们,请把你的妻子带来,好吗!"

"谢谢王后!"张骞说,"明天一定将妻子带来。"

"王后陛下!"甘父说,"我有几个朋友,他们曾进王宫给国王和王后表演过节目,我想带他们一起来,行吗?"

王后说:"他们是哪些人?"

"王后还记得眩人艺团吗?"

"眩人艺团?当然记得啊!"王后说,"一群很有趣的人,其中有一个身毒女郎,人长得漂亮,舞跳得特别好,是他们吗?"

"正是他们!"

"太好了!"王后说,"明天,你一定要带他们来!"

"对!"国王插话说,"一定要请眩人艺团的朋友,大汉使臣,听说你儿子也来了,带他一起来吧!"

"好!"张骞说,"我一定带他来。"

165

国王对大臣们一挥手，说："你们都过来，见过大汉使者，看一看汉家的丝绸吧！"

群臣凑过来，有的向张骞、甘父致意，有的察看丝绸，有的用手摸，议论纷纷，赞叹不已。

"各位大臣！"国王说，"大家已目睹了大汉使臣的丰采，见识了汉家的丝绸，国相、翻译和王子留下，其他人都退下吧！"

大臣们纷纷退下。

国王和王后在前，张骞、甘父随后，后面是国相、王子及翻译，一起走进大殿，分宾主坐下。

国王盯着张骞手中的汉节看了一会，问道："大汉使臣，你手中的手杖有什么特别之处吗？为何杖不离手？"

"国王陛下！"张骞说，"这不是手杖，是汉朝皇帝赐给我的汉节，是我作为汉朝使者的凭证。"

"你们汉朝的礼仪太多了！"国王笑着说，"你们的汉节造型很美，可以让我看看吗？"

张骞把汉节递过去。国王接过去和王后一起看了看，然后还给张骞，问道："汉朝皇帝派你到我国，所为何事？"

张骞从怀里掏出御诏，呈给国王，说："这是汉朝皇帝给西域各国的国书，请国王陛下过目。"

国王接过去看了看，上面的方块字见所未见，于是递给翻译。

翻译接过看了看，说："我只会口译，看不懂汉字。"

国王接过国书还给张骞，说："大汉使臣，我是第一次见到汉朝文字，不认识，还是你自己说吧！"

"尊敬的国王！"张骞说，"我奉汉朝皇帝之命，出使月氏国，途中经过匈奴，被扣留多年，好不容易才从虎口里逃出来，来到贵国。请国王陛下为我们去月氏国提供方便。今天带来的礼物太少，待我们回国后，禀报皇上，必将以重礼向国王表示感谢。"

大宛国王见张骞说话十分谦逊，很懂礼貌，一点不像匈奴的使臣那样摆大国的架子，更是非常敬佩。爽快地说："请大汉使臣放心，到时我一定会派

第四章　西域风情

人给你们带路。从这里去月氏，途中必须经过康居国（乌兹别克斯坦之撒马尔罕），康居国的话你们肯定听不懂，我派一个能说康居话的人给你们带路吧！"

"谢谢国王！"张骞起身致意。

"不必客气！"国王说，"说起大月氏国，还和我们是朋友哩。他们早先住在靠近你们汉朝的一座大山下，被匈奴人赶走了，他们往西方搬家，挤走了塞国人。在那里住了十多年，乌孙人又在匈奴的帮助下来攻打他们。月氏人难以抵挡，只得举族再次南迁，经过我国的时候，牲畜非常多，把我国的苜蓿草吃掉了一半。他们现在居住在葱岭西，妫水北岸，仍是一个大国，人口一百多万，精兵二十万，听说生活得不错，找到他们并不难。"

国王接着说，"你们先在这里休息几天，到各处走走。然后我派人送你们去大月氏国。"

"尊敬的国王！"张骞说，"我有一事相求，可以吗？"

"说吧！"国王说，"只要我能办到，一定尽力。"

"汉朝皇帝非常喜欢你们大宛国的汗血天马！"张骞说，"我想用带来的丝绸交换你们的汗血天马，行吗？"

"这个没问题！"国王说，"你代表汉朝皇帝送我十匹丝绸，我回赠你十匹大宛汗血天马！"

"我代表汉朝皇帝，对国王的盛情表示真诚的感谢！"张骞高兴地说。

"你说的事情，我让国相替你安排！"国王说，"一定让你满意！"

"那就太感谢了！"

一位近侍进来，在国王耳边嘀咕了几句，然后退出。

"大汉使臣，午宴已准备就绪！"国王说，"还有什么事，我们边吃边聊。"

"好！"张骞站起来说，"再次向国王表示感谢，我回汉朝后，随时恭候贵国使团前往汉朝，两国世世代代友好通商，造福两国人民。"

"通商无国界！"国王说，"以其所有，易其所无，各取所需，各得其所，是吧！"

"好了！"王后笑着说，"让大汉使臣入席吧！"

傍晚，张骞和甘父回到牧场，与大家共进晚餐。乌姗、黛莉娅、阿瑞娜、

· 167 ·

塔斯木、塔斯本、沙乌、黛莉娅、波比、桑吉、伊索、张岩、菊花、蔷薇，围坐在张骞和甘父身边，听他们说在王宫的见闻。

"张大哥、甘父兄弟！"沙乌端起一碗酒，高兴地说："祝贺你们马到成功！"

众人激情高涨，喜气洋洋，相互举杯庆祝，一饮而尽。

"没想到乌拉汗就是国王！"甘父兴奋地说，"当时我几乎惊呆了。"

乌姗说："回想起来，阿基若说到乌拉汗时，总有些神秘！"

张骞说："未见国王之前，阿基若曾要带我们先拜访乌拉汗，说乌拉汗是国王最好的朋友，无论什么事，只要他同意了，国王那里也就算通过了。"

"对了！"沙乌说，"阿基若其实是在暗示我们，只是我们没有觉察罢了！"

"大宛国很富，国王人也好！"黛莉娅说，"但无论怎么说，还是不能与汉朝皇帝相比。"

"为什么？"沙乌问。

"大宛国没有文字！"黛莉娅说："仅就这一点，就不如汉朝。"

"我们匈奴也没有文字，大单于只懂得骑马、射箭、带军队打仗。"乌姗问道，"黛莉娅，你们身毒国有文字吗？"

"有啊！"黛莉娅说，"身毒国的文字称梵文，身毒国有很多经典，都是用梵文书写的。"

"在西域各国中，只有身毒、条支（今中东地区）、大夏（今阿富汗）、楼兰、于阗和龟兹有文字。"沙乌说。

"乌姗！"张骞说，"王后特地邀请你去王宫，想看看你这位织锦能手。"

"国王和王后对眩人艺团的印象很深！"甘父说，"也邀请你们去！明天，国王要在王宫中举办盛大宴会和舞会，邀请大家都去参加！"

"我也去吗？"小张岩天真地问。

"当然要去！"张骞说，"国王还特别提到你呢！"

张岩高兴得跳了起来："太好了，我可以进王宫去玩了！"

木屋外传来马的嘶叫声。张骞和甘父知道有客人来了，起身走出屋一看，原来是大宛王子、国相和一位翻译、十几名卫士，身后还有十匹汗血天马。

· 168 ·

第四章　西域风情

张骞上前施礼，说："欢迎王子、国相！"

"大汉使臣！"大宛国相说，"这十匹汗血天马和二箱珍宝，是国王送给汉朝皇帝的礼物，请收下。"

张骞说："请国相带句话，我代表汉朝皇帝，感谢大宛国国王陛下盛情！"

甘父、沙乌和阿瑞娜等人纷纷上前，向国相和王子施礼，然后围着十匹马观赏，赞叹不已。

张骞在离开大宛国的前一天，大家聚在一起，商量以后的行程。

张骞说："从明天起，我们要兵分两路。一路由我、甘父和眩人艺团的四位游侠组成，先去康居国，再去大夏国和大月氏。争取在大雪封山之前越过葱岭。"

"我们呢？"乌姗问，"怎么走？"

"其他人跟着阿瑞娜！"张骞说，"巴特尔大哥会派人接应你们。"

阿瑞娜说："巴特尔让人捎信来说，匈奴大王们在漠北杀得你死我活，大单于王位之争一时难分胜负。葱岭东北方的疏勒和莎车国一带匈奴官兵较少。他派桑吉和几位游侠朋友，护送我和乌姗、张岩去莎车国。我们这一路在大雪封山之前越过葱岭。"

甘父说："你们走葱岭北，经过疏勒、到莎车，是直路，也好走，最多一个月便可以到达莎车国。"

"我们这一路有很多事情要做，但却有很多不确定因素，也许大雪封山之前过不了葱岭。"张骞说，"你们几个人就在那里等，哪里也不要去。一切听巴特尔的安排。"

"我倒不担心大雪封山！"乌姗说，"我担心你们会遇到匈奴兵。"

"这个不用担心，即使遇到匈奴兵，也不会是大队人马。"张骞说，"我们有沙乌几位游侠同行，还有各地游侠朋友帮助，一定会逢凶化吉。"

"我们不会有事！"甘父关心地说，"这一路风雪大，天气寒冷，你们一定要照顾好自己，特别是小张岩，一定要照看好。"

"还有两件事交待一下！"张骞说，"一是十匹汗血天马，路上要带好，回到汉朝后，连同大宛国送的珍宝，献给皇上。二是我们从楼兰带来的丝绸还有一些，你们带走一半，留在路上换取生活用品。回汉朝之前，用不完的

丝绸，都留给巴特尔大哥。"

乌姗说："知道了！"

第二天清晨，张骞、甘父、沙乌、黛莉娅、波比、伊索六人骑上马，向乌姗、阿瑞娜、张岩、菊花、蔷薇、塔斯本和塔斯木等人告别。

乌姗紧紧地抱着儿子，泪水盈眶，目送丈夫一行渐渐远去。

在贵山山麓王宫的山门前，张骞一行同前来送行的大宛国相和王子告别。大宛国王派两名翻译和八名官员送张骞前去康居国。

"汉使！"大宛国相说："大宛是葡萄之乡，苜蓿之国，宝马之邦，大宛有商队，我们十分愿意把这些东西贩运到汉朝，与你们通商，换回汉朝美丽的丝绸。"

"好！"张骞说，"本使回朝后，一定把你们国王的意愿，向我们的皇帝禀报。我们的皇帝，也一定非常愿意跟贵国通商啊！"

"好！"国相说，"希望这一天早日到来！"

四、月氏国见闻

经过十多天的长途跋涉，张骞一行到了康居国（乌兹别克斯坦之撒马尔罕）的首都卑阗。

康居国和匈奴一样是游牧国家，人们也都住在帐蓬里。张骞在一座特大帐蓬里拜见了康居国王。

"尊敬的康居国王陛下！"张骞说，"我是大汉使臣张骞，奉汉朝皇帝之命出使西域，同西域各国结成友邦，开辟通商之路。"

康居国王高兴地说："早就听说汉朝是个富强的大国，只因遥遥万里，山水相隔，无法往来。今天能见到来自大国的尊敬使者，真令人高兴。"

"国王陛下！"张骞让甘父捧上带来的十匹丝绸，说，"这里十匹丝

第四章　西域风情

绸，略表心意。"

"汉朝的丝绸？"康居国王惊喜地说，"这是无价之宝啊！这礼太贵重了，太贵重了啊！"

"尊敬的国王陛下！"大宛国官员说，"我奉大宛国王之命，将大汉使臣送来贵国，大汉使臣还要去月氏国，路途不熟，请国王陛下给他们提供方便。"

"这个没问题！"康居国王说，"我们和月氏国的关系不错，语言也相近，请大汉使臣在这里休息几天，我也有礼物回赠，然后派人送他们到月氏国去。"

张骞在康居国受到热情的款待。由于康居国受到匈奴的威胁，匈奴使者常来常往，对张骞他们很不方便，加之他们去月氏国的心情迫切，不想在康居多留。第三天，在康居国王指派的向导的带领下，张骞一行离开康居国，临别时，康居国王给汉朝皇帝回赠了礼物。

张骞一行经过数天跋涉，到了月氏国边界。

康居国送行官员指着前方的山口，说，"汉使！过了前方那处山口，就是月氏国了！"

张骞心情格外激动，历尽艰辛，经过十一年时间，终于到达了梦寐以求的目的地。他策马向前走几步，跳下马，手持汉节，面向东方跪下，抽泣地说："陛下，臣远在万里之外向您禀奏，汉使团在十一年之后，终于要进入月氏国了！"说罢失声痛哭，向祖国方面磕拜。

月氏国的气候远比匈奴地界温和湿润。山上树木青葱，枞杉成片，成群的牛羊在坡上放牧；平坝里，良田相接，麦浪翻滚，勤劳的人民在田间劳动。从葱岭流下来的妫水，流贯月氏，流经康居，注入西海。

在妫水北岸，张骞一行看到了大片的优良牧场，在这里，他们找到了月氏国国王的特大帐蓬。

张骞执着汉节，向月氏国王行礼："汉使张骞，拜见女王！"

女王问，"你就是汉朝来的那位贵使？"

"尊贵的女王！"张骞说，"本使转达汉朝皇帝对您的敬意！"

"你们从汉朝来，太不容易了，从汉朝到我们这里，有一万多里路啊！"月氏王说，"我在祁连山的时候，就很仰慕你们那个富强的国家，虽然和汉朝人有过交往，但两国朝廷却没有联系过。现在我们搬到了万里之远的

西方，想不到在这里见到了贵朝使者，真令人高兴。请转达我对汉朝皇帝的敬意。"

"请恕我冒昧！"张骞说，"敢问女王，可否是大月氏国被匈奴人杀害的那位国王的未亡人？"

"是的！"女王说，"国王死后，我的臣民拥戴我继位为女王。"

"那么女王与匈奴有血海深仇！"张骞说，"现在匈奴人也不断进犯我汉朝边境，汉朝皇帝正在反击匈奴。皇上派我出使贵国，希望我们两国能够结为同盟，打击我们的共同敌人——匈奴！"

"你就是为此事而来的吗？"

"我朝皇帝认为，与贵国共结战略同盟，乃是本国外交的大计！"

"万恶的匈奴，杀害了我们的国王，逼得我们离乡背井，好不容易搬到了北山。刚在那里住了十几年，匈奴又支持乌孙打我们，我们只得再次迁居避难。贵国要大举反击匈奴，那太好了，也替我们月氏人出口气，报仇雪耻。我祝你们旗开得胜。"女王话锋一转，说，"不过，要我们出兵配合，实在太难。这里距匈奴太远，中间还要经过很多国家。我想告诉汉使，月氏人已经不想看见战争了。和平的时代是多么的美好！大月氏人宁愿忘记痛苦的过去。"

张骞非常意外，说："女王所说，令本使十分震惊。想当年，匈奴人不顾信义，对你们发动突然袭击，迫使七十万月氏人从祁连山举族西迁，途中二十万人被埋葬在茫茫的大漠和草原，你们在北山落了脚，军臣单于又追到了北山，贵国的前国王就是在那次战斗中被匈奴人杀害的。匈奴人凶残至极，将尊贵的国王的头颅做成了酒器……"

"请不要再说了！"女王面露痛苦之色。

"这样的血海深仇，女王又怎能忘记？"张骞反问，"难道这样的奇耻大辱，能够不洗雪吗？"

女王震惊了，转过了身子，满殿的大臣也震惊了，没有人敢说一句话。

张骞知道刚才的话说得很重，触到了月氏人最痛苦的过去，连忙说："女王，对不起，我只是……"

女王转过身，说："我知道贵使的意思，可战争这样的大事，我一个人做不了主，我需要和长老们商量以后，才能决定。"

第四章　西域风情

"女王殿下！"张骞说，"汉朝的皇帝是多么希望同贵国结盟啊！皇上希望我们在击败匈奴以后，贵国可以重返祁连、敦煌，和汉朝世世代代成为友好邻邦。"

"谢谢！"女王说，"刚才我说了，像出击匈奴、举族东迁这样的大事，关系到月氏国的前途和命运，我必须和王公长老们商量，但愿他们能和我想的一样。但是，他们分别住在和墨城、双靡城、护澡城、薄矛城和高附城。我们每开一次国事会议，需要一个月的时间。一个月后，我将召开国事会议，如果贵使方便的话，请贵使光临列席旁听。"

"张骞不胜荣幸！"张骞说，"希望女王在开会前和各位王公长老谈一谈。"

"他们会在会上说出自己的看法！"女王说，"但是，他们以改变自己的看法为耻。"

"既然这样，还有一个月的时间，女王！"张骞说，"张骞还有一事相求！"

"请说！"

张骞从怀里掏出一个小包袱，打开说："这是我从匈奴拿到的炼制精钢所用的添加料，我想请女王……"

"贵使想得真周到啊！"

月氏女王虽然没有当即答应张骞和汉朝结盟，但也不失礼数，命负责外事的官员设宴欢迎汉朝贵宾。

宴会在一个地上铺着毛毡的大帐蓬里举行。筵席十分丰盛：大盘的牛肉、羊肉，大碗的葡萄酒，大盘面食。肉和面食都加了葱蒜等佐料，这是张骞一行以前从没有见过的。席上还有一些不知名的蔬菜。

大月氏官员介绍说："这颗粒圆圆的是豌豆！"

"那呢？"张骞指着一种稍微扁平的说，"叫什么名字？"

"那是蚕豆！"大月氏官员说，"请品尝！"

张骞舀了一瓢放进嘴里，品尝后说："很嫩，很好吃！"

"这是鲜嫩的蚕豆，成熟以后，晒干了，可以炒了吃！"大月氏官员说，"晒干炒熟了的蚕豆，也很好吃！"

甘父指着另一盘蔬菜说："这一片一片的、清脆可口，叫什么菜？"

"黄瓜！"大月氏官员说，"黄瓜可以生吃，味道很不错。"

"大汉使臣！"大月氏官员说，"你们要等女王的答复，可能会要一段时间，你有什么打算？需要我安排吗？"

张骞问道："我们可以自由到各处转转吗？"

"这个没问题！"大月氏官员说，"你们想到哪里去？"

"比如蓝氏城！"张骞说，"可以吗？"

"当然可以！"大月氏官员说，"需要我给你办些什么？"

"有困难时，我再找你们。"

张骞、甘父、沙乌、黛莉娅、波比、伊索暂别了月氏官员后，前往蓝氏城（今阿富汗的瓦齐拉巴德），也是沙乌的出生地。

沙乌带领大家来到家门。这是一个石墙围成的小院子，院子里有一排石砌的平房，还有十几棵果树。

沙乌离家十多年，今天回到故乡，格外激动，下马后立即呼唤弟弟的名字，无人答应。推开院门走进去，院子里空荡荡的，走进每间屋子，里面都是空无一人。地上积了厚厚一层尘土，家具、炊具、被褥，一件不见。

"怎么回事？"沙乌吃惊地说，"一个人也没有，难道搬家了？"

"你出去打听一下！"张骞说，"我们在这里等你。"

沙乌匆匆地出了院子。

张骞吩咐大家把马拴好，说："甘父，你去弄点吃的回来，我们几个把这里打扫一下，先住下来再说吧！"

甘父提着一只空袋子走出院子。

张骞、黛莉娅、波比、伊索开始打扫院落和屋子，搬卸货物，找来吊桶，打水洗漱、饮马……

不一会，沙乌回来了，苦着脸说："完了，完了，大夏国亡了，再也没有大夏国了。"

"家人有消息吗？"张骞关心地问。

"一个熟人也没有见到！"沙乌沮丧地说，"他们都从蓝氏城消失了，不知道去了哪里。"

"不要急！"张骞说，"先洗把脸，喝点水，坐下再说！"

第四章　西域风情

甘父拎着一袋食物回来了。黛莉娅将这些食物摆放在院子里刚洗过的石桌上，打开酒坛，大家围成一圈，连饮酒边听沙乌诉说大夏国的剧变。

蓝氏城地处阿姆河畔，原本是大夏国首府。月氏国被乌孙国击败之后，大月氏王率领五十万兵马，四处漂泊，越过妫水（今称阿姆河），见这里土地肥沃，物产丰富，又很少受到外敌的侵扰，人民安居乐业，便起了雀巢鸠占的念头。半年前，突然对大夏国发起攻击，仅仅一个月时间，便赶走了大夏国王，占领了大夏国全部国土。大月氏国攻占蓝氏城后，强迫大夏人搬迁。城里五万居民被迫迁移到外地，或离开原来的住所。并把大夏国分为东、南、西、北、中五个辖区，分封了五个翕侯（部落首领）。每个翕侯领十万兵马管理一个辖区。被强迫迁移的大夏居民也被五个翕侯瓜分，成了翕侯的奴隶。大月氏人也由游牧生活开始转为定居了。

"我的祖国灭亡了！"沙乌沉痛地说，"现在只有大月氏国，没有大夏国了！"

"大哥！"甘父说，"大月氏女王欺软怕硬，不仁不义，我们还要与大月氏国谈结盟吗？"

"当然要谈！"张骞说，"我们是奉旨出使，与大月氏国结盟是我们的使命，不能改变。现在情况复杂，我们多了解一些情况，然后再确定下一步行动。"

"游侠同盟的朋友没有找到！"沙乌说，"我再出去走走，看能否找到一些线索。"

"杜卡特是大夏国富商，在大夏应该有些名气，去找他试试看！"张骞说，"他是一个可以信赖的朋友。"

"好！"沙乌说，"那我就去找杜卡特！"

"从大宛到康居，从康居到大月氏，再到蓝氏城，一个多月来，大家辛苦了！"张骞说，"今天先休息！"

杜卡特是大夏国首屈一指的富商，大月氏占领蓝氏城之后，绝大多数商号都关门倒闭了。由于杜卡特身份特殊，他的商号依然红火，生意兴隆。寻找这样一个人物，当然不是难事。

杜卡特的商号是一座穹庐形的大厅。圆形大厅四壁挂着一圈羊毛壁毯，

一张接一张，绚丽多彩，制作精美。壁毯上面是一圈玻璃瓦，阳光照射进来，光线明亮。

大厅内摆放着一排排玻璃货柜，货柜里面按商品的类型，分别存放着水晶制品、玻璃制品、珍珠宝石、金银首饰、各种裘皮、西域各地服装、脂粉香料等。

张骞一行来到杜卡特商号前，向里面张望。

杜卡特的小妾、一位年轻漂亮的龟兹女郎迎出来，笑容可掬地说："尊敬的客人，你们中间有的不是本地人，初来蓝氏城吗？欢迎光临！"

"请问！"沙乌上前施礼，说，"这里是杜卡特先生的商号吗？"

"对！"龟兹女郎说，"你们找他吗？"

"这位是大汉使臣张骞，是杜卡特的朋友，专程前来拜访杜卡特先生！"沙乌说，"麻烦通报一声，好吗？"

"大汉使臣？我听杜卡特说过你！"龟兹女郎转身冲着商号里面喊道，"杜卡特，快出来，有贵客到，大汉使臣和他的朋友来了！"

杜卡特闻声从里面跑出来，高兴地说，"大汉使臣张，你终于到蓝氏城来了！欢迎你！"

"杜卡特，我们又见面了！"张骞介绍说，"这几位是我的朋友，沙乌，大夏人；黛莉娅，身毒人；波比，康居人；伊索，条支人；甘父，匈奴人，也是大汉使者。"

"欢迎！欢迎！"杜卡特说，"大汉使臣的朋友，就是我的贵客，请进！"

张骞一行走进商号，坐在大厅中央的一圈坐垫上，杜卡特的三个小妾端出用水晶盘盛的香蕉、葡萄、苹果、橘子，放在茶几上。杜卡特的妻子拿来一瓶葡萄酒和六只水晶杯，一一给客人斟酒。

"她是我的妻子，也是这个商号的老板！"杜卡特介绍说，"这几位都是我的妾，她会打算盘，管计算账目；她会写字，管记账；她管货款收支，收账付账。"

张骞拿起茶几上的算盘，说："没想到大夏国也用算盘，而且和我们汉朝的一样。"

"不！"杜卡特说，"大夏国和西域各国都没有算盘，这把算盘是我在

第四章　西域风情

长安买来的。当时在长安学了三个月才学会。回来后把她教会了。"

"其他商号也用算盘吗？"张骞问。

"仅此一家，别无他店！"杜卡特说，"其他商人都是心算，数目大了常常出错。我家有了算盘，从来不会出错。你们汉朝人真伟大，发明了算盘，这是天下最好的计算工具。"

张骞说："我可以看看你的账簿吗？"

"请看吧！"杜卡特让管账的小妾把账簿拿过来。

张骞见账簿是用羊皮做的，上面的字不认识，问道："这是大夏国文字？"

"不是！"杜卡特说，"大夏国没有文字，这是龟兹国文字，她是龟兹人，能写会画，专门给我记账记事，我和妻子也认识龟兹文字。"

"杜卡特，你真了不起！"张骞说，"你善于学习各国的长处，用来经营你的商号，难怪你成了富豪巨商。"

"这是必须的！"杜卡特端起水晶杯，说，"大家饮酒！"

张骞喝完酒，拿着酒杯问道："这酒杯透明，很好看，是什么材料做的？是玉石吗？"

"不是玉石，是水晶杯！"杜卡特说，"水晶石是大夏国特产。"

"酒瓶也是水晶的吗？"张骞拿起葡萄酒瓶问。

"酒瓶是玻璃做的！"杜卡特说，"玻璃和水晶不同，玻璃的价格比水晶便宜，普通人家都用得起，玻璃也是大夏国的特产。"

"玻璃瓶很轻，又透明！"张骞说，"和我们汉朝的陶瓷不同。"

"你们汉朝的陶瓷制品，在西域各国很受欢迎啊！"杜卡特指着玻璃制品柜和水晶制品柜说，"水晶和玻璃都可以制成各种器皿，你们可以去看看。"

"大夏国还有哪些特产？"张骞问。

"还有地毯和壁毯！"杜卡特说，"你看，我们脚下，商号的墙壁上，就是大夏国的地毯和壁毯。"

张骞环视一下四周，说："太美了！你的商号，就像一座宫殿！"

甘父和黛莉娅把带来的两匹丝绸送给杜卡特。甘父说："这两匹丝绸，请你收下！"

"不！"杜卡特说，"这是世上最珍贵的东西，礼物太贵重了，我不能

收。我是商人，如果你们需要什么货，我们可以交换。"

"我来找你，不是做生意！"张骞说，"我有事要请你帮忙。"

"我们是朋友，只要我能办得到的事，一定尽力。"

"这两匹丝绸，是我妻子亲手织造的！"张骞说，"一匹送给你的夫人，表示一点朋友的心意。"

"好，我收下了！"杜卡特向四位妻妾招手，说，"快过来，谢谢大汉使臣。"

杜卡特的妻妾上前致谢。

"有件事请帮忙活动一下！"张骞说，"另一匹丝绸，你拿去花销。"

"什么事，尽管说，我一定会想办法。"

"我现在的身份是大汉使臣！"张骞说，"我们已经见过月氏女王，欲与月氏国结盟，共同抗击匈奴，女王好像有些顾虑，说要与大臣们商量后再定。"

"啊！"杜卡特问，"需要我做些什么？"

张骞说："能否帮我们打听一下女王的真实想法！"

"是这样呀！"杜卡特说，"这事等会到家里去谈，这里说不方便。"

"好！"张骞说，"我们先参观你的商号，然后去你家。"

五、月氏女王不结盟

杜卡特的家是豪宅，除一栋别墅外，还有一个大花园，花园里草坪很大，绿茵如毯，四周林木葱郁。

这一天，在杜卡特家的花园里，杜卡特、张骞、甘父、沙乌、黛莉娅、波比、伊索坐在白色藤椅上，围成一圈，中间是一个白色大理石圆桌，桌上摆满了葡萄酒、水果。

杜卡特说："这里很安静，没有干扰！大汉使臣，有什么话，都可以在

第四章　西域风情

这里说。"

张骞说，"在沙乌这些朋友的帮助下，我从楼兰逃出后，越过葱岭，到了大宛国，受到大宛国王的热情款待，并派人把我们护送到康居国。康居国王接待我们也很热情，国王表示愿意同汉朝世代友好，相互通商，但却无意正式结盟。"

"康居国王有顾虑。"杜卡特说，"他既不想得罪汉朝，也不想得罪匈奴，他担心如果同汉朝结盟，匈奴单于会发兵攻打他们。"

"康居国王派人护送我们到大夏，到了妫水北岸，护送的人就回去了。我们渡过妫水，才知道月氏国首府就在蓝氏城，大夏国已经亡国了。"

"在西域，大月氏是第二军事强国，仅次于匈奴！"杜卡特说，"十几年前，大月氏被匈奴打败，从祁连山一带逃到伊犁河流域。由于国王怯懦无能，内部分裂，又被乌孙人赶出伊犁河流域，迁到妫水北岸，大约有百万人。他们袭击了大夏国，占领了大夏国土，蓝氏城就成了大月氏的首府。月氏女王封她的哥哥和四个老情人为翕侯，这五位翕侯掌握兵权，各霸一方。"

"大夏国不是有几十万兵马吗"沙乌问，"为何如此不堪一击呢？"

"我们的国王是一个昏君啊！"杜卡特说，"他害怕大臣擅权，在全国不设军事大长官，只在各个城邑设置一个军事长官，管理本地事务，互不相属，各自为政，当大月氏国的军队渡过妫水，突然袭来的时候，大夏国的军队如同一盘散沙，七十多座城邑，被大月氏在一个月之内各个击破。国王逃走了，城邑沦陷了，财物被洗劫一空，几十万大夏人被强迫迁移，离乡背井。"

甘父说："沙乌是大夏人，他的家人也下落不明。"

杜卡特问沙乌："你家有些什么人？原来住在什么地方？"

"我家在蓝氏城北坡！"沙乌说，"我兄弟三人，父母早亡，我在外多年，家里还有两个兄弟。两个弟弟共娶一个妻子，生有两儿一女。"

"你把他们的姓名、年龄开给我，我想办法帮你打听一下！"杜卡特说，"蓝氏城大多数大夏平民都归休密翕侯管辖，休密翕侯是我的朋友，想必这个人情他还是会给的。"

"谢谢！"沙乌说，"那就拜托了！"

张骞问："可不可以通过这个途径，打听一下王宫的消息？"

"我也是这样想的！"杜卡特说，"休密翕侯是女王的哥哥，从他那里应该可以探听到一些消息，只是他行踪不定，碰上他很难。女王也是我的主顾，她知道我是休密翕侯的朋友，而且她的服饰、首饰、脂粉、香料，宫中使用的水晶器皿，都是我供给的。找机会探听一些消息应该可以。只是时间不能肯定。"

"嗯！"张骞说，"那就只能等了。"

"你们住在哪里？"杜卡特说，"搬到我这里来住，行吗？"

"不了！"张骞说，"已经够麻烦你了。"

"那好吧！"杜卡特说，"等待的时间很无聊，你们可以到处走走，多了解一些西域的情况，也许对你们有用。"

"只能这样了！"张骞有些无奈。

杜卡特的一个小妾过来，说筵席已经摆好，请贵客用餐。

"菜上来了！咱们去喝酒，边喝边聊！"杜卡特说罢起身，将客人带往宴客厅。

在蓝氏城等待的日子里，张骞接触了西域很多国家的商人，通过与这些商人的交流，加深了对神奇的西域的了解。

一次，张骞和甘父走进一家由安息人（今伊朗）开的店铺，见柜台上放着一张羊皮，羊皮上面从左到右写满了像蚯蚓一样的文字，笑着问："老板，你是哪国人？羊皮上面是你们国家的文字吗？"

"我是安息人！"店主说，"这是安息国文字。"

"我们汉朝文字从上到下写在竹简、木片、丝绸上！"张骞说，"你们的文字横着写，不一样。"

"你是汉朝的丝绸商人？"安息商人显得很高兴，立即从箱子里拿出一袋银币，打开袋子放在柜台上，说："你有多少丝绸？我全要了。"

"今天没带丝绸来！"张骞见店主拿出的圆形银币，上面有一个人头像，好奇地问："这是你们的钱币吗？上面还有人像？"

"银币上是我们国王的头像！"店主说，"如果国王死了，旧钱币停止使用，重铸新钱币，换上新国王的头像。"

"新鲜！"张骞说，"我们汉朝使用五铢钱，外圆内方，铜质，上面铸

第四章　西域风情

五铢两个的字。"

"五铢钱？"店主问，"为什么叫五铢钱？"

"在我们汉朝，'铢'是重量单位！"张骞解释说，"五铢钱，表示一枚铜钱有五铢重。"

"啊！很有意思！"店主问，"你今天真的没带丝绸来？"

"其实我带了很多！"张骞说，"在路上被强盗抢走了。"

"怎么这样惨啊！"店主说，"该死的强盗！"

"下次一定带丝绸来！"张骞笑着说，"一定和你们做生意。"

"好吧！期盼你下次能带丝绸来！"店主指着店里的商品说，"随便看，喜欢哪一个，我按进价给你，交个朋友。"

"好！"张骞说，"那我就随便看看。"

张骞在店里转了转，突然发现一种布似乎有些眼熟，拿在手量仔细一看，揉一揉，惊讶地说："这是蜀布，是汉朝巴蜀一带的特产。"

甘父不相信地摇头说："汉朝离这里有二万多里路，怎么会有蜀布呢？"

"错不了！"张骞肯定地说，"蜀布质地细致，柔软，我小时候经常穿用这种布做的衣服。"

突然，张骞又在一堆杂货中发现了一根竹杖，放下手里的蜀布，拿起竹杖掂了掂，兴奋地说："看，邛竹杖！"

"有什么特别之处吗？"甘父问。

"邛竹节很长，实心，是汉朝巴蜀邛崃山的特产，别的地方没有这种竹子。"张骞问，"老板，你这里的蜀布、邛竹杖，从哪里购进的？"

"你说这两件商品吗？"店主说，"是一位身毒商人贩运过来的。"

"身毒商人？"张骞惊问。

"对，是身毒商人！"店主说，"他说身毒和汉朝相邻，每年他都要去汉朝走一趟，带去一些商品，换回一些汉朝的商品，贩运到西域各国去卖。"

"他告诉过你去汉朝怎么走吗？"张骞迫切地问。

"没有！"店主说，"我也不想到那么远去做生意，没有打听。"

"谢谢你！"张骞说，"下次如果有机会来，一定再来看你。"

"好！"店主说，"你走好！"

一个月过去了，沙乌忙着找人，很少回来。张骞等人有些担心。

　　这一天，沙乌、黛莉娅在喂马，波比、伊索在院子里修剪果树，张骞在打扫院子里的落叶。

　　"大哥！"甘父上完马料，来到张骞身边，"我来打扫院子吧！"

　　张骞把扫帚递给甘父，担忧地说："树叶快落光了，秋天快来了！"

　　"再过半个月，就要下雪了！"甘父边扫院子边说，"再不走，大雪封山后，葱岭就过不去了。"

　　黛莉娅过来，坐在张骞身边，说："杜卡特没有回话，沙乌也不见踪影，不会出什么事吧！"

　　"我回来了！"黛莉娅的话音未落，沙乌回来了。

　　"情况如何？"张骞问。

　　"游侠同盟的朋友说了一个重要情况！"沙乌说，"月氏国五位翕侯陆续到了蓝氏城，好像要发生什么事情。"

　　"嗯！"张骞说，"看来，月氏女王即将要召开国事会议了。"

　　"朋友们，你们好！"杜卡特带一个仆人进来了。

　　张骞等人起身问好，让座。

　　"沙乌！"杜卡特说，"告诉你一个好消息，你的家人找到了，他们都在和墨城。休密翕侯答应放他们回来，你快去领人吧！我这位仆人给你带路。"

　　"谢谢你！"沙乌说，"张大哥，我这就去和墨城，你们一定要等我回来！"

　　"你一个人去不行，带上波比和伊索。"张骞想了想又说，"带几匹丝绸去，需要的时候或许能派上用场。你们回来时，如果我们走了，赶在大雪封山之前能越过葱岭，就去莎车国找我们，如果大雪封山了，就不要过葱岭，等明年开春之后再去吧！我们在莎车会合。"

　　沙乌、波比和伊索三人取了随身行李，带上几匹丝绸，牵马走了。

　　"大汉使臣！"杜卡特说，"女王约你们明天下午在我家见面。"

　　"为什么不在王宫见我们？"

　　"不知道！"杜卡特说，"也许她不想让大臣们知道。"

　　"听说五位翕侯都到了蓝氏城！"张骞问，"是吗？"

第四章　西域风情

"你的消息很灵通啊！"杜卡特说，"五位翕侯都到了蓝氏城，休密翕侯对我说，女王要召开特别会议，商议与汉朝结盟的事情。"

张骞说："女王在你家见我，与这次会议有关吗？"

"明天见到女王就知道了。"杜卡特说，"休密翕侯说，女王非常喜欢你送给她的两匹丝绸。"

"两匹？"张骞问，"你把我送给你的那匹也送给了女王？"

"给女王送礼，当然多一点好！"杜卡特说，"记住，月氏女王首先是一个女人，她很爱美，而且还有点贪婪。"

"谢谢你，杜卡特！"张骞说，"我懂了！"

"明天见！"杜卡特告辞而去。

第二天，张骞手持汉节，甘父和黛莉娅各带一匹丝绸，来到杜卡特的家。

黛莉娅把一匹丝绸送给杜卡特的妻子说："这是张大哥送给四位夫人做衣裙的，请收下。"

杜卡特的妻子表示感谢后收下。

甘父把一匹丝绸交给杜卡特，说："这一匹是张大哥送给休密翕侯的，请你代为转达。"

"一定办到！"杜卡特毫不犹豫地说。

这时，客厅侧面墙上挂着的一幅大壁毯引起了张骞和甘父的注意。画面上是一座海滨城市日薄西山时的景象，近景是一座充满异域风情的古堡，中景是浩瀚的大海，远景是一艘多桅帆船和天际的落日。

"这是哪里的风光，好美啊！"甘父发出由衷的感叹。

"这是大秦国（即古罗马帝国）！"杜卡特说，"大秦是一个美丽的国家，离大夏国有一万多里，是我到过西方最远的地方。"

"东方最远的地方，你到了哪里？"张骞问。

"长安，你们汉朝的都城。"杜卡特说，"北方最远处，我到过匈奴的漠北王庭。南方最远的地方我到过身毒。"

"啊！你到过身毒？"黛莉娅惊叫起来。

"你的祖国很美丽，也很神秘。有很多寺庙，很多大象！"杜卡特说，"我还在你们的圣河恒河洗过澡，参加过身毒最隆重的沐浴节。"

"我有八年没回家了！"黛莉娅思乡之情油然而生，"甘父，以后你愿意陪我一起去吗？"

"我们先回汉朝！"甘父说，"然后再陪你去身毒国。"

"杜卡特！"张骞问道，"你知道身毒国在什么方向吗？"

"身毒在汉朝巴蜀的正南方！"杜卡特说，"大约有七千里路，骑马三个月就能走到。"

"太好了！"张骞说，"回到长安以后，一定要力争出使身毒，就从巴蜀往南走。"

"老爷！"杜卡特的一个小妾进来说，"女王和休密翕侯到了！"

杜卡特吩咐小妾把两匹丝绸抱走，然后和张骞、甘父起身，迎接月氏女王和休密翕侯。

"尊敬的女王！"张骞施礼说，"你好！"

"大汉使臣！"月氏女王取下面纱，说："我们又见面了！"

张骞介绍说："这位是甘父，是使者兼翻译，这位是甘父的妻子黛莉娅。"

杜卡特也将休密翕侯介绍给张骞。

"杜卡特是我的朋友！"休密翕侯说，"女王答应在这里与大汉使臣见面，避开那些讨厌的大臣，请大汉使臣不要见怪。"

"在哪里会谈都一样，重要的是双方能以诚相待。"张骞问，"休密翕侯，你说是吗？"

"女王就喜欢坦诚的朋友！"休密翕侯笑。

"杜卡特！"女王笑着说，"今天，你要用最好的酒菜招待大汉使臣啊！"

"我会让每一个朋友满意的！"杜卡特说，"你们都请坐，慢慢聊，我去准备酒菜了！"

"尊敬的女王！"张骞说，"关于结盟的事情，有了最终决定吗？"

"还没有，我已将五位翕侯召到了蓝氏城，召开专题会议讨论这个问题。"

"女王本人呢？"张骞问，"持什么态度？"

女王说："大臣们的态度，就是我的态度。"

"那大臣们的态度呢？"张骞又问。

"明天！"女王说，"我请你参加明天的会议，亲耳听一听五位翕侯的

第四章　西域风情

意见，好吗？"

"女王是说让我参加你们的会议？"张骞问，"我没听错吧？"

"千真万确！"女王说，"我就是这个意思。让大汉使臣等了这长时间，应该给你一个答复。"

"好！"张骞说，"我明天一定赴会。"

"谢谢你的丝绸！"女王说，"你们汉朝的丝绸真漂亮，我会派人把回赠的礼物送过来，送给你们汉朝的皇帝。"

张骞说："我代表汉朝的皇帝，感谢女王！"

月氏国的国事会议如期举行，议题就是讨论与汉朝的结盟问题，会上有两种不同的意见，争论得很激烈。

"女王！"休密翕侯说，"我认为大汉使臣提出的建议可行，匈奴和月氏水火不相容，月氏两大灾难，先王的耻辱，我们必须时刻记在心里，如今，汉朝挥师北伐，正是东西夹击，报仇雪恨的好时机，我们应该出兵消灭匈奴，如果错失了这个机会的话，将愧对祖先和子孙，下决心吧！我愿意做先锋。"

休密翕侯说完之后，大家有的端起杯子喝茶，有的低头沉思，谁也没有接茬。

月氏女王扫了全场子一眼，点名说："双靡翕侯，你以为如何？"

双靡翕侯冷静地说："女王经常说，作为翕侯，应该为月氏子孙后代着想！我认为女王这样说，不但是为了月氏将来着想，也是为月氏现在着想。集月氏精兵，东击匈奴，报先王之仇，雪先王之耻，这是为月氏的历史付出血的代价。这样做不仅不能改变历史，也不会给月氏带来繁荣幸福。历史已经过去，谁也改变不了，而兴师远征，将给月氏带来灾难。诸位翕侯都知道，我月氏所占之地，乃大夏之地，大夏一百多万塞种人，都成了我们的奴隶，他们无时不想复国，如果我们月氏大军东去，他们必乘机而起。那时，我们月氏将被塞种人击败，从而失去立足之地。"

高附翕侯接着说："双靡翕侯说要居安思危，匈奴不是一次攻击我们，而是不断地攻击我们，他们已经使月氏经历了两次大劫难，为了不再出现第三次大劫难，现在正是好时机。你不要以为匈奴离我们远，就平安无事了，据说葱岭西又出现了匈奴骑兵。"

双靡翕侯接着说:"刚才女王已经说了,匈奴正在与汉军作战,两强相争,匈奴岂能分军西征?这明摆着是不可能的,你所见到的只是小股匈奴兵,不足为患。"

"贵霜翕侯!"女王问,"你有什么意见?"

"女王,未来征服世界的不是军队,而是商队,战争从来没有给各民族带来幸福,只有商队,才能在各民族之间架起友谊的桥梁。"贵霜翕侯说,"女王,不要议什么东征西伐了,汉使既然不远万里来到了月氏,我们就议定两家互派多少商队吧!"

"女王陛下!"薄矛翕侯说,"汉朝的丝绸可是稀世珍奇,一匹值十斤黄金,可是,我听说在汉朝的长安,一匹丝绸只值一两黄金。"

高附翕侯说:"老人倒是常常想念祁连、敦煌,但是,如果要让他们回去,他们就不愿意了。因为那里没有这里富饶。在这里,我们有肥沃的土地可以耕种,每天的宴会都非常丰盛,有大盘的牛肉,还有丰腴的牧场,更有美丽的雪山。拥有这些,容易吗?"

"女王!"贵霜翕侯接着说,"民意不可违,众怒难犯,千万不可兴师东征,举族东迁啊!"

高附翕侯说:"匈奴轻视不得,十几年前,我们拥兵二十万,自恃强盛而轻视匈奴,结果被匈奴打败,现在我们拥兵二十万,而匈奴已有六十万骑兵,就是他们出兵一半,也强过我军,那些以为只要与汉朝联合,就可以打败匈奴的人,完全是一厢情愿的梦想。"

女王扫视一下全场,对张骞说:"我对汉朝的好意十分感谢,不过,夹击匈奴一事,月氏国确实有难处,望贵国能够体谅。"

一位月氏侍从官手捧一个小木箱子进来了。女王看了一眼,说,"不过,贵使所用的精钢粉,我已经准备好了。"

张骞起身上前,从侍从官手里接过小木箱。

女王说:"这是炼制宝刀的秘方,尊敬的使节,你回到贵国后,请代我向贵国的皇帝表示敬意!"

"多谢女王的美意!"张骞鞠躬致谢。

第二天中午,杜卡特匆匆来到沙乌家的院内,急切地对张骞说:"大汉使臣，你们赶快离开月氏国，现在就走。"

"出了什么事吗？"张骞问。

"两位亲匈奴的翕侯担心女王会改变主意，他们预谋加害你们。"杜卡特说，"休密翕侯派了十名武士，以女王的名义护送你们出境，你们赶快走吧！"

"沙乌还没有回，怎么办？"

杜卡特说："我会同他们联系的，我负责让休密翕侯送他们出境！"

"好吧！"张骞说，"谢谢你，杜卡特，后会有期，我会永远记住你这位西域朋友！"

杜卡特说："我也会记住你的，大汉使臣！"

六、南道回国

元朔元年（前128年），张骞踏上了归程。

为了避开匈奴势力，张骞决定改变路线，来时他们走的是"北道"，返回时他们从月氏国出发，翻过葱岭，经疏勒沿昆仑山北麓东行，在盐泽（今罗布泊）附近和北道汇合，这条道被称为"南道"。南道与北道中间隔着一个大沙漠（今塔克拉玛干沙漠），匈奴兵极少到南道去。

在匈奴势力渗透到北道以前，西域各国商人往来各地，大多走北道，南道相对冷清得多。自从匈奴人控制了北道以后，葱岭以西各国商人和西域商人，为了避免货物被匈奴人抽税或没收，都不走北道而改行南道。南道立即热闹起来，逐渐成为一条重要商道。

张骞、甘父和黛莉娅三人离开月氏国后，向东翻越了冰天雪地的葱岭，在疏勒经过短暂停留，然后沿塔里木盆地南边，循昆仑山北麓的"南道"继续往东南行走。

这一天，沙乌来到杜卡特的商号，高兴地对杜卡特说，"杜卡特，我的家人都领回来了！"

"好啊！"杜卡特说，"祝贺你！"

"大汉使臣呢？"沙乌问，"他们都走了吗？"

"大汉使臣已经走十多天了！"

"怎么走得这样急？他们安全吗？"

"有两位亲匈奴的翕侯担心女王改变主意，欲加害大汉使臣。月氏女王虽然没有与汉朝结盟，但也不想与汉朝为敌，为了避免发生意外，女王让休密翕侯派十名武士，将大汉使臣送出境，安全没问题。"杜卡特说，"按行程计算，大汉使臣他们已越过葱岭了。"

"那我就告辞了！"沙乌说，"葱岭东常有小股匈奴兵出没，我担心会发生意外，我和波比、伊索得去追赶他们。"

"那你们就快走吧！"杜卡特说，"你的家人在蓝氏城，我会关照的，如果遇到什么困难，你让他们来找我。"

"谢谢！"沙乌施礼说，"后会有期。"

沙乌离开杜卡特的商号，告别了两个弟弟和弟媳，同波比、伊索一起离开蓝氏城，追赶张骞去了。

莎车国地处叶尔羌河畔，西北方经疏勒通大宛，向东沿沙漠南缘直达"美玉之乡"的于阗（今新疆和田），西南方经蒲犁（今塔什库尔干塔吉克自治县附近）可达身毒（今印度），是古代东西方陆路交通枢纽。莎车国人口一万六千多，在西域算是一个大国。境内河渠纵横，水草充足，宜牧宜农，是西域各国中富庶地区之一。

"大哥！"甘父说，"我们不是约定，在莎车与乌姗她们会合吗？"

"前面就是莎车国。她们在莎车城等我们。"张骞指着对面山脚说，"那里有户人家，你去打听一下，去莎车城怎么走。"

甘父拍马奔向对面山脚，不一会就回来了，指着前方的河流对张骞说："前面这条河叫葱岭河，沿着河边向南走，便可到达莎车。"

"好！"张骞说，"休息一下，吃点干粮再上路。"

黛莉娅从马驮子里取出干粮，甘父拿水袋去河边灌水，三人冷水就干

第四章　西域风情

粮，吃了起来。

"快看！"黛莉娅指着前方说，"那里有一人一骑，好像向我们这边来了。"

甘父立即警觉起来，放下干粮和水，拔出佩刀，神情格外紧张。

"塔斯木！"黛莉娅惊叫，"是塔斯木！"

"果然是他！"甘父刀归鞘，松了一口气。

"大汉使臣！"塔斯木大老远就喊，"真的是你们吗？"

"塔斯木！"甘父大叫。

说着话，塔斯木已到三人面前，下马后高兴地说，"汉使，我每天都到这一带转悠，今天总算迎着你们了。"

"乌姗和张岩他们呢？"张骞问，"都好吗？"

"她们已经去了于阗！"

"她们去于阗了？"张骞惊问，"为什么？"

"最近出了点情况！"塔斯木说，"巴特尔担心这里不安全，带她们去了于阗。"

"什么情况？"张骞问。

"回去再说吧！"塔木斯说，"巴特尔让我们在这里等你。"

"回到哪里去？"张骞问。

"先去莎车城！"塔斯木说，"那里是我们的落脚点，先住下来再说。"

"落脚点？"张骞问，"你们在莎车城有了固定的落脚点？"

"去了就知道了！"塔斯木微微一笑，似乎有些神秘。

"好吧！"张骞说，"甘父、黛莉娅，我们去莎车城。"

塔斯木骑马在前引路，张骞、甘父和黛莉娅骑马，牵着三匹驼货的马跟在后面，不久便到了莎车城塔斯木居住的地方。

"塔斯本，菊花，蔷薇，大汉使臣到了！"塔斯木大喊。

"主人！"菊花从屋里跑出来，高兴地说，"你们可来了，就你们三个人吗？沙乌、波比、伊索呢？"

"他们有事耽搁了！"张骞说。

塔斯本、蔷薇也从屋里出来了。

大家一起卸下马背上的东西，抬进屋，然后驱马入厩。

张骞察看了一下，说："院子里大厅、卧室、厨房、马厩、杂屋间，一应俱全，怎么找了这么一处好地方啊！"

"巴特尔找的！"菊花说。

说着话，已经走进大厅。蔷薇跑进里间冲几杯奶茶端出来，放大桌子上，大家围在一起坐下来。

张骞端起碗，一口气喝干了奶茶，放下碗后说："到底发生了什么事？乌姗他们为何要先走？"

塔斯木说："这话说起来就有点长了！"

张骞给塔斯木的碗添了点奶茶，等待他说下去。

塔斯木喝了一口奶茶，向张骞介绍他们翻过葱岭之后的情况。

塔斯木说，"翻过葱岭之后，我们便被人盯上了。"

"谁盯上了你们？"张骞问。

"从贵山城到这里来，我们带了十匹汗血天马，还有丝绸和珠宝。在路上很扎眼，被黑道上的人盯上了。"

甘父说："游侠盟，他们也敢动吗？"

"一些黑道人物看见游侠盟的旗号，当然不敢动手，都缩回去了。"塔斯木说，"有一小队人马却始终不离不弃，一路跟踪到莎车。"

"巴特尔呢？"张骞问，"他发现了吗？"

"盟主是什么人？"塔斯木说，"他虽然发现有人跟踪，但没弄明白到底是谁吃了熊心豹子胆，敢在太岁头上动土。"

"后来呢！"甘父问。

塔斯木喝了一口奶茶，向张骞、甘父解说了十天前发生在这处宅院的事。

一个漆黑的夜晚，数十名蒙面人偷偷包围了这处宅院，十几个蒙面人翻墙而入，挥舞着马刀冲了进来。

忽然，一枚火花冲天而起，院内院外顿时火把通明。巴特尔、阿瑞娜、塔斯木、塔斯本、乌姗，还有小张岩，各持刀剑，从屋里冲出来。

翻墙进院的蒙面人正要上前搏杀，院子外面突然传来阵阵惨叫声。正在惊疑之际，突然院门大开，一大群人手持火把冲了进来，这些人手持弯马利

第四章　西域风情

剑，将院子里的蒙面人团团围住。

"盟主！"一位刚进院子里的游侠盟好汉说，"外面的强盗全都被解决了，凡负隅顽抗者，都打发他们见阎大王去了。"

"很好！"巴特尔大声说，"守住门口，不许放走一个强盗。"

刚冲进院里的人立即横刀挡在院门口。

巴特尔冲着蒙面人大喝："你们放下刀吧！"

蒙面人你看看我，我看看你，不知怎么办。

"放下刀！"游侠盟好汉齐声喊叫。

蒙面人犹豫了一下，纷纷将手中的刀丢弃在地。

"说吧！"巴特尔说，"你们到底是什么人？"

一位蒙面人扯下蒙面布，说，"我们是匈奴骑兵，我是百骑长，奉千骑长之命，前来抢夺你们的汗血天马和财物。"

"你知道我们是什么人吗？"巴特尔问。

千骑长说："知道，你们是大宛富商。"

巴特尔取出一块羊骨丢给百骑长，说："你回去把这个交给千骑长，告诉他，我们会找他算这笔账。"

百骑长接过羊骨，看到羊骨上面刻了一把黑色小剑，吃惊地问："你们是西域游侠盟？"

"知道了还要问！"巴特尔冷冷地说。

"谢游侠盟的好汉不杀之恩！"

"把马和刀留下！"巴特尔喝道，"滚吧！"

"好样的！"张骞拍手说，"巴特尔果然名不虚传！"

塔斯木说："经过这件事后，巴特尔觉得莎车不安全了，便护送乌姗、张岩和汗血天马去了于阗。并让我们在这里等你们。"

"好！"张骞说，"我们就要回汉朝了，你们几个人有什么打算？"

"主人！"菊花看了塔斯木一眼，说，"我们几个人商量好了，不去汉朝！"

"你们要到哪里去？"甘父问，"回楼兰吗？"

"我们也不想回匈奴！"菊花羞涩地说，"我们想留在这里。"

黛莉娅问："留在莎车？"

"嗯！"菊花点点头。

黛莉娅看看塔斯木、塔斯本，再看看菊花和蔷薇，笑着说："我懂了！"

甘父不解地问："你懂什么了？"

甘父重新看了四人一眼，见菊花、蔷薇满脸羞涩的样子，也恍然大悟。

"塔斯木！"张骞说，"你去找房东，就说我们要买下这处宅院。"

"买下这处宅院？"塔斯木惊问。

"买下这处宅院！"张骞说，"作为新婚贺礼，送给你们吧！"

塔斯木惊喜地问："真的吗？"

张骞说："既然要留在这里，就得有个家，是吧？"

塔斯本说："我们都还年青，只要肯干，成家立业不是问题。"

"这个我相信。"张骞说，"买下这处宅院，算是安了家。再给你们一笔钱，一匹丝绸，你们做点小本生意。"

塔斯木、塔斯本、菊花、蔷薇在张骞面前站成一排，施礼说："谢谢大汉使臣！"

"你们跟着我出生入死，患难之交！"张骞说，"只是手头不宽裕，沿途不知还会发生什么事，否则，多给你们一些也是应该的。"

"够了！够了！"四人感激不尽。

"等一下！"黛莉娅笑着问，"你们四人，谁跟谁呀？"

四人相视一笑，塔斯木牵着菊花的手，塔斯本牵着蔷薇的手。

"甘父、黛莉娅，"张骞说，"我们在莎车休息几天，你们帮他们把房子布置一下，动身之前，帮他们把婚礼办了。"

"好！"黛莉娅说，"喝了喜酒，我们再走。"

三天之后，沙乌、波比、伊索还没有到，张骞决定不再等了。当天，张骞为塔斯木与菊花，塔斯本与蔷薇主持了婚礼。

第二天，张骞、甘父和黛莉娅三人告别了塔斯木、菊花、塔斯本、蔷薇，离开莎车城，继续东行。

从莎车向东行走三百里，是西域另一个大国于阗（今新疆和田）。发源于昆仑山的于阗河（今新疆和田河）流经这里，灌溉出大片绿洲。

张骞一行离开莎车国，经皮山国进入于阗境时。天色将晚，便在路边一

第四章　西域风情

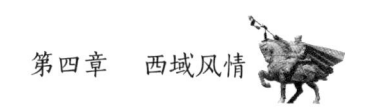

家小店落宿。

第二天一大早，开门一看，天地之间浑然一体，一片白色，原来，昨天晚上下了一场大雪。店主说，这是于阗新年第一场大雪。

雪虽然停了，风并没有止。雪后的寒风刮到脸上，如同刀割一样，让人隐隐作痛。张骞急于想见到乌姗和儿子，告别店家，继续向于阗国都城买力克阿瓦提城前进。

"黛莉娅！"甘父边走边问，"桑吉大哥的家在哪里？"

"桑吉大哥的家在买力克阿瓦提城城西！"黛莉娅说，"就在前面不远。"

"黛莉娅！"甘父突然惊叫一声，"小心！"

甘父的话音未落，一个身穿红色披风的少女飞驰而过，披风都扫到黛莉娅的脸了，差一点撞到了黛莉娅。

"天啊！这丫头疯了吧！"黛莉娅发出一声惊叹。

红衣少女刚一闪而过，一个身披蓝色披风的少年骑马飞奔而来，又与黛莉娅擦身而过。

"张岩！"黛莉娅惊叫，"是岩岩！"

少年闻声勒马，回头张望。

"岩岩！"甘父追上去大叫。

"舅舅！"张岩惊喜地大叫，两马相近，两人各伸出双臂，紧紧抱在一起。

张骞勒马停在那里，双眼紧盯着儿子，脸上充满了微笑。

甘父松开手，指着张骞说："看，那是谁？"

"阿爸！"张岩立即策马跑到张骞身边。

父子俩跳下马，紧紧地抱在一起。张骞问："刚才你追谁？"

"不好！让她跑掉了！"张岩惊叫。

"张岩！"黛莉娅说，"你才十岁，就开始追女孩子了！"

"舅妈！"张岩说，"你不知道，是巴特尔大伯让我追的。"

"那小女孩是什么人？"张骞问，"你追她干什么？"

"眼前这场雪，是今年第一场雪。"

"追女孩与下雪有关系吗？"黛莉娅问。

张岩涨红了脸，说："我说不清楚，你们去问巴特尔大伯吧！"

张岩带着张骞、甘父和黛莉娅,到了他们落脚的地方——买力克阿瓦提城城北桑吉的家。

"阿妈、巴特尔大伯!"张岩冲着院子大喊,"阿爸、舅舅、舅妈到了!"

乌姗、巴特尔、阿瑞娜、桑吉闻声而出,与张骞、甘父、黛莉娅在小院子里相见,相互拥抱,问候,然后一起回到屋子里。

"巴特尔大哥!"张骞笑着问,"你让张岩去追女孩子,怎么回事啊?"

"你说这事呀!"巴特尔说,"这是这里的风俗,叫初雪笺。下第一场雪的时候,如果你收到别人送上门来的初雪笺,就必须骑马去追赶送初雪笺的人。如果你追上了,那就赢了,送初雪笺的人就会请你做客,答应你提出的任何要求。没有追上,就算输了。输了就必须替对方办一件事。"

"岩岩!"黛莉娅问,"你认识那个女孩子吗?"

"不认识!"张岩无辜地说,"我从来没有见过她啊!"

"那你现在输了,怎么为对方做一件事呢?"

巴特尔说:"初雪笺上写明了对方的姓名、住址,还有接到初雪笺的人要做的事情。"

张骞问:"到底是什么人送的初雪笺?"

乌姗取出初雪笺,说:"这就是初雪笺,谁认识这上面的字?"

"我念给大家听!"桑吉接过初雪笺,念道,"十天前,我家十岁小儿被盗马贼掠走,留言要用百金赎回。请救小儿一命,当以百金酬谢。失子者家住城北孔雀坪古堡。"

"孔雀坪古堡?"张骞问,"那是什么地方?"

"奇怪了!"桑吉说,"这是国王和王后的离宫。"

乌姗说:"看来,丢失的小儿子,就是王子了。"

"难道匈奴人劫持小王子,就是为了勒索百金黄金吗?"甘父不解地问。

"不会这么简单!"桑吉说,"勒索恐怕只是一个借口,目的还是警钟于阗国王,不要与汉朝扯上什么关系。"

巴特尔说:"在西域,除了匈奴、大月氏外,就数于阗国人口最多,兵马最强。于阗国与汉朝相去不远,匈奴单于担心于阗与汉朝结盟。绑架王子,就是警告于阗国王。"

甘父不解地问:"于阗百姓遭杀,王子被绑架,国王为何不动用军队,却要用初雪笺的方式,请盟主出面呢?"

张骞说,"国王恐怕不愿意挑起于阗与匈奴两国的战争吧!"

"汉使说得不错!"巴特尔说,"于阗国王爱民如子,深得百姓拥戴,他不愿意让于阗陷入战争之中。"

"巴特尔大哥!"乌姗问,"我们该怎么办?"

"当然要去救王子!"巴特尔说。

张骞问:"怎么救?"

巴特尔说:"乌姗、阿瑞娜、黛莉娅,你们三人陪岩岩去一趟孔雀坪,告诉对方,就说我们答应他们的要求!"

乌姗说:"好,我们去!"

七、初雪笺

张岩、乌姗、阿瑞娜、黛莉娅身穿皮裘,冒雪来到孔雀坪古堡。

一位身披红色披风的少女,在古堡门前相迎,见到张岩等人,问道:"请问,你们是来送还初雪笺的吗?"

张岩认出她就是那位送初雪笺的女孩,说:"我们是来还初雪笺的。"

红衣少女笑着说:"请跟我来!"

张岩一行四个人随少女进入古堡,早有人上前接过马缰,将马引入马厩。四人则随少女进了主人的小客厅。

客厅里,炉火熊熊,温暖如春。王后见客人进来,站起相迎。

"王后陛下!"少女上前说,"他们来还初雪笺。"

王后躬身致意:"你们冒雪前来,我代表国王向你们表示最真诚的谢意!"

乌姗、张岩、阿瑞娜、黛莉娅向王后施礼问好。

"快给贵客宽衣！"王后说着，走到张岩身边，亲自给张岩掸雪，帮他脱去裘皮外套。

宫女们上前替乌姗、阿瑞娜、黛莉娅三人脱去外套，请入座。

王后拉着张岩的手，问："是你接了初雪笺吗？"

"是我！"张岩说，"我没有追上她，输了！愿赌服输，前来还初雪笺，愿意为你们办一件事情。"

"好孩子，你没有输！"王后说，"是国王和我有求于游侠盟，有难言苦衷，才出此下策。你也是游侠盟的人吗？"

"我还小，不是游侠盟的人！"张岩指着乌姗等人说，"阿妈和这两位阿姨都是西域游侠盟的人。"

"你儿子好可爱啊！"王后问乌姗，"他叫什么名字，今年几岁了？"

"他叫张岩，今年十岁！"

"我儿子也是十岁，他叫伊腾！"王后流着泪说，"可是，他被绑架了，至今下落不明，国王派人多方寻找，毫无结果。只得用初雪笺的方式，请求游侠盟出手相助。"

"王后陛下！"乌姗说，"请说说王子丢失的情况，好吗？"

王后指着红衣少女，说："她叫伊蓉，是我女儿！情况由她介绍吧！"

伊蓉向客人介绍了弟弟被绑架时的经过。

五天之前，伊蓉和弟弟伊腾在古堡院内玩耍，忽然听到古堡外传来一阵歌声，循声望去，见院外的玉龙喀什河边，一群牧民围成一圈，正在喝酒、唱歌、跳舞。

"姐姐！"伊腾说，"我们也去凑凑热闹，好吗？"

"母后吩咐，最近有些不太平！"伊蓉说，"叫我们不要随便出去。"

"都是牧民嘛，怕什么！"伊腾说，"要不叫几个卫士和我们一起去，这该行了吧？姐姐，去嘛！"

伊蓉经不住弟弟一再请求，叫了四名宫廷卫士，一起出了古堡，来到河边。跳舞的牧民见姐弟俩来了，非常热情，立即邀请他们跳舞。

四名宫廷卫士站在圈子外，全神戒备，后来见王子、公主玩得开心，慢慢地也就放松了警惕。

第四章　西域风情

几个跳舞的牧民交换一下眼色，逐渐退出跳舞圈子，向宫廷卫士靠拢。突然，一声口哨，牧民们扑上来，闪电般制服了宫廷卫士。伊蓉、伊腾姐弟俩同时也被制住了。

"放开！"伊蓉挣扎着，"你们这些强盗！"

"小妹妹！"一个牧民说，"不要叫，我们只求财，不害命。"

"你们想怎么样？"伊蓉大声喝斥。

"你回去告诉国王，小王子我们带走了！"牧民说，"十天之内，送一百两黄金到麻扎塔格山的孔雀岭赎小王子。十天之后见不到黄金，你们就来收尸吧！"

"孔雀岭？"乌姗问，"你们去查看过吗？"

"那里有一座匈奴兵营！"王后说，"看来，那伙强盗是匈奴兵装扮的。"

"于阗国有军队！"阿瑞娜问，"国王为何不发兵呢？"

"如果动用军队，一是会演变成于阗与匈奴两国的战争，二是担心匈奴兵会杀了小王子。"王后说，"经过反复商量，最后决定采用初雪笺的形式，请西域游侠出面营救，我们派兵化装成游侠盟的人，随时听从游侠调遣。"

"好吧！"乌姗说，"如何行动，我们回去商量后再定。"

"汉使！"桑吉高兴地对张骞说，"沙乌、波比、伊索到了！"

张骞说："快请他们进来。"

桑吉还没有出去，沙乌、波比、伊索就进来了。

"沙乌！"张骞问，"你的家人都找到了吗？"

"都回来了！"沙乌说，"感谢汉使的关心。"

"都安顿好了吧？"张骞问。

"都安顿好了！"

"那就好！"张骞说，"现在遇到一件难事，你们来得正好，人多好办事。"

第二天，沙乌装扮成匈奴特使，甘父、阿瑞娜、波比和伊索装扮成侍从，十几位游侠装扮成匈奴骑兵，他们"押"着装扮成身毒国侯爵公主的黛莉娅，走向麻扎塔格山下的匈奴兵营。

"站住！"匈奴千骑长问，"干什么的？"

沙乌说："我是匈奴特使，这些是漠北大单于庭的卫士，我们去乌孙国

办事，返回漠北单于庭。这是通行令牌，请查验。"

千骑长查验腰牌后，还给沙乌，问道："这里是军营，你来有事吗？"

"我们长途跋涉，人困马乏，想在这里歇个脚，讨杯水酒喝。"

"这样呀！"千骑长说，"没问题，我让百骑长去安排就行。"

沙乌指着随行的其他人说："这两位是我的侍从，另外一些人都是卫士。这一位是身毒国侯爵的公主，我们带回去，是要献给大单于的。"

"太漂亮了！"千骑长色迷迷看着黛莉娅，说，"像天仙一样啊！"

沙乌吩咐甘父："松绑吧！量她插翅也难飞。"

甘父边松绑边说，"侯爵小姐，请原谅我们失礼！"

黛莉娅装着很生气的样子，不理甘父。

"特使，请！"千骑长说，"到我的穹庐去喝酒吧！"

沙乌把千骑长拉到一边，小声说："侯爵小姐是我们骗来的，她听得懂匈奴话，最好把她另外关押。"

"好！"千骑长指着旁边一个帐蓬说，"那里面关着一个小孩，把这个漂亮妞关到在那里和小孩作伴吧！"

"小孩？"沙乌吃惊地问，"军营哪来的小孩？"

"这可不是一般小孩！"千骑长说，"这是于阗国小王子，我们绑的肉票。"

"肉票？"沙乌说，"千骑长为何要出此下策？"

"单于庭给我们的那点军费，杯水车薪！"千骑长说，"不找点油水，兄弟们的日子怎么过啊！"

"嗯，也是！"沙乌对甘父、与阿瑞娜说，"你们俩把侯爵小姐押到那个帐蓬里去，注意，那里面有个小孩子，不要让他跑了！"

甘父和阿瑞娜"押"着黛莉娅，向关押小孩的帐蓬走去。

沙乌对随行人员说："你们不要只顾喝酒，看好你们的东西，出了差错，别怪我不讲情面。"

"特使大人，放心吧！"随行人员说，"在自己的军营里，怎么会出差错呢？"

甘父和阿瑞娜"押"着黛莉娅进了关押小王子的帐蓬，黛莉娅走上前，

第四章　西域风情

从怀里掏出一枚玉佛,交给小王子,说:"伊腾,认识这个吗?"

小王子吃惊地问:"这是我家的呀!怎么在你这里?"

"不要出声!"黛莉娅说,"我们是西域游侠,来救你的。"

"谢谢叔叔、阿姨!"小王子懂事地点点头。

"伊腾!"黛莉娅说,"等一会,有人要拿黄金来换你,在匈奴兵面前,你什么话也不要说,有人保护你。"

伊腾点点头,笑了。

穹庐里,千骑长殷勤地给"特使"敬酒。

千骑长说:"现在大雪封山,路不好走,特使在这里多住些日子,等雪融后,我们一起回漠北单于庭。

"那就要麻烦千骑长了!"沙乌让人拿来一块羊脂白玉,送给千骑长,说,"这块羊脂白玉,不成敬意,请笑纳!"

千骑长收下羊脂白玉,格外高兴。

一个匈奴兵进来报告,说西域游侠盟的人受于阗国王之托,送黄金来了,已经到了孔雀岭。

"特使!"千骑长站起来说,"事关一百两黄金,我得亲自去一趟,你和兄弟们慢用。"

"这场戏一定很好看!"沙乌说,"千骑长,我可以跟着去看个热闹吗?"

"行啊!"千骑长说,"特使如果有兴趣,就随我去吧!说不定,要你做个中人,帮我完成这笔交易!"

麻扎塔格山白雪皑皑,孔雀岭地形险峻。风停了,雪也止了。

巴特尔骑马从山谷里走出来,张骞和一名游侠各牵着一匹马紧随其后,马背上各驮着一口箱子。

千骑长带着沙乌和伊腾,迎着巴特尔走去。

双方相隔一箭之地,都停住了脚步。

巴特尔大声喊话:"黄金百两送到!"

千骑长一手抓住小王子,大声说:"先验货,后放人!"

张骞把马背上的箱子卸下来。

巴特尔冲着对面大喊:"你们来验货吧!黄澄澄的金子。"

"特使大人！"千骑长看着沙乌，"可以吗？"

"好吧！我去验货。"沙乌说罢，翻身下马，走向巴特尔，向张骞暗暗点头。

张骞微微点头，打开箱子盖，让沙乌验货。

沙乌俯身数了数，返身回来说："千骑长，金条二十根，一根五两，正好一百之数。"

"好！"千骑长松开手，把小王子交给沙乌。

沙乌手拉着小王子，四名匈奴武士紧跟其后，重新回到巴特尔身边。

四名匈奴武士抬走了两箱黄金。

沙乌把小王子交到巴特尔手里。一群装扮成西域游侠的于阗士兵，立即将小王子接走了。

沙乌转身回到千骑长身边，悄声说："山谷外面好像有伏兵，千骑长发现了吗？"

"什么？"千骑长大吃一惊，"他们敢使诈？"

"你看！"沙乌指着谷口说，"就在树林后面，仔细看看。"

千骑长伸头脖子，紧张地向对面树林张望。

沙乌突然抽出腰刀，顶住千骑长的咽喉，冲着身后的匈奴兵大喝："谁敢动，我就杀了他。"

千骑长惊问："你是？"

"我也是西域游侠！"沙乌冷冷地说。

埋伏在树林里的弓箭手突然冲出树林，张弓搭箭，对准了匈奴兵。

"不好！"有人突然大喊："兵营起火了！"

千骑长受制于人，兵营接着又起火，匈奴兵一时不知所措。

甘父、阿瑞娜、黛莉娅和十几名游侠，押着匈奴千骑长和一群被绑着双手的匈奴兵过来了。

千骑长说："你们想怎么样？"

"让你的人放下武器！"沙乌把刀向前顶了一下。

千骑长痛得直咧嘴，语不成句地命令："你们放……放……全都放下武器。"

"后退，全都后退！"甘父冲着放下武器的匈奴兵大喊。

第四章　西域风情

匈奴兵全部后退，离开了地上的武器。沙乌眼明手快，一刀刺进千骑长的喉咙。甘父手起刀落，杀死了百骑长。

"匈奴武士听着！"巴特尔大喊，"我们是西域游侠，我是首领巴特尔。这次行动与于阗国无关，是我们游侠盟干的。"

"西域游侠？"匈奴兵议论纷纷，"真的是游侠盟？"

巴特尔继续喊话："麻扎塔格山不是匈奴人的领地，你们的兵营已被烧毁，千骑长、百骑长都被我们杀了。你们也都是有家有口的人，回家吧！西域游侠从不滥杀无辜。"

"真的放我们走？"匈奴兵有些不相信。

"你们走吧！"巴特尔说，"每人可以骑走一匹马，不准带走任何东西，否则，别怪我无情。"

匈奴兵一阵骚动，然后一哄而散。

于阗国王和王后，在古堡设宴款待西域游侠和大汉使臣。孔雀坪古堡，沉浸在一片欢乐的气氛中。

"今天举行盛会，感谢贵宾！"国王说，"小王子平安归来，麻扎塔格山匈奴兵营一举摧毁，归功于西域游侠！归功于大汉使臣！也归功于接送初雪笺的小英雄张岩！各位贵宾，请接受吉祥珍贵的礼物——孔雀翎彩带、于阗特产羊脂白玉打磨的玉珮！"

音乐声中，国王亲自给巴特尔献上孔雀翎彩带、玉珮；王后给张骞献上孔雀翎彩带；小王子给张岩献上孔雀翎彩带；宫女们分别给乌姗、甘父、沙乌、黛莉娅、桑吉、波比、伊索以及其他游侠，献上孔雀翎彩带、玉珮，挂在每个贵宾的颈上。

王后说："于阗是一个音乐之邦，歌舞之国，今天举办宫廷歌舞盛会，欢迎各位贵宾。现在，歌舞会开始。"

伊蓉公主站起来说："于阗出产孔雀，孔雀是吉祥的珍禽。下面由王后亲自和公主表演《孔雀舞》！"

乐队奏响了《孔雀舞曲》。

王后和公主伊蓉身穿孔雀舞裙，王后扮演孔雀母亲，伊蓉扮演幼孔雀，一母一女，一长一幼，配合默契，表演投入，将孔雀母女之间的情感表演得淋漓尽致。

舞蹈结束后，全场爆发出热烈的掌声。

接下来，由黛莉娅表演《摩诃兜舞》片断，《摩诃兜舞》是身毒国的经典舞剧，表现魔王之女黛雅与天神之子迦羯的故事。

黛莉娅穿一身艳丽的身毒纱丽长裙，双脚套着脚铃，赤脚上场，缓缓起舞。黛莉娅动作刚劲有力，手、眼、身、步法配合得恰到好处；面部表情极富感染力，全身的每一个器官都会说话，脚铃声时强时弱，敲击着在场每一个人的心扉。舞姿娴熟优美。

全场情不自禁地站起来，报以长久而热烈的掌声。

"最后，请大汉使臣和夫人演唱大汉皇帝写的《秋风辞》！"

张骞和乌姗身穿汉服，一起步入大厅中央，依偎在一起，深情地唱起《秋风辞》：

秋风起兮白云飞，草木黄兮雁南归。
兰有秀兮菊有芳，怀佳人兮不能忘。
泛楼船兮济汾河，横中流兮扬素波。
箫鼓鸣兮发棹歌，欢乐极兮哀情多。

张骞和乌姗声情并茂，歌声浑厚清亮。这是于阗宫廷里第一次响起汉朝的歌声。大家虽然听不懂汉语，但能感受到歌者对祖国和亲人、故乡的眷恋。

《秋风辞》结束，全场爆发出热烈的掌声。

八、出使归来

虽然已是初春，于阗仍然是冰坚雪厚，山川皆白。张骞归心似箭，不愿久等，告别于阗国王，准备起程东归。

"汉使！"巴特尔说，"于阗国王会派人送你们出境，并将羊脂白玉作为国礼，送给大汉皇帝。"

张骞感激地说："这次于阗国之行，西域游侠功不可没啊！"

"为了推翻匈奴的残暴统治，这是我们应该做的。"巴特尔说，"我和阿瑞娜还有事要处理，就不随你们去汉朝了。我让沙乌他们在暗中保护你们。"

张骞说："欢迎你在方便的时候，到汉朝去做客。"

"有机会一定去！祝你一路平安！"巴特尔与张骞拥抱后，告别而去。

张骞、甘父、乌姗和张岩，在于阗国武士的护送下离开于阗国国境，继续东行，进入羌人居住的地区。

这一天，张骞一行走在草原上，突然从对面山坡冲下一队骑兵。

"汉使！"甘父惊叫，"快看！"

张骞惊问："不会是匈奴人吧！"

甘父说："看装束是婼羌族人！"

话音未落，骑兵已经冲上来，将张骞一行团团围住。

"哎！"骑兵大叫，"你们是什么人，是汉朝人吗？"

"你们是什么人？"骑兵似乎很凶，"快说！"

张骞问甘父："他们在说什么？"

"好像是问，我们是汉朝人吗！"

"对！"张骞说，"告诉他们，我是汉朝人，没有恶意。只想借道回到自己祖国，他们要是能帮我们回到汉朝边境，汉朝会重重地感谢他们。"

甘父对骑兵们说:"我们是汉朝人,没有恶意,只想借道回到自己的祖国。"

"汉使!"甘父翻译说,"婼羌族人说,婼羌国已并入匈奴,他们得到命令,不准放过任何汉朝人,他们要带你去见匈奴派驻此地的督察官。"

"苍天啊!"张骞发出了绝望的呼叫。

沙乌等人暗中保护张骞一行,对眼前的一切看得一清二楚。

"沙乌!"黛莉娅焦急地说,"汉使一行被婼羌人请走了。"

"不是请!"沙乌说,"是抓!"

黛莉娅问:"婼羌人为什么要这样?"

"今日之婼羌,非昔日之婼羌!"沙乌说,"婼羌地区已被匈奴人控制,婼羌国已纳入匈奴人的势力范围了。"

桑吉问:"那我们该怎么办?"

"是呀!"黛莉娅焦急起来。

"得先想办法找到他们关押的地方!"沙乌说,"然后再想办法救他们出来。"

张骞、甘父、乌姗和张岩被婼羌骑兵带到匈奴督察官的军帐。

匈奴督察官见到乌姗,吃惊地叫道:"保留特!"

"堂兄!"乌姗惊叫一声。

"怎么是你?"匈奴督察官说,"你怎么弄成这样?这小孩子是谁?是你的儿子吗?"

"是的,他是我儿子!"乌姗对张岩说,"儿子,快叫叔叔!"

小张岩睁大眼睛,没有吭声。

乌姗看了一眼张骞,对匈奴督察官说,"他是我儿子的阿爸,你不要扣留我们,还是放我们走吧!"

"保留特!"匈奴督察官说,"我不能放你们走,眼下,匈奴人正在和汉朝打仗,你丈夫是汉朝官员,按照规定,我可以处决他。"

"你可真行啊,堂兄!"乌姗说,"你要处死你侄儿的爸爸。我的丈夫已经在匈奴生活了十二年,而且还做了匈奴人的女婿。你看看,他和我们匈奴人有什么不同?说的是匈奴人的语言,吃着是匈奴人一样的食物,穿着是匈奴

第四章 西域风情

人一样的衣服，娶匈奴人为妻。"

"那又怎么样？"

"张骞！"乌姗说，"你说两句匈奴话让这位督察官听听。"

"嗯！"张骞用匈奴语说，"尊敬的督察官，我是汉朝的使者，不是军官。我一生的使命，就是寻求和平。我爱我的妻子，也爱我的儿子，我也和匈奴人一样，爱我的家园。我希望作为使者，回到汉朝，我希望汉匈两家结束战争，和睦相处。"

"你听听！"乌姗说，"他说的匈奴话多么地道。"

"张骞！"督察官站起来说："我早就听说过你的名字，你的坚韧忠贞，为许多匈奴人所尊敬。保留特，作为本地的督察官，我还是要扣留你们，但我可以不处决他，显示我们匈奴人的宽大。"

张骞愤怒地看着匈奴督察官。

"保留特！"匈奴督察官说，"你要知道，匈奴右贤王的部队刚遭到重创，河朔也被汉朝夺走了。匈奴人复仇的情绪如野火燃烧。我先把你们安置下来，我可以不把你们作为囚犯严加看管。在居住的地方，你们是自由、安全的，但你们不能离开那里，否则，你们的安全就不能得到保证。"

沙乌、黛莉娅、桑吉、波比和伊索，重操旧业，走村串镇表演节目，暗中寻找张骞的下落。

张骞、甘父、乌姗和张岩，被关押在一处山谷里，分住在两座帐蓬里。匈奴督察官，也就是乌姗的堂兄没有食言，在山谷里，他们可以自由行走，不受任何拘束，但如果离开山谷，便有匈奴士兵挡住去路。但也只是阻挡而已，并不为难他们。

张骞高兴地说："想不到我朝重创匈奴右贤王，收复了河朔。皇上此时一定会更想了解整个西域的情况。"

"汉使！"甘父说，"我们为何不逃出去，向皇上报信。"

"大哥，我知道你归心似箭！"乌姗说，"反正，你走到哪儿，我和儿子跟你去哪儿！"

张骞说，"我们要想办法逃出去，逃出去后，再也不走有人烟的地方，沿着沙漠走。这样就没有人能阻挡我们了。"

大汉使臣张骞

沙乌、黛莉娅等人到处寻找张骞的下落，终于从一位牧民口中打听到，在阿尔金山的一处山谷中，囚禁有一个汉人，据说是大汉使臣。

沙乌、黛莉娅等人借卖艺之名，在阿尔金山一带转悠，终于找到了囚禁张骞的那条山谷，同张骞取得了联系，商议寻找机会逃走。

元朔三年（前126年），机会终于来了。

这一年，匈奴军臣单于死了，他的儿子于单太子正准备继承单于王位，军臣单于的弟弟左谷蠡王伊稚斜突然发难，带兵杀向漠北单于庭争夺单于宝座。于单太子当然不答应，双方军队在单于庭展开了激烈交战。所有匈奴人都卷进了这场内战，到处都是死尸和鲜血……

看管张骞的匈奴人，也为他们的主人卖命去了。

张骞发现了匈奴人的异常举动，沙乌、黛莉娅、桑吉、波比和伊索也发现了匈奴人的骚动，脑海里闪出一个同时的念头——机会来了。

一个漆黑的夜晚，张骞、甘父、乌姗和小张岩牵着马，带上行囊，悄悄溜出了帐篷，沙乌、黛莉娅、桑吉、波比和伊索在谷口接应，会合之后，离开那处山谷，沿着沙漠边缘，朝着日出的方向，踏上了归国的路程……

张骞虽然逃出来了，心头不免有些凄凉。当初一同出使西域的百人使团，回来时仅剩他和甘父，其余的人都埋骨沙漠，客死异乡。大宛国赠送的十匹汗血宝马，成了匈奴人的战利品。唯一值得欣慰的是，在西域搜集的植物种子带回来了。在张骞眼里，这些都是无价之宝，在匈奴士兵的眼里，都是一些无用的弃物，正因为如此，张骞才得以保留了这些宝贝，顺利地带回祖国。

经过一个多月的长途跋涉，终于回到了朝思暮想的祖国，长城就在眼前。

张骞左手牵马，右手持汉节，一步一步地走向城门。也许是饥饿，也许是虚脱，也许是历经十多年的磨难，回家了，心里绷着的那根弦，突然松弛下来，一个踉跄，跌倒在地。

守城的士兵看到一个满身污垢、衣服不整的人倒在城门口，过来询问："怎么回事？"

"汉……汉……汉宫使张骞奉皇命出使西域归来……请……请禀报守将大人！"张骞说到这里，失声痛哭，几近昏厥。

守城士兵立即把情况报进关内。

第四章　西域风情

守将秦守义得到消息，立即赶到城门口，蹲下身子问："你是张骞？"

"是！"张骞说，"我就是十多年前出使西域的张骞。"

"早就听说过你的事儿！"秦守义吃惊地问，"你还没死呀！"

张骞颤抖着从怀里掏出御诏和汉节，递上说："这是汉节和御诏，请大人过目。"

秦守义接过御诏和汉节，只扫了一眼，便还给了张骞，立即扶起张骞，说："张大人辛苦了，请先入关休息。"

张骞指着随行的人说："他叫甘父，也是出使西域的使者；这五位是西域眩人，我们的朋友；还有两位，一个是我的妻子，一个是我的儿子。"

"各位辛苦了！"秦守义抱拳行礼，说，"请！大家入关休息。"

甘父、沙乌等人回礼。

"张大人！"秦守义问，"你是哪一年出使西域的？"

"建元三年！"张骞问，"今年是什么年？"

"今年是元朔三年！"秦守义板着指头算了算，说，"整整一十三年啊！"

"十三年，恍如隔世！"张骞问道，"听说最近汉军重创匈奴右贤王，是真的吗？"

"十几年来，匈奴单于一直视汉朝如敌，不断派兵骚扰我朝的上郡、代郡、辽东、辽西、云中、上谷、渔阳及雁门一带。入侵兵马，少则数千，多则数万，攻城略地，抢夺牲口财物，杀害汉家百姓，危害甚烈。"

"皇上呢？"张骞问，"皇上什么态度？"

秦守义说："当今皇上雄才大略，一改前朝和亲、厚贿之策，力主抗击匈奴。更可喜的是，朝廷出了两位能征惯战的将军。一位是飞将军李广，一位是车骑将卫青。"

"卫青？"甘父惊叫，"他当上将军了？"

秦守义："原来二位是车骑将军的故友！"

"出使之前，我和卫青就相识。那时，他任太中大夫，我是宫中郎官。"

"原来是这样！"秦守义说，"如今，卫将军是皇上最宠信的权臣名将，也是皇后的弟弟。"

207

"皇后的弟弟？"张骞问，"卫夫人当皇后了？"

"七年前，皇上废掉陈皇后，将她打入冷宫。"秦守义说，"皇上最宠卫夫人，何况她又生了太子，立为皇后也就顺理成章。姐姐当皇后，弟弟自然也就飞黄腾达了！"

"话不能这样说！"张骞说，"卫将军胸怀大志，颇有才干，擅长骑射，常年兵书不离手，是一个难得的将才，绝不是那种靠裙带关系吃软饭的人。"

"张大人所言极是，我失言了！"秦守义说，"卫青官高爵显，确有过人之处。他骁勇善战，精通谋略，有大将之才，打仗似有神助，每次带兵出征，总能逢凶化吉，凯旋归来。"

"真的吗？"张骞说，"这才是我知道的卫青。"

秦守义说："元光六年，也就是四年前，皇上派李广、卫青、公孙敖兵分三路，北伐匈奴。李广兵出雁门，中了敌兵的埋伏，败下阵来。公孙敖兵出代郡，也是大败。卫青兵出上谷，斩敌首数百，获胜而归。被皇上加封关内侯。"

"真了不起！"甘父赞叹道。

"元朔元年，也就是前年，皇上派卫青领十万大军出征云中，后又迂回到陇西。大获全胜，把匈奴白羊王和楼烦王赶到漠北去了。俘敌五千人，缴获牲畜百万头，收复了河套地区。皇上大喜，加封卫青为长平侯，赐三千八百户。"

"三千八百户？"甘父问，"什么意思？"

张骞说："三千八百户农家的收获，全归卫将军所有。"

"啊！懂了！"甘父说，"如果在匈奴，卫将军就是拥有三千八百户的大王，是吧！"

"嗯！"张骞点点头。

两个月后，张骞一行终于回到了长安城。

眩人艺团的沙乌、黛莉娅、桑吉、波比和伊索，根据张骞的安排，先去长安街桓丰楼等候，待张骞进宫完差之后，再作安排。

长安城人来人往，熙熙攘攘，一队骑兵负责开路，走在前面大叫："让开！让开！让汉使张骞通过！"

第四章　西域风情

张骞穿一身破衣，手持汉节，步履蹒跚地一步一步往前走，甘父、乌姗和张岩紧随其后。

大街两旁挤满了人，人们议论纷纷："真是大英雄啊！能活着回来！"

"了不起啊！"有人说，"他这一去，怕有十多年了。"

"英雄啊！英雄啊！"有人不住地发出赞叹声。

一名宦官慌慌张张跑到未央宫外，对守值宦官说："张骞回来了！"

"什么？什么？"守值宦官怀疑自己的耳朵。

"张骞回来了！张骞回来了！"宦官重复地说。

"怎么回事？"汉武帝在里面大声喝斥道，"何人在外面喧哗？"

守值宦官轻轻地推开门，走进殿内，说："回陛下，有人在殿外求见！"

"今天谁都不见！"汉武帝继续批阅奏章，连头都不抬。

守值宦官说："此人可是陛下朝思暮想的人啊！"

"谁？"汉武帝问。

"张骞！"

"谁？"汉武帝吃惊地问。

"张骞哪！"守值宦官补说一遍。

"你说什么？"汉武帝睁大了眼睛。

"就是陛下盼了十来年的汉使张骞！"守值宦官说，"他……他从西域回来了！"

"我的天呐！"汉武帝惊呆了，半天之后，站起来，说，"快、快叫他来见朕！"

"遵旨！"守值宦官转身就走。

"等等！"汉武帝急叫。

守值宦官站住了。

"朕！朕不能在这里见张骞！"汉武帝自言自语地说，"更衣！更衣！"口里说着话，也不要人帮忙，自己把衣架上的衣服取下来穿上，仍然自言自语地说，"承明殿！承明殿！"汉武帝快速踱了一圈，对守值宦官说，"对，在承明殿，通知二千石以上所有朝官，统统到场。还有礼乐，赶快去准备！"

"遵旨！"守值宦官转身走了。

承明殿外，大鼓敲得震天响。

殿外，张骞穿一身破破烂烂的衣服，手持汉节，拾级而上，甘父、乌姗和张岩跟在后面，一步一随。

大殿内，群臣席地坐，侧面向殿外张望。

汉武帝进殿，落座。

殿门口，张骞赤脚、手握汉节，步履蹒跚地进来了，甘父、乌姗和张骞的儿子张岩落后几步跟上。

群臣发出一阵惊叹。

汉武帝睁大眼睛，看着越来越近的张骞，眼里闪现出十三年前张骞西行时的身影，两相比较，一个是容光焕发的青年，一个是面容憔悴、一头灰白头发的中年汉子。

群臣惊讶地看着张骞，谁也没有出声。

张骞走近御座，手捧汉节，跪下："臣叩见陛下！"说罢以额贴地，先是抽泣，后是失声痛哭。

汉武帝坐在御座上，眼泪哗哗地流出来……

张骞抬起头，大声说："汉使张骞，向陛下复命！臣……臣……臣回来晚了！"

汉武帝起身离座，跑下殿，来到张骞面前，站住了。

"陛下！"张骞抱住汉武帝的脚，大哭，"陛下！陛下！"

"建元三年、四年、五年、元光元年、二年、三年、元朔三年！"汉武帝扳着手指头算，双眼流泪，颤抖地说，"整整十三年……"

"陛下！"张骞痛哭。

汉武帝一把拉起跪在地上的张骞，抓着他的双臂，问："张骞，你跑到哪儿去了，怎么一点音讯都不给朕啊？"

张骞痛哭不已。

汉武帝说："朕整整想了你十三年啊！"

"陛下！"张骞哭着说，"臣出使西域，行程万里，两度被匈奴俘虏，几次险些丧生，百人离开京城，仅得两人生还，劳而无功，请皇上治罪。"

"回来了就好！回来了就好！"汉武帝止不住泪流满面。

第四章 西域风情

张骞说:"臣虽远在西域,但心思无一日不在陛下身边啊!"

汉武帝伸开双臂,紧紧地抱住张骞。群臣感动得纷纷落泪。

张岩赤着脚进殿了。汉武帝松开张骞,指着张岩问:"这是你的儿子?"

"这就是臣的儿子!"张骞指着乌姗说,"她,就是臣在匈奴娶的妻子,还有甘父,他也随臣回来了!"

"就是送朕大宛马的那个匈奴通译?"

"嗯!"张骞哭了,"就是他!"

"张骞!"汉武帝说,"你写的奏章,朕看过了。你与甘父在西域历经十三年,跋涉数万里,历受艰辛,九死一生,始终能保持汉节无损,不畏强暴,坚贞不屈,难能可贵,朕甚欣慰。你们这次出使西域,虽然未能与大月氏国结盟,但也将汉文化远播西域,且还带回了一些西域国家赠送给我朝的礼品,这都是我朝少见的宝贝啊!你们二人劳苦功高,应予嘉奖。御史大夫,你替朕宣诏吧!"

公孙弘展开圣旨宣诏:"赐封张骞中大夫,六百石;赐封甘父为奉使君,四百石!"

第五章 建功封侯

第五章　建功封侯

一、眩人献艺

长安城城南的集贤巷有一处青砖瓦房，相较于周围的民宅，除稍大一点外，没有什么差别。宅院的主人是前郎中令石建。

张骞出使西域之前，石建是张骞的顶头上司。八年前，石建因年迈而致仕，一直居家养老。

这一天，仆人来报，说有一个叫张骞的人前来拜望。

"谁？"白发苍苍的石建从躺椅上坐起来，"你再说一遍。"

"张骞！"仆人重复一遍。

"张骞回来了？"石建霍地一下站起来，"快，请他到客厅！"

张骞带着甘父、乌姗、张岩和眩人艺团的朋友，在仆人的引领下走进客厅，石建和夫人早已等候在那里。

"石大人大安！老夫人大安！"张骞上前行跪拜大礼。

乌姗、甘父、小张岩和眩人艺团成员跟在后面照葫芦画瓢，向石建和夫人行跪拜大礼。

"快快请起！"石建和夫人分别搀起张骞和乌姗，说，"大家都起来，快起来！"

大家起来就座，仆人给客人上茶。

"石大人！"张骞说，"我介绍一下，他叫甘父，也是使者……"

"我记得！"石建说，"就是那个吹羌笛的匈奴娃，是吧？"

"是！"甘父说，"谢谢石大人还记得我。"

张骞分别将妻子乌姗、儿子张岩，西域眩人黛莉娅、沙乌、桑吉、波比、伊索作了介绍。

石建说："西域各国的朋友能到我家来做客，这是老夫的荣幸啊！"

"石大人!"张骞说,"十三年前,我们百人使团离京出使西域,今天只有我和甘父两个人回来,有辱君命啊!"

"能回来就好!现在不谈这些。"石建说,"你回长安就来看我,老夫很高兴。你知道我的个性,好客而不喜客套,尚简而不好奢侈。你在长安没有落脚的地方,如果你不嫌弃,就暂住我家吧!"

"石大人!"张骞说,"我在长安没有亲人,你是我的老上司,也是我的长辈,我不投奔你,能投奔谁呢?"

"好!"石建高兴地说,"那就这样定了。"

石建吩咐仆人去准备酒宴,为张骞等人安排住宿。接着对张骞说:"你们长途跋涉,风尘仆仆,现在到家了,先去沐浴,然后去餐厅吃饭。"

"晚上,我在书房恭候!"石建笑着说,"听你们讲故事。"

书房里烛光通明。石建躺在靠椅上,听张骞说他出使西域的经过。在叙说过程中,张骞时而兴奋,时而哭泣。

甘父、沙乌、桑吉、波比和伊索围坐在石建身边,有时也插几句话。

石建犹如身临其境,感同身受,情绪随着张骞的解说而波动。

"十三年!"张骞感慨地说,"虽然死里逃生,吃尽了千辛万苦,也带回了不少西域珍贵物品,但与大月氏国结盟的使命没有完成,抱恨终身啊!"

"谋事在人,成事在天!"石建说,"你两次被俘,死里逃生,已非易事。匈奴人军力强盛,西域各国畏之如虎,不敢与汉朝结盟,也在情理之中,非你之过,不必自责!"

"百人使团,仅剩我和甘父两人回来!"张骞说,"我愧对死者啊!"

"飞将军李广何等骁勇,雁门一战,尚且损兵万人,他自己也成了俘虏,后来才侥幸逃脱。"石建说,"你所率百人,并非军旅,深入匈奴腹地,已非常人所能。被囚十余年,守节不屈。甘父身为匈奴人,九死一生,始终效忠汉朝。你们二人的壮举,将名垂千古啊!老夫虽已辞官闲居,这次要亲自上本,为你们请功!"

张骞说:"我两次被囚,两次脱险,到大宛、康居、大月氏、大夏、莎车、于阗等国,都得到西域朋友的帮助。没有他们,我早就葬身沙漠了。"

第五章 建功封侯

"我看得出来,你们都是生死之交的朋友。"石建说,"如此看来,你出使西域,广交朋友,深得西域各国人民的爱戴,不然,这些朋友绝不会不远万里,跟你到长安来。因此说,你这次出使西域,不是失败,而是成功,很成功。你们出现在西域,不但使汉朝认识了西域,也加深了西域各国人民对汉朝的了解,凿通了汉朝和西域各国之间的友好之路。"

"石大人知遇之恩,张骞没齿难忘。"张骞非常激动。

"从前,你是老夫的部下,如今,你是老夫的忘年交。"石建说,"老夫有几句肺腑之言,你可愿听?"

"石大人请讲!"

"长安不同于西域,京城所在,天子脚下,是百官争名逐利的角斗场,人心叵测,吉凶难料。"石建说,"你和甘父一定要小心谨慎,不要计较一时之得失荣辱!"

"大人之言,我和甘父一定铭记在心!"

"西域游侠盟之事,也不要对外人说!"石建叮嘱说,"这几位朋友,还是以眩人身份出现为好,免得引来不测之祸,切记!"

"多谢大人提醒!"张骞等人深表感谢。

石建最后说:"明天你们去长平侯府,给卫青与平阳公主贺婚庆。把几位西域朋友带去露个面,让他们表演西域歌舞杂技,以表祝贺。"

"卫将军大喜了?"张骞说,"怪不得今天朝堂上没有见到他。"

石建让仆人引甘父等人去休息,叫张骞留下来。

书房里只剩下张骞和石建两个人。

石建推心置腹地说:"老夫官场沉浮多年,侍奉过两朝皇帝,曾参与过朝廷内部的争斗,目睹了官场无数身败名裂的惨祸。所幸的是觉醒得早,退出'后党',效忠于皇上,不再追名逐利,明哲保身,才免遭杀身之祸,得以颐养天年。每当回首往事,仍然心有余悸!"

张骞看着石建,轻轻点头,表示赞成。

"汉朝如今兵强马壮,国泰民安,连猖獗的匈奴也有所忌惮,不敢轻举妄动。这一切应归功于英明睿智、雄才大略的当今皇上。皇上正值英年,天赋卓然。朝廷中文多贤才,武多良将,济济一堂。但难免也有奸佞之辈,暗中争

权夺利，对皇上和权贵阿谀奉承，对忠贤之人排挤打压。"

"皇上难道没有觉察出来？"

"觉察了又能怎样？"石建说，"皇上也是人，他也爱听恭维话。何况皇上大权独运，唯我独尊，喜欢群臣的绝对服从，视直言相谏为不忠。"

"石大人！"张骞说，"你是担心我唐突进言，冒犯皇上？"

"你终于明白了我的苦心！"石建说，"你宅心仁厚，耿直坦荡。且去国多年，不知官场内情。我担心你过惯了在西域信马由缰的生活，一时难以适应官场中的束缚。故而提醒你，遇事一定要小心，淡泊于功名，谨慎于言行。"

"多谢石大人的提醒，我一定铭记于心！"

长平侯府门前车水马龙，前来贺喜的宾客络绎不绝。侯府内外张灯结彩，喜气洋洋，欢声笑语，热闹非凡。

卫青满面春风，神采奕奕，扬眉吐气之情溢于言表。

卫青与平阳公主的婚事在三个月之前就定下来了。平阳公主想在平阳侯府举行大婚典礼，卫青要选址新建一座长平侯府，彻底摆脱平阳侯府多年给他留下的阴影。两人为此事发生了激烈的争执。卫青的三位姐姐虽然都支持他，但表面上却又不好违背平阳公主的意愿。卫子夫虽然是皇后，也不好公开偏袒卫青。

汉武帝对平阳公主说："你执意要嫁给卫青，就应该尊重他的决定，维护他的尊严。今天的卫青，不再是昔日平阳侯府的家奴，他是车骑将军，敕封的长平侯。"听话听音，平阳公主知道这话的份量，立即变成了一只温驯的小绵羊。

这次大婚庆典，卫青和平阳公主身穿新婚吉服，皇后卫子夫坐在二人中间，一同观看歌舞表演。大厅四周，权臣贵胄分席而坐，欢宴共饮。公孙弘、东方朔、公孙敖等大臣也在其中。

侍卫长进来报告，说张骞前来贺喜。

"张骞？"卫青惊问，"他还活着？"

卫子夫说："张骞昨天回来，皇上在承明殿接见了他。"

卫青高兴地说，"太好了！快请他进来！"

"歌舞暂停！"平阳公主说，"奏乐，迎贵客！"

第五章　建功封侯

卫青和平阳公主离座迎接张骞等人。

张骞和甘父行大礼："拜见大将军！拜见公主！恭贺新婚之喜！"

"起来！起来！"卫青拉起二人，说，"都是故友，不必多礼，倒是你们平安归来，可喜可贺！"

张骞介绍说："这是我的妻子和儿子，这是甘父的妻子，这几位是西域眩人，随同我来长安献艺。今天特地前来表演歌舞杂技，恭贺将军和公主大婚。"

卫青说："欢迎各位！卫皇后也在这里，听说你们回来了，她很高兴！"

张骞带大家上前施礼，说："拜见皇后，恭祝皇后万福！"

卫皇后颔首还礼，笑着说："张使臣，甘使者，各位贵客，请入席喝喜酒吧！"

卫青又领着张骞和甘父，分别拜见公孙弘、东方朔、公孙敖等朝臣，然后归席入座。

平阳公主走过来，说："皇后请夫人和小公子过去说话。"

乌姗、黛莉娅和张岩随公主来到皇后面前，再次施礼。

"大家不要拘束！"卫皇后说，"来，坐到我身边来，我们好说话。你们都会说汉语吗？"

乌姗说："我是匈奴人，她是身毒人，会说汉语，都是跟大哥学的。"

"大哥是张骞吗？"平阳公主问。

"是！"黛莉娅说，"我和她都叫他大哥。"

"你们两人太美了，像天仙一样。这孩子好帅啊！"平阳公主说，"过来，让我亲亲！"

沙乌走到大厅中央表演魔术。只见他两手空空，突然伸手凌空中抓一把，手中多了一束鲜花，再抓一把，手中又多了一束鲜花，再抓一把，手中有了三束鲜花，分别献给卫皇后、公主和卫青。

满堂喝彩声尚未结束，沙乌又以左脚为圆心，身体转了一个圈，手中变出一幅红锦缎喜幛，抖开一看，上面绣着"百年好合"四个字，沙乌和伊索拉着喜幛，献给卫青和公主。

全场再次爆发出热烈的掌声。

波比上场,他表演的是杂技,口吞利刃,口吐火焰,将现场气氛再次推向高潮。全场观众目瞪口呆,提心吊胆,最后见表演者有惊无险,才放下心来,经久不息的掌声随之响起。

桑吉和伊索上场,他们合演了一场口技,更为精彩。

黛莉娅上场,表演独舞《摩诃兜勒》片断。乌姗、甘父和波比伴奏。

黛莉娅的舞蹈,征服了在场的每一个观赏者,众人如痴如醉,目随神驰,仿佛进入了异域他乡……

外行看热闹,内行看门道,卫皇后精通音律,西域眩人艺团的表演,让她见识了西域的音乐、歌舞,还有那神奇的魔术。她有了一个决定:重金聘请眩人艺团的大师们,请他们给宫廷乐府的乐工、舞伎传授技艺。

二、中西文化的融合

汉武帝、卫皇后在宫中设家宴,招待平阳公主和卫青,四人各占一方,围坐在餐桌旁。

"眩人的表演太精彩了!"平阳公主说,"每个节目都让人觉得不可思议,让人着迷!"

"我听李延年说了!"汉武帝说,"西域的音乐歌舞,有其独特的魅力,音乐犹如神秘的天籁之声,舞蹈仿佛仙魔之变幻,动人心魄、撩人情怀。将西域音乐歌舞引进来,张骞功不可没。"

"陛下!"卫皇后说,"让西域眩人在长安留一段时间,请他们把技艺传授给乐府的乐伎、舞伎,可以吗?"

"这是一件好事啊!"汉武帝说,"这件事就交给事狗宦官李延年去办吧!"

"陛下!"卫青问,"张骞出使归来,朝廷可曾封赐?"

"朕已赐封张骞为太中大夫，赐封甘父为奉使君。"

"这……"卫青欲言又止。

"说吧！"汉武帝说，"这是家宴，有什么话，但说无妨。"

"太中大夫职位太低了！"卫青说，"至少得封张骞为郎中令，秩千石。"

"朕本来是要赐封张骞郎中令的，被公孙弘劝止了。"

"为什么？"卫青问。

"公孙弘之言，也有一定的道理！"汉武帝说，"第一，张骞出使西域的任务是与大月氏结盟，断匈奴之臂膀，但他并没有完成任务。匈奴依然猖獗。未完成使命而加封，有辱朝威。"

"公孙弘是故意刁难！"卫青说，"大月氏不愿与汉朝结盟，是因为他们对匈奴存在畏惧心理。去年臣率十万大军出征，才将匈奴人赶出边关，也只是暂时挫了匈奴人的嚣张气焰。张骞使团区区百余人，要求他们完成不可能完成的任务，这不公平。"

"还有一条理由！"汉武帝说，"张骞出使西域十三年，尽忠未尽教。其父亡故十载，其母仍在故里。张骞如果任实职，就得上朝守值，不能尽孝，封他太中大夫，做一个闲职散官，不必上朝，可以回家守庐，尽人子之孝。公孙弘的说词也有道理。"

"陛下金口玉言，臣不再议论。"卫青说，"公孙弘排挤张骞，不过是想独揽内阁大权罢了。"

"这事就不用说了！"汉武帝说，"让张骞回故里侍奉老母，为父守庐，尽人子之孝，未尝不是一件好事。以后，朕再起用他就是了！"

张骞和甘父来到石建的书房。

张骞说："我们能从西域回来，就很幸运了，和我们同去的九十多个兄弟，不说受封领禄，连尸骨也回不了故乡啊！我们能活着回到长安，受封食禄，已是愧对亡魂了！何必计较荣辱得失呢？"

石建说："你能如此想，我也就放心了。"

"这也许是一件好事。"张骞说，"不用上朝，不管实事，我可以回老家侍奉双亲，弥补多年在外未尽的孝道过失。"

"我也想回城固去！"甘父说，"我和乌姗除了大哥一家，再无亲人。大哥的双亲，也是我的双亲。"

"你们是该早日回家！"石建说，"请原谅我现在才告诉你，令尊在十年前就已仙去了！"

"什么？我父亲他……"张骞顿时泪如雨下。

"你们离开长安的第三年，令尊就病故了！当时，你们与朝廷失去了联系，我没有办法通知你。"石建说，"我亲自去你城固家中吊唁，协助令堂和你弟弟办理了令尊的后事。他老人家走得很安详，唯一的遗憾，就是临走前没有最后看你一眼。"

"父亲！"张骞痛哭，"孩儿不孝啊！"

公孙敖走进书房，向石建施礼说："石大人，晚辈向你请安！"

"多谢将军惦记。老夫双脚麻痹，行动不便，未能远迎，失礼了！"

"石大人不用客气！"公孙敖说，"我今天来，一是向石大人请安，二是请张骞、甘父赴宴。马车在外面等候，请吧！"

"公孙将军的盛情，在下心领了！"张骞说，"我正要动身回归故里，就不叨扰将军了。"

"张大哥不在军中，不必叫我将军，还是叫我二弟吧！"公孙敖说，"返回故里，迟一日也无妨。薄宴已备好，务必前去一聚。"

"公孙将军亲自来请，二位还是去吧！"石建，"返回故里，迟一天无妨，明日动身也可以嘛！"

"好！"张骞对甘父说，"那我们就去吧！"

张骞、甘父随公孙敖上车后，马车驶入长安大街。

"二哥！"甘父问，"我们这是到哪里去呀？"

"城西柳市柳林酒家！"公孙敖说，"还记得吗，十三年前……"

"记得！记得！"甘父说，"那次是大哥请客，还有卫青，是吧？"

公孙敖笑着说："今天还是那个雅间，还是那些人。"

"还是哪些人？"张骞问，"长平侯也来了？"

公孙敖神秘地一笑，说"去了就知道了！"

公孙敖引领张骞、甘父来到柳林酒家，直接上楼进了雅间。

第五章　建功封侯

卫青身着便服，早已等候在那里，见他们进来，起身相迎，说："大哥，二哥，三哥，小弟恭候多时了！"

"果然是长平侯！"张骞笑了。

"卫将军！"甘父叫一声。

"三位兄长，你们听我说！"卫青说，"今天是私会，我们是兄弟，不必以官衔相称。以往怎么叫，现在还是怎么叫，否则就见外了！"

"如此甚好！"张骞说，"一别十三年，难得一聚，摒弃那些俗套，无拘无束地喝个痛快，岂不是更好？"

"大哥、二哥、三哥，入席吧！"卫青冲着门外喊，"来人，上酒菜！"

店小二上完酒菜，退下。

卫青端起酒杯，对公孙敖说："公孙兄，我们共敬凯旋的英雄！"

"好嘞！"公孙敖举杯说："两位兄弟出使西域十三年，历经千辛万苦，终于回归故土，祝贺你们！"

四人举杯同饮。

"大哥！"卫青问，"你与公孙弘有交往吗？"

"没有呀！昨天在承明殿朝圣，第一次见面。"张骞问，"贤弟为何问起他来了？"

"既然与他素不相识，就没有得罪他！"卫青说，"为何他要贬损你呢？"

"他并没有贬损我呀！"张骞说，"昨天在承明殿上，他还为我们说了不少好话呢！"

"此人城府太深，太狡猾了！"

张骞问："贤弟何出此言？"

卫青便将他与皇上和皇后谈话的内容叙说了一遍。

"贤弟的关切之情，让我感动。"张骞说，"公孙大人说得也有道理。我打算明天动身回城固老家，为父守庐，为母尽孝。身居闲职，且食俸禄，我已深感皇恩。乐府传艺之事，我会告诉几位眩人朋友。只是他们人生地不熟，有什么事，还请贤弟多加关照。"

"这个你放心！"卫青说，"你的朋友，也是我和公孙兄的朋友，有事我们绝不会袖手旁观。"

张骞和卫青在值事宦官的引领下，来到御花园的凉亭。

汉武帝放下手中的奏折，说："都坐吧！"

"谢陛下！"张骞和卫青谢过之后，落座。

汉武帝拍拍条几上的小木盒说，"卫青！这是张骞从西域带回的精钢造剑技术！"

卫青将小木盒挪到面前。

"拿到匠作府造办！"汉武帝说，"多少年了，朕一直在梦想这削铁如泥的宝刀啊！"

卫青揭开盒盖看了看，赞叹地说："这真是宝贝啊！"

"张骞！"汉武帝说，"在你滞留匈奴王庭的第三年，朕便放弃了与大月氏缔造军事同盟的念头，决定倾一国之力，单独打击匈奴。你知道是谁让朕下这样的决心吗？"

张骞问："是谁？"

"除了充实的国力，就是因为朕发现了卫青。"

"臣早就听说了大将军的威名！"

卫青说："陛下过誉了！"

"张骞出使归来，叙说了在西域的所见所闻，让朕大开眼界。"汉武帝说，"原来，世界竟然有这么大啊！朕是井底之蛙，以为天下汉朝最大，朕好生惭愧啊！"

"皇上不必过谦！"张骞说，"世界到底有多大，只有去看了才知道。以前，皇上之所以有那种想法，是因为我们对西域一无所知。"

汉武帝说："听了张骞叙说的西域情况，朕眼前豁然一亮。"

卫青、张骞互视一眼。

"汉朝的战略，应该更深远一些。"汉武帝说，"凡我汉朝威力能及之处，都要与之通商，开拓新商路。"

晚上，张骞、甘父、乌姗、黛莉娅、沙乌、桑吉、波比和伊索，集聚在石建的堂屋里，围坐在石建身边。

"石大人！"张骞说，"明天一早，我同乌姗和岩岩就回城固老家了，甘父他们要去乐府传艺，仍要住在大人府上，还请大人多予关照。"

第五章　建功封侯

石建说:"老夫也很喜欢这些西域朋友,一个个豪爽坦荡,幽默机灵。该提醒他们的地方,我自然会说的。"

"我要多说几句!"张骞对甘父、沙乌等人说,"汉朝皇上和皇后酷爱音乐歌舞,成立了宫廷乐府。皇后请你们去传授技艺,你们都是贵宾,会以礼相待。你们以眩人的身份去传艺,千万不要议论汉家朝廷的事情,也不要暴露西域游侠的身份。听沙乌的指挥,甘父负责同乐府官员联络。有什么问题,多请教石大人,遇到什么困难,也可以找卫将军。"

沙乌说:"张大哥,你放心吧!你的话,我们记住了。"

"大哥!"黛莉娅说,"我不想去乐府,我想跟你和乌姗去城固看望老夫人。"

"不要急吗!"张骞说,"我回家后,就给你和甘父盖新房,等你们去住!以后,你们在白岩村想住多久,就住多久。《摩诃兜勒》除了你,谁也不会,你在汉朝传艺,是一件功德无量的好事啊!身毒的《摩诃兜勒》是经典歌舞,将在汉朝永世流传,你是中西文化使者啊!"

"好吧!"黛莉娅说,"我听大哥的!"

"沙乌大哥!"张骞说,"在汉家乐府传艺,对于你们也是一个机会,在传授过程中,你们也可以学习汉家歌舞音乐,学会后回到西域,演出节目也就更丰富了,是吧?"

"我也有这种想法!"沙乌说,"汉朝是礼乐之邦,汉家的歌舞音乐,很有特色,我很喜欢。"

张骞说:"卫皇后是一位杰出的舞蹈家,李延年是汉朝最出色的音乐大师。在宫廷乐府,你们天天可以见到他。多向他学习,这是个非常难得的机会啊!"

桑吉笑着说:"我就盯紧李延年!"

"那我就缠住卫皇后!"黛莉娅说,"把她的绝技学过来。"

大家不约而同地笑了,就连白发苍苍的石建,也显得年轻了许多。

三、白岩村守庐

张骞骑马，乌姗和张岩坐马车，一马一车，走到了白岩村村口。

时值麦收季节，白岩村的村民都在地里忙着收割麦子，麦场上，有人在给麦穗脱粒。

张骞离家已有十三年，看到眼前这熟悉的山，熟悉的水，熟悉的田园，熟悉的房子，感到格外亲切，高兴地对乌姗和儿子说："你们看，这就是白岩村，我们回家了！"

乌姗问："哪是我们的家？"

"看！"张骞扬鞭一指，说，"前面那座大院，就是我们的家。"

"阿爸！"张岩问，"那些人在地里干什么呀？"

张骞说："收割麦子，打麦子！"

在地里干活的村民们发现了大道上的马车和人，停下手里的活，好奇地朝大道上张望。

乡佐张猴子正好从旁边经过，走上前说："请问，你们哪里的，来白岩村有事吗？"

张骞看了一眼，见是发小张猴子，惊喜地说："猴子哥！你不认得我了？"

"你是……"

"我是张骞啊！"

"张骞！"张猴子终于认出来了，"你真是张骞？你不是出使西域了吗？"

"我是出使西域了！"张骞说，"我回来了！"

"乡亲们！"张猴子拉住张骞的手，大喊："张骞回来了！张骞回来了！"

乡亲们纷纷从地里、麦场跑过来，围着张骞一家三口，问长问短，浓浓的乡情，在问候、眼神中传递。

"猴子哥！"张骞指着车上的乌姗、张岩介绍说："这是我妻子乌姗，这是我儿子张岩。"

"好啊！"张猴子说，"一个赛仙女，一个似金童。"

乌姗和张岩向张猴子施礼。

张骞隔壁家的王二娘说："猴子现在是乡佐了，负责白岩村的田赋和治安。"

"乡亲们！"张骞一抱拳，说，"多年不见，你们好啊！"

村西头的狗儿说："托老天的福，这几年风调雨顺，收成也不错，日子还过得去。"

"张骞兄弟！"张猴子说，"乡亲们的招呼也打了，你赶快回家吧！你娘在家盼着你呢！快回去吧！"

"乡亲们都去忙，改天我们再聊！"张骞说罢，朝大家拱拱手，朝村子里走去。

张骞牵着马，赶着马车，走到了家门口。

乌姗和张岩下了马车，张骞上前推门，门闩上了，推不开。他叩响了门上的铜铃，叫道："母亲！小弟，开门！"

一会儿，一位二十多岁的少妇打开门，见张骞一家三口站在门前，迟疑地问："你是……"

"你是……"张骞问。

"我叫玲儿，是张奇的媳妇！"少妇问，"你又是谁？"

"你是张奇的媳妇？"张骞说，"我是你大哥啊！"

"大哥？"玲儿高兴地说，"你是大哥？"

"玲儿！"张骞介绍说："这是你大嫂乌姗，这是你侄子张岩！"

"大哥，大嫂，岩岩，快进屋！"玲儿转身朝屋里跑，边跑边喊，"母亲！母亲！快来，快来，大哥回来了。"

乌姗趁这个机会打量了这个新家：院子里有三排青砖黑瓦的房子，十几个房间。正屋坐北朝南，七间房，中间是堂屋，堂屋两边各有三间卧室；院子东侧一排四间厢房，是厨房，马厩、杂物间；院子里有瓜棚豆架。

张骞推开院门，把马车赶进院子，把马牵入马厩。

这时，玲儿搀着母亲张王氏走出堂屋。

张骞赶上前，跪在母亲面前，说："母亲！不孝子张骞回来了。"

"儿啊！真的是你吗？"张王氏喜极而泣，"娘想死你了啊！"

张骞站起来，母子相拥而泣。

"母亲！"张骞介绍说，"这是你儿媳，叫乌姗，这是你孙子，叫岩岩。"

乌姗和张岩跪下，一个叫母亲，一个叫奶奶。

"好！好！"张王氏拉起乌姗和张岩，说，"一晃十三年，走时一个人，回来一家三口。儿啊！你给娘带回来一个天仙般的媳妇和一个金童般的孙子，娘这十三年没白等啊！"

"母亲！"玲儿说，"进屋去说吧！"

"这是你弟媳玲儿！"张王氏说，"奇儿一直在外面跑生意，家里的事，多亏玲儿照料……"

"母亲！"玲儿说，"让大哥大嫂进屋吧！走这么远的路，他们也累了。"

"好！好！进屋！进屋！"张王氏一手拉着乌姗，一手拉着张岩，喜滋滋地进屋去了。

玲儿帮助张骞卸下马车上的物品，抬进屋里。

堂屋里，正中壁前的供桌上，供奉着张骞的父亲张仲亭的灵牌。灵牌前有香炉和祭品。

张骞上前取了三支香，点燃后插在香炉上，一家三口跪在父亲灵牌前，磕了三个响头。

"母亲！"张骞站起来问，"父亲安葬在哪里？"

"在村北的太公山！"张王氏说，"明天，我们全家去上坟。"

"孩儿不孝，远在西域，不知父亲已仙去十载！"张骞说，"从今天起，孩儿依制在家守庐二十七个月，不仕朝廷，不出故里，以弥补不孝之过。"

"自古忠孝难两全！"张王氏说，"你父亲病故时，你在西域为朝廷尽职，并非不孝。你父亲一生志在西域，你能安全归来，你父亲九泉之下有知，也会感到欣慰，儿呀！你不要自责。你依制守庐，朝廷的事呢？不干了？"

"皇上封孩儿为太中大夫，是一个不上朝守值的闲官！"张骞说，"皇上和丞相批准我回家守庐。"

"这样就好！"张王氏说，"有你在家，娘就安心了。"

"母亲！"张骞问，"你还记得甘父吗？"

"当然记得，我喜欢那个匈奴娃！"

第五章 建功封侯

张骞说："乌姗是甘父的妹妹，甘父是岩儿的亲舅舅！"

"太好了！乌姗！"张王氏问，"你阿爸就是昆仑侠甘莫？骞儿他父亲说过，甘莫有一个儿子，一个女儿，没想到你就是甘莫的女儿，还成了我的儿媳妇。真是缘分啊！乌姗，你阿爸、阿妈他们还好吗？"

"阿爸去世了。他为了救一批被匈奴官兵掳走的平民，在同匈奴兵厮杀中受了重伤，不久就去世了。阿妈生下我不久，就病死了。"

"唉！好人不长寿啊！"张王氏问，"甘父呢！他在哪里？"

张骞说："甘父和我一起回长安了，被皇上封为奉使君。现在同几位西域眩人在皇宫里传艺。"

"是吗？真是太好了！"张王氏说，"咱们家喜事临门啊！"

张骞说："过些时候，甘父会带着乌姗的嫂子来我们家看望你。"

"母亲！"乌姗说，"我和阿哥在西域已经没有亲人。你就是我和阿哥的亲母亲。我哥说了，他和嫂子也要住在这里来，这里就是我们的家。"

"好啊！我又多了一个儿子，一个儿媳妇。"张王氏说，"从今天起，你们住堂屋东边三间房，我和玲儿住西边三间房。"

"妈！"张骞说："让岩岩陪你说话！我带乌姗去织房看看。"

"乌姗会织锦？"

"是大哥教的！"乌姗说，"跟他成亲后，我在楼兰织了十年锦缎。"

"好啊！"张王氏说，"玲儿一个人忙不过来，今后，你们妯娌俩就有伴了。"

"阿妈！"玲儿问，"晚饭吃什么？包饺子吗？"

"迎亲的饺子，送亲的面！"张王氏高兴地说，"包饺子，包羊肉大馅饺子。"

夜深人静，张骞与乌姗靠在床头上，没有一丝睡意。

"乌姗！"张骞问，"喜欢这个家吗？"

"当然喜欢，这里才是我们真正的家！"乌姗说，"楼兰穹庐里的那个家，是匈奴人囚禁我们的牢笼，大宛的森林木屋，莎车国的宅院，于阗城北的住宅，都是临时住所，谈不上是家。到了长安，住在石大人家里，虽然很愉快，但毕竟我们是客人。只有这里，才是我们真正的家，我怎么能不喜欢呢？"

张骞叹口气说:"出使西域十三年,终于回家了。"

"大哥!"乌姗说,"你说要把这院子里的老屋全部翻新,扩大重建,还要给阿哥和嫂子做一处新居,什么时候动工?"

"等领到了朝廷俸禄,就找工匠开工。"张骞说,"不仅住房要重建,蚕房、织房都要扩大规模,还要把纺织机和织锦机换成最新最好的……"

"太好了!那我就天天待在织房里织锦。"乌姗问,"你呢?你做什么?"

"我当农民啊!"张骞说,"守庐期间,我不去朝廷当值,不能离家外出。我就把从西域带回来的苜蓿草、胡麻籽、黄瓜、胡萝卜、红蓝花、胡豆、石榴、葡萄,一样一样地种植。先小面积试种,然后再扩大推广。我要让西域的这些牧草、油料作物、蔬菜和水果,在我们白岩村的土地上生根发芽,开花结果。"

第二天,张骞、乌姗和张岩身穿孝服,在母亲和玲儿的陪同下,来到白岩村村北太公山的南山坡张仲亭的坟前,在坟前摆上祭品,祭酒,点燃香火,焚烧冥箔。三人依次跪在坟前磕头祭拜。从此,张骞在故乡为父亲守庐……

这一天,卫青和公孙敖奉旨赴汉中城固白岩村,给张骞传旨送匾。甘父、黛莉娅、沙乌、桑吉、波比、伊索一同来到白岩村。

张骞接过金匾,将金匾挂在堂屋正面墙中央,张仲亭灵牌的上面。

从此,张骞"守庐至孝"的故事在汉中一带传开了……

张骞和甘父送卫青、公孙敖到村口,四人都是步行,边走边谈。卫青的随从牵着马,远远跟在后面。

"大哥!"甘父说,"两位将军兄弟从长安到白岩村来传达圣旨,不请他们在家吃顿饭,喝点酒,就这样让他们走了?"

"三哥!"卫青笑着说,"你是匈奴人,不懂汉人的习俗。汉人在居家守庐期间,不可宴请宾朋,不可动乐起舞,不可笑语喧哗,不可……"

"唉!"甘父叹一声说,"你们汉人的规矩太多了,一套一套的。连酒都不让喝!"

公孙敖说:"三弟,你要是受不了,就到长安去找我,我陪你喝个够。"

"我当了汉朝的小官,也得守汉朝的规矩啊!"甘父说,"大哥的父亲,也是我的父亲,我也要守庐,汉人的规矩,我也要遵守。"

张骞说:"两位兄弟,我不留你们,等守庐期满,我再设宴款待吧!"

第五章　建功封侯

"大哥珍重，我们就此告辞！"卫青、公孙敖说罢，上马扬鞭而去。

三天之后，沙乌、桑吉、波比和伊索一行向张骞一家辞行，他们要离开白岩村，返回西域。

张骞、乌姗和岩岩将客人送到村口

张岩将一个装有两只信鸽的木笼交给沙乌，说："沙乌叔叔，这两只信鸽都认识回白岩村的路，你带回西域。一只给你，一只给巴特尔大伯，如果你们有什么事要告诉我阿爸，就让信鸽捎回来。"

"好！"沙乌接过木笼，说，"好孩子，等你长大了，再到西域去吧！我们在那里等你。"

张骞说："我和乌姗有孝在身，不能远送！让甘父和黛莉娅送你们出长安城吧！等我守庐期满，有机会，我会再到西域去。"

沙乌说："好！我们在西域再见！"

乌姗说："替我们向巴特尔大哥和阿瑞娜大姐问好！向游侠盟的朋友问好。"

"好！"沙乌等四人上马，挥手作别。

甘父和黛莉娅上马，跟随相送。

甘父送沙乌等人到了长安城西的十里长亭前。

甘父说："这里是十里长亭！大家下马，我这里带有酒肉，咱们在这里喝个痛快！"

"好小子！"沙乌说："你还留了这一手呀！"

六个人下马，把马系在亭子栏栅上。然后在长亭里席地而坐。甘父和黛莉娅把酒和食物摆了一地。

"这次来到汉朝，真是开了眼界啊！"沙乌说，"皇宫进了，皇帝和皇后也见了，汉家的歌舞也学了，汉家的山珍海味也吃了，长安九市也逛了。真是不枉此行啊！"

"最让人惊奇的是汉朝设有乐府！"沙乌说，"数百名乐工舞伎，个个都是才艺超群。最了不起的是那个养狗宦官李延年，真是一个杰出的天才，才三十岁，便精通音律，还会作曲、编舞。我们唱一首歌，无论多么复杂，无论多少乐器伴奏，他只要听两遍，不但能记下来，而且还能演奏出来。此人太神了。"

伊索说："汉朝皇后喜爱音乐是真的，皇上喜爱音乐是装了。"

"为什么？"甘父不解地问。

"你真笨啊！"桑吉说，"皇后学西域歌舞，身心投入，全神贯注。皇上只看不动手，两眼只盯着黛莉娅，色眯眯的。"

"就是嘛！"黛莉娅说，"皇上老盯着我看，讨厌，当时我真想放蛇去咬他。"

"怪不得你不愿去乐府传艺，老要回大哥的家。"甘父说，"我真笨，没有看出来。"

"汉朝的皇帝很了不起，但是也很专横霸道，外表仁慈，内心险恶，疑神疑鬼，屈杀英才。"伊索说，"张骞心地善良，为人宽厚，你要时常提醒他。"

"好！"甘父说，"我一定把你们的意见转达给大哥。"

酒喝了，菜吃了，六人最后对饮一杯，相拥告别。

黛莉娅看着沙乌、桑吉、波比、伊索远去的身影，流泪说："他们走了，回自己故乡去了！什么时候，我才能回身毒故乡啊！"

甘父搂着黛莉娅，劝慰地说："我们先在这里住下来，过几年，我陪你一起去身毒，好吗？"边说边替黛莉娅擦眼泪。

黛莉娅破涕为笑，说："说话要算数！"

"当然！"甘父笑着说，"我能骗你吗？"

四、引种

十个月后，张骞家的宅院翻造一新，格局虽然依旧，但每间房子都变得更高大、更明亮、更宽敞了。院子里的变化更大，原来的瓜棚豆架不见了，取而代之的是葡萄架，一串串紫红色的葡萄，代替了豆角和丝瓜。

乌姗抱着刚满月的女儿小莲，站在葡萄架下，伸手摘下一颗成熟了的葡

第五章 　建功封侯

萄，捏破皮，挤出葡萄汁，喂进女儿嘴里。莲儿允吸新鲜葡萄汁，脸上露出甜甜的笑容。

张王氏站在旁边，笑得合不拢嘴。

"母亲！"乌姗说，"您坐吧！西域很多地方都产葡萄，小孩子都爱吃。"

张王氏说："去年，骞儿扯了丝瓜、豆角滕，说要插葡萄，我还不相信。如今，从西域带回的葡萄枝，长出了甜葡萄！这可是稀罕物，八百里秦川，恐怕只有咱家有这玩意儿。"

乌姗摘下一串葡萄递给张王氏，说："母亲，你多吃一些，葡萄不但好吃，而且还可以明目。"

"奶奶，阿妈！"张岩跑过来说，"舅妈生了个小弟弟，小弟弟在哭呢！"

"好啊！我又多了个孙子！"张王氏说，"走，过去看看。"

甘父和黛莉娅的新居，和张骞的老宅一墙之隔，同样崭新的青砖黑瓦房，同样的格局，只是略小一点。

张王氏和抱着莲儿的乌姗走进甘父的宅院，直入卧室。玲儿把褓褓里的婴儿递给张王氏。

张王氏接过婴儿，看了看，高兴地说："好逗人爱的娃啊！"

乌姗走到床前，满面笑脸地，"黛莉娅！恭喜你啊！"

"奶奶！"张岩挤过来说，"让我抱抱弟弟。"

"你不要添乱！"乌姗说，"快去，给舅舅报喜！"

张岩嘻笑着跑了。

"乌姗！"黛莉娅说，"让我看看莲儿！"

乌姗把莲儿放在黛莉娅身边，说："她会吃葡萄了！"

黛莉娅说："再过一个月，我的小仑儿也会吃葡萄了。"

"仑儿？"张王氏问，"名字早起好了？"

"名字是甘父取的！"黛莉娅说，"叫甘仑。"

"好名字！"乌姗说，"昆仑的仑，是吧？"

"嗯！"黛莉娅说，"是这个意思。"

"我有儿子了！"甘父快步进屋，说，"来，给我抱抱！"

张王氏把孩子递给甘父，说："轻一点，别惊着孩子。"

· 233 ·

甘父抱着儿子，又是吻，又是笑，不停地说："我有儿子了，我当爸爸了！"

乡佐张猴子愁眉不展，低着头只顾走路，差点撞上路边的树。

张骞关心地问："猴子哥！什么事把你愁成这个样子？"

"还不是刍蒿税的事！"张猴子叫苦地说，"我都快愁死了！"

张骞拉住张猴子，二人蹲在田埂上，问道："刍蒿税是怎么回事？以前没有吗？为何发愁？"

"刍是牧草，蒿是禾秆。"张猴子说，"这几年，朝廷出兵讨伐匈奴，军马要吃牧草，朝廷就增加刍蒿税。一顷地一年要上缴刍三石，蒿二石，只收实物，不折钱。白岩村没有牧场，哪有刍蒿？田地要种稻麦，改种刍蒿，那人吃什么？喝西北风吗？"

"原来是这样呀！那真难为你了，猴子哥！"张骞站起来说，"走，我让你看一样宝物。"

张骞把张猴子拉到试种苜蓿的田埂上，拔起一株苜蓿，说："你看，这就是我说的宝物，叫苜蓿草。在西域，这是最好的牧草，西域的汗血宝马，最爱吃这种草。苜蓿很容易成活，田边、地头、山坡，只要是较干燥的土壤，撒下种子就能发芽，半个月就长这么高。再过些天，等草籽成熟了，你让乡亲们拿去种，又不占良田，缴刍蒿税，应该不是问题吧！"

"好兄弟！"张猴子眉开眼笑地说，"你真是救苦救难的活菩萨啊！我代表乡亲们，谢谢你了！"

张骞笑了："不用谢！"

突然，传来一阵马嘶声，两匹马风驰电掣般奔过来，跑到苜蓿地里，不走了，低头吃了苜蓿。

"这是大宛宝马呀！"张骞惊问，"哪里来的？"

张骞听到一阵笑声，马上的人跳下来，笑着向张骞走来。张骞仔细一看，其中一位身穿便服者，竟然是皇上。另一位英俊少年，张骞不认识。

"陛下！"张骞一惊，跪倒在地，"臣不知陛下驾到，有失远迎，请恕罪！"

张猴子听张骞说来人是皇上，震惊不已，慌忙跪下，说："陛下万岁！陛下万岁！"

汉武帝说:"朕微服私访,到了汉中,想起你在城固老家守庐,顺便过来看看。不知者不怪,起来吧!"

张骞站起来,问:"这位是……"

汉武帝说:"他叫霍去病,是卫皇后和卫将军的外甥,十八岁,能骑善射,知书达礼,朕很喜欢他,所以把他带在身边。"

"张大人好!"霍去病上前施礼说,"舅舅常说起张大人,去病好生敬佩!"

"霍公子好!"张骞赶忙还礼。

"这两匹马像疯了一样,拉也拉不住,跑来就吃草!"汉武帝问,"这是什么草呀?"

"这是西域的苜蓿草,是大宛宝马最爱吃的草。"张骞说,"它们好久没有吃到苜蓿草,闻到苜蓿草的香气,就跑过来了,像人一样,嘴馋啊!"

"这就是苜蓿草?"汉武帝问。

"是的!"张骞说,"臣从西域带回了苜蓿草的种子,试种了这些,打算结籽之后,献给朝廷,以便推广种植,臣也想让白岩村的乡亲们种植这种草。"

"听卫将军说,你从西域带回了一些种子,是否都在试种?"

"臣正在试种!"张骞从种苜蓿草的地里拔起几株胡萝卜,说,"这是胡萝卜,可以和苜蓿草套种,胡萝卜可做菜吃,也可以生吃。乡佐,你快拿去洗干净,让皇上尝尝。"

张猴子接过带土的胡萝卜,跑到小溪边,洗干净后拿回来,交给张骞。

张骞先给霍去病一根,说:"霍公子,你先尝尝!"

霍去病接过来,咬了一口,吃了后说:"好吃,又脆又甜。"

"朕也尝尝!"汉武帝拿了一根,吃了两口,说,"好吃,真好吃,张骞,还有别的吗?"

"那是油菜!"张骞指着一块开着黄花的农作物说。

汉武帝随张骞来到油菜地边。

"这叫油菜!"张骞说,"成熟后会结出菜籽,可以榨油。用这种油炒菜香而不腻。在非牧区种油菜,用油菜籽榨油,比放牧方便,菜籽油能代替牛、羊、猪的油,可以解决百姓吃油的大事。等结籽榨油后,臣送油到宫里,

请皇上品尝。"

"好！"汉武帝说，"如果能推而广之，这将是一件惠及子孙、功德无量的事情啊！"

张骞说："还有一样东西！"

"什么东西？"

张骞说："葡萄！"

"葡萄？"汉武帝问，"葡萄是什么东西？"

"走吧！"张骞说，"我们去看葡萄。"

"到哪里去看？"

张骞说："在臣的家里，皇上如果不嫌弃臣的家室简陋，就去看看吧！"

"走吧！"汉武帝说，"朕正想去你家看看！"

"忘了介绍！"张骞指着张猴子说，"他是这个村的乡佐，叫张猴子。"

"乡佐！"汉武帝说，"你把这两匹马看好！再到村头去告诉穿便服的羽林郎，让他们在村头等候。"

"小民遵命！"

张骞引领汉武帝和霍去病来到自己的宅院，他请汉武帝坐在葡萄架下的椅子上，呼叫母亲、乌姗、甘父和玲儿出来叩见皇上。

张王氏、甘父、乌姗、玲儿和岩岩从屋里出来，跪下齐呼："参见皇上，皇上万岁！万万岁！"

"都起来吧！"汉武帝说，"朕今天游兴正浓，心情大好，不必拘礼！老夫人，请坐下说话。"

"谢皇上！"张王氏在旁边的凳子上坐下。

张骞、霍去病和甘父站在汉武帝身边。

汉武帝问："老夫人高寿，身体好吗？"

"民妇六十有五，托皇上的福，身体还算好！"

"老人家膝下有几子，府上还有哪些人？"

"除了长子张骞外，还有次子张奇，外出经商未归。"张王氏介绍说，"这是大儿媳乌姗，这是二媳妇玲儿。这是长孙岩儿，这是孙女莲儿，今天正巧是莲儿满月日。"

汉武帝心情好，从身上取下一方玉佩和一块翡翠，交给张王氏，说：

"这方玉佩和这块翡翠，就算是朕给你孙子、孙女的见面礼吧！"

张王氏接过来，感激地说："谢皇上恩赏！"

乌姗端来一盘洗干净的葡萄，说："皇上，霍公子，请尝尝葡萄！"

汉武帝和霍去病取了葡萄，吃了起来。

张骞说，"西域各国都盛产葡萄，葡萄除了当水果吃外，大部分用来酿造葡萄酒。"

汉武帝看着乌姗问："你和甘父是兄妹？"

"他是哥哥，我是妹妹。"

"听卫皇后说，你琵琶弹得非常好！"

乌姗说："我是在于阗国，跟于阗王后学的，还不熟练，仅能弹成曲子而已。"

"朕没有耳福，你们在守庐尽孝，不可动乐。否则，朕倒要听你弹一曲了。"

"为陛下弹奏，是民女的荣幸！"乌姗说，"不过，从于阗国带回来的那支琵琶，民女已经献给乐府。家里没有琵琶了。"

"甘父！"汉武帝问，"你妻子舞跳得非常好，怎么不见她呀？"

"她今天刚生了个儿子，在坐月子，不便见陛下。"甘父说，"请陛下恕罪！"

"是吗？今天真是吉日啊！"汉武帝从身上掏出一粒珍珠，递给甘父说，"这是朕送给你儿子的见面礼！"

"谢陛下恩赐！"甘父跪接珍珠。

汉武帝突然注意到院墙边的一团花，觉得很好看，问道："那是什么花，朕从来也没有见过。"

"红蓝花，也叫红花！"张骞说，"是臣从西域带回来的。这种花是专治跌打损伤和妇人疾病的良药，疗效极佳。"

汉武帝说："朕回宫后，派治粟都尉专程来白岩村一趟，你将苜蓿草、胡萝卜、油菜、葡萄、红花等种子、枝条给他，传授他栽培技术。"

"然后呢！"张骞问。

"朕让他在长安专辟一块地方种植，以便在全国推广。上可供宫廷之用，下可为百姓造福。种植所需的费用，由大司农拨付。"汉武帝问，"你意

下如何？"

"臣带回这些种子，就是要让它们在汉朝生根发芽啊！"张骞说，"臣一定协助治粟都尉办好这件事情。"

"张骞！"汉武帝说，"朕见到你们一家人，甚为欣慰。你虽然守庐在家，心却想着朝廷，所做的事情，都是为民谋福祉的大事情。真的委屈你了。守庐期满之后，朕必重用你。"

张骞说："为朝廷尽忠，这是臣的本份啊！"

"如果不是你守庐，朕就要尝尝你家的农家宴了。朕虽为人君，也要恪守礼仪。张骞、张老夫人，朕该回汉中行宫去了！"

张骞、甘父说："叩谢皇上幸临大恩！"

"快！快！"张王氏说，"摘葡萄，多摘一些，给皇上带回去，让皇后娘娘也尝尝鲜。"

"老夫人！"汉武帝说，"你不说，朕也要向你要的。这葡萄串，皇后一定爱吃！"

宫女捧着一大盘洗干净了的葡萄，放在卫皇后身边的桌子上。

汉武帝挑一粒葡萄，剥了皮，喂进皇后的嘴里，说："子夫，尝尝看，味道如何？"

卫皇后品尝后说："很甜，好吃，这是什么果子？"

"这就是葡萄！"

"还是新鲜的，哪里来的？"

汉武帝说："这是在张骞家的葡萄架上摘下来的，当然新鲜。"

第五章　建功封侯

五、博望侯

张骞出使西域归来不久，匈奴内战也结束了。内乱的结果，军臣单于的弟弟、左谷蠡王伊稚斜取得胜利，占据单于庭，登上匈奴单于的宝座。倒霉的于单太子走投无路，率领数万人马投降了汉朝。

汉武帝封于单太子为涉安侯。可惜的是，于单太子连惊带吓，数月之后，竟然一命呜呼了。

伊稚斜单于怨恨汉朝收留了于单太子，屡次派兵攻打汉朝的代郡、雁门、定襄、上郡等地，彪悍的匈奴骑兵每到一地，烧杀抢掠，闹得汉朝边境鸡犬不宁，人民寝食难安。

汉武帝决心趁匈奴内乱、国力受到削弱的有利时机出兵攻打匈奴，夺回祁连山，打通去西域的道路。于是召见大将军卫青，商议出兵之策。

"陛下！"卫青说，"臣以为，出兵打仗，知己知彼，才能百战百胜啊！"

"这道理太简单了，朕知道。"汉武帝说，"你有什么想法，直说吧！"

"去年与匈奴一战，虽然重创了匈奴右贤王，打了一场大胜仗，但我们也只能见好就收，不敢乘胜追击。"

"朕是担心你们对匈奴的地形不熟，贸然进击，稍有闪失，便会落入匈奴人的圈套。所以才让你们收兵。"

"臣知道皇上的良苦用心。"卫青说，"但我们不能总是这样，必须要找出一个解决的办法，摆脱这个困局。"

"你有办法了？"汉武帝问。

"我军不敢贸然深入敌后，是因为对匈奴内地情况不熟。"卫青说，"如果有一个了解匈奴内情的人参与作战计划，到时行军打仗，什么地方有水草，什么地方能扎营，就不会那么伤脑筋了。"

"嗯！"汉武帝点点头，"有道理！有这样的人吗？"

"当然有！"卫青说，"此人我知，您也知啊！"

"张骞？"汉武帝一拍脑袋，"你是说张骞？"

卫青说："张骞出使西域十三年，对西域的人文、地理环境颇为了解，如果让他随军出征，所起到的作用无人能及。"

"好！"汉武帝说，"朕同意你的建议！"

"阿爸！"张岩从外面跑回来，对张骞说，"有人找你。"

"谁？"张骞站了起来。

"张大人！"一位羽林郎走进来，呈上一封帛书，说，"卫将军派我给你送来这封信，请大人过目。有什么话说，让我带回去。"

张骞接过帛书，打开一看，上面写道：

骞兄台鉴：

近来，匈奴兵屡犯我境，圣上命我挥师漠北，杀敌驱虏，不日即将离京。弟已向皇上举荐，请你随军从戎，杀敌报国，建功立业，以展宏图。不日，圣旨将至，望兄速赴任。

弟卫青顿首

张骞对送信的羽林郎说："你回去告诉卫将军，我随时做好准备，圣旨一到，即刻前往军中报到。"

"卑职告辞了！"羽林郎施礼后，出门上马，飞驰而去。

"阿爸！"张岩问，"你要出门吗？"

"嗯！"张骞说，"阿爸要上阵杀敌，近两天就要走了。"

汉武帝决定对匈奴发起新一轮进攻，在宣室阁召开御前军事会议。

公孙敖、孙贺、赵信、苏建、李广、李沮、张骞等先后到宣室阁报到。

卫青来了，正准备进阁，突然，霍去病从后面赶上来，叫："舅舅！"

卫青一惊："陛下召开御前军事会议，你来干什么？"

霍去病脸上露出神秘的笑容，没有回答。正在这时当值宦官传呼："宣卫青、霍去病！"

卫青看了霍去病一眼，转身拾级而上，霍去病气宇轩昂地跟在后面，进了宣室阁。

第五章　建功封侯

元朔六年（前123年），汉武帝以大将军卫青为统帅，张骞为参军，霍去病为骠姚校尉，随军出征。命赵信为前将军，公孙敖为中将军、郎中令李广为后将军，太仆孙贺领左将军、卫尉苏建领右将军、左内史李沮为强弩将军，各率三千兵马，从定襄出发，进击匈奴单于，试图一举消灭匈奴。

前线大将军帐，卫青和张骞正在察看挂在墙上的地图。

霍去病急匆匆地跑进来，说："舅舅！所有将军都在外面寻求战机，干嘛把我放在军营里，皇上临行前，可是亲自嘱咐你，让我参战的啊！"

张骞看了霍去病一眼，用眼神制止他说话。

卫青不理霍去病，问道："赵信、苏建部有消息没有？"

张骞回答："没有！"

"舅舅！"霍去病急了，再叫一声。

"骠姚校尉！"卫青严肃地说，"你在和大将军说话。"

"是，大将军！"

卫青转过身，对霍去病说："好，我这就给你个机会，你带领你的八百骠骑军，去抓几个舌头回来。"

"多谢大将军！"霍去病信心百倍地说，"我的八百精兵，早就准备好了，就等大将军发令。"

张骞把霍去病拉到地图前，指着地图说："这里是雀儿湖，是一个有水有草的地方，可能有匈奴兵。下一步，我军可能会向这里进发。"

卫青跟过来，站在旁边听。

张骞指着地图，说，"这个地方叫博斯腾，那里水源充足，牧草茂盛，也是一个宜居之地。"

"嗯！"霍去病不住地点头。

"这，这，这，"张骞在地图上连点了几个地方，说，"不是黄土，就是砂子，匈奴兵不可能在这些地方扎营。"

"谢谢张将军！"霍去病拱手施礼，转身欲走。

"等等！"卫青叫住了霍去病，吩咐说，"不要跑得太远！"

"嗯！"霍去病坚毅地点点头。

"去吧！"

霍去病走出大将军帐，对守候在帐外的八百骠骑兵说："养兵千日，用

兵一时,今天我要出奇兵,打匈奴人一个措手不及,你们敢不敢跟我去?"

"敢!"士兵们大呼。

"驾!"霍去病一拍马,率先冲了出去。

士兵们纷纷跃上战马,跟在霍去病的后面,冲了出去。

卫青看着霍去病和远去的八百骠骑军,说:"初生牛犊不怕虎啊!"

张骞说:"这小子,把打仗当成狩猎打围,让他出去历练历练也好。"

"难哪!"卫青说,"后将军李广颇多不满。"

"为什么?"张骞问。

"他也想当前锋将军!"卫青说,"可是,赵信是匈奴人,对这里的环境熟悉,你说,有谁比他当前锋将军更合适呢?"

匈奴军突然像从地球上消失了一样,各路军都没有发现匈奴兵的踪迹。卫青召集众将商议对策。

苏建说:"这一次,匈奴人似乎吸取了以往的教训,他们的主力总是在迂回流动中,很难确定他们的准确位置。我大军也很难对他们形成合围。"

"张骞!"卫青说,"我军向北疾行,在哪里安营扎寨为宜呀?"

"大将军准备向北前进多远?"

卫青说:"大概三百里左右吧!"

张骞来到挂在墙上的地图前,比画着说,"以雀儿湖一带为好,那里水草丰茂,有利于大军屯结。"

"好!大军今晚开拔,向北疾行,在雀儿湖一带驻扎。以此调动匈奴,寻找作战时机。"卫青叫道:"赵信!"

"卑将在!"赵信回答。

"你率领三千匈奴部卒,走你们熟悉的路,先行开路。苏建部从侧翼配合,相互策应,防止大军在运动中遭敌人偷袭。立即出发!"

"诺!"两人答应一声,出了将军帐。

"其余各将,各司其职,准备连夜开拔。"

"诺!"众将齐声答应,退出将军帐。

公孙敖、孙贺、李广、李沮来到将军帐,拱手施礼:"参见大将军!"

卫青问:"为什么赵信、苏建和霍去病的两路兵马,都没有消息?"

"回禀大将军!"李广说,"赵信的传令官说,前线有伏兵,要我们前

· 242 ·

往接应,我们到达指定地点后,那里并没有战事发生啊!"

卫青叫:"传令官!"

"在!"传令官出列回答。

"传我的军令!继续派军骑去寻找,所有可能的地域,都给我仔细地找。"

"诺!"传令兵应声而去。

卫青站起来,指着地图问张骞:"霍去病是绕着雀儿湖朝西北方向去的,你估计,他可能去哪儿了?"

"如果是往西北方向走的话,很有可能遭遇匈奴的主力部队,万一陷入山区峡谷,我担心会不会……"张骞迟疑了一下,说,"大将军,要不要派兵去接应他一下。"

卫青陷入了沉思。

霍去病率领他的八百余精兵,深入到敌人腹地,突然发现一处山谷中有许多匈奴帐蓬,很多人从帐蓬里进进出出。

"将军!"一位偏将问,"我们这是到了哪里?"

"管这么多干什么?你们只管跟着我,见敌就杀。"霍去病大声说:"大家记住,敌众我寡,不可恋战。"

霍去病说罢,率先冲下山坡,杀向匈奴人的帐蓬。

匈奴人毫无防备,被霍去病的八百精兵打了个措手不及。

公孙敖进帐向卫青报告,说在哈坑一带,找到了右将军苏建的部队。

"他们人呢?"卫青问。

公孙敖说:"卑职只找到数百具尸体,首级都被匈奴人割走了。尸体中没有发现右将军苏建。"

"赵信呢?"卫青站起来了。

公孙敖说:"赵信所部的所有士兵,卑职怀疑临阵投敌了!"

"这个王八蛋!"卫青发怒地掀翻身边的桌椅,"我怎么相信了这个奸贼。"

赵信真的投降了匈奴,成为匈奴大单于伊稚斜的座上宾。两人坐在草地上,喝酒,吃肉,打得火热。

伊稚斜说:"自从中行说病倒以后,大匈奴再也没有了解汉朝内情的人。昆仑神在这个时候把赵将军赐给我,真是天佑我匈奴不灭啊!我决定,封

你为自次王，爵位仅次于我。"

正在这时，探子送来急报。伊稚斜起身离去，不一会儿又回来了。

赵信疑惑地看着伊稚斜。

伊稚斜说："有一支不足千人的汉朝骑兵，绕过了雀儿湖，向西，然后猛然折向东南，袭击了王庭的博斯腾营地。右大都尉力战而死，我的祖父若侯产也被杀了。我的叔叔罗姑，还有国相，也都被俘了。"

"不足千人？"赵信说，"没听说过。卫青在战前布置任务时，博斯腾营地并没有被列入攻击目标。"

"刚才来报信的军士说，汉军领头的是一个年轻军官，所带的军骑，彪悍高大，装备极其精良。"

赵信推测地说："莫非是骠姚校尉？"

"军旗上是一个'霍'字！"

"那正是他。"

伊稚斜问："他是谁？"

"汉皇帝的高徒，大将军卫青的外甥，骠姚校尉霍去病。"

"霍去病？"伊稚斜非常惊讶。

卫青的将军帐内，苏建被反绑双手，说："将军，赵信投敌后，带领匈奴主力，乘势向我围攻，卑将一部，死战到天黑，全军覆没，只剩下我一个人杀出重围，逃回来。我向大将军请罪！"

"捅了这么大的娄子！"卫青问大家，"你们说，该怎么办？"

李广说："没本事当前锋，就不要干了。这下倒好，全军覆没，你还有脸回来。败军者，依汉律，当斩！至少也要褫夺军爵。本将当年不就是如此吗？"

公孙敖说："赵信降敌，苏将军以千余人对付匈奴数万大军，全军覆没，不全是他的责任。"

"是啊！"孙贺说，"苏将军一直战到全军覆没，才只身回来，他已经尽到了一个军人的责任。如果杀了他，以后士兵打了败仗，谁还敢回营地啊！"

卫青说："以我的职权，可以临阵斩将，但赵信临阵叛变，我有用人不当之责。这件事应当奏明皇上，由皇上定夺。"

第五章　建功封侯

士兵将苏建押出了将军帐。

"骠姚校尉回来啦！"有人在外面喊。

"快！"卫青说，"唤他进来！"

霍去病走进军帐，大声说："骠姚校尉，拜见大将军！"

"你上哪里去了？"卫青冷冷地问，"几天几夜，一点消息都没有？"

"舅舅！外甥给你带礼物来了。"霍去病说罢，对帐外喊，"带进来！"

几名士兵押进几个俘虏进来了。

"舅舅请看！"霍去病指着几个俘虏说，"这位是大单于的叔父罗姑，那位是匈奴国相当户。"他把一颗包着的人头抛到地上，说，"这颗人头是大单于的祖父若侯产。"

卫青睁大眼睛，惊呆了。众将也睁大了眼睛。

霍去病说："另外，还有俘虏千人，敌军首级二千二百二十八颗，请大将军清点。"

李广笑了，说："干得漂亮，你小子干得不错。"

"好小子！"卫青离座，来到霍去病面前。

霍去病说："这回，也让匈奴尝尝我汉军的厉害了。"

"好小子！"卫青拍了一下霍去病的肩膀，说，"真有你的。"

将军帐内，传出众将悦耳的笑声。

"张骞！"卫青大叫，"快，快，向朝廷报捷！"

张骞当即坐下来，写好奏章，递给卫青审阅。

卫青看后，接过笔，加了几句，交给张骞，说："发！"

张骞看了卫青一眼，有些犹豫。

"发呀！"卫青说，"愣着干什么？"

张骞苦笑了一下，将奏折交给传令兵。

半个月之后，朝廷圣旨到达定襄城，论功行赏：

卫青统帅六军，功勋昭著，不再加封爵位，赐封其长子卫伉为宜春侯，次子卫不疑为阴安侯，三子卫登为发干侯。

骠姚校尉霍去病，战功卓著，晋升为骠骑将军，赐封冠军侯，封邑东郡二千五百户。

校尉张骞，导战有功，使行军知水草处，兵马粮草得以不乏。赐封博望

侯，封邑南阳二千户。侯，是一种封建贵族的称号。在封建社会，封侯是高级的奖赏。博望，是知识渊博，眼光远大的意思。在国际交往非常困难的古代，用"博望"二字来形容张骞关于匈奴和西域的丰富知识，的确是恰如其分的。

卫尉苏建，损兵折将，念其宁死不屈，免死罪，革职，贬为庶人。

卫青下令，班师回朝。

第六章 再通西域

第六章 再通西域

一、探寻去身毒的道路

张骞虽然封了侯,由于上次出使西域没能完成劝说月氏和汉朝结盟的任务,心里总有些不安。现在汉、匈之间硝烟弥漫,如果能在西方开辟第二条战线牵制匈奴一下,将会改变整个战局的走势。可是,去西域的道路还得经过匈奴控制的地区,太不安全。如果能开辟一条新道,绕过匈奴控制的地区呢?张骞一直在苦苦思索,并寻找机会向汉武帝提出建议。

这一天,汉武帝召集群臣议事。

汉武帝问张骞:"博望侯,关于西域的见闻,你跟去病都说了吗?"

"陛下!"霍去病说,"博望侯说了很多,挺有趣的。"

"仅仅是有趣吗?"武帝问。

霍去病一时语塞。

"博望侯!"汉武帝问,"如果朕再让你带使团去西域,你还敢去吗?"

"臣上次才去了大宛、康居、大月氏、大夏、于阗等国,如果再往西走,还有安息、条支、东南的身毒等国,这些国家的风土人情,与华夏不同,听说都很富庶。"

汉武帝说:"朕不光是问你想不想去,还想问你!路行得通,行不通。有什么困难。"

"最大的困难,还是匈奴的势力。"张骞说,"匈奴西边的边界,到了盐泽(今新疆罗布泊)以东,西面与我汉朝的陇西郡长城相近,南面与羌族部落相邻,正好遮挡住了汉朝通往西域的通道。"

"博望侯!"汉武帝问,"如果朕剪除匈奴右翼,打通去西域的通道呢?"

张骞说:"这是宏图远略啊!"

"是!"武帝说,"进击河西,击灭匈奴右翼,打通河西走廊。"

霍去病说:"那太伟大了。"

张骞憧憬地说:"一旦打通了河西走廊,汉朝与西域各国的联系,就可以畅通无阻了,华夏的声威、文化,也可以传播到西方,商旅奇货,可以源源不绝地流通。皇上,不知何时实施啊!"

"快了!"

张骞说:"这真是开天辟地之事啊!"

"朕甚至已经选好了将领。"汉武帝瞟了霍去病一眼,端起茶杯,喝了一口茶。

"皇上!"张骞说,"在河西走廊没有打通之前,我们可以开辟第二条通往西域的道路。"

"开辟第二条道路?"汉武帝放下茶杯,身子前倾,两眼紧盯着张骞,"从哪个方向开辟?"

"疏通西南夷,从西南进入身毒国,前往西域!"

"身毒?"汉武帝说,"你出使西域回来的时候,记得听你说过身毒,当时你没有细说,朕也没有多问。这条路行得通吗?"

张骞说:"臣在大夏待了一段时间,走访了大夏国许多地方。在那里发现了蜀布和邛竹。蜀布出自巴蜀,邛竹是邛崃山的特产,世界上仅此一家。"

"大夏会有蜀布、邛竹?"汉武帝惊奇地问,"你不会弄错吧?"

"怎么会弄错呢!"张骞说,"蜀布是质地坚实而又光滑柔软的麻布,臣从小就穿这种布做的衣裳。邛竹生长在蜀地的邛崃山中,节子很长,实心,其他竹子都是空心。"

汉武帝问,"蜀地的东西,怎么跑到大夏国去了呢?"

"我也问过他们,从哪里得到这些东西!"张骞说,"大夏人说,是他们的商人从身毒国买回来的。"

汉武帝问:"身毒国在哪里?"

张骞说:"身毒国在蜀地的西南方,在大夏东南方,离大夏有好几千里,靠近大海。他们的习俗和大夏一样,定土而居。但地势低湿暑热,他们的士兵骑着大象作战。以臣推测的地理方位看,大夏离汉朝西边一万二千里。身毒能买到蜀地的东西,表明身毒离蜀地一定不会很远。"

第六章　再通西域

"嗯！"汉武帝点点头，"有道理。"

张骞说："大宛国、大夏和安息都是西域大国，这些国家物产丰富，奇珍异宝很多，他们都是定土而居，风俗习惯与汉朝差不多。这些国家兵力弱小，但都非常仰慕汉朝，喜欢汉朝的丝绸、瓷器。他们的北面是大月氏、康居等国，兵力强大。对于这些国家，我们可以用赠送财物、施之以利的办法笼络他们，让他们来朝拜汉朝。"

"好主意！"武帝表示赞同。

"如果有一条安全畅通的道路，同这些国家联合起来，不仅可以共同抗击匈奴，而且还可以通商，互通有无，以汉朝的丝绸、瓷器，换取西域的珍珠、玛瑙、玉石、异兽奇物。"

汉武帝赞赏地说："说得好！"

张骞接着说："想到这些地方去不容易，如果从羌人居住的地区出使西域很危险，因为羌人受匈奴人的控制，对我们心有戒备；如果走北路，匈奴人仍然控制着河西走廊，会落入匈奴人的虎口。"

"你有什么想法？"武帝问。

张骞毫不犹豫地说："疏通西南夷，从蜀道出发，前往身毒，再转道大夏国，打开通往西方的通道。"

"西南夷"是汉朝统治者对散居在中国西南地区（今四川西部、南部和云南、贵州一带）各少数民族的总称。这些少数民族语言不同，风俗习惯各异，社会发展的水平也有很大差异，他们有的还处在原始社会，有的已经进入阶级社会；有的已经定居，以农为主，有的则随牛羊迁徙，过着游牧生活。

西南各族跟巴蜀地区的汉族有着长期的经济往来和友好关系。早在战国时期，楚国设置的黔中郡，就包括了现在的黔江流域和贵州东北一部分。楚国将领庄𫏋还从黔中向西征服了滇池（今云南昆明）附近的千里沃野。由于秦国占领了黔中等地，断绝了庄𫏋的归路，庄𫏋便在那里落籍，改变习俗、服装，自称滇王，建立了滇国。

汉武帝初年，除了北方匈奴不断扰边外，南方巴蜀也屡屡生事。建元六年（前135年），朝廷同时出兵讨伐，唐蒙应召出征。唐蒙曾上书中建议：征服南方必须先结交夜郎国，然后才能打通去往南方之路。汉武帝同意他的建

议,并派他率领大队人马和礼物前去夜郎,安抚夜郎国,将夜郎国改为汉的郡县。唐蒙向夜郎国王传达了武帝的旨意,表示希望接纳夜郎国为汉的一个郡。

夜郎国国王乃井底之蛙,没去过本国以外的地方,不知道外面的世界,问唐蒙:"汉朝和我的国家相比,哪个大?"

唐蒙吓了一跳,夜郎国王竟然如此无知,对外面的世界一点也不了解,于是说:"如果把汉朝比喻为一座大山的话,夜郎国只能算是山脚下一块石头,如果把汉朝比喻为一条大河的话,夜郎国只能算是一条小水沟。"

夜郎国王得知汉朝疆域如此辽阔,同意成为汉朝的一个郡县。汉朝在那里设置了犍为郡(今四川宜宾市)。

元光五年(前130年),汉武帝又派司马相如通使西南夷的邛(今四川西昌)、筰(今四川汉源)一带,架桥筑路,设置十余县,隶属蜀郡(今四川成都)。

由于经营西南地区的费用浩繁,加之朝廷忙于对匈奴作战,夜郎、邛、筰等地同汉朝的关系一度中断。

汉武帝说:"疏通西南通道,这是一个大胆的设想啊!"

"陛下以为如何?"张骞期待地问。

"朕看可行!"汉武帝思索一会,说,"博望侯!"

"臣在!"

"疏通西南通道的确是一个好主意。这件事由你负责。"汉武帝说,"朕命你出使身毒,人员配备,经费拨付,你造一个册子。"

"臣遵旨!"

元狩元年(前122年)初夏。张骞奉命出任大汉使臣,手持汉节,身怀御诏,带领使者二百人,出使身毒国。奉使君甘父、王然于、柏始昌、吕越人四人为副使,甘父的妻子黛莉娅任使团翻译,随行出使。

张骞及其使团南下巴蜀,一个多月后,到达长江与岷江交汇处的犍为郡僰道县。

僰道县地处岷江之滨,那里山高峡深,林深树密,终年云雾弥漫,瘴气蒸熏。由于长途跋涉,加之水土不服,张骞和许多使者病倒了。

僰道县令请当地最好的几位郎中给张骞和病倒的使者诊治,郎中们诊断后，确认使者们中了瘴气之毒。郎中以针灸和中药兼施，中毒的使者相继康复，唯有张骞未见好转，几天几夜昏睡不醒，郎中们束手无策。

甘父和黛莉娅两人衣不解带，轮流守候在张骞的病床前。

黛莉娅突然想起小时候在家乡时，曾见过一位舞蛇者用金环蛇的血治瘴气之毒的往事，于是询问郎中，僰道县是否有金环蛇。

郎中不解地问："要金环蛇何用？"

黛莉娅说："金环蛇的血可解瘴气之毒！"

"有这回事吗？"郎中们有些不相信。

黛莉娅说："你们只说有没有吧！"

又一位郎中说："僰道有金环蛇，但急切中要抓到一条，却非易事。"

"你们等着，我去捉一条金环蛇回来试试。"黛莉娅说罢，拉着甘父捉蛇去了。

黛莉娅是玩蛇高手，在丛林中寻找半天，抓到一条金环蛇。回到县衙后，杀蛇，放血，取胆。将一碗新鲜的蛇血喂给张骞喝了，把蛇胆放在酒里，让张骞吞服了。

一个时辰后，张骞苏醒了。

郎中们用银针测试之后，确认张骞身上的瘴气之毒基本消除，但他们一致认为，张骞必须静养，绝不可能继续南下出使。

张骞在僰道县衙休息了十多天，虽然瘴毒已除，无性命之忧，但双腿疼痛，浑身乏力，几乎不能行走。

犍为郡太守前来探望张骞，见张骞病得不轻，执意要送张骞回京治病。张骞不得不听从郎中和太守的建议，终止了自己出使身毒的行程。

张骞将甘父、王然于、柏始昌、吕越人四位副使召集在一起，商议出使身毒的使命。最后决定，由四位副使各带五十名使者，分别从冉駹（今四川茂汶羌族自治县）、莋（今四川汉源）、徙（今四川天全以西一带）和邛都（今四川西昌）四个方向南下出使，寻找一条通往身毒的道路。

张骞送走了四位副使分别带领的使者队伍。然后由犍为郡郡守派专人送回长安。

张骞回到长安，抱病述职后，汉武帝指派公孙敖将张骞送回白岩村故

里，卧病家中，治病疗养。

三个月后，柏始昌、吕越人两位副使带使者相继返回长安，向朝廷复命，都因山川险恶，无路可通，加之受当地部落的阻拦，没有找到通往身毒国的道路。

王然于副使这一路，走得更远，回来稍晚。

王然于率队从犍为郡出发，一直向南走，越过崇山峻岭，来到了一个地势平坦、人烟稠密的地区，看到一个水波粼粼的大湖（即今滇池）。这里四季如春，气候温暖，土地肥沃，物产丰富。这就是传说中的富饶大国——滇国。

王然于打听到，滇国的国王名叫当羌，是楚将庄蹻的后代。于是持节前往滇国王宫拜见当羌。

这一天，当羌正在王宫喝茶，忽然宫门使萨尔瓦来报，说有一队穿着汉服的人求见。

"汉服？"当羌吃惊地问，"真的穿的是汉服吗？"

"是！"萨尔瓦说，"不仅穿汉服，而且还说汉朝的话。"

"快！"当羌站起来，说，"请他们进来！"

王然于等人在萨尔瓦的引领下，进了滇王王宫。

王然于拱手施礼："汉朝副使王然于拜见滇王陛下！"

"免礼！"当羌问，"你们是从汉朝来的吗？"

"我们从汉朝来！"王然于说，"到这里遇到了困难，请滇王给我们提供帮助。"

当羌命萨尔瓦给客人看座，问："你知道我也是汉人？"

"知道！"王然于说，"那是秦朝的事，现在秦朝已亡，是汉朝了。"

"改朝换代了？"

"对！"王然于说，"改朝换代了，现在是汉朝。汉朝皇帝想寻找去身毒国的道路。"

"寻找去身毒国的道路？"当羌问，"去身毒何为？"

"打通一条前往西域的通道。"甘父问，"想请你帮忙，可以吗？"

"能为祖国出力，莫大荣幸。"当羌说，"我非常思念祖国！既然你们来看望我们，过些时候，我也可以派人去朝见皇上，回祖国探亲。"

王然于说:"汉朝皇帝一定会欢迎你。"

当天晚上,当羌为汉使举行隆重的招待会,热情款待来自祖国的亲人。筵席间,王然于再次谈到自己的使命。

当羌说:"你们要去的那个身毒国,可能是滇国西南大约两千多里外的一个国家,听说那个国家地势低洼,气候炎热,士兵打仗都骑着大象。"

"骑大象打仗?"王然于说,"太神奇了。"

当羌说:"你放心好了,我派人给你们当向导。"

王然于在滇国休息几天后,在滇国向导的陪同下,从滇国出发,一路向西,寻找通往身毒的道路。

不久,王然于一行进入了少数民族居住的高山地区。这些少数民族当时还处于部落时代,怀疑外来人会伤害他们,无论滇国向导怎么解释,就是不让他们通过。无奈之下,王然于只得带领大家绕道而行。但到了其他地区,仍然被截住了。有的少数民族甚至要杀了他们。他们只得退回滇国。

当羌非常热情,又派出十几批人,从不同方向探路去探路。几个月之后,所有的人都中途折回。

王然于只得告别滇王,率领使者返回长安。

甘父和黛莉娅这一路,一直没有返回长安,音讯杳然,生死不明⋯⋯

二、削职为民

张骞从蜀地经身毒去大夏的新道,终究没有打通。匈奴仍然控制着长城以西,祁连山以北,直到盐泽湖以东地区,堵住了汉朝通往西域的道路。这片被阻断的区域,就是河西走廊。

河西走廊南有祁连山,北有龙首山,中间有武威、张掖、酒泉、敦煌,这是中原去西域的必经之地。匈奴人撵走大月氏人以后,到伊稚斜单于时期,

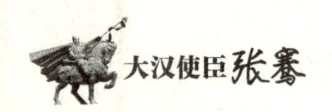

将酒泉封给浑邪王，将武威封给休屠王，既控制西域各国，又是侵略西汉王朝的军事基地。

汉王朝虽然在定襄之战重创了匈奴右贤王，但匈奴军还有左贤王、浑邪王和休屠王。特别是驻扎在河西走廊的浑邪王和休屠王，对汉朝西部的国土构成重大威胁。为了解除来自西部的威胁，控制通往西域的通道，必须摧毁河西走廊的匈奴军队。汉武帝正在筹划对匈奴的第二次战役。

元狩二年（前121年）五月，正是油菜花开的时候，放眼望去，田野金黄一片，一群蝴蝶在油菜花间翩翩起舞，煞是美丽。这是张骞从西域引进的油菜在白岩村广为种植的第四个年头。

张骞坐在河边柳树下垂钓，享受着难得的清闲。

张骞收起鱼竿，提起鱼篓，正要回家，看见乡佐张猴子走过来，说："猴子哥，我钓了几条大鱼，走，上我家喝两盅。"

"好！这几天心里烦，正想找你聊聊呢！"

张骞问："又遇到烦心事了？"

张猴子看了两个孩子一眼，问："他们都多大了？"

"都四岁了！"

"朝廷下令，口赋一律从三岁起征。"

"三岁起征？"张骞说，"原来不是七岁吗？"

"现在情况不同了！"张猴子说，"这几年朝廷出兵攻打匈奴，军费开支巨大，到头来还是要摊到百姓身上。不但征收口赋的年龄减小，征收标准也提高了。过去每人每年征收二十钱，今年翻了一倍，收四十钱。百姓的日子本来就不好过，如今就更难了。"

张岩也来了，大老远就喊："阿爸！快回家吃饭啊！"

"你先把弟弟、妹妹带回家！"张骞说，"我和乡佐大伯说说话！"

张岩领着小莲和甘仑走了。

张骞问："除了口赋外，算赋还是每人一百二十钱吧？"

"涨了，现在是一百四十钱。"张猴子说，"朝廷还增加了一个马口钱，每人收三钱。"

"什么是马口钱？"

第六章　再通西域

"就是军马的草料钱。以前只征收刍蒿税,马口钱是今年新增加的,还有更赋。"张猴子说,"这些年,朝廷兴建皇宫、上林苑、太液池,徭役也很繁重。每个男丁要服役一个半月,不去就交更赋钱,每人三百钱,总计下来,每个男丁每年要交四百八十三钱,还不算刍蒿税。"

"我在朝廷为官,全家税赋役全免。可我知道,乡亲们的日子不好过。"张骞说,"猴子哥,村里有几家确实困难,无力交纳赋税的?"

"大概有七八家吧!"

"这几家的税钱,我替他们交吧!"

"救急不救穷!"张猴子说,"兄弟,你心好,但帮人帮得了一时,帮不了一世啊!"

"能帮就帮一下吧!"张骞说,"人生祸福难料,谁都有为难的时候。"

张骞正在院子里收拾东西,忽然听到远处传来马蹄声,抬头望去,像是向自己家这个方向来的。果然,不一会,奔马在张骞家门口停下来。张骞知是朝廷派来的人,立即迎了上去。

骑马的羽林郎见张骞迎出门,跳下马,拱手施礼,说:"博望侯,我是羽林郎,奉命来接你回京。"

张骞问:"知道为了何事吗?"

"朝廷又要与匈奴开战了。"

"啊!知道了!"张骞说,"我收拾一下东西,马上随你走!"

卫青身穿便服,在客厅接待张骞。

"大将军!"张骞说,"我接到命令,第一时间便回京了,战事很急吗?"

卫青说:"朝廷决定派两路大军攻打匈奴:一路由霍去病和公孙敖带领,两人率数万骑兵,从北地(今甘肃庆阳西北)出发;另一路由李广和你率领,从右北平(郡治在今辽宁凌源西南)出发。两路兵马又各自分成两队,异道而行。"

张骞问:"这样安排,有何用意?"

"霍去病和公孙敖这一路,长途奔袭到敌人背后,向河西走廊的匈奴浑邪王和休屠王发起偷袭,打敌人一个措手不及。"

"我们这一路呢?"张骞问。

"你和李广这一路,从右北平出发,阻击左贤王的援军,负责策应霍去病的攻势。"

"几时出发?"

"右贤王所率的四万匈奴兵已越过大凌河,向右北平逼近。李广已率兵二万异道先行了。"

"敌我兵力相差一倍!"张骞说,"飞将军李广虽然骁勇善战,这个仗不好打啊!"

卫青说,"皇上命令你率兵一万,为李广打后援。三天时间,你必须赶到右北平与李广会合。"

"既然如此!"张骞说,"我即刻率兵出发!"

第二天清晨,博望侯张骞率一万骑兵离开长安,日夜兼程赶往右北平。由于立功心切,张骞改变了行军路线,当赶到右北平李广的大营时,已是第五天了。他觉得情况有些不对,正要派人前去打探,李广的校尉石宁从军营里迎出来,上前参见,说:"参见博望侯!"

"李将军呢?"张骞急切地问,"他在哪里?"

石校尉说:"匈奴左贤王突袭卢龙关,李将军与李敢率兵迎敌去了。"

"李敢是谁?"张骞问。

"李敢是李广将军的长子,任军前先锋官。"

"左贤王有多少兵马?"

石校尉说:"左贤王率胡兵四万,袭击卢龙的匈奴兵大约有万人。"

"李将军呢?"张骞问,"带多少兵马去了?"

"五千骑兵!"石校尉说,"另派了四千兵马守平泉,其余兵马留守大营。"

"张骞立即传下令,全速前进,直奔卢龙关。

卢龙关外,滦河北岸的葫芦谷里,汉军与匈奴兵正在进行一场惨烈战斗。两昼夜的厮杀,汉军和匈奴兵双方伤亡惨重,战马和士兵的尸体堆满了山谷,谷底溪涧流淌的都是血水。

日落时分,汉军能战斗的不足百人,匈奴的援军却源源不断地涌来。匈奴兵知道被包围的是汉军赫赫有名的飞将军李广,大声喊:"活捉李广!活捉

第六章 再通西域

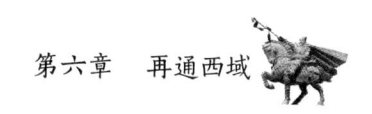

李广！"

李广知道凭身边这百余人，不可能冲出匈奴兵的包围圈，于是命令儿子李敢率三十骑杀开一条血路，回大营搬救兵。

李敢挥舞战刀，大吼一声，率三十骑杀入敌阵。匈奴兵虽然人多势众，但遇到这种不要命的打法，也有些心虚。手底下一松，便被李敢杀开一条血路，突围而去。

李敢刚杀出卢龙关，迎面便碰上大队汉军杀到，他见大旗上有一个"张"字，知道是张骞到了，迎上去大喊："博望侯！我是李敢！"

"李敢！"张骞大声问，"前方战况如何？"

"伤亡惨重，我是来搬救兵的。"

张骞大叫："快！前面带路。"

李敢在前引路，张骞拍马紧跟，一万汉军以排山倒海之势，杀向葫芦谷。

卢龙关葫芦谷中，李广和数十名汉军陷入匈奴兵的重重包围之中。李广命汉军布成圆阵，严阵以待，李广手挽强弓，箭无虚发。

匈奴兵惊恐异常，退出一箭之地，不敢前压。

"李广！"匈奴千骑长大叫，"你已经是笼中之鸟，网中之鱼，射吧！箭射完了，生命也就到了尽头。"

突然，杀声震天，汉军铺天盖地杀了过来。左贤王见汉军援军已到，料难取胜，率兵北逃。

汉军人困马乏，无力追击，只得班师回营。

在这次战斗中，张骞贻误战机，使李广的军队遭受重创。依汉军律令，率军迟到，贻误军机者，当处极刑。朝廷考虑到在张骞最后时刻赶到，救出陷入绝境的李广，故免其一死，革去爵位，废为庶人。

张骞、李广这一路虽然失利，主攻河西走廊的霍去病却大获全胜。

霍去病率军长途奔袭，杀向河西走廊的浑邪王和休屠王。途中与合骑侯公孙敖失去联系。霍去病仍然孤军深入，向西挺进二千里，从宁夏的灵武西渡黄河，越过贺兰山，直奔西北。进入张掖境内，包围了浑邪王与休屠王。经过激烈战斗，汉军大胜。

这次战役的胜利，促使匈奴贵族内部发生了分化。长期控制河西走廊的

大汉使臣张骞

浑邪王与休屠王在战斗中惨败，引起了匈奴单于的猜忌和不满。匈奴单于准备把他们招到漠北王庭处死。

浑邪王与休屠王为了保命，决定投降汉朝，并派人与汉朝联系。在联系的过程中，休屠王突然中途变卦，浑邪王便杀了休屠王，率四万人投降了汉朝。

汉武帝动员二百辆车去迎接浑邪王，并把他的降兵分别安置在陇西、北地、上郡、朔方、云中五郡的塞外。浑邪王被封为漯阴侯，部下也各有封赏。

当时，流传着匈奴一首哀歌：

失我焉支山，令我妇女无颜色；
失我祁连山，令我六畜不蕃息。

实际上，从金城（今甘肃兰州西北）、黄河以西，沿着祁连山，一直到盐泽，匈奴的势力确已绝迹。汉朝陆续在河西走廊设置了武威、张掖、酒泉、敦煌四郡，史称"河西四镇"，隔绝了匈奴与羌族的联系，使祁连山南麓的少数民族，摆脱了匈奴的羁绊。

元狩四年（前119年），武帝发动了对匈奴第三次大战役。卫青、霍去病分别从定襄、代郡出发，长驱直入，直捣匈奴的漠北单于王庭，大败匈奴单于和左贤王，消灭了匈奴的主力。从此，匈奴远遁，匈奴王庭也被迫迁到大沙漠以北，匈奴的势力从此逐渐衰落。

三、再通西域

汉朝与匈奴的战争取得决定性的胜利后，汉武帝耳边又响起了张骞的话：西域有很多文明大国，应该把这些国家争取过来，共同对付匈奴；西域有

第六章 再通西域

很多珍奇物产，应该将这些物产引进到汉朝来，丰富人民的生活；西域各国很需要汉朝的丝绸和铁器，那里有很多商机……

现在时机已经成熟，汉武帝决定传召张骞，商讨再次遣使西域之事。

张骞被贬为庶人，回到白岩村，过起了日出而作，日落而息的田园生活。空闲之余，有儿女相伴，日子过得倒也清闲自在。眼看甘仓一天一天地长大，举手投足越来越像甘父。张骞越来越想念出使未归的甘父和黛莉娅。整整三年时间，两人仍然杳无音信，他的心里有一种不祥的预感，每到夜深人静，他都要为甘父和黛莉娅祈祷，期盼他们能平安归来。

半年前，张骞的弟弟张奇听从哥哥的建议，放弃行商生涯，在城固县城开一家店铺，做起了坐商，专门经营胡麻油。胡麻油是张骞从西域引进的品种，深得汉中人的喜爱，因而生意做得红红火火。

张骞是一个闲不住的人，而且很有经济头脑，他在离家半里的地方，种植了两亩地的葡萄，整齐的葡萄架平地而起，离地足有一人多高，仿佛是一座翠绿的方城矗立在田野上，格外引人注目。葡萄棚架枝叶茂密，叶翠藤盘，棚架上挂满了串串葡萄，宛如紫色的玉珠，格外诱人。

葡萄棚架不远处，有几间土坯茅房，这是张家的酿酒作坊。

张骞革职后，朝廷的俸禄没有了，待遇也取消了，像普通农家一样，该缴的赋税，一点也不能少，日子过得不怎么宽裕，兄弟俩商量，准备在城里再开一间酒店，专卖家酿的葡萄酒。

张奇担心地说："哥，如果朝廷重新起用你，要你去做官，家里这摊子事怎么办呢？"

"不会的！"张骞说，"朝廷忘记了我，再说，我对那些看得也很淡。"

"我是说万一呢？"张奇追问。

"假如真有那一天！"张骞说，"哥恐怕也不能拒绝，如果非走不可的话，家里还有你嫂子，榨油，酿酒，她都会。再请几个帮工，也应付得了嘛！"

"阿爸！"张岩从外面跑进来，说，"外面有人找你！"

张骞问："谁呀？"

"还是上次来的那个羽林郎！"张岩说，"他说是来传达诏书的！"

"哥！"张奇笑了，"怎么样，被我言中了吧！"

御花园的凉亭的石桌旁坐着两个人，一个是汉武帝，一个是张骞。

"张骞！"汉武帝问，"知道朕召你回长安，所为何事？"

"关于西域的事吧？"

汉武帝笑了："还是你懂朕的心事！匈奴人已被赶出河西走廊，去西域的道路打通了，朕想再次遣使西域。"

"好啊！"张骞高兴地说，"赶走了匈奴人，汉朝控制了河西走廊，到西域可以畅通无阻了！"

汉武帝笑着说，"朕想派你再去西域走一趟，你认为这次去哪国为好？"

"北山北面有个大国，名叫乌孙国，有六十多万人口，和匈奴是仇敌，这次我就到乌孙国去吧！"

"想起来了！"汉武帝说，"上次你从西域回来的时候，提到过乌孙国。听说乌孙原来和匈奴的关系很好，后来怎么翻脸为仇了呢？"

"这事说起来很有趣！"张骞说，"乌孙本来和月氏人一块住在祁连山下，后来为争夺草场，和月氏人大打出手，结果被月氏人打败，国王也给杀死了。乌孙人流亡到了匈奴境内，在那里定居下来，连国王的小儿子也由匈奴单于给收养了。而关于这死去的国王的小儿子，还有一段十分神奇的故事。"

汉武帝问："什么故事？"

"这个孩子名叫猎骄靡！"张骞说，"乌孙人亡国的那一年，他还是一个吃奶的孩子，一个大臣抱着他藏在草丛中才逃得性命。大人小孩都饿了，这位大臣把孩子放在草丛中，独自去找吃的东西。回来的时候，被眼前的一幕惊呆了。"

"发生了什么事？"汉武帝紧张地问。

"草丛中，一只母狼正在给小孩喂奶，几只乌鸦嘴里衔着肉，绕着小孩飞来飞去，就是不离开。"

汉武帝问："这是真的吗？"

"不知是真是假，大家都是听那位大臣这样说的。"张骞说，"那位大臣见了冒顿单于，将这件事绘声绘色地说了一遍。冒顿单于听了了那位大臣的

第六章 再通西域

说词，认为这孩子是神仙下凡，就收养了这位小王子，像对待自己的亲儿子一样待他。"

汉武帝觉得很有趣，问："这吃狼奶的王子后来怎样，是不是不同凡人？"

"猎骄靡王子长大成人后，练就一身好武艺，冒顿单于死后，他跟着老上单于东征西战，立下不少战功。老上单于把一个匈奴贵族的姑娘嫁给他做老婆，并把寄居在匈奴的乌孙人都交还给他统领。后来，老上单于死了，猎骄靡的势力日渐强大起来，内心不甘心受匈奴人的统治，于是向军臣单于请求，允许他带兵攻打逃进北山的月氏人，为父母报仇。军臣单于不但答应了他的请求，而且还派匈奴骑兵帮他作战。"

汉武帝深深地被这个乌孙王子的故事吸引住，继续追问："后来怎么样？"

张骞说："以后，猎骄靡王子打败了月氏人，把他们赶出北山，在北山定居下来，不回匈奴了。不久，猎骄靡王子建立乌孙国，自己当了昆莫，也就是国王，也不再给匈奴朝贡了。"

汉武帝问："匈奴人答应吗？"

"军臣单于愤怒至极，大骂乌孙昆莫忘恩负义，派兵攻打乌孙昆莫。乌孙昆莫也不示弱，率领族人与匈奴对打，居然打败了匈奴兵。"

"后来呢？"汉武帝问。

"军臣单于有些害怕，以为这个吃狼奶的乌孙昆莫不是凡人，不敢再惹他。就这样，乌孙和匈奴由朋友变成了仇敌。"

汉武帝问："这个昆莫还活着吗？"

"这个就不清楚了。"张骞说，"臣在大宛国的时候，听说这个昆莫已经很老了，一晃又过了好几年，是否还在人世，不得而知。"

"这次去乌孙。你有什么打算？"

张骞说："臣准备劝说乌孙昆莫，让他与汉朝结盟，搬回祁连山老家，共同对付匈奴。这就等于砍断了匈奴人的右胳膊。只要联合了乌孙国，乌孙以西的康居等国，都可以应召而至，向汉朝称臣。"

"乌孙人肯听你的吗？"

"我想会的。"张骞说,"乌孙人和匈奴人有仇,他们又喜欢汉朝的物品,只要多送他们一些礼物,再嫁个公主给昆莫为妻,他们是愿意回来的。"

雄心勃勃的武帝听了非常高兴,对张骞说:"朕赐封你为中郎将(皇帝侍卫统领),这次出使西域,仍由你负全责,你可以多带几个副使去,副使也持节,听从你的指挥,可以派他们单独出使西域各国,广泛地同西域各国建立友好关系;这次要多带一些礼物去,向他们表示汉朝的富有和强大,以便争取他们与汉朝结成友好之邦。"

"臣领旨!"张骞跪下领旨。

元狩四年(前119年),汉朝第二次出使西域的使团出发了。这是一支空前庞大的使团队伍,一共三百人,除正使张骞之外,还配了数名副使。他们带了六百匹马,其中,三百匹为使者的坐骑,三百匹驮运粮食、衣物和帐蓬、丝绸,还有一万多头牛羊。

由于匈奴势力已经退到漠北,汉朝已经控制了河西走廊,张骞率领的这支使团队伍,再也不像第一次出使西域那样隐身隐形、谨小慎微、昼伏夜行了,而是浩浩荡荡、大张旗鼓地经陇西,渡黄河,穿越河西走廊。张骞出使西域是国策,加之博望侯的声望,沿途郡府县衙及邸舍驿站,对张骞率领的使团都是热情接待,迎来送往,款待食宿,补充给养,十分周到。

两个多月后,张骞的使团畅通无阻地通过了武威、张掖、酒泉、抵达敦煌。敦煌是河西四镇的最后一镇,西出敦煌边陲要塞玉门关,便进入西域地界。

玉门关因西域向汉朝输入玉石取道于此而得名,当时还只是一个边境哨卡,正式建关还是稍后几年的事情。

张骞决定,出关之前,在河仓城休整一天。

河仓城名为一座城池,其实只是一个边陲小镇,城内窄小,容纳不下整个使团队伍和携带的牛羊,张骞命令在城外的疏勒河畔找一块平坦之地宿营。

河仓城镇守张树林也是汉中人,得知博望侯率使团进入自己的辖区,立

第六章 再通西域

即把好酒、好菜、好米面都拿了出来,亲自送到使团宿营。

晚餐前,张树林陪着张骞在河边散步,张骞向他打听有关乌孙国的情况。

"真是巧啊!"张树林说,"前不久,从一位乌孙商人的口里,听到了一些乌孙国的消息,不知是否有用。"

张树林说:"不久前,一位乌孙商人在进入玉关之前,遇上了匈奴人,匈奴人不但抢走了他所有财物,还打伤了他的腿。一位常与这位乌孙商人打交道的汉人帮助了这位乌孙商人,让他留在河仓城,治好伤腿后,这位乌孙商人才离开河仓。"

"你是怎么知道这件事的呢?"

张树林说:"收留乌孙商人的人是我的朋友,串门的时候,同这位乌孙人闲聊,了解到一些乌孙国的情况。"

"说说看!"张骞说,"只要是你听到的,都讲给我听听。"

张树林说:"乌孙人原先住在祁连山下的敦煌一带,游牧为生。二十多年前,才迁移到伊犁河、伊塞克河一带。这一带原先是大月氏的领地,乌孙人很能打仗,把大月氏人赶走了。现在乌孙国大约有六十三万人口,依然逐水草而居……"

张骞问:"乌孙国最近与匈奴的关系如何?"

"乌孙国的都城在赤谷城。东面与匈奴相邻,右蠡谷王的大营从楼兰迁到了蒲类(今新疆东部巴里坤湖附近)。蒲类原先是西域的一个小国,匈奴人吞并蒲类后,占领了蒲类一带,经常派兵骚扰乌孙国。乌孙昆莫仇恨匈奴,拒绝向匈奴朝贡。由于国力不及匈奴,硬碰硬打不过匈奴,因此,乌孙人尽量避免与匈奴人打仗。据我所知,乌孙昆莫有意同汉朝结盟,和汉朝联合夹击匈奴。"

张骞问:"乌孙国内的情况,你知道吗?"

"据说乌孙国内部正在闹纠纷。"

"什么纠纷?"张骞问。

张树林说:"昆莫猎骄靡有十多个儿子,按乌孙国规矩,长子被立为太子,不料太子得了重病,一命呜呼。临死前,太子哭着请求父亲立他的儿子岑

陬为太子。为了安慰垂死的病人，昆莫答应了太子的请求，立长孙岑陬为太子。"

张骞说："问题大概出在这里！"

"是的！"张树林说，"昆莫的次子大禄不服。认为哥哥死了，太子之位应传给他，不应传给侄子。大禄孔武有力，统率一万多精锐骑兵，他纠结几个兄弟和大臣，与岑陬分庭抗礼。并扬言要杀死岑陬，夺回太子之位。猎骄靡担心岑陬敌不过大禄，左右为难，只得给了岑陬一万精骑，让他另居，他自己则率一万精骑，住在大禄和太子岑陬的中间，把他们两人分隔开。"

"嗯！"张骞说，"这还真有点复杂。"

"乌孙国就这样一分为三，猎骄靡、太子岑陬、大禄成三足鼎立之势！"张树林说，"昆莫猎骄靡亲汉朝，渴望与汉朝结为盟邦。他有十五个儿子。太子岑陬现任都尉，娶了个匈奴女人，亲匈奴。大禄翎侯现任大臣。此人文武双全，野心很大。他也倾向于与汉朝结盟。"

张骞感激地说："多谢指教！"

"我的职责，一是镇守边关，二是向朝廷提供情报。"张树林说，"你是使臣，我应该向你禀报所知。再说，博望侯的名字传遍西域，能有你这样的老乡，我也感到荣幸，尽绵薄之力，义不容辞啊！"

张骞说："我也特别高兴。能在这里见到你，也是缘分啊！你和守关的兄弟们，远离故乡，常年戍边，太辛苦了！"

"辛苦倒也无所谓！"张树林说，"只是这里地处边陲，人烟稀疏，难得见到朝廷官员，更难见到故乡人！今天见到你和这么多使者，我和守边的弟兄们也特别高兴！"

"走吧！"张骞说，"你陪我去看看兄弟们，晚饭请大家一起聚一聚。我们带来了家乡的美酒，让兄弟们喝个痛快！"

张骞在张树林的陪同下，看望了守关士兵。

晚上，张骞、张树林、三百位使者和守关士兵，聚集在疏勒河畔，大家围坐在篝火旁，举杯痛饮。欢声和笑语，打破了疏勒河畔的宁静……

四、动荡的乌孙国

乌孙国位于北山西北的阗池（今吉尔吉斯伊塞克湖）一带。

乌孙国除了蓝眼睛、红胡子的征服者乌孙人外，还有被征服的黄皮肤的月氏人和白皮肤的塞种人。月氏人和塞种人甚至比乌孙人还多。三个民族讲不同的语言，住在相同的帐蓬里，过着同样的游牧生活。

乌孙人强悍善战，乌孙的战马也举世闻名，素有"良马国"之称。在辽阔的牧场上，成千上万的良马扬蹄飞奔，对风长嘶。有的富人家，一家喂养上万匹良马，全国又该有多少良马呢？

乌孙国首府赤谷城。赤谷城是一座小城，建在一座陡峭的山上的一块小平地上，土石筑成的高墙，包围着许多排列有序的帐蓬。

赤谷城城外东郊，有一个天然大牧场。一条河流由南而北，贯穿牧场，只是河水已经干涸，变成了细细的一条曲线。河底的沙石有的已经见到了太阳，牧人骑马可以从河中蹚过。

乌孙国地处北方寒冷地带，地势较高，初秋季节，牧草就不多了，整个牧场就显得有些荒凉。

河边的牧场上，牧民们都在拆除帐蓬，收拾东西，聚拢牛羊，人人都很忙碌，看样子是要搬家了。

乌孙昆莫猎骄靡走出赤谷城，骑着一匹高大雄壮的乌孙马，在大禄翎侯等大臣的陪同下，来到牧场巡察。

猎骄靡见牧民都在做搬迁的准备，看看眼前的牧场，无可奈何地说："这是我们最好的牧场啊！可惜河水干了，牧草枯了，不得不搬家啊！"

大禄翎侯心里也很难受，想安慰一下昆莫，不知说什么好。

昆莫自言自语地说："河水为何突然干了呢？"

大禄翎侯说："或许是从地下流到大湖（今伊塞克湖）里去了吧！明年开春，河水就会涨起来，牧草也会长出来，牧民自然也会迁回。"

"来回搬迁，劳民神财啊！"猎娇靡问，"他们往哪里搬？去大湖吗？"

"他们必须赶在入冬之前迁到大湖南面去。"大禄翎侯看了一眼牧场上大大小小的草垛说，"虽然说过冬的牧草家家都储存充足，但这里没有水，人和牲畜无法生存啊！"

"老天啊！"猎娇靡仰天长叹，"你发发慈悲吧！"

乌孙太子岑陬骑马过来了，对猎娇靡说："昆莫！匈奴特使要见你！"

"什么匈奴特使？不就是你妻弟吗？"昆莫说，"你们又想搞什么名堂？我心情不好，不想见！"

"昆莫！真的是匈奴特使！"太子岑陬说，"匈奴单于想同乌孙联姻，把居次嫁给昆莫……"

"真是胡闹！"昆莫气恼地说，"孙子娶了个匈奴老婆，还要爷爷也娶个匈奴老婆吗？不管特使是真是假，我不想见，你让他走吧！"

一名乌孙骑士过来报告，说有一批汉朝使者求见。

"汉朝使者？"猎娇靡惊问，"真的是汉朝使者吗？"

"没错，昆莫！"骑士说，"汉朝使者自称张骞。"

"张骞？"猎娇靡问，"就是那个人称博望侯的张骞吗？"

"正是他！"骑士说，"他说是专程出使乌孙国，要见昆莫。"

"他们有多少人马？带武器了吗？"太子岑陬紧张地问。

"三百人，都带有武器！"骑士回答。

"来者不善啊！"太子岑陬装着很担心的样子。

"什么叫来者不善？"大禄翎侯说，"博望侯是和平使者啊！"

"你知道什么？"太子岑陬说，"和平使者，为何要带兵器？"

"怎么一见面就吵！"猎娇靡气恼地说，"你们叔侄怎么就像仇人一样，说话不能和气一点吗？"

太子岑陬与大禄翎侯像两只好斗的公鸡，互视一眼，显然没有和解的意思。

第六章　再通西域

"传我的命令！"太子岑陬对身边的当户说，"全体武士和牧民上马，准备迎战。"

"这怎么可以？"大禄翎侯说，"博望侯只有三百人，怎么会是来打仗的呢？"

当户得到太子的命令，已吹响牛角号，传出了作战的命令。

士兵和牧民听到牛角号声，纷纷拔出战刀，跃上马背，集结成队，战斗一触即发。

"我是都尉！"太子岑陬说，"是否开战，由我说了算！"

"不能开战！"大禄翎侯大声说，"开战这样的大事，怎能由一人说了算，我也是大臣，我不同意开战。"

"不要吵了！"猎娇靡烦躁地说，"先了解一下他们的来意，再决定。"

张骞和使者们蹚过近于干涸的河道，上了河滩，突然听到号角齐鸣，大家顿时紧张起来。

副使李咏说："博望侯，乌孙人怎么吹响了牛角号，要兵戎相见吗？"

三百使者一个个神情紧张，拔出战刀，如临大敌。

"大家不要慌，都刀入鞘！"张骞说，"没有我的命令，谁也不许乱动。"

使者们收刀入鞘，列成整齐的队形，跟在张骞后面，驶向乌孙人。

乌孙武士簇拥着猎娇靡、太子岑陬和大禄翎侯，剑拔弩张，怒视着张骞和汉朝使者。

猎娇靡不动声色，默默凝视着渐渐走近的张骞和使者们。

"站住！"太子岑陬大叫，"什么人？乌孙昆莫在此，还不下马见礼！"

张骞勒住马，问："请问，你是……"

"我是乌孙都尉，太子岑陬……"

张骞拱手向猎娇靡，说："想必这位长者，就是乌孙昆莫了！"

"我就是乌孙昆莫！"猎娇靡问，"你是谁？"

"尊敬的昆莫！"张骞说，"我是大汉使臣张骞，汉朝皇帝派我来看望您。"

"你就是传说中的博望侯张骞？"猎娇靡问。

"我就是张骞！"张骞说，"现在担任中郎将！"

"以前你到过西域，这事儿在西域都传遍了！"猎娇靡说，"听说你会织造汉家的丝绸？"

"我第一次出使西域，历经十三年！"张骞说，"到过匈奴、楼兰、大宛、康居、大月氏、大夏、莎车、于阗等国。我和妻子在楼兰织造过丝绸。"

"嗯！"猎娇靡说，"很有传奇色彩啊！"

张骞说："我这一次出使西域，是专程前来拜望乌孙昆莫的。"

猎娇靡试探地问："你身后还有汉朝的军队吗？"

"没有！"张骞说，"我所有的人都在这里，一共三百人。我们是和平使者，是来乌孙看望朋友、传递友情的，不是来打仗的，何须带兵？"

猎娇靡问："那你们为何都带着刀和弓箭呢？"

"尊敬的昆莫！"张骞问，"西域哪一支商队，出行不带上战刀和弓箭？你能说他们不是去通商，而是去打仗的吗？"

"博望侯果然是见过大世面的人！"猎娇靡哈哈大笑。

"尊敬的昆莫！"张骞问，"这是乌孙人的待客之道吗？"

猎娇靡显得有些尴尬，手一挥，大声说："放下刀剑，欢迎汉朝来的客人！"

现场气氛缓和了，牧民和士兵们放下刀剑，立即欢呼起来。

张骞知道乌孙人大都懂匈奴语，他用匈奴语亲热地向大家打招呼："各位牧民、武士们，我是汉朝皇帝派来的使者，我到过西域的大宛、大夏、康居、莎车、于阗、疏勒等国，这次专程到乌孙，是来和你们交朋友的。我衷心地祝愿你们在乌孙昆莫的带领下，生活过得越来越好！"

猎娇靡大声说："现在没事了，大家该做什么，还是做什么去吧！"

猎娇靡向大禄翎侯吩咐几句话，然后向张骞一拱手，骑马去了不远处一座最大的穹庐。

太子岑陬见状，悄悄地退走了。

大禄翎侯跳下马，步行到张骞马前，恭敬地说："博望侯，昆莫请你到前面那座穹庐相见！"

张骞跳下马，招呼使者们下马休息，然后手持旌节，带着几位副使，跟在大禄翎侯后面，向穹庐走去。

第六章　再通西域

乌孙昆莫坐在穹庐里，身边站着几位大臣，张骞带着几位副使，走进穹庐。

"尊敬的汉使！"一位乌孙大臣说，"请以参见匈奴单于的礼节，参见我们的昆莫！"

"什么礼节？"张骞明知故问。

乌孙大臣说："放下旌节，涂黑面孔，脸上刺字！"

"尊敬的昆莫！"张骞严肃地说，"我给你带来的礼物，是大汉天子的赏赐，昆莫应该表示感谢才是，不然的话，我会认为昆莫不愿收下这份礼物。如果真是这样的话，我便将这些礼物原封不动地带走，或者就地毁掉。"

张骞的话既严肃，也很有分寸，这是在迫使昆莫跪拜接受汉天子恩赐。

猎娇靡其实是在摆架子，见张骞认真起来，立即转换成笑脸，重新和张骞行礼，请张骞和副使们坐下说话。

张骞让副使李咏呈上礼单：无数的黄金、成捆的丝绸，还有上万头牛羊。

乌孙国是一个游牧民族，哪里见过如此丰厚的礼物，几位大臣都笑得眼睛眯成了线。

"实在太感谢了！"猎娇靡说，"早就听说汉朝是个富强的大国，真是名不虚传啊！今天，皇帝派贵使臣来到乌孙小国，还赏赐了小国这么多礼物，小国无尚荣幸，也使小国受之有愧，无礼物回赠啊！"

"我们汉朝是比以前强大了，不久前，我们的军队深入漠北，把匈奴军队打得落花流水，匈奴单于带着残兵败将，逃得不知去向了。"

猎娇靡惊奇地问："真的吗？"

"当然是真的！"张骞说，"你们原来居住的祁连山区，也被汉军收复了。那里有大片土地，丰美的水草，没有人居住，你们如果能搬回去，和汉朝联合起来，就一定能彻底打败匈奴，报你们的旧仇。"

猎娇靡听了张骞的话，沉默半天，说："祁连山有优良的牧场，能搬回去当然不错，不过，我们在这里住习惯了，生活过得也不差，臣民们恐怕不愿意搬回祁连山了。"

张骞见猎娇靡犹豫不决，只得说："只要昆莫搬回祁连山，和汉朝结为

兄弟之邦，我们的皇上不但以最珍贵的礼物送给昆莫，还愿意嫁一位公主给昆莫，结为亲戚，不仅如此，汉朝每年还会送给你们很多礼物。"

"结为兄弟，结为亲戚，这是好事啊！"猎娇靡说，"只是事关重大，我得和大臣、孩子们商议后才能决定。你们远道而来，一定很劳累了，先休息几天，我们择日再谈吧！"

张骞知道猎娇靡有苦衷，不好逼得太紧，只得退出。大禄翎侯送客。

张骞在大禄翎侯的陪同下，在牧场四周转了转，见牧民们都在拆帐蓬，问："大禄翎侯！牧民拆帐蓬，是要搬迁吗？"

大禄翎侯有些无奈地说："这里的河水干了，人畜没有水喝，只能搬到有水的地方去啊！"

"过冬的牧草呢？"张骞问，"够了吗？"

"过冬的牧草，特民们都储备好了。"

张骞问："如果有水，牧民还会迁走吗？"

"这里地形好，离赤谷城也近，牧草丰茂，是天然的好牧场，如果有水，谁还会搬迁呢？"

"可以打井取水啊！"张骞说。

"打井取水？"大禄翎侯吃惊地问，"打井取水是怎么回事？"

"打井就是向地下垂直挖一个深洞，地下水便从地底下冒出来了！"张骞说，"这种地下水很甜，很干净。"

"我们这里可以打井吗？"大禄翎侯追切地问。

张骞看了一下四周，说："大湖离这里很近，这里的地下水一定有丰富。"

"怎么打井？你们会打井吗？"

"我不会！"张骞说，"我们使团里有几位水利专家，他们会寻找水源，也能打井。如果你们同意的话，我可以让他们帮你们打几口井。"

"太好了！"大禄翎侯说，"我把这个好消息告诉昆莫，让昆莫决定，行吗？"

"行啊！"张骞说，"我这就去安排。"

猎娇靡传下命令，牧民们暂时停止了拆帐蓬。

张骞让使团的几位水利专家对牧场的地理环境进行勘察，看是否有地下

第六章　再通西域

水。几位专家勘察，一致认为牧场地下水资源丰富，打井一定能出水。

猎娇靡得到消息，非常高兴，立即吩咐大禄翎侯全力配合汉使打井，要人给人，要物给物。

三天之后，在几位专家的指导下，一共打出了六口井，清澈的水溢出井口，士兵和牧民们围着水井，欢呼雀跃。

猎娇靡走到井边，手掬井水喝了几口，大笑说："甜！甜水！喝吧！都来喝吧！"

大家纷纷上前，有的用手捧，有的用碗舀，有的用桶装。人们将六口水井团团围住，跳起了欢快的舞蹈，如重大的节日一样热闹。

大禄翎侯热情地邀请使者们一起跳舞，使者们也加入了跳舞的行列……

在猎娇靡召开的大会上，大臣们对东迁问题展开了热烈的讨论。

太子岑陬说："乌孙人生活在祁连山，那是老黄历。现在的乌孙人，已经离开祁连山，远离汉朝，对祁连山已没有任何感情，对汉朝情况也一无所知，谁知道汉朝皇帝葫芦里卖的是什么药？"

大禄翎侯说："汉朝是大国，匈奴是恶邻，汉朝皇帝有意与乌孙结盟，共同对付匈奴，这是一件大好事，何乐而不为呢？"

太子岑陬很坚决地说："汉朝与我们相隔十万八千里，即使我们与匈奴发生战事，汉朝也是鞭长莫及！利弊相权，还是不结盟的好。"

大禄翎侯站起来，怒目圆睁，大声说："你……"

"打住！"猎娇靡打断了大禄翎侯的话题，说，"这件事暂时放下，不要讨论了。"

张骞见乌孙昆莫猎娇靡犹豫不决，结盟之事定不下来，便把几位副使召集在一起，商量应对之策。

副使李咏说："乌孙昆莫老了，不中用了！说话拖泥带水，决策犹豫不决，根本就没有传说中的那么威猛。"

张骞说："看样子，昆莫无力控制乌孙国的政治局面，结盟之事有点悬！我们必须另想他法。"

"什么办法？"副使秦有根说，"乌孙昆莫不愿意结盟，咱也不能一厢情愿啊！"

张骞说:"咱们分头行动!"

"分头行动?"副使李咏问,"怎么分头行动?"

张骞说:"你们四位副使各带一队人马,每队五十人,分路出使西域各国。"

几位副使没有异议。

张骞随即对几位副使作出安排:李咏率一队,出使身毒国;王兴海率一队,出使大月氏国、大夏国;梁全胜率一队,出使安息国;秦有根率一队,出使条支国和大食国。并吩咐几位副使:"一定要维护汉使的尊严;同各国打交道,要讲信义,懂礼貌;用心研究各国风土人情;有好的植物种子,要带回汉朝。"

副使们都表示认同。

张骞又特别吩咐出使身毒的李咏,要留意一件事。

"什么事?"李咏问。

"三年前,我奉命率使团赴西南,探寻去身毒国的道路,无功而返。在犍为郡时,曾派出四位副使分头寻找通往身毒国之路,其中三路都已返回。唯独奉使君甘父和他的妻子黛莉娅一去不返,从此杳无音信,生死不明。请李副使和各位使者兄弟到身毒之后,顺便尽力寻找甘父和黛莉娅的下落。"

"好!"李咏说,"到身毒之后,我一定留意打听甘父的下落。"

张骞说:"我想找乌孙昆莫再谈一次,实在不行,你们就分头行动。"

"尊敬的昆莫!"张骞问,"结盟之事,有最终决定吗?"

"唉!"猎骄靡叹口气说,"我老了,不中用了啊!"

"昆莫何出此言呢!"

"族人的意见统一不了。乌孙人在这里已生活多年,都习惯了,举族迁徙,不是一件小事,还得从长计议才是。"

"那结盟之事呢?"

"我也很想与汉朝结成友好之邦!"猎骄靡说,"我可以派使者随你去长安看看,如果条件成熟的话,我们再谈结盟,如何?"

张骞知道说服乌孙国东迁很难,但乌孙昆莫并没有拒绝和汉朝共同抗击匈奴的建议,于是说:"结盟之事暂且不谈,我代表汉朝皇帝向您慎重地提出邀请,请您派人随我去汉朝看一看,然后再作决定。"

"好!"猎骄靡说,"我派一支二十人的使团随你去长安,并带去四十匹乌孙马，四十箱珍宝，作为送给汉朝皇帝和皇后的礼物。"

"好！"张骞说，"我们的皇帝，一定会乐意见到乌孙国的使团。"

"波斐尔！"猎娇靡对身边一位大臣说，"我命你为乌孙国使者，随博望侯去长安，你愿意吧？"

"尊敬的昆莫！"波斐尔说，"我愿意，请昆莫明示，我去汉朝后，话怎么说，事怎么做。"

猎娇靡说："这个待会单独给你交待。"

第二天，四位副使受张骞之命，分别前往大宛、康居、大月氏、大夏、安息、身毒、于阗等国，代表西汉王朝和这些国家商谈结盟、通商事宜。

张骞则带领一百位使者，波斐尔带领十九位乌孙特使，一起离开乌孙国，踏上回国的路程。

五、痴情的匈奴公主

　　车师国（今新疆吐鲁番）是一个只有六千人口，八百军队的西域小国。其东邻汉朝，距玉门关仅二百余里；北邻匈奴，距匈奴北大营不足一百里。国小兵弱的车师国，处事小心谨慎。因距离匈奴国很近，不得不依附于匈奴，但又不愿同汉朝为敌。车师国的首府在交河城，其地处盆地，在灼热的火焰山下，艾丁湖畔，气候奇热，林木葱郁，盛产葡萄。

　　车师国的驿馆设在十里葡萄沟，这里是西域的交通要塞，驿馆门前的大道，西通乌孙，北达匈奴，东往汉朝。过往商旅途经此地，多选择在驿馆投宿。

　　张骞率汉使和乌孙特使，经过长途跋涉，抵达十里葡萄沟时已是日落时分，他决定在葡萄沟驿馆投宿，派人前往联络。

　　驿长得知汉朝的博望侯途经葡萄沟，要来投宿，立即出门相迎，亲自将张骞一行带进驿馆的东大院。

　　驿馆东大院内是院内有院，有数十房间，奇怪的是，这些房子一半在地下，一半在地上，进房间需要下台阶。房屋都连成排，分隔成小间。房前有水沟，水沟两侧花木繁茂。

　　张骞觉得奇怪，问房子为何一半建在地上，一半建在地下。

　　驿长说："交河城在火焰山下，常年酷热，房子一半在地上，一半在地下，散热快，这样凉快。"

　　张骞感叹地说："真是一方水土养一方人啊！"

　　"博望侯！"驿长说，"快进屋吧！先洗澡，后纳凉，我去禀报国相。"

　　"我们只住一宿，无须叨扰贵国国相！"

　　驿长说："大汉博望侯途经葡萄沟，这是我们的荣幸，如果不禀报，到时国相怪罪下来，我可承担不起啊！"

"那就有劳了。"张骞不再阻拦，随后进了客房，沐浴、纳凉。

驿长赶往国相府，向国相依诺报告了汉朝使团途经车师国、住宿在驿馆的事情。

依诺问："他们有多少人，带了些什么东西？"

"汉使一百人，乌孙国特使二十人，除人各一骑外，另带有乌孙马四十匹，财物装了几十口箱子。"

"这么多呀？"依诺露出了贪婪的眼光，"我们发财的机会来了！"

"什么？"驿长有点不相信自己的耳朵。

"驿长！"依诺说，"你赶快去匈奴北大营，把这个消息透露给匈奴大当户，让他带兵来劫杀汉朝使团！"

驿长不想做这个恶人，推辞说："国相，匈奴千骑长带一百多名骑兵，护送居次回大漠，路经车师国，也住在驿馆，让他去匈奴北大营报信吧！"

"这个主意好！"依诺说，"你去把这个消息透露给他。"

"好！"驿长转身欲走。

"等一下！"国相说，"还是我亲自去吧！"

驿馆西大院的葡萄架下，匈奴千骑长在那里自斟自饮，见车师国国相来了，笑着说："国相来得正好，咱们喝一杯。"

国相说："有一件重要的事情，必须马上办，事成之后，我请你喝酒。"

"什么事？"千骑长问。

"想发财吗？"

"想啊！"千骑长说，"做梦都想发财！"

"有一个发财的机会！"

"什么机会？"

国相在千骑长耳边嘀咕了半天。

"太好了！"千骑长说，抓住大汉使臣，大单于一定会重赏。"

国相说："你快去北大营搬兵吧！"

"我得先告诉居次一声，明天才能赶回来。"千骑长说，"这期间，你一定要保证居次的安全。"

"你放心好了！"国相问，"居次住哪个房间？"

"中间那个房间！"千骑长说，"她不在房间，和侍女到葡萄沟去了。我去找她。"

葡萄沟是交河城最繁华热闹的地方，沟两边白杨树参天成行，长达十里的葡萄沟，全部以葡萄架作棚，架下面是街市，商贩云集，西域各国商人穿梭其间，叫卖声不绝于耳，热闹非常。

千骑长在一个卖刺绣品的摊位前找到居次，将她拉到无人处，告诉她说，车师国国相暗通一个消息，说大汉使臣张骞住进了驿馆，他要去北大营搬兵，捉拿张骞。

居次大吃一惊，问道："国相与张骞有仇吗？"

"没有！"千骑长说，"车师国紧邻匈奴，远离汉朝，国王又依附于匈奴，处处讨好我们的单于。国相是国王的心腹，当然也想讨好单于。"

"为何他们不自己动手呢？"

千骑长说："车师国太小，全国总人口仅六千多人，八百军队，他们怎么敢与汉朝公开为敌呢？"

"他们这是借刀杀人啊！"

"居次！"千骑长说，"匈奴两次抓到张骞，两次都让他逃走了，大单于一直耿耿于怀，现在机会来了，这次一定要抓到他。"

居次问："你去北大营报信，要多长时间？"

千骑长说："最快也得明天下午才能赶回来。"

居次淡淡地说："你去吧！"

千骑长的话，牡丹都听见了，但却不敢插话，千骑长离去之后，着急地说："居次，张骞是你日夜思念的人，你怎么能让千骑长去调兵捉拿他呢？"

"我阻止得了吗？"居次说，"我一生最敬重、最爱、最惦念的人就是他，我能让人去杀他吗？我们赶快回驿馆，我要去见张骞，把这个消息告诉他。"

"驿馆里有千骑长手下的士兵，我们这样去，他们发现了怎么办？"

居次想了想，说："你快回去，到东大院把张大哥叫出来，我在交河边那棵大树下等他。"

牡丹蒙着面纱，悄悄进了驿馆东大院，找到张骞的房间，轻轻推开门，

第六章　再通西域

问："先生，刚摘的牡丹花，要吗？"

张骞大吃一惊，问："你是谁？"

"张大哥！"牡丹摘下面纱，"不认识我了？"

"牡丹？"张骞又惊又喜，问，"怎么会是你？"

"快跟我走！"牡丹说，"居次在河边等你，有件事十万火急。"

张骞知道情况紧急，不再多问，带上腰刀，随牡丹出了驿馆。

居次站在河边的白杨树下东张西望，见张骞和牡丹远远地过来了，边跑边招呼说："这里！这里！"

张骞迎上去，居次跑过来，扑进张骞的怀里，失声恸哭。

"居次！"张骞搂着居次，安慰地说，"不要哭，不要哭！"

居次抬起头，泪流满面，激动地说："大哥，一别就是八年，我无时无刻不在想念你啊！"

张骞替居次擦干眼泪，笑着说："没想到我们会在车师国相遇，你怎么会到这里来？"

"我去龟兹国学弹琵琶，返回大漠，路过这里，住在驿馆西大院。"

"只有牡丹陪你吗？"张骞说，"千里迢迢，两个女人，太危险啊！"

居次见张骞关心自己的安危，一股暖流涌遍全身，嫣然一笑，说："父王派了一个千骑长，一百名骑士保护我……"

"你怎么知道我住在驿馆东大院？"张骞不解地问。

"是千骑长告诉我的！"居次说，"大哥，你赶紧带使团离开这里，千骑长已去北大营搬兵去了，要活捉你，把使者们杀掉。"

"千骑长怎么会知道我和汉朝使团住进了驿馆呢？"

"驿长去报告车师国国相，国相想讨好匈奴大单于，就向千骑长透露了这个消息。"居次说，"你们快走，千骑长去搬兵，明天下午就要到了。"

"我们明天一大早就走。"张骞感激地说，"居次，你又救了我一次。"

"大哥！"居次突然说："我不想回大漠，把我和牡丹一起带走吧！"

"居次，你还是回去吧！"张骞说，"你的丈夫……"

"不要提他！他早就死了！"居次哭着说，"最疼爱我的爷爷大单于死了，母亲也死了。现在的伊稚斜单于是我的二爷爷。父亲提升为右贤王，他除

279

了领兵打仗,就是沉溺于酒色之中,根本不关心我。我也没有再嫁。大哥,除了你,什么样的男人我都不要!"

居次说到这里,泣不成声。

"我知道你对我好!"张骞说,"但不愿伤你的心,我真的不能带你走。"

居次绝望地问:"为什么啊!"

"我这次出使乌孙国,汉朝与乌孙正在谈结盟的事情。跟我一起的二十名乌孙特使,就是去汉朝察看实情的。汉朝皇帝同意把公主嫁给乌孙昆莫,匈奴单于也想把居次嫁给昆莫,并派特使去了乌孙国,昆莫拒绝了。想一想,你是匈奴居次,我是大汉使臣,同行的还有二十名乌孙特使,我能带你走吗?"

"大哥!你有重任在身,我不为难你。"居次说,"我爱你,只要我不死,我就会到汉朝去找你。"

张骞被居次的深情所感动,却又无言以对。

"大哥!"居次说,"情况紧急,你还是赶快回驿馆去安排一下,黄昏时分,我在这里等你。"

"好!"张骞说,"我先回去安排一下。"

次日清晨,居次和牡丹走出西大院,正好遇到了国相依诺。

"居次早!"国相问,"你要出去吗?"

"我们到河边去散步!"

"居次!"国相说,"请带上你的卫兵,以免出现意外……"

居次反问:"这里不安全吗?"

正在这时,张骞率汉使者和乌孙特使全副武装,从东大院出来了,向门口走去。

"博望侯!"国相上前阻拦说,"你们不能走!"

"你拦得住我们吗?"

"博望侯误会了!"国相说,"车师国国王今天要来见你。"

"我只是路过此地!"张骞说,"没有见贵国国王的安排。"

"拦住他们!"国相终于露出了凶相。

匈奴武士应声而出,堵住了大门。

居次大喊:"你们怎么听车师人的号令?"

"居次！"匈奴武士说，"千骑长吩咐过，他走之后，让我们听从国相的指挥。"

"拿下！"张骞突然大喊一声。

两名汉使迅速上前，一左一右，架住了国相。

张骞闪身上前，一把抓住居次，拔刀架在她的脖子上，对匈奴武士大喝："让开，谁敢乱动，我杀了居次。"

汉朝副使同时出手，一把抓住了牡丹。

匈奴武士见汉使劫持了居次和牡丹，谁也不敢乱动，纷纷收起刀，让开一条道。

张骞大喝："把驿长押上来！"

两名汉使押着驿长，走进大门。

"博望侯，饶命！"驿长跪下求饶。

张骞说："把你刚才招供的话，再说一遍，让居次听听！"

"这一切都是国相的主意！"驿长说，"他把汉使住在驿馆东大院的消息告诉了千骑长，让千骑长去北大营搬兵，活捉博望侯，杀掉汉使和乌孙特使。"

"博望侯，饶命！"惊恐万状的国相跪地求饶。

张骞和副使同时把居次和牡丹放到自己的马背上，跳上马，下令汉朝使者和乌孙特使出发。

张骞对驿长和匈奴兵说："一炷香之后，你们到交河城门口去接居次，还有国相。"

副使说："我们只是请居次和国相送我们一程！只要你们不乱来，我们绝不伤害他们。"

匈奴武士很听话，全都站到一边，没有一点脾气。

张骞一行策马狂奔，驰出交河城城门后，把五花大绑的国相丢在路边，继续前行。

居次依偎在张骞的怀里，痴情地看着张骞。

"居次！"张骞说，"谢谢你，你该下马了！"

"大哥！"居次渴望地说，"吻我一下吧！"

张骞看着怀里的居次，心情一阵激荡，低下头，轻轻地吻了居次一下。

居次突然伸出双手，抱住张骞的脖子，贴在他耳边说："大哥！我永远爱你，这一生，只爱你一个人。"

居次下马了。

副使也已赶到，把牡丹放下马。

张骞跳下马，副使也跳下马。

大队人马随后都到了，大家看到居次与博望侯依依不舍的样子，似乎什么都明白了，纷纷向居次拱手致意。

望着远去的张骞和他的队伍，居次搂着牡丹，痛哭失声……

第七章 功在千秋

第七章　功在千秋

一、西域使者来长安

这一天，乌姗带着张岩，冒雪来到长安，走进石建府上。进门之后，乌姗对石建说："石大人，接到你的信，我们就赶来了。岩儿能进太学读书，全靠石大人推荐，我们全家非常感谢石大人！"

"张岩资质好，年龄也适合。公孙弘是太学总学管，听说张岩要入学，满口答应了。"石建说，"太学学舍在上林苑，很幽静，是个读书的好地方。太学舍区在城西尚书街，离我家也很近。"

"不行，岩儿不要住太学舍区。"石老夫人说，"岩儿，你就住在奶奶家，早出晚归，路也不远。"

张岩说："我愿意住在爷爷奶奶家。"

"你这孩子！"乌姗说，"又给爷爷奶奶添麻烦了！"

"就让他住我家吧！"石建说，"我这里书多，他可以随意看，我也可在学业上督促他！"

"谢谢爷爷！"张岩甜甜地说。

"太学里分科，有五经、六艺、射重、经济，今年还增设了西域志，专学西域各国语言、西域史地和西域礼仪。"石建问，"岩岩，你打算学哪一科？"

张岩毫不犹豫地说："我学西域志。以后也像阿爸一样，出使西域。"

石建、老夫人、乌姗一听，都笑了。

"有志气！"石建说，"看来，你们家世世代代都跟西域结缘了。"

"阿妈！"张岩突然问，"阿爸怎么还不回来啊！"

"是啊！"乌姗担忧地说，"一晃又快四年了，现在西域已是大雪封山，冰天雪地，道路阻塞。你阿爸他们今年怕回不来了！"

大汉使臣张骞

乌姗没有说错，此时的祁连山，天上的云是白的，地上的雪是白的，张骞和使者们，身上沾满的雪花，远远望去，使团队伍就像一个个滚动的小雪球。

元鼎二年（前115年），新年伊始，为了加强对河西走廊的控制和管理，西汉王朝继在匈奴浑邪王故地置酒泉郡后，又在匈奴休屠王故地设置武威郡。

正月十三，是汉民族传统的上元灯节，长安是皇城，节日气氛显得更加浓厚。

黄昏时分，龙楼门城门洞开，张骞带领他的使团队伍穿门而过，进入长安城。蓝眼睛、红头发、穿着奇装异服的乌孙人刚进长安，立刻引起轰动。人们挤拥在街道两边，议论纷纷：

"这是哪国人啊？相貌如此奇特！"

"博望侯也在队伍后面，他这次是出使乌孙国，难道这些人是乌孙国的人吗？"

乌孙特使也都睁大了眼睛，惊奇地看着眼前的一切：万家灯火，热闹非凡。市民商贾，家家上街观灯，男女老少，人人提灯出行。龙灯、凤灯、鹤灯、猴灯、蝴蝶灯、兔儿灯、风车灯、走马灯、仙女灯、西王母灯……形形色色，光灿夺目，令人目不暇接。

"好多人！好多灯啊！"乌孙特使十分惊讶，问，"博望侯，长安这是在过节吗？"

"今天是正月十三，是汉民族传统的上元灯节！"张骞说，"每年这个时候，家家户户都要做灯，提灯上街，互相庆贺，要闹一个晚上。"

突然，鞭炮齐放，烟花腾空，夜空里犹如万花怒放，五光十色，缤纷灿烂。

"上灯了！上灯了！上灯了！"街上的人群不约而同地欢呼起来。

乌孙特使们都看呆了，仰首眺望夜空上的烟花，惊叹地说："太神奇了！太漂亮了！真是匪夷所思啊！"

公车司马黄定安走出皇城孔雀门，正好遇到张骞一行，吃惊地问："张大人，你出使归来了？"

"老令公！"张骞说，"我们刚进城，这二十位是乌孙国特使！"

第七章　功在千秋

乌孙特使与黄定安互相施礼问候。

"张大人！"黄定安说，"我领乌孙特使去鸿胪寺歇息，你们也早点休息，明天一早，我便进宫禀报。"

"多谢了！老令公！"张骞说，"这柄汉节和乌孙特使带来的四十匹天马、四十箱礼物，就一并放在你这里了。"

"张大人！"使团副使说，"我来协助老令公安排，你不是要去见石大人吗？你先去吧！"

张岩搀扶着拄着拐杖石建，乌姗搀扶着石老夫人，四人出了石建府，向孔雀大街走去。

甘仑提着一盏兔子灯，张莲提着一盏莲花灯，跑在前面。

甘仑眼尖，一下子就看到迎面而来的张骞，大叫着扑上去："姑父！"

"阿爸！"张莲也看见了，跟着扑了上去。

乌姗、石建听到叫声，停住了脚步。

张骞搂着甘仑、张莲，开怀大笑。

"阿爸！"张岩说，"阿妈也来了，我们和石爷爷、石奶奶上街看灯！"

张骞放开两个孩子，上前施礼，说："石大人大安！老夫人大安！"

"回来了？"石建问，"这次出使顺利吗？"

"还算顺利！"张骞说，"虽然没有结盟，但乌孙昆莫派了二十位特使随我一同到了长安。"

"有话回家说！"石夫人说，"张骞，你夫人在这里，别冷落了她啊！"

张骞笑着说："乌姗，你也来长安了？"

"岩儿在京师太学上学，就住在石大人家，我领着两个孩子来看看岩儿，正赶上上元灯节。"乌姗答。

"岩儿！"乌姗说，"你带弟妹上街去看灯，玩一会就回来，看好弟妹，不要让他们走丢了。"

"好嘞！"张岩说，"阿爸，我们走了！"

张骞说："去吧！去吧！"

元宵过后，汉武帝在上林离宫接见了张骞和乌孙特使。

"张骞！"汉武帝说，"你递上来的折子，朕看过了，你再扼要地说一

遍，让大臣们也知道你这次出使西域的情况。"

张骞说："元狩四年（前119年），臣奉圣上之命出使西域，臣到达乌孙，向乌孙国王提出东迁祁连山，与汉朝共同抗击的建议，遭到乌孙国王的婉言拒绝。乌孙国王虽然没有与汉朝结盟，但却派了二十名特使随臣到了长安。"

"虽然没有说服乌孙人迁回祁连山，但却把西域客人引进了长安。"汉武帝说，"这可是开天辟地第一回的大事啊！"

汉武帝话音刚落，群臣小声地议论起来。

张骞稍等了一会，继续说："臣见乌孙国王举棋不定，便将计划作出调整，把四位副使分别派往西域的大宛、康居、大月氏、大夏、安息、身毒、于阗等国出使去了。"

"好！"汉武帝说，"这样一定会有好结果。"

张骞说："臣也是这样认为的！"

汉武帝说："张骞出使归来，劳苦功高。朕赐封你为大行令，负责联络接待各国使节及宾客事务，秩二千石。"

张骞再行大礼谢恩。

"皇上！"张骞说，"乌孙特使在宫外候见！"

"好！"汉武帝说，"传召！"

在近侍的引领下，乌孙特使进殿，向汉朝皇帝行叩拜之礼。

汉武帝高兴地说："西域贵客，请起！"

波斐尔站起来，说："我们一行二十人，奉昆莫之命前来汉朝，一是对汉朝皇帝的馈赠表达谢意，带来四十匹乌孙马骏马，四十箱珠宝，以表寸意；二是观摩学习汉朝的礼仪、律法。"

"多谢乌孙昆莫的礼物！"汉武帝说，"大行令张骞，乌孙特使观摩学习的事情，你亲自安排，务必做到周到妥帖。"

张骞说："臣遵旨！"

汉武帝问，"乌孙骏马有何特点？"

张骞说："乌孙骏马就在宫外，皇上亲自去见识一下就知道了。"

"走吧！"武帝起身，离座，大步向宫门口走去。

第七章 功在千秋

上林离宫外，几十匹乌孙骏马站在草地上，汉武帝见了后，连声叫好。他换了衣服，挑一匹骏马，跃上马背，在草地上跑了一圈，挥着马鞭，高兴地说："这马跑得既快又稳，比匈奴马、东胡马强多了！"

乌孙特使见汉朝皇帝夸赞乌孙马，显得十分高兴。

"张骞！"武帝说，"大宛马叫天马吗？"

张骞说："大宛马是汗血宝马！"

"这乌孙马就是天马了！"武帝突然思潮如涌，两眼凝视着远方，沉思了一会，信口吟道：

天马徕，从西极，涉流沙，九夷服。
天马徕，出泉水，虎脊两，化若鬼。
天马徕，历无草，径千里，循东道。
天马徕，执徐时，将摇举，谁与期？
天马徕，开远门，竦予身，逝昆仑。
天马徕，龙之媒，游阊阖，观玉台。

这首诗就是历史上著名的《天马歌》。

"好！"张骞鼓掌说，"天马来，从西极，有了天马，何愁匈奴不灭！"

乌孙客人在长安度过了一段愉快的日子，汉朝人的好客和礼貌，长安街的繁华，宫殿的雄伟壮丽，都给他们留下了深刻的印象。回国时前，汉武帝又赠他们许多丝绸。

波斐尔再三表示感谢，说汉朝是一个富强的大国，对乌孙小国如此尊重和友好，表示回国之后，一定要报告他们的昆莫，永远和汉朝友好相处。

二、思域斋

张骞坐在白岩村东头山坡上，凝视远方，陷落在沉思之中。忽然，一阵悦耳的羌笛声随风飘来，曲子居然是《骏马之歌》。

"甘父！是你吗？"张骞蓦然惊醒，站起来环视四周，不见人影，怅然若失地重新坐下，两腮挂满了泪水。

张莲和甘仑从草丛中钻出来，悄悄来到张骞身后，张莲伸出小手，从背后捂住了张骞的眼睛。

"又是你们两个小淘气！"张骞假装生气地说。

张莲见手上沾满了泪水，吃惊地说，"阿爸，你哭了？"

"没有啊！"张骞说，"刚才吹过一阵风，沙子迷住了眼睛。仑儿，刚才是你吹羌笛吗？"

"是的！"甘仑问，"姑父，我吹得好听吗？"

"好听！"张骞说，"姑父就爱听这首曲子，你再吹一遍！"

甘仑将羌笛凑到嘴边，再次吹起了《骏马之歌》，优美的曲调，在原野里回荡。

"弟弟想念他的阿爸、阿妈就吹这首曲子！"张莲说，"阿爸，我也很想舅舅、舅妈！他们什么时候回来啊！"

"不知道！"张骞神色怅惘地说，"我也很想念他们啊！"

乡佐张猴子从山坡下路过。

"猴子哥！"张骞叫道，"我正有事要找你呢！"

"什么事？"张猴子过来了，边走边问。

"我想把房子翻修一下，把两个厢房改成一间书房。"张骞说，"请你帮我找几个工匠，行吗？"

第七章　功在千秋

"兄弟！"张猴子说，"你是朝廷大官，在长安盖一处官邸，把老夫人、张奇一家都接过去住，乡下的房子就不要翻修了吧！"

"我的根在白岩村，故土难离啊！我娘、乌姗、张奇夫妻，也都不愿到长安去住。"张骞说，"我也老了，得了一身病，我已向皇上告了长假，就是想回到乡下老家写书，把我一生出使西域的见闻写出来。"

"兄弟，不要嫌我多嘴！"张猴子说，"你身体越来越差，气色也不好，还写什么书啊！好好调养身子吧！"

"身体不好可以慢慢调养，书不能不写！"张骞说，"修房子的事情，就拜托你了！"

"乡下人有的是力气，修房子的事，我替你张罗吧！"张猴子说罢回村去了。

"阿爸！"张莲问，"你要写书？写什么书呀？"

"阿爸要写一部《西域传》，你哥哥不是在太学读书吗？《西域传》就是写给太学做教材用的。"

半个月之后，张骞家的宅院翻修一新。两间厢房改成了大书房。最引人注目的是书房的门楣上，挂着一块楠木匾额，上面是张骞亲笔题写的三个金色隶书大字——思域斋。

乌姗、玲儿、张莲、甘仑几个人，把一捆捆新竹简搬进思域斋。做完这些事后，大家坐在院子里的葡萄架下休息。

乌姗端来茶水，将汗巾递到几个人擦汗。玲儿搀着张王氏从堂屋里走出来，让她看看思域斋和翻修一新的房子。

乌姗给张骞倒一杯茶，说："房子翻修了，书房也整理好了。从今以后，你就安心地写书吧！织机房和酒作坊的事，就不用你操心了。"

"是啊！"张骞喝一口茶说，"从明天起，我得抓紧写《西域传》，别的事我也顾不上了。"

"骞儿！"张王氏说，"你就安心做你的事，只是不要太累，书要写，饭也要吃，身体不好，书也写不好。"

"母亲！"张骞说，"我知道！"

第二天天还未亮，张骞就起床进了思域斋，专心致志地写《西域传》，

半天时间就写了二百多根竹简，按顺序给竹简编号，依次摆在地上。二百余根竹简，铺满了半间书房。

"大哥！"乌姗捧着一碗鸡汤进来，说，"歇会儿，把这碗汤喝了！"

张骞放下笔，接过汤碗，喝了一口，说，"好香啊！"

"快喝吧！"乌姗说，"这是娘让我给你熬的。"

张骞放下汤碗，说："别动！"

乌姗站着没动，张骞伸手从乌姗的头上扯下一根白发，说："这些年，我一直奔波在外，家里的事全靠你，白发也有了，辛苦你了啊！"

乌姗笑了，笑得很甜，她深情地看了一眼张骞，说：好了，你写书吧！我走了。"

"等一下，我有事要问你！"张骞问，"匈奴人称君王为单于，那为何要称撑犁孤涂单于呢？"

"撑犁是天的意思，孤涂是儿子的意思，合起来就是天的儿子！"乌姗说，"你们汉人不是也称皇帝为天子吗？"

"啊！懂了！"张骞又问，"服匿、湩酪，又是什么意思？"

"服匿是陶罐、瓦罐子。湩酪，就是奶汁，牛羊的奶汁，你们汉人叫奶酪。"乌姗问，"你问这些干什么，这些也要写进书里吗？"

"当然要写！"张骞说，"《西域传》中有《匈奴传》，自然要写匈奴人的生活习俗。如果我自己没有弄明白，写出来的书，别人怎么能看懂呢？"

"你呀！"乌姗说，"做什么事都这样认真。"

"人一辈子能做几件正事？"张骞说，"我这后半辈子，就是要写好《西域传》了，不认真怎么行？"

"阿爸！"张莲进来了，说，"公孙叔叔看你来了。"

张骞说："快，请他进来！"

公孙敖一身布衣，进了书房，说："大哥，大嫂，我闲得没事，到你这里蹭饭来了！"

乌姗笑着说："想来就来，地里有菜，河里有鱼，保你吃个够。"

"那就多谢嫂子了！"

"兄弟，你来得好！"乌姗说，"近来，大哥他常咯血，叫他休息一阵

第七章 功在千秋

子,他就是不听,写书像拼命一样,你劝劝他吧!"

"大哥!"公孙敖说,"一口吃不成胖子,《西域传》是要写,可也得慢慢来呀!"

"好!"张骞说,"吃了饭,我陪你去钓鱼。"

张骞和公孙敖各持一根钓竿,在河边的柳树下各找一块石头,坐下垂钓。

"贤弟,近来怎么样,还好吧!"

"无官一身轻!"公孙敖说,"削职为民后,很悠闲,也很无聊!不过也好,以前在官场上混,当局者迷,现在是旁观者,很多事情一下子都看透了。"

张骞深有同感地说,"人生苦短,都耗在官场上,尔虞我诈,争名夺利,太不值了。争到了又怎么样,能带到土里去吗?"

"还是你好啊!"公孙敖说,"为官而无官气,身居高位却退隐山林,一心撰写《西域传》,传之于世,功德无量啊!"

"我写《西域传》,一不为传世,二不为立德。只是想给太学的学生编一本教材,让他们多了解一些西域。对汉朝与西域的文化交流、通商提供一些参考。"

公孙敖问:"甘父还没有消息吗?"

"还没有,听说去身毒的副使回来了,但愿他能带回甘父的消息。"张骞问,"卫青最近还好吗?"

公孙敖说:"卫青又率军出征定襄了,这一次出征,斩敌五万,大获全胜,差一点活捉了匈奴大单于伊稚斜。凯旋后,皇上赐封为大司马大将军,食禄一万六千三百户,可算是红得发紫了。"

"卫青有勇有谋,是带兵打仗的天才,满朝文武,无人能出其右。"

公孙敖说:"不过,他最近很烦,过得并不顺心。"

张骞问:"为什么?"

公孙敖说:"卫皇后失宠了,皇上迷上了李延年的妹子李小妹,赐封为夫人,昼夜淫乐,四处游玩,不理朝政。"

"李延年就是那个擅长音乐歌舞的宦官吗?"

公孙敖说:"就是他,他原本只是一个养狗的宦官,李小妹当上夫人后,他也跟着飞黄腾达起来,赐封协律都尉,主管宫廷乐府,秩二千石。与你

这个大行令拿的是一样的俸禄。李夫人的大哥李广利、弟弟李季，一夜之间也成了权臣贵胄。这跟当年卫青沾他三姐的光一样，一人得道，鸡犬升天啊！"

张骞叹了口气说："皇上平常总是说，要任人为贤……"

"那不过是说说而已！"公孙敖说，"皇上一贯都是任人为亲，难道你还没有看透吗？"

"卫青就为这事不高兴？"

公孙敖说："你知道李小妹是谁引荐给皇上的吗？"

"不是李延年吗？"

"如果是他，卫青也就不会那样生气了！"

"那是谁？"

"平阳公主啊！"

"平阳公主？"张骞问，"她为什么要这样做？"

"这个女人的心思，连卫青也摸不透！"公孙敖说，"卫子夫当皇后，她跟卫子夫打得火热。卫青不敢得罪皇上，只得娶了这个女人。平阳公主如愿以偿，可她还不满足，又要皇上封她三个儿子为侯。皇上又依了她。她和卫青一门王侯，还不满足……"

"她想怎么样？"

"她对卫青说，卫子夫姿色衰退，皇后之位难保。她想让李夫人当皇后，还让卫青去巴结李夫人。"公孙敖说，"卫青能不生气吗？"

"世态炎凉，趋炎附势者大有人在啊！"公孙敖说，"朝中不少重臣，如张汤、江充之流，都已削尖脑袋巴结李夫人，疏远皇后，藐视卫大将军了！"

"算了！"张骞说，"不谈这些乌七八糟的事，我们钓鱼。"

"你以为我真的是来钓鱼的吗？"

张骞问："有事吗？"

"我是来告诉你一个天大的秘密！"

"什么秘密？"

公孙敖问："你知道朝廷有绣衣直使这件事吗？"

第七章 功在千秋

"不知道!"张骞问,"绣衣直使是怎么回事?"

"绣衣直使,也叫绣衣使者,是皇上安插在各部门的密探。"公孙敖说,"绣衣使者直接受命于皇上,朝廷要员的一举一动,甚至个人隐私,都要定时向皇上奏报。"

"有这种事?"

"还记得你第一次出使西域的时候,有个叫梁斌的副使吗?"

"梁斌!"张骞说,"他死在沙漠,没有回来。"

"他是皇上安插在你身边的绣衣直使啊!"

"真的吗?"张骞大吃一惊。

"连卫青身边都有绣衣直使,何况是你?"公孙敖说,"这件事极为隐秘,大哥知道了就行,一定要守口如瓶,勿传六耳。"

"放心!"张骞说,"我向来行正言谨,以后更加小心就是了。"

"哈哈!鱼上钩了!"公孙敖说罢,提起钓竿,收线,果然钓到了一条大鱼。

张骞却一脸茫然地看着河面……

张骞送走公孙敖后,闭门不出,专心写《西域传》,可越写到后来,越觉得有些力不从心。虽然有两次出使西域的经历,到过十几个西域国家,但所见所闻毕竟有限,尽管向甘父、巴特尔、沙乌等人了解了许多西域各国的情况,但要写好《西域传》,却仍显得资料不足。思索再三,决定到长安查阅资料。

张骞到长安后,先到石渠阁(汉代皇家图书馆)查找西域的资料,竟然一无所获。主管石渠阁的御史中丞孔令辉见张骞失望的样子,建议说:"张大人!你去找司马谈老夫子试试看,他是史学泰斗,正在延阁撰写《六家指要》,或许他能给你提供一些帮助。"

"谢孔大人指点!"

延阁也在石渠阁内,是太史令司马谈写史的地方。

司马谈家学渊源,自周朝到汉代,其家族世代为朝廷史官,司马谈继承家学,是著名的史学大师。他为人耿直,性情古怪,认人不认官,无论官位多高,如果品行不正,照样不理不睬。

司马谈见到张骞,高兴地说:"早就听说张大人在写《西域传》,这是

一件功德无量的事情啊！怎么样，还顺利吧？"

"太学开了西域志科，没有教材，下官写《西域传》，是为了给太学写一部教材。"张骞说，"谁知动笔之后，才知道著书之难。"

"有什么困难吗？"司马谈问。

"下官才疏学浅，加之史料不足，确实有些力不从心！"张骞说，"西域三十六国，下官两次出使西域，到过匈奴、大宛、康居、大夏、莎车、于阗、乌孙等国，所到之处，也曾注意了解当地的历史、地理、风俗民情，但仍觉资料不足。目前已经撰写了《大宛传》《乌孙传》《于阗传》《大夏传》等，但都是一些小国，地域小，人口也不多，写起来较为容易。最近在写《匈奴传》，匈奴是西域大国，历史悠久，地域广阔，政局多变，写起来有些力不从心，请大人赐教！"

"在汉朝，你是出使西域第一人，写《西域传》非你莫属，也责无旁贷。写成之后，不仅可作为太学教材，也可为写正史所用，功德无量啊！"司马谈说，"张大人，老夫一生写史，也深感写史之难。首先，要求写史之人要无私无畏，秉笔直书，既不屈从于君王权贵，也不鄙视贫贱草民，善恶必书。其次，写史不能操之过急。"

"谢司马公赐教！"

"老夫不说假话！"司马谈说，"老夫没有去过西域，虽然饱读史书，但对西域所知甚少，几乎是空白。据老夫所知，先秦典籍涉及西域者只有《穆天子传》一种，但其中的记载多为荒诞不稽之辞，近于神话。不过，从周穆王的西行游踪，可以窥视上古时西域各族分布和迁徙的梗概，风俗民情，也可略窥一二。"

"延阁中有《穆天子传》吗？"张骞说，"可否借下官一阅？"

司马谈走进室内，提出几捆竹简书，掸去灰尘，交给张骞，说："就是这些，你带回去吧！用过之后，记得归还。"

"多谢司马大人不吝赐教！"张骞说，"如果有不甚了然之处，下官还会来请教的。"

"张大人随时可以来！"司马谈说，"赐教不敢当，咱们相互切磋吧！"

张骞提着几捆竹简书，告别司马谈，离开了延阁。

三、牵挂

张骞刚走到石建府门口,张岩就迎了上来,喊道:"阿爸,巴特尔大伯、阿瑞娜阿姨、沙乌叔叔他们都来了,在石爷爷家等你。"

张骞听说西域的朋友来了,叫张岩帮着提了几捆简书,一同进了石建府邸,放下简书后,分别与巴特尔、阿瑞娜、沙乌等人拥抱,高兴地说:"真没想到,你们都来了,好想你们啊!"

阿瑞娜说:"我们也想你啊!"

"你们这么多人来长安,一定有事吧?"

巴特尔说:"我们在追捕一个名叫'独狼'的西域大盗!'独狼'最近逃到长安来了,我们跟着也追过来了。大家也想借这个机会来看看你和乌姗,还有甘父和黛莉娅。"

沙乌指着张骞提进来的竹简问:"这是什么?"

"这是竹简书!"张骞说,"刚从太史令司马大人那里借来的。"

"什么?"石建惊诧地问,"这是司马谈借给你的简书?"

"当然是他借给我的啊!"张骞问,"很奇怪吗?"

"你的面子真大啊!"石建说,"司马谈是当代博学鸿儒,朝廷地位最高的史官。老夫子性情耿直,脾气古怪,向来认人不认官。官再大,人品不好,就是叫上脸,他也不理睬你。向他借书,能让你看一看就很不错了,从来没听说有人能从延阁把书借出来。"

"司马大人非常支持我写《西域传》,是他主动借给我的,还给我提了一些很中肯的意见呢!"

"能得到司马老夫子的器重,非同小可!"石建说,"看来你写《西域传》,是一件功德无量的事情!"

"不写好此书，我死不瞑目！"张骞笑着说，"正好，西域的朋友都来了，你们把肚子里的货都给我掏出来，不然的话，我不放你们走。"

"张大哥！"波比说，"你总得让我们填饱肚子再说吧！"

"各位朋友！"石建说，"我已吩咐下去了，正在准备呢！"

"石大人！"阿瑞娜说，"今天得张大哥请客，而且要他到长安城最好的酒楼宴请我们。"

"好！上醉仙阁！"张骞说，"石大人和老夫人一起去。"

"老头子腿脚不方便，我的胃也不好！"老夫人说，"你们去吧！我们就不去凑热闹了。"

张骞对沙乌等人说："你们把东西都带上吧！吃完饭之后，我们直接回白岩村。"

沙乌问："我们都去了白岩村了，'独狼'出现了怎么办？"

"这个都安排好了！"巴特尔说，"只要'独狼'一出现，我们马上就赶回来，他跑不掉。"

白岩村的张家宅院，一下子挤满了人。

乌姗见来了这么多西域朋友，非常高兴，玲儿也来帮忙，两人又是端茶，又是送水果，忙得不亦乐乎。

张骞把借来的书简送进思域斋，回到院子的时候，刚来家的朋友们在葡萄架下手拉着手，跳起了欢快的西域舞蹈。

沙乌、波比、伊索、桑吉有的弹琵琶，有的吹羌笛，有的打铜钹，边弹奏边跳舞，巴特尔、阿瑞娜、乌姗，还有甘仑、张莲，在葡萄架下绕着圈子，边跳边唱，玩得非常开心。

张骞的母亲坐在椅子上，笑容满面，非常高兴。

"母亲！"玲儿站在旁边，羡慕地说："你看嫂子的舞跳得多好啊！"

"你也去跳吧！"张王氏说。

"我不会啊！"

阿瑞娜跑过来拉着玲儿的手，说："汉家妹子，来，我教你！"

"我太笨！"玲儿忸怩地说，"学不会……"

"跳吧！"张骞鼓励说，"除了母亲，都得跳，挺好学的。"

第七章　功在千秋

玲儿终于也加入到跳舞的圈子里。

正当大家跳得高兴的时候,副使李咏来了,见院子里的人都在跳舞,也加入进来,慢慢地转到张骞身边,轻声说:"张大人!"

张骞问:"回来了?"

"嗯!"李咏说,"昨天回长安,今天就赶过来了。"

"有甘父、黛莉娅的消息吗?"张骞的声音虽然不大,在场的人都听到了,大家停止舞步,纷纷围了过来。

李咏说:"我和使者们在身毒找了两个月,到过很多地方,走访了很多人,没有打听到甘父和黛莉娅的任何消息!"

伊索说:"前年我回大食,听朋友说,他们见过一位会说汉语的匈奴人,羌笛吹得好,妻子是身毒人,长得很漂亮,会说汉语,舞也跳得好。两人一边卖艺,一边找人。如此看来,估计他们就是甘父和黛莉娅了。他们肯定还活着。"

巴特尔说,"甘父为人坚强,再困难也不会倒下,我相信他还活着。"

"最近,我耳边常响起甘父的羌笛声!"张骞说,"我有一种感觉,甘父和黛莉娅会回来,而且时间不会太久。"

晚饭后,思域斋灯火通明。

巴特尔、阿瑞娜和乌姗围坐在张骞身边,介绍他们对匈奴的所见、所闻、所知。张骞将他们说的话全都记录下来。

张骞放下笔,说:"关于匈奴的地理、物产、军队、官吏、文化、民俗等方面,都有了基本轮廓,现在就缺匈奴的历史沿革部分。"

"匈奴人没有文字,过去的事情,无论是好的坏的,恶的善的,喜的悲的,大的小的,像被风吹过一样,没有人用文字记下来。"乌姗说,"还是你们汉人伟大,有自己的文字,无论发生了什么事,都用笔记下来,写成书,永远流传。"

张骞说:"匈奴的情况,我是从汉朝保存的典籍中查到的。据文献记载,早在战国时期,就已有了匈奴。秦始皇派大将军蒙恬率三十万人修筑万里长城,就是为了防御匈奴的进攻。这说明秦朝之前,就有匈奴国。匈奴第一代首领叫头曼,后来被儿子冒顿杀了,冒顿自称单于,这是历史上第一个单于。

第二代单于叫老上单于。再后来我就不知道了。在汉朝保存的典籍里查不到。我想汉人的典籍中，一定有很多关于匈奴的记载，可能这些典籍在秦始皇焚书坑儒时，都被烧掉了。"

巴特尔说："兄弟！匈奴单于，有些像你们汉朝的秦始皇，统一了匈奴各个部落，建立了强大的匈奴王国，在历史上是应该有功劳的。可是，历代单于都很贪婪、残暴，为了权势和财富，世世代代欺压、迫害千千万万匈奴牧民和奴隶，也常常侵犯汉朝，攻打西域各国，抢占土地，杀害各国百姓，罪孽深重。这是坏的一面，不得不写。可是，千千万万匈奴牧民、奴隶，也在不断地进行反抗。除了匈奴单于和少数贵族，大多数匈奴人还是爱好和平的，他们不愿打仗，更不愿去杀人，愿意与汉朝，与西域各国和平相处。这也是匈奴的历史，兄弟写《匈奴传》，这些也得写进去啊！"

"巴特尔大哥！"张骞说，"你说得太对了。太史令司马大人也说，写方志，也是写历史，要秉公直言、无私无畏！绝不能凭个人好恶来写。我两次出使西域，有许多切身经历，对我写《匈奴传》大有益处。就拿你们匈奴来说，除了单于和少数贵族，大多数匈奴人都是汉人的朋友，都愿意和汉家人世世代代友好往来。不然，乌姗也不会成为我的妻子，你们也不会多次冒险救我。帮助我……"

"还有居次！"乌姗说，"她虽然是贵族，可她心地善良，为人正直。"

玲儿送茶进来，插嘴问："居次是谁呀？"

"居次就是匈奴的公主！"阿瑞娜回答。

"匈奴公主也认识大哥呀！"玲儿一脸诧异之色。

乌姗说："匈奴居次原先是我的主人，长得很漂亮，第一次见到大哥，就爱上了他！一直到现在，她还深爱着你大哥。"

"真的吗？"玲儿有些不相信。

"我也见过居次！"巴特尔说，"乌姗说的不是笑话。居次真的是想嫁给你大哥，可你大哥死活不答应，反而娶了居次的奴婢乌姗为妻。"

"原来是嫂子把大哥从居次手里抢过来了！"玲儿说，"大哥有眼力，不爱居次爱乌姗！"

张骞说："居次是我和乌姗最好的朋友。虽然贵为居次，遭遇却很不幸……"

"玲儿！"乌姗说，"居次的故事，以后讲给你听，她是大哥的救命恩人。大哥第二次出使西域，她又救了大哥一命。"

阿瑞娜问："你真的又见到居次了？"

"见到她了！"张骞说，"如果不是她，我和一百位使者、二十位乌孙使者，就会命丧车师国。"

巴特尔说："要是居次在就好了，她一定会向你提供一些外人不知道的匈奴秘史。"

"是啊！"张骞说，"如果有居次的帮助，我写《匈奴传》一定会更全面，更充实！"

第二天上午，甘仑和张莲正在院子里玩耍，一只信鸽落在石桌上。甘仑上前抓住信鸽，从鸽子的足环上取下一卷帛书。

张莲叫道："阿爸，鸽子回来了！"

张骞、巴特尔等人闻声，从思域斋里走出来。张骞接过甘仑递过的帛书，看后交给巴特尔说："这是给你的信。"

巴特尔展开帛书，看了后说："'独狼'出现了，我们必须立即赶往长安！"

张骞问："你们在长安还有人吗？"

"长安还有我们的人，他们都装扮成商人，一直盯着'独狼'的踪迹，我让他们有情况就到石大人家找张岩。这封信是张岩发来的。"

"我也去！"张骞说，"万一有什么情况，我可以去请士兵协助你们。"

在长安九市中，西市是最繁华的地段，最值钱的珠宝店都设在这里。在众多珠宝店中，窦记珠宝行名气最大。说其名气大，不仅仅是指店面大，品种多，而更是指老板的后台硬——女老板是汉武帝的姑妈。

从西域逃到长安的"独狼"，经过踩点，盯上了窦记珠宝店，决定在窦记珠宝店干一票。

这一天，黄昏时分，游客陆续散去，店家要打烊了。窦记珠宝店的伙计也在搬门板，准备关门。

一群市井无赖簇拥着一位西域商人过来了，堵在窦记珠宝行门口，围住

关门的伙计。

一个名叫阿九的小伙子自我介绍后，指着身边一个外国人说："这位是西域大商人巴特尔，要买珠宝。"

"客官！"店伙计说，"要打烊了，要买明天再来吧！"

阿九突然拔出匕首，顶住伙计的胸膛，凶狠地说："不要出声，否则我杀了你！"

随行的人推着伙计，拥进了珠宝店。西域人"巴特尔"左右打量一下，也闪身进了珠宝店。

这伙人进店后，翻箱倒柜，把找到的珠宝打成包，准备带走。

西域人怕别人不知道他的名字，特意说："我是西域大侠巴特尔！有本事，你们可以来抓我。"

阿瑞娜装扮成女老板，从里屋走出来，笑着说："来的都是客，坐下喝杯茶吧！都别急着走！"

"你是珠宝店老板吗？"西域人吃惊地问。

"你是巴特尔吗？"阿瑞娜回敬了一句。

"你不是窦老板，窦老板是汉人！"西域人说，"你是匈奴人！"

"你也不是巴特尔，巴特尔是匈奴人！"阿瑞娜说，"你是大月氏人，如果估计得不错，你是'独狼'。"

"你是谁？"西域人大吃一惊，大叫，"杀了这个女人，赶快撤。"

巴特尔、沙乌、波比、桑吉、伊索等人从里屋一涌而出。

"'独狼'！"巴特尔笑着说，"还想跑吗？今天你是上天无路，入地无门了。"

突然，大行令张骞带着长安令义纵进来了，数十名士兵将窦记珠宝行团团围住，听候命令。

"我是长安令，门外都是士兵。'独狼'，你勾结长安城的市井无赖，杀人抢劫，作恶多端，多次犯案，我们等你多时了。这一次，你抢劫窦记珠宝店，栽赃巴特尔。人赃俱获，"长安令大喝，"给我拿下！"

"独狼"刚要反抗，阿九的匕首突然顶住了他的喉咙，厉声喝道："不许动！"

第七章　功在千秋

"独狼"大吃一惊，问道："你到底是什么人？"

"'独狼'，你找错人了！"阿九说，"我是程雄！"

长安令一挥手，士兵一拥而上，将"独狼"和一众市井无赖捆绑起来，押走了。

真正的老板窦皇姑出来了，感激地说："大行令张大人，谢谢你，谢谢你的西域朋友！"

"长安令！窦老板！"巴特尔说，"我们追捕'独狼'，从西域追到长安，行程万里，没有你们的帮助，我们很难抓到这条'独狼'！"

"诸位！"窦皇姑说，"今天晚上我请客，就在西市的珠光酒楼。"

巴特尔等人要回西域了，张骞一家为他们送行。

巴特尔、阿瑞娜、沙乌、波比、桑吉和伊索骑马徐行，张骞一家人驾一辆马车紧随其后，且行且谈，走到龙楼门外的十里长亭，巴特尔等人下了马。

张骞、乌姗和张岩下了马车，分别同巴特尔、阿瑞娜、沙乌、波比、桑吉和伊索拥抱告别。

巴特尔说："兄弟，我们该走了，你们请回吧！"

"巴特尔大哥！"张骞说，"如果找到甘父和黛莉娅，叫他们尽快回城固家里！"

"我会让西域各地的游侠都去找！"

"大哥！乌姗！"阿瑞娜说，"我们在西域等你们，你们一定要来啊！"

乌姗说："等甘父回来了，我们一起去！"

巴特尔一行上了马，挥手告别，策马而去。

张骞、乌姗和张岩站在路边，一直到看不到西域游侠一行的身影才回转。

四、心愿已了悄然去

张骞送走了西域朋友，又一头扎进书斋埋头写书，一刻也不休停。

张莲和甘仑趴在地上，根据竹简的顺序号，依次用牛筋线穿起来，连接成册而成简书。

张骞伏案疾书，突然感到手一麻，手中的毛笔脱落，掉在地上，正当他伸手弯腰要捡拾毛笔时，手脚不听使唤，重重地跌倒在地，不能动弹。

张莲和甘仑听到响声，抬头一看，见张骞躺在地上，连忙上前将张骞扶起来，坐在地上。

"阿爸！"张莲惊慌地问，"你怎么了？"

张骞伸出手，说："笔！给我笔！"

甘仑捡起笔，递给姑父。

张骞手指僵硬，竟然握不住笔，大为惊恐，说："我的手！我的手！"

张莲连忙替张骞揉搓手指，说："阿爸，不要急，我替你揉搓一下就会好的。"

张莲揉搓了一会，见张骞的手没有好转，仍然不能握笔，也有些急了，叫道："甘仑，快，叫阿妈来！"

甘仑跑了出去。

乌姗跑进来了，张王氏也闻声也来了。

"骞儿！"张王氏问，"怎么了？"

"手指发硬，握不住笔！"张骞痛苦地说。

乌姗将张骞扶起来，向木床走去，张骞膝关节僵硬，不能行走，一个踉跄，又重重地摔倒在地。

张莲和甘仑连忙过来帮忙，几个人费了好大的劲，才将张骞扶到床上

第七章　功在千秋

躺下。

"母亲！"张骞说，"你回去歇息吧！我躺一会就好了，没事的。"

张王氏临走说："莲儿，跟奶奶走。"

张莲跟奶奶出了思域斋。

乌姗看着躺在床上的张骞，急得流出了眼泪。

"哭什么？"张骞说，"把竹简收拾一下，不要弄乱了顺序。"

院子里，张莲问："奶奶，有什么事？"

张王氏说："写封书，让鸽子给石大人送去，请石大人在长安请郎中，给你阿爸看病。写书，放鸽子，会吗？"

张莲自信地回答："我会！"

石建接到飞鸽传书，立即带着汪太医，以最快的速度赶到白岩村。

张骞想坐起来，挣扎了几次，终究还是没有成功，只得放弃。

"张骞！"石建说，"不必多礼，你还是躺下吧！让汪太医给你把脉！"

"大行令，你躺平，我给你把脉！"汪太医坐到床前，伸手给张骞把脉，同时察看他的气色。然后抬手在张骞的脚、手关节上轻轻地敲了敲，问，"哪里觉得不适？"

"浑身骨骼酸痛，手指脚趾发僵，起坐不便。"张骞说，"最可怕的是手指僵硬，连笔都捏不住，不能写字。"

"张骞！"石建认真地说，"现在只谈治病，不说写书的事。"

"汪太医！"张王氏问，"骞儿得了什么怪病？"

"病倒不怪，只是不多见而已！"汪太医问乌姗，"夫人，大行令最近有什么心事吗？"

"有啊！"乌姗说，"一是惦念出使西域至今未归的甘父夫妻，担心他们的安危；二是急于写《西域传》，夜以继日，伏案书写，休息不好。"

汪太医说："大行令，你得的是痹症！"

"痹症？"张骞问，"什么叫痹症？有何症状？"

汪太医说："得这种病的人，全身经络因受到风、寒、湿、热的影响，引起肢体关节及肌肉酸痛、麻木、屈伸不利，有的甚至关节肿大灼热。张大人出使西域，多年长途奔波，风餐露宿，饱受风寒，已种下了病根。"

"嗯!"张骞点点头,表示赞同。

"听说张大人南下巴蜀,还中过瘴气之毒,是吗?"汪太医问。

张骞说:"南下巴蜀时,确实中过瘴气之毒。"

"这就是了!"汪太医说,"当年的瘴气余毒仍然残存在体内,加之大人思虑深重,积郁于胸,以至气血不顺,伤及内腑,导致手足僵痹,不能自主。这个病急不得,得慢慢调理。下官先开几帖药,帮大人顺气活血,祛风除寒,慢慢打通经络。"

"多谢太医!"张骞问,"我的手还能写字吗?"

"大行令,请听下官一声劝告!"汪太医说,"痊愈之前,什么不要想,什么不要做,写书的事就暂时放下吧!"

石建说:"张骞,你就安心养病吧!有什么事情,让鸽子传书给我,我会请太医过来给你诊治。"

"石大人!"张骞说,"你这么大年纪,亲自到白岩村来,不知怎么感谢你!"

"再说就见外了!"石建说,"你安心养病吧!其他的就不要多想了!"

张骞靠在床头上,玲儿端着一碗汤药进来,递给乌姗,乌姗坐到床边,给张骞喂汤药。

"我想起来了!"张骞说,"那年在犍为病倒了,也是浑身骨节疼痛,四肢僵硬,手指肿痛。太医说得对,兴许是当时的瘴气之毒没有除尽。"

乌姗说:"你这一病,睡得昏昏沉沉的,全家人都快急疯了,今天总算是清醒了。"

张骞说:"当时,甘父和黛莉娅守了我三天三夜。最后还是黛莉娅找来一条毒蛇,让我喝了蛇血,吃了蛇胆,病才好的。"

乌姗说:"那我也去弄条蛇来,给你治病。"

"蛇有很多种,你知道是什么蛇啊!"张骞说,"只有黛莉娅知道。甘父,黛莉娅,你们在哪里?"

"大哥!阿妹!"甘父突然走进来,说,"我回来了!"

"甘父!"张骞惊叫,"真的是你回来了吗?"

"阿哥!"乌姗扑上去,抱住甘父,哭着说,"你回来了?嫂子呢?她

第七章　功在千秋

怎么没有和你一起回来？"

甘仑和莲儿闻声过来了。张王氏和玲儿闻声也过来了。

"阿爸！"甘仑扑进甘父的怀里。

"舅舅！"莲儿也扑了过去。

甘父搂着两个孩子，激动地说："好孩子，你们都长大了！"

"阿爸！"甘仑问，"阿妈呢？阿妈在哪里？"

甘父解下身上的包袱，打开包袱，从里面取出一个木盒子，流着泪说："这是你妈的骨灰……"

"阿妈！"甘仑大哭，"我要阿妈！我要阿妈！"

思域斋里，顿时哭声一片……

"甘父！"张王氏说，"你过来，让娘看看你。"

甘父走过去跪在张王氏面前，说："母亲，孩儿不孝，没有把黛莉娅带回来。"

张王氏抚摸着甘父的头，流泪说："整整十年了，没有你们一点音信，全家人都在想念你们啊！今天，你总算回来了。回来了就好，十年来，你一定吃了不少苦，遭了不少罪，黛莉娅到底是怎么死的？孩子，坐下来，慢慢说。"

甘父站起来，坐在张王氏身边，搂着甘仑，回忆起了往事。

元狩元年（前122年），甘父和黛莉娅奉张骞之命，率五十名汉使离开犍为郡南下，寻找巴蜀通往身毒的通道。

甘父、黛莉娅一行五十余人向西南行走，经过邛崃，翻山越岭，到达哀牢夷（中国古代民族）的怒江西岸。越过崇山峻岭时，使者们或跌落悬崖，粉身碎骨，或滑入深渊，下落不明，在穿越原始森林，又有一部分使者中瘴气之毒而亡，最后只剩下甘父、黛莉娅和一个叫童宁的使者。

甘父、黛莉娅和童宁三人，在荒无人烟的高山丛林中继续前行，三人衣衫褴褛，面容憔悴，所带食物也吃光了，只得沿途抓鱼、猎兔、采野果充饥。当他们从茂密的森林中走出来的时候，都已筋疲力尽，再也无力行走了。

童宁躺在怒江边的沙滩上昏睡，甘父摸了摸他的额头，烧得烫手，知道童宁病了，可能是中了瘴气之毒。

黛莉娅到树林里找了些草药，嚼成细末，塞进童宁的嘴里。过了一会，童宁终于醒过来了。

甘父捉了几条鱼，烤熟了让童宁吃。

童宁不肯吃，挣扎着坐起来，说："甘副使、黛莉娅，我不行了，如果不是你们多次相救，我早就死了，不会活到现在。求你们在我断气后，挖个坑把我埋了，让我留个全尸，入土为安。"

"童宁兄弟！"甘父说，"你不会死的，我们会把你带出去。你先休息一下，我去探探路。"

童宁一把拉住甘父，说："不要走，我有句重要的话要对你讲。"

甘父说："等你病好了再说吧！"

童宁说："现在不说，恐怕就没有机会了。"

甘父点点头："你说吧！"

童宁说，"我是皇上派到你和张大人身边的密探！"

"密探？"甘父摇摇头，"我不相信！"

"皇上一直怀疑张大人和你！"童宁说，"出使西域去了一百名使者，只有你们两个人活着回来，张大人的妻子是你妹妹，你又是匈奴人，皇上怀疑你们是匈奴派来的奸细。"

"皇上怎么能这样？"甘父气愤地说，"张大哥被匈奴所俘，宁死不降，九死一生，最后才逃回来。这也太冤了吧！"

"出使以来，我日夜监视你和张大人！"童宁说，"半年多了，你们的一言一行我都看在眼里。你们都是顶天立地的汉子，人品无可挑剔，对朝廷一片忠诚，对使团的兄弟关怀备至，对我更是恩重如山啊！"

"童宁！"黛莉娅说，"你也是一条汉子！"

"黛莉娅！"童宁说，"我确实是皇上安插在你们身边的密探。朝廷像我这样的密探很多，都安插在文武大臣身边，只是这些大臣不知道罢了。有的大臣之所以莫明其妙地被处死，就是因为有人告密。"

"太可怕了！"甘父说，"汉朝的皇帝怎么这样阴毒啊！"

"我们这些密探，有一个很好听的名字，叫绣衣使者！"童宁说，"我们身上都穿着绣衣，你解开我的衣服，就可以看到。"

第七章 功在千秋

"不!"甘父说,"我不看!"

"你们上次出使西域的时候,是不是有一个叫梁斌的副使?"

"嗯!"甘父说,"有这样一个人,他死在沙漠里了。"

童宁说:"他也是皇上安插在张大人身边的绣衣使者。"

"这太可怕了吧!"甘父惊叫。

"梁斌死在西域,皇上怀疑你们!"童宁说,"张大人回朝后,皇上只封他为太中大夫,封你为奉使君,有名无实,俸禄也低,这是为什么?"

"啊!"甘父说,"我终于明白了!"

"我感谢你们夫妻……无以报答……"童宁话未说完,永远闭上了眼睛。

甘父和黛莉娅含着泪水,挖一个坑埋葬了童宁。然后继续前行,渡过怒江,翻越哀牢山,到达婆罗门。

甘父和黛莉娅卖掉骑坐的两匹马,换上身毒人的服装,以眩人的身份沿途表演歌舞,到了身毒国。

甘父随黛莉娅回到她的家乡,没有找到黛莉娅的家人。黛莉娅的哥哥、姐姐和妹妹都是眩人,有人说他们去了条支国。

甘父在翻越崇山峻岭的时候,丢失了汉使信物,听了童宁临死前的话,他也不想继续为汉朝皇帝卖命了,于是决定仍以眩人身份,陪黛莉娅去大食寻找她的亲人。

甘父和黛莉娅一路西行,途经安息国,到达条支国。在条支国找了几个月,没有寻找到一点线索。两人决定回汉朝。

在返回汉朝途中,一件意外的事情发生了。

甘父和黛莉娅返回汉朝,途经安息国(今伊朗)时,一个偶然的机会,得知当地一处山谷出产金环蛇。黛莉娅决定抓一条金环蛇。

"抓蛇?"甘父不解地问,"我们表演,不要这样的毒蛇啊!"

"谁说是表演?"黛莉娅说,"大哥在犍为郡中瘴气之毒,落下了病根,随时都会发作,只有再喝一碗金环蛇的血,吞一颗金环蛇蛇胆,才能除去病根。"

甘父知是给大哥治病,满口赞成。两人便深入山谷寻找金环蛇。

黛莉娅提着竹篓,手拿一根木棍走在前面,甘父拿一根木棍跟在后面,

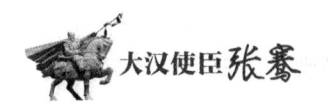

走进丛林寻找金环蛇。

突然，黛莉娅一声惨叫，倒在地上。

甘父冲上去，问道："怎么了？"

"我被金环蛇咬了！"黛莉娅痛得昏了过去。

甘父抱起黛莉娅，跑出丛林后，将她放在地上，抱住黛莉娅的伤腿，用口吸吮伤口，把毒血吸出来……

黛莉娅苏醒过来，对甘父说，"金环蛇奇毒无比，咬人后无药可救……"

甘父哭着说："我给你把毒吸出来……"

黛莉娅说："没有用的，不要白费力气，坐下，我有话对你说。"

甘父绝望地坐在黛莉娅身边，说："什么事，你说吧！"

"能做你的妻子，还给你生了个儿子，我很幸福，也很满足！"黛莉娅说，"我死之后，有两件事你一定要做。"

"什么事？你说吧！"

"第一，抓一条金环蛇，给大哥治病。这一生，我最爱的人是你，最尊敬的人是大哥，我再也见不到大哥和乌姗了！"

"这件事一定做到！"

"第二件，把儿子抚养成人，让他过上安定的日子，不要像我们这样过着四处漂泊的生活了。"

"你放心！"甘父哭着说，"我会做到的！"

"甘父，抱紧我！再亲……亲……我……"黛莉娅话未说完，闭上了双眼。

"黛莉娅！"张骞失声痛哭，"你是为我而死，我对不起你啊！"

思域斋里，顿时哭声一片。

第二天，张骞、乌姗、玲儿、张莲都头系白带，站在汉水河边。

一艘小船驶向河中间，乡佐张猴子撑船，甘父和甘仑身穿孝服站在船头，两人将黛莉娅的骨灰撒入汉水河中……

张骞等人在岸边跪拜祈祷。

河祭归来，张骞病倒了，而且病得不轻，整天半昏半睡，口里发出梦呓："黛莉娅，是我害了你……《西域传》……我的《西域传》……"

第七章　功在千秋

这一天，张骞终于清醒过来，睁眼不见甘父，问道："甘父呢？"

乌姗说："他找乡佐去了！"

"找乡佐干什么？"

"打听哪里有金环蛇！"

"你去把他叫回来！"张骞厉声说，"不要为了我，再送一条命！"

乌姗有些犹豫。

"去呀！"张骞大吼。

乌姗从来没有见过张骞发这么大的脾气，含着泪说："你好好睡吧！我这就去找阿哥！"

甘父回来了，带回了两个蒙面人。

"大哥！"甘父兴奋地说，"你看谁来了？"

张骞在乌姗的搀扶下坐起来，看着现两个蒙面人，没有说话。两个蒙面人慢慢取下面纱。

"居次！牡丹！"张骞惊喜地说，"是你们？"

"大哥！"居次扑上去，伏在床边大哭，牡丹也跟着伏在床边。

乌姗把居次、牡丹扶起来，三个人抱在一起。

"玲儿！"张骞说，"这就是我们常说的匈奴公主！"

"公主！"玲儿施礼说，"你几次救过大哥的命，谢谢你！"

"不要叫我公主！"居次说，"你们就把我当姐妹吧！"

乌姗说："居次，我太高兴了，你们就在这里住下吧！"

"大哥的病不好，我们就不走！"居次说，"在这个世界上，除了你们，我再也没有亲人了！"

"居次！"张骞说，"你来得正好，我正在写《匈奴传》，有些事不清楚，一直不能结稿，你帮我把《匈奴传》写完吧！"

居次问："怎么帮你？"

张骞指着摊在地上的竹简书说："这是些《大宛传》《大月氏传》《康居传》《乌孙传》等，只有《匈奴传》没有完成。你帮我把《匈奴传》完成。"

"我把所知道的都告诉你！"居次说，"大哥，你的手不能写字啊！"

"不要紧！"玲儿说，"大哥说，我来写！"

311

"大哥！"甘父问，"我能做什么？"

"《匈奴传》写完之后，你把这些简书全都送给太史令司马谈大人！"张骞说，"我病治不好，再也不能到太学讲课了。《西域传》对司马谈大人写史很有用，全部送给他。"

"你的病能治好！"甘父说，"我一定要捉到金环蛇。"

"不用去找了，我的病已深入骨髓，药不医死人啊！"张骞说，"《西域传》写成后，这一辈子该做的事也就做完了，我也死而无憾了！"

《西域传》终于完稿了，张骞双手颤抖，艰难地用牛筋穿上最后一根竹简，还没有结扎好，突然感到一阵昏眩，扑通一声倒下，后脑勺重重地磕在地上，发出一声闷响。

乌姗听到响声，冲进思域斋，见张骞躺在地上，惊叫："大哥！"

张骞双眼紧闭，再也没有睁开，他永远听不到乌姗的叫声了……

五、活在人们心中

乌孙国的客人走后不久，张骞在乌孙国时派往西域各国去的副使陆陆续续回到了长安。每个副使都带来了不少外国客人，也带回了许多外国的珍奇物产。

在长安的街道上，出现了许多西域客人：有的高鼻子、蓝眼睛；有的皮肤黝黑，有的皮肤洁白；有的头发卷曲，有的头发梳成辫子；有的穿着无袖褂……

汉武帝在上林的山谷开辟一个动物园，里面除了喂养汉朝的虎豹熊蛇外，还有许多西域各国赠送的珍禽异兽：身毒的孔雀、大象，安息的狮子、鸵鸟，大宛的汗血马……

汉武帝在上林离宫前的一块空地上，开辟了一个植物园，专门种植从西

第七章　功在千秋

域引进的各种植物：葡萄、苜蓿、胡麻（芝麻）、胡桃（核桃）、无花果、石榴、胡豆（蚕豆）、绿豆、胡瓜（黄瓜）、大葱、胡蒜（大蒜）、胡萝卜（红萝卜）……

汉武帝的宫廷乐队里，增添了许多从西域传来的乐器：琵琶、胡笛、箜篌、羌笛、觱篥，演奏出前所未有的粗犷豪放的乐曲……

汉朝贵族们的客厅里，摆满了从西域传来的工艺品：玻璃、水晶盘、海西布（即呢绒）、象牙、玳瑁、翡翠、玛瑙……

汉朝的丝绸，经过西域传到安息，安息人又把它转运到罗马帝国。当时，长安一斤上等丝绸售价一两黄金，在罗马一斤丝绸的售价高达一斤黄金有余。罗马帝国的贵族、富豪，以穿丝绸衣服为骄傲。有一次，罗马帝国的恺撒大帝穿身穿一件丝绸衣服去看戏，轰动了整个都城，人们被这件漂亮的衣服惊呆了，认为这是最华贵的服装。

对罗马、希腊人来说，丝绸产于遥远的东方国家，经过许多人的转卖，才贩运到自己的国家。由于距离遥远，罗马、希腊人不知道这个产丝绸的东方国家的具体情形，更没有直接交往。罗马、希腊人把中国称为"骞里斯"国，"骞里斯"就是丝绸的意思。以后各国的丝蚕业，都是直接或间接从中国传去的。中国以"丝绸之国"的美名而被称颂于世。

张骞病逝，汉武帝因失掉这样一位能臣而难过了很久。

越来越多的西域人不远万里来到中国，汉武帝有意在西域人面前显示一下汉朝的富强，继在上林附近开凿昆明池之后，又在昆明池边建了一座豪华宫殿。宫殿周围的树上，挂满了用彩绸编织而成的各种形状的花朵，把宫殿打扮得成四季常春的花园。

一切布置停当，汉武帝在新的宫殿里宴请西域各国的客人。

宴会开始时，乐工们用中国的传统乐器瑟、钟、鼓、磬，演奏汉乐曲，其间优雅缠绵，其情如怨如诉，令人心醉。

接着，乐工们又用西域乐器，演奏李延年的《出塞》《入塞》，其音如万马奔腾，其情如慷慨高歌，令人振奋。

接着，一群雄赳赳的武士走上台，表演翻筋斗、倒立等精彩节目，然后分成小组，两两角斗……

· 313 ·

角抵戏后面，是西域人表演吐火吞刀的幻术（即魔术）。

宴会上，掌声不断，宾主频频举杯，共祝西域各国和汉朝的友谊与日俱增，万古长青。

宴会后，汉武帝陪客人游览上林。

对汉朝的富饶和强大，客人们赞不绝口。

一个大夏国的商人说："博望侯出使小国时，曾邀请小国使臣回访，并谈起汉朝的强大，这次到长安，才知道博望侯说的话一点不假。我有幸到长安，却无缘再见到博望侯了。"

安息的使臣说："我们国王听说博望侯到了大夏，非常盼望他能去安息，后来他的副使到了安息，我们的国王派一个将军带两万骑兵到边境迎接。我们这次到汉朝来，国王一再叮嘱，一定要邀请博望侯访问安息，谁知他竟然仙去，真是不幸啊！"

汉武帝难过地说："张骞沟通了汉朝和西域的交通，架起了汉朝和西域各国友好往来之桥，他虽然离开了我们，但他就永远活在人们的心中！"

张骞逝世后，汉朝派往西域的使节，络绎不绝，每批使节多者数百人，少者百余人；一年之中，多则十余起，少则五六起；路程远的，往返要八九年，路程近的也要三五年。这些使节仍然打着张骞的旗号，说他们是博望侯派去的副使。中国的四大发明经这长丝绸之路传播到西方。

西域的使者和商人，也跋山涉水，披星戴月，云集汉朝边塞。在使者相望于道，络绎不绝的频繁往来中，西域及中西亚的特产，沿着丝绸之路传入中原。欧洲人也开始来到了中国。

在东西往来的人员中，除了负有各种使命但在客观上又起到了物资文化交流作用的正式使节之外，更多的是打着使者旗号的商人，以及西域各国派到汉朝学习参观的贵族子弟。随着人员往来的不断增加，经济文化的交流也日趋频繁。

有一个美丽的神话说：

张骞第二次出使西域归来后，虽然已到晚年，但仍然壮心不已，不顾年高体弱，决心克服艰难险阻，打开哺育中华民族的黄河之源的秘密。

第七章 功在千秋

他扎了一个木筏，放入黄河，凭着一根竹篙，逆流而上，一直驶到了通天河。通天河波涛万丈，直接与天河相连。张骞把生死置之度外，以惊人的胆量和毅力，战胜了惊涛骇浪，驶入了天河。

在天河里，张骞见到了勤劳善良的织女，织女为张骞勇于探险、首开丝绸之路的精神所感动，她把自己垫织机的石头赠给张骞，请张骞将石头带回人间，让人间的织女织出更多更美的丝绸。

这虽然是一个神话，但其反映了人们对张骞的衷心赞美和深切怀念！

张骞为人类开辟的不仅仅是一条"丝绸之路"，更是为后人开辟了一条思想观念上使世界走向发达与文明之路。

图书在版编目（CIP）数据

大汉使臣张骞 / 余耀华著. -- 北京：中国书籍出版社, 2017.8
ISBN 978-7-5068-6320-9

Ⅰ.①大… Ⅱ.①余… Ⅲ.①长篇历史小说—中国—当代 Ⅳ.①I247.5

中国版本图书馆CIP数据核字(2017)第176941号

大汉使臣张骞

余耀华 著

策划编辑	安玉霞
责任编辑	安玉霞
责任印制	孙马飞　马　芝
版式设计	添翼图文
出版发行	中国书籍出版社
地　　址	北京市丰台区三路居路97号（邮编：100073）
电　　话	（010）52257143（总编室）　（010）52257140（发行部）
电子邮箱	chinabp@vip.sina.com
经　　销	全国新华书店
印　　刷	北京温林源印刷有限公司
开　　本	710毫米×1000毫米　1/16
字　　数	320千字
印　　张	20.25
版　　次	2017年8月第1版　2017年8月第1次印刷
书　　号	ISBN 978-7-5068-6320-9
定　　价	45.00元

版权所有翻印必究